SUSAN MALLERY

Las chicas de la bahía

Cualquier forma de reproducción, distribución, comunicación pública o transformación de esta obra solo puede ser realizada con la autorización de sus titulares, salvo excepción prevista por la ley.
Diríjase a CEDRO si necesita reproducir algún fragmento de esta obra.
www.conlicencia.com - Tels.: 91 702 19 70 / 93 272 04 47

Editado por Harlequin Ibérica.
Una división de HarperCollins Ibérica, S.A.
Núñez de Balboa, 56
28001 Madrid

© 2015 Susan Mallery, Inc
© 2019 Harlequin Ibérica, una división de HarperCollins Ibérica, S.A.
Las chicas de la bahía, n.º 173 - 1.1.19
Título original: The Girls of Mischief Bay
Publicada originalmente por Mira Books, Ontario, Canadá

Todos los derechos están reservados incluidos los de reproducción, total o parcial. Esta edición ha sido publicada con autorización de Harlequin Books S.A.
Esta es una obra de ficción. Nombres, caracteres, lugares, y situaciones son producto de la imaginación del autor o son utilizados ficticiamente, y cualquier parecido con personas, vivas o muertas, establecimientos de negocios (comerciales), hechos o situaciones son pura coincidencia.
® Harlequin, HQN y logotipo Harlequin son marcas registradas por Harlequin Enterprises Limited.
® y ™ son marcas registradas por Harlequin Enterprises Limited y sus filiales, utilizadas con licencia. Las marcas que lleven ® están registradas en la Oficina Española de Patentes y Marcas y en otros países.
Imagen de cubierta utilizada con permiso de Harlequin Enterprises Limited. Todos los derechos están reservados.

I.S.B.N.: 978-84-1307-419-1
Depósito legal: M-34276-2018

Querido lector,

¡Bienvenido a Mischief Bay! Este libro es el primero de lo que espero sea una serie muy larga. Me encanta crear un mundo en el que los lectores se adentren y que experimenten por completo. Espero que sea un mundo al que queráis volver una y otra vez.

Aunque me gusta inventar lugares ficticios y descubrir todos los modos de hacerlo lo más real posible, es complicado. Uno de los mayores retos es crear los distintos establecimientos y negocios con los que se toparán mis personajes y después ponerles nombre. El año pasado, cuando estaba empezando este libro, de pronto me quedé tremendamente bloqueada ante la idea de tener que pasar por ese proceso. Y al entender que a veces para crear un pueblo hace falta un pueblo, recurrí a las personas que más adoro. Mis amigos y lectores de Facebook.com/susanmallery. Pedí sugerencias y me ayudasteis. Me quedé asombrada por la respuesta, aunque en el fondo sabía que no tenía por qué. Siempre habéis estado a mi lado.

Así que, con gratitud, dedico este libro a todos los que sacasteis tiempo de vuestras atareadas vidas para ayudar a una autora en apuros. Espero que os encante Mischief Bay tanto como a mí. Envío unas gracias muy especiales a los siguientes Creadores de Mischief:

Alicia H, Oklahoma City, OK; Andie B, Woodstock, ON; Ann L, Pittsburgh, PA; Cat J, Johnson City, TN; Cheryl H, Auburn, MA; Dale B, Ocala, FL; Jennie J, Monroe, TN; Joyce M, Orange, TX; Karen M, Exton, PA;

Kelly M, Corvallis, OR; Kelly R, Oregon City, OR; Kimberly C, Corning, NY; Kriss B, Chassell, MI; Kristen P, Westfield, NJ; Krystle P, Smithfield, PA; Linda H, Glen Burnie, MD; Lindsey B, Nestleton Station, ON; Lisbeth G, Honesdale, PA; Lora P, Papillion, NE; Melanie O, Chico, CA; Melissa H, Versailles, KY; Patricia K, Ashdown, AR; Phyliss G, Holbrook, MA; Roberta R, Berne, NY; Sandy K, Tucson, AZ; Sherry S, Jane Lew, WV; Susan P, DeValls Bluff, AR; Susan W, Morganville, NJ; Suzanne V, Rockaway, NJ; Suzi H, Kansas City, Mo; Tina M, Warner Robins, GA; Tracy A, Rochester, NY; Yvonne Y, Edmonton, AB.

Con cariño,

Susan Mallery

Capítulo 1

−¿Te lo ha hecho Tyler?

Nicole Lord se giró y miró el dibujo que había colgado en la pared de Mischief in Motion, su estudio de pilates. Tres grandes corazones rojos cubrían un trozo de cartulina rosa y sobre ellos estaba dibujada la silueta de una mano. El trazo de los corazones era irregular y tenían un estilo muy abstracto, pero aun así eran reconocibles. No estaban mal teniendo en cuenta que el artista en cuestión aún no había cumplido los cinco años. La mano la había dibujado una de sus profesoras.

−Sí −respondió Nicole con una sonrisa−. Le prometí que lo traería al trabajo y se lo enseñaría a todo el mundo.

Su clienta, una treintañera que luchaba por perder los veinte kilos que había ganado en el embarazo, se secó el sudor de la frente y sonrió.

−Parece un niño adorable. Estoy deseando que llegue el momento en el que mi hija haga algo más que comer, hacer caca y tenerme despierta toda la noche.

−La cosa mejora −le prometió Nicole.

−Eso espero. Siempre había dado por hecho que en cuanto empezara a tener hijos, querría seis −la mujer hizo una mueca−. Ahora uno me parece más que suficiente −

se despidió con la mano y fue hacia la salida–. Hasta la semana que viene.

–Que pases un buen fin de semana –respondió Nicole sin mirar y dirigiendo su atención de nuevo al ordenador.

Tenía la clase del mediodía y después un descanso de tres horas antes de las clases de última hora de la tarde, lo cual sonaba muy bien hasta que pensaba en todo lo que tenía que hacer. Ir al supermercado, sin duda, porque no les quedaba de nada en casa. Además, tenía que echarle gasolina al coche, ir a la tintorería a recoger ropa y, en algún momento entre medias, debería almorzar.

Miró el reloj preguntándose si debía escribir a Eric para recordarle que recogiera a Tyler de la guardería a las cuatro. Agarró el teléfono, pero entonces vaciló y se recostó en la silla. No, no debería, se dijo. A Eric solo se le había olvidado en una ocasión y se había sentido fatal por ello. Tenía que confiar en que no le volvería a pasar.

Y confiaría, se dijo. Aunque últimamente a su marido se le estaban olvidando muchas cosas y estaba ayudando menos en casa.

El matrimonio, pensó con tristeza. Todo parecía muy romántico hasta que te dabas cuenta de que no solo tenías que vivir con otra persona, sino que también habría días en los que esa persona pensaría que te equivocas en algunas cosas.

Aún seguía intentando organizar el orden en que haría los recados cuando la puerta del estudio se abrió y Pam Eiland entró.

–¿Qué tal? –dijo Pam con tono alegre y una bolsa extragrande colgando del hombro.

Cualquiera que no conociera a Pam daría por hecho que tenía alguna manía de acumular cosas si necesitaba cargar con tanto trasto encima. Los que la conocían sabían que su bolso en sí era bastante pequeño y que gran parte de esa bolsa lo ocupaban una suave manta y un perro con un aspecto muy raro.

Justo en ese momento, Lulu asomó la cabeza por fuera de la bolsa y soltó un suave gemido.

Nicole se levantó y se acercó a los dos. Después de darle un abrazo a Pam, fue a agarrar a Lulu. La perrita saltó a sus brazos y se le acurrucó.

—Veo que hoy vas de rosa —dijo acariciándole los mofletes a Lulu y después la cabeza.

—A las dos nos parecía que hoy es un día rosa —le dijo Pam.

Lulu, un crestado chino de pura raza, tenía el pelo blanco en la parte alta de la cabeza, en las orejas, en el rabo y en la parte baja de las patas. El resto de su cuerpo moteado apenas tenía pelo y era de un curioso tono rosa grisáceo con lunares marrones. Sus problemas de salud eran bien conocidos por todos y, al no tener pelo, padecía de frío crónico. Por ello, Lulu tenía una buena colección de jerséis, chaquetas y camisetas. La elección de hoy era un suéter fino y sin mangas adornado con un lazo gris brillante. Ajustada de dinero y con su ropa trillada, Nicole se veía en la vergonzosa situación de envidiar el armario de un perro.

Lulu le dio un besito en la barbilla y Nicole sostuvo a la simpática perrita unos segundos más. Su interacción con Lulu estaba siendo el momento con menos carga emocional en lo que llevaba de día y estaba decidida a disfrutarlo.

Pam, una morena preciosa de sonrisa fácil, llevaba un vestido suelto de manga corta encima de sus *leggings* y de su camiseta de tirantes. A diferencia del resto de clientas que acudían a la clase del mediodía, Pam no venía directamente de la oficina. Nicole sabía que unos años atrás había tenido un puesto en la empresa de su marido y que comprendía cómo funcionaba un negocio pequeño, por lo que solía darle buenos consejos. Por lo demás, Pam parecía tener los días enteros para ella sola. Y eso, ahora mismo, para Nicole sería como un sueño hecho realidad.

—¿Quién viene hoy? —preguntó Pam mientras sacaba la manta de la bolsa y la plegaba antes de colocarla en un rincón de la sala.

Lulu se acurrucó con sus largas patas colocadas con elegancia bajo su cuerpo. Nicole sabía que no se movería hasta que terminara la clase. Suponía que el dulce temperamento y los excelentes modales de Lulu compensaban su extraña apariencia, casi de película de ciencia ficción.

—Solo Shannon y tú —respondió Nicole comprobándolo en la agenda del ordenador. En realidad, se sentía aliviada de tener una clase con poca gente. Últimamente estaba tremendamente cansada todo el tiempo. Pam y Shannon ya eran capaces de hacer los ejercicios solas, así que no tendría la presión de estar al tanto de cada movimiento.

Y lo que era aún mejor, la notificación de las tres ausencias que habría en la clase había llegado esa mañana. El estudio tenía una estricta política de cancelación de veinticuatro horas y eso significaba que, de cualquier modo, cobraría por cinco alumnas. Disfrutó de ese momentáneo placer, a pesar de que pensar así la convertía en una mala persona, y prometió que trabajaría en ese rasgo de su carácter en cuanto averiguara cómo solucionar lo que estaba pasando en su matrimonio y lograra dormir más de cuatro horas alguna noche.

Pam se había quitado las sandalias para prepararse para la clase, pero en lugar de ponerse los calcetines de pilates, se giró hacia Nicole y sonrió.

–¿Quieres ir a almorzar?

La sonrisa de Pam era contagiosa. Sus ojos verdes y avellana se arrugaron en los extremos y su boca se elevó.

–Vamos –insistió–. Sabes que sí quieres.

–¿Que quiere qué? –preguntó Shannon Rigg al entrar en el estudio–. He tenido una mañana horrible tratando con un idiota misógino del banco que insistía constantemente en hablar con mi supervisor. Cuando le he explicado que yo era la directora financiera de la empresa, creo que le ha dado un ataque –se detuvo. Sus ojos azules destellaban con expresión de diversión–. Le he ofrecido enviarle una copia escaneada de mi tarjeta de visita, pero no ha querido. Después le he dicho que si no hacía algo, trasladaría a otro banco la cuenta de la empresa de cuatrocientos millones de dólares –se detuvo para darle dramatismo al relato–. Creo que le he hecho llorar.

Pam alargó un brazo con la mano levantada para chocarle los cinco.

–Vosotras dos no dejáis de impresionarme. Nicole concilia marido, hijo de casi cinco años y su negocio en auge. Tú estás ocupada asustando a hombres que deberían pensárselo mejor antes de decir algunas cosas. Yo, por el contrario, elegiré el vestuario de mi perra para mañana y haré unas galletas. Qué triste.

–Yo ni siquiera sé qué poner en el cuenco para hacer una sola galleta –admitió Shannon al chocarle los cinco a su amiga. Después se dirigió a Nicole–: ¿Y tú?

–Harina, agua y algo más.

Shannon se rio.

–Ya, claro, ahí es donde yo también me perdería. El «algo más» siempre es lo complicado.

Nicole pensó en cómo la había descrito Pam. Más que «conciliar», ella hacía malabares. Y aunque hacer malabares podía relacionarse con algo alegre y positivo, por desgracia la mayoría de los días acababa recogiendo y limpiando lo que se le había caído y roto en lugar de mantener los platos girando en el aire.

Sí, de acuerdo, esa era una analogía confusa y algo deprimente. Tenía que pensar más en positivo. Y tal vez aprender a hacer galletas.

Shannon llevaba un vestido sin mangas hecho a medida y unos tacones de casi ocho centímetros. Tenía las piernas bronceadas y su cabello era una gloriosa melena ondulada castaña rojiza que le caía por debajo de los hombros. Llevaba relojes caros y joyería elegante. Conducía un BMW descapotable. Si Nicole pudiera elegir, querría que Pam fuera su madre y ser Shannon de mayor. El problema era que, a sus treinta, tenía la sensación de que ya no crecería ni maduraría más.

—Espera —le dijo Pam a Shannon, que se dirigía al pequeño vestuario que había junto al baño—. Se me ha ocurrido que podríamos ir a almorzar en lugar de entrenar.

Shannon ya había sacado su ropa de deporte de la bolsa del gimnasio. Se giró hacia Pam.

—¿Y que no hagamos ejercicio?

—No. Hoy solo somos dos. Y es viernes, amiga mía. Vive un poco. Tómate una copa de vino, búrlate de tu amigo ignorante del banco y relájate.

Shannon miró a Nicole y enarcó las cejas.

—Me apunto. ¿Y tú?

Nicole pensó en las cosas que tenía por hacer, en lo atrasada que llevaba la colada, en la montaña de facturas que tenía por pagar y en un marido que había dejado su trabajo de éxito en una empresa informática para escribir un guion. Pensó en los platos girando y cayéndose y en cómo vivía exhausta.

Se quitó su cola de caballo, se sacudió el pelo, agarró las llaves y el bolso y se levantó.

–Vamos.

El pub McGrath's llevaba allí casi tanto como el muelle y el paseo marítimo de Mischief Bay. Shannon recordaba haber ido allí de adolescente. El viaje desde Riverside duraba alrededor de una hora sin tráfico y sus amigas y ella lo pasaban hablando y riéndose, imaginándose a los chicos guapos que iban a conocer. Chicos que vivían junto al océano y surfeaban y tenían el pelo aclarado por el sol. Chicos que no se parecían a los que conocían del instituto.

Porque por aquel entonces lo único que había hecho falta para que se le acelerara el corazón había sido un pelo aclarado por el sol y un descapotable retro. Le gustaba pensar que en los últimos veinte años había madurado.

Mientras entraba en el pub detrás de sus amigas, miró la arena y el mar. Era mediodía y la marea estaba baja. Ahora no había surfistas. Y al ser además un día laborable de febrero, no había gente jugando al voleibol, a pesar de que probablemente estaban a unos veinte grados.

El pub McGrath's era un edificio de tres plantas con comedor al aire libre en la planta baja. Dentro había una zona de bar grande y abierta. Pam fue directamente a las escaleras. Pasaron por el comedor de la segunda planta y subieron al de la última.

–¿Junto a la ventana? –preguntó Pam yendo ya en esa dirección.

Las grandes ventanas ofrecían vistas del Pacífico. Ese día estaban entreabiertas y dejaban pasar el aire fresco. Cuando las temperaturas bajaban de los dieciocho grados, podías encontrarlas cerradas, y en verano las quitaban por completo.

Shannon se sentó frente a Nicole. Pam se colocó junto a Nicole y dejó la bolsa en el suelo, al lado de su silla. Lulu, que estaba perfectamente adiestrada, se quedaría escondida hasta que se marcharan.

La primera vez que las tres se habían escapado de clase y se habían ido a almorzar, Shannon se había pasado todo el rato muy agobiada por Lulu. Ahora veía a la extraña criatura como la mascota de su amistad: curiosa, inesperada y, con el paso del tiempo, muy reconfortante.

Dejó de pensar en el crestado chino para pensar en la ubicación del restaurante. Las vistas deberían haber captado la atención de todas y haberlas dejado sin habla. La arena color marrón topo conducía hasta unas aguas de color azul medianoche. Un par de veleros se ladeaban para captar la ligera brisa y a lo lejos unos portacontenedores avanzaban hacia el horizonte y hacia exóticos puertos.

Pero estaban en Los Ángeles y allí había unas vistas impresionantes a cada paso, ya fuera por cruzarte con un famoso en un supermercado Whole Foods o por contemplar las aguas del Pacífico chocando contra las rocas.

En lugar de hablar de la belleza del momento, Pam repartió las cartas con los menús.

—Hay una hamburguesa especial —dijo con un suspiro—. ¿La habéis visto? Si me la pido, ¿alguna os comeréis parte de mis patatas?

—Yo sí —respondió Nicole—. Yo me voy a pedir el plato de proteína.

Pam arrugó la nariz.

—Cómo no.

Shannon sabía que el plato de proteína era marisco y pescado a la parrilla con guarnición de verduras al vapor.

Saludable, sin duda, aunque lo que más importaba a las mujeres de la zona, tan preocupadas por su físico y ataviadas con bikinis, era el bajo contenido en calorías.

—Yo también me comeré algunas patatas —dijo. Serían un añadido agradable a la ensalada que solía pedir.

Pam le dio un golpecito a Nicole en el brazo.

—Eres un palillo. Deberías comer más.

—Ya como mucho.

—Raíces y cosas así. Cómete una hamburguesa —añadió Pam recostándose en su silla—. Disfruta de tu metabolismo mientras puedes, porque algún día todo se irá a la mierda.

—Tú estás fantástica —respondió Nicole con sinceridad—. Tienes una figura impresionante.

Pam enarcó las cejas.

—Si ahora dices «para tu edad», te tiro por la ventana.

Nicole se rio.

—Yo jamás diría eso. No te aproximas a ninguna edad en concreto. Eso está anticuado.

«Dijo la treintañera», pensó Shannon con ironía. El tiempo pasaba cada vez más deprisa. No se podía creer que solo le faltaran unos meses para cumplir los cuarenta. Miró las manos de Pam y de Nicole y vio sus alianzas de boda y sus anillos de compromiso de diamantes brillando ante sus ojos. No era la primera vez que pensaba que debería haberse casado en algún momento.

Había tenido esa intención, siempre había pensado que lo haría, pero su trabajo había sido su prioridad y eso era algo que no gustaba a los hombres que conocía. Cuanto más éxito conseguía, más difícil le resultaba salir con un hombre, o al menos encontrar uno al que no le molestara la devoción que sentía por su profesión. Últimamente, encontrar a alguien interesante y atrayente había empezado a parecerle algo casi imposible.

Por un instante barajó la idea de mencionarlo. Todos los artículos que leía decían que tenía que salir más si quería conocer a un tipo fantástico, tenía que estar dispuesta a decirles a todas sus amigas que estaba buscando en serio. Pero claro, también tenía la leve sospecha de que muchos artículos de las revistas para mujeres los escribían personas que no tenían ni idea de lo que hablaban. Además, no le gustaba dar pena. Era una mujer de negocios vital y con éxito. ¡Joder, pero si era la directora financiera de una empresa que ingresaba beneficios de más de mil millones de dólares al año! No necesitaba un hombre en su vida..., pero eso no significaba que no le pudiese gustar tener a alguno cerca.

–¿Cómo está mi hombrecito favorito? –preguntó Pam.

Nicole sonrió.

–Tyler está genial. No me puedo creer que vaya a cumplir cinco años dentro de un par de meses. Qué deprisa pasa todo. En septiembre irá al jardín de infancia –se detuvo–. En cierto modo, estará bien. No tendré que hacer tantos malabares durante el día.

Al terminar de hablar, su sonrisa de desvaneció y un músculo se le tensó en la mejilla, como si estuviera apretando los dientes.

Shannon vaciló; dudaba si preguntar o no si pasaba algo, porque ya sabía la respuesta. Las tres llevaban en la misma clase casi dos años. Mientras que Pam y ella eran participantes fieles, no se podía decir lo mismo de las demás. Por alguna razón, la clase del viernes al mediodía solía atraer a las clientas más flojas y eso implicaba que normalmente habían estado solas las tres. Entre posturas de pilates habían charlado y compartido buenos y malos momentos. Shannon sabía que Brandon, el hijo pequeño de Pam, había sido un adolescente algo salvaje... hasta el punto de conducir tan borracho que había chocado contra un árbol. Ahora no bebía y era un alumno entregado en la facultad de Medicina. También había escuchado a Nicole mientras había intentado explicar lo perpleja que se había quedado cuando su formal y trabajador marido había dejado su empleo para escribir un guion de cine y surfear. A su vez, Shannon había compartido las tribulaciones de su propia vida. Todo, desde el reto que suponía ser la única mujer con un puesto de ejecutiva en una empresa tecnológica hasta la dificultad de encontrar a un Príncipe Azul que apoyara sus aspiraciones profesionales.

Mientras que Shannon buscaba un modo delicado de preguntar si el comentario de Nicole significaba que Eric estaba decidido a conquistar Hollywood, Pam fue directa al asunto.

—¿Sigue siendo un idiota? —preguntó.

Nicole arrugó la nariz.

—No es un idiota. Es… —vaciló—. Me confunde. Sé que han pasado seis meses y que ya debería haberme hecho a la idea, ¿no? No se puede decir que no lo supiera.

Pam se giró hacia su amiga.

—Cielo, todo el mundo dice que quiere escribir un guion o estar en American Idol o algo así, pero nadie les toma en serio. Están los sueños y después está la vida real. Eric tiene una esposa y un hijo. Dejó un trabajo fantástico para dedicarse a teclear y a surfear. ¿Quién hace eso?

Nicole hizo una mueca de disgusto.

—Está escribiendo, no tecleando.

—Da igual. No está contribuyendo ni económicamente ni de ningún otro modo.

—Ayuda —dijo Nicole y después suspiró—. Más o menos. No sé qué hacer. Tienes razón. Todo el mundo dice que quiere ser rico o famoso y está genial, pero no sé. Cuando llegó y me dijo que había dejado el trabajo… —levantó los hombros—. Aún no sé qué decir.

Shannon lo entendía. Ella se había quedado igual de impactada que su amiga, y eso que no tenía que vivir con Eric. Suponía que todo el mundo tenía derecho a seguir sus sueños, pero en un matrimonio, ¿no deberían poder opinar ambas partes? Eso había sido lo más asombroso de la decisión de Eric. Ni lo había mencionado ni lo había negociado ni nada. Simplemente había dejado el trabajo y después se lo había contado a su mujer.

—Aunque no recomiendo esto para cada situación —dijo Pam lentamente—, ¿te has planteado asfixiarlo con una almohada?

Nicole se esforzó por esbozar una pequeña sonrisa.

—No es mi estilo.

—El mío tampoco —admitió Pam—. Yo soy más directa. Pero es una opción.

Shannon sonrió.

—¿Y esto lo dice una mujer que se toma la molestia de vestir a su perrita para que no se enfríe? Hablas como si fueras muy dura, pero por dentro eres como un malvavisco.

—No digáis nada —dijo Pam mirando a su alrededor, como si temiera que las hubieran oído—. Tengo una reputación que mantener —tocó la mano de Nicole—. Bromas aparte, sé que es difícil para ti. Quieres que entre en razón y ahora mismo no puedes. Aguanta. Os queréis. Eso os ayudará a superarlo.

—Eso espero —dijo Nicole—. Sé que es un buen hombre.

—Lo es. El matrimonio es como la vida. Justo cuando crees que por fin lo entiendes, cambia. Cuando dejé de trabajar, me sentía culpable de que John tuviera que cargar con todo el peso económico. Pero hablamos del tema y al final me convenció de que le gustaba tenerme en casa. Yo me ocupo de las cosas allí y él se ocupa de traer el dinero.

Ese era un mundo que Shannon no se podía imaginar. Era como si Pam fuera de otro planeta. O de otra era. Sabía que había muchas madres que no trabajaban fuera de casa, pero ella no conocía a ninguna. Las madres a las que conocía eran como Nicole: siempre intentando ocuparse de todo sin quedarse atrás.

Bueno, ahora que lo pensaba, tenía un par de amigas que habían dejado el trabajo y se habían quedado en casa cuidando de sus hijos. Sin embargo, había perdido el contacto con ellas. O tal vez ellas lo habían perdido con ella.

–Siempre hay malas rachas –dijo Pam–. Pero si no olvidáis por qué estáis juntos, las superaréis.

Capítulo 2

Pam entró en casa desde el garaje. Lulu le seguía el paso. Las dos se detuvieron en el zaguán trasero. Pam sacó su pequeño bolso de mano de la bolsa y colgó esta en el perchero.

Esa zona abierta servía como cajón de sastre para todas las cosas que no tenían un lugar propio. Había una zona de almacenamiento empotrada en la pared con muchos percheros, estantes y cajones; estos últimos estaban básicamente llenos de la ropa de Lulu.

Pam miró el suéter ligero que llevaba la perrita y decidió dejárselo puesto para que la mantuviera caliente hasta la hora de irse a dormir. Porque, al igual que el resto de la familia, Lulu se ponía pijama para irse a dormir. A Pam no le importaba si se reían de ella por eso. Era ella a quien Lulu se acurrucaba bajo las sábanas y quería que la perrita llevara algo suave cuando eso sucedía.

Siguieron cruzando la casa hasta la cocina. Pam sacó el móvil del bolso y lo dejó en la mesa auxiliar antes de comprobar el guiso que había dejado en la Crock-Pot esa mañana. Un rápido vistazo y una vuelta con la cuchara confirmaron que la carne a la borgoña estaba marchando. Añadió las verduras que ya había preparado y volvió a remover. Después, fue hacia la puerta principal a recoger el correo.

La temperatura había subido un poco y hacía un día agradable. En el resto del país, febrero podía ser sinónimo de nieve y hielo, pero en el Sur de California había muchas probabilidades de que hiciera sol y estuvieran a veinte grados. Hoy no era una excepción, aunque más bien diría que estaban a unos dieciocho. No había motivos para quejarse, se dijo mientras sacaba el correo del buzón y volvía a la casa.

Mischief Bay era una comunidad costera. Arropada por Redondo Beach y Hermosa Beach, tenía un pequeño muelle, muchos restaurantes, un paseo marítimo y muchos turistas. El océano regulaba su temperatura y la constante brisa la protegía del esmog.

John y ella habían comprado su enorme casa de estilo rancho años atrás. Por entonces, Jennifer, su hija mayor tenía… ¿cuántos? ¿Tres años? Pam intentó recordarlo. Si Jennifer tenía tres años, entonces Steven tenía uno y ella estaba embarazada de Brandon.

Sí, sí. Ya estaba embarazada. Recordó aquel encantador momento en que había vomitado delante de los encargados de la mudanza. El de Brandon había sido un embarazo complicado y había tenido muchas náuseas. Era algo que había mencionado a menudo, sobre todo cuando su hijo necesitaba una lección de humildad, como la necesitaban todos los hijos de vez en cuando.

Se detuvo para esperar a que Lulu hiciera sus necesidades junto a los arbustos y, mientras, observó la fachada de la casa. Habían rehecho gran parte de los dos jardines años atrás, cuando habían pintado la casa. Le gustaban las nuevas plantas que bordeaban la entrada circular. Miró al tejado. También lo habían cambiado. Una de las ventajas de tener un marido que se dedicaba a la construcción era que siempre conocía a los mejores profesionales.

Lulu corrió y se puso a su lado.

—¿Lista para entrar, bombón? —preguntó Pam.

Lulu sacudió su cola en forma de plumas y echó a andar. Pam miró el correo mientras avanzaba. Facturas, una carta de un agente de seguros al que no conocía y que, sin duda, sería publicidad, dos revistas de coches para John y una postal del instituto local.

Extrañada, miró la postal y le dio la vuelta. ¿Qué narices querrían?

Lulu entró en la casa. Pam la siguió y cerró la puerta. Se quedó de pie en el espacioso vestíbulo. La luz de la tarde salpicaba el suelo de baldosas.

Pero ella no vio eso. No vio nada más que las escuetas palabras impresas en la postal.

Curso de 2005. Pumas, ¡reservad la fecha! Vuestra reunión del décimo aniversario es este agosto.

Había más, pero las letras se volvieron borrosas mientras Pam intentaba encontrarle sentido a la nota. ¿Una reunión de instituto de décimo aniversario? Sí, claro, Jennifer se había graduado en 2005, pero era imposible que hubieran pasado diez años, ¿verdad? Porque si Jen iba a asistir a su reunión de décimo aniversario, eso significaba que Pam era la madre de una mujer que iba a asistir a su reunión de décimo aniversario de la graduación del instituto.

—¿Cuándo me he hecho vieja? —preguntó Pam con un susurro.

Instintivamente, se giró para mirarse al espejo que había encima de la mesa de la entrada. La persona que la miraba le resultaba familiar pero, aun así, no era quien debería ser. Sí, la melena oscura a la altura de los hombros era la misma y sus iris seguían siendo de color verde avellana, pero todo lo demás era distinto. No, distinto no. Menos... firme.

Tenía arrugas alrededor de los ojos y una marcada flacidez en la mandíbula. La boca no era tan carnosa como antes. Irónicamente, justo en noviembre había cumplido cincuenta años y se había sentido orgullosísima de sí misma por no haberse angustiado. Porque ahora los cincuenta eran los nuevos treinta y cinco. Qué bien, ¿eh?

John le había organizado una gran fiesta. Ella se había reído con los regalos de broma y se había enorgullecido de haber llegado a la cifra del cinco y el cero con elegancia y estilo... por no hablar de un culo bastante decente gracias a las clases a las que asistía tres veces por semana en el estudio de Nicole. No se había sentido... vieja. Pero eso fue antes de tener una hija a la que acababan de invitar a su reunión de décimo aniversario del instituto.

Sí, cierto, había tenido a sus hijos siendo joven. Se había casado con John a los diecinueve años y había tenido a Jen al cumplir los veintidós, pero eso era lo que siempre había querido.

John y ella se habían conocido en el Instituto Mischief Bay. Él era alto y sexi, un jugador estrella del equipo de fútbol americano. Su familia tenía una empresa de fontanería en la zona; una empresa que trabajaba en construcciones nuevas más que en arreglar lavabos atascados.

John lo tenía todo planeado: haría un curso de pregrado en Administración de Empresas en la Escuela Universitaria Mischief Bay y después trabajaría a tiempo completo en el negocio familiar. Empezaría desde abajo, se iría ganando su puesto en lo más alto y, para cuando tuviera cuarenta años, les habría comprado a sus padres su parte de la empresa.

A Pam le había gustado que hubiera sabido lo que quería y hubiera ido tras ello. Y cuando él la había mirado con esos ojos azules y había decidido que era la chica con quien compartiría ese viaje... bueno... ella se había apuntado sin dudarlo.

Ahora, mientras estudiaba su reflejo extrañamente familiar y desconocido al mismo tiempo, se preguntaba cómo el tiempo había podido pasar tan rápido. No hacía nada que había sido una adolescente enamorada y ahora era la madre de una mujer de veintiocho años.

—No —dijo en voz alta apartándose del espejo.

No se iba a angustiar por algo tan ridículo como la edad. Tenía una vida increíble. Un marido maravilloso, unos hijos geniales y una perrita rara. Exceptuando los continuos problemas de Lulu, todos estaban sanos, tenían éxito en lo que hacían y, lo mejor de todo, eran felices. Se sentía como si la hubieran bendecido miles de veces. Iba a recordarlo y a ser agradecida. ¿Qué más daba si tenía flacidez? La belleza estaba por dentro. Tenía sabiduría y eso valía más.

Entró en la cocina y encendió la televisión fijada a la pared. John llegaba a casa entre las cinco y cuarto y las cinco y media todos los días. Cenaban a las seis, normalmente una comida casera que ella misma preparaba. Todos los sábados por la noche o salían a cenar o se reunían con sus amigos. Los domingos por la tarde sus hijos iban a casa y hacían una barbacoa. El Día de los Caídos celebraban una gran fiesta también con una barbacoa. Estaban en Los Ángeles. «Ante la duda, echa carne a una parrilla».

Automáticamente reunió los ingredientes para las galletas. Harina con levadura, manteca vegetal, azúcar y suero de leche. Hacía años que había dejado de usar recetas prácticamente para todo. Porque sabía lo que hacía. A John le gustaba lo que le preparaba y no quería que lo cambiara. Tenían una rutina. Todo era muy cómodo.

Midió la harina mientras se decía que «cómodo» no

era lo mismo que «viejo». Era algo bueno. Agradable. Que hubiera rutinas significaba que las cosas transcurrían sin contratiempos.

Terminó añadiendo la manteca y después tapó el cuenco. Ese era el truco de sus galletas: dejarlas reposar unos veinte minutos.

Lulu estaba sentada pacientemente junto a su plato. Cuando Pam se acercó, la perrita sacudió su mullida cola y abrió los ojos esperanzada.

–Sí –le dijo Pam–. Es tu hora de cenar.

Lulu soltó un ladrido y la siguió hasta la nevera, donde esperaba su lata de comida.

La dieta de Lulu era un desafío continuo. Era pequeña, así que no necesitaba mucha cantidad, pero tenía alergias y problemas de piel, sin mencionar un estómago sensible. Por ello comía comida de perro recetada por el veterinario que consistía en una dieta de «proteínas nuevas», que en su caso eran pato y boniato.

Pam metió un cuarto de taza de agua en el microondas y pulsó el botón. Después de medir la cantidad adecuada de comida enlatada, sacó la taza, metió el plato y volvió a accionar el microondas. Removió el agua caliente con el pienso para mascotas. Lulu tenía unos dientes delicados y no podía comer pienso normal. Por eso el suyo había que ablandarlo con agua caliente.

Realizaban ese ritual cada noche, pensó Pam mientras colocaba el cuenco. Inmediatamente, Lulu se sentó, se acercó al cuenco y devoró su comida en menos de ocho segundos.

–¿Recuerdas que desayunaste esta mañana y que te has tomado un tentempié después del almuerzo, verdad? Parece que solo te damos de comer una vez a la semana.

Lulu estaba demasiado ocupada relamiendo su cuenco como para responder.

Pam trabajó la masa con el rodillo y puso las galletas sobre la placa del horno. Las cubrió con un paño limpio y encendió el horno. Apenas había terminado de poner la mesa cuando oyó la puerta del garaje abrirse. Lulu echó a correr por el pasillo ladrando y gimoteando de alegría.

Unos cuantos minutos después, John entraba en la cocina con su extraña perrita en brazos. Pam le sonrió y giró la cabeza para recibir su beso. Cuando sus labios se tocaron, Lulu se pasó de los brazos de John a los de ella y les lamió la barbilla a los dos.

–¿Qué tal el día? –preguntó John.

–Bien. ¿Y el tuyo?

–No ha estado mal.

Mientras hablaba, John fue a por la botella de vino que Pam había dejado sobre la encimera de la despensa que había junto a la cocina. Era un Cabernet de una bodega que habían visitado hacía unos años durante un viaje a Napa.

–Steven está trabajando en una oferta para ese hotel nuevo del que todo el mundo habla. Está pegado al mar y es exclusivo al máximo. Me ha dicho que estaban hablando sobre la posibilidad de instalar grifos de oro de veinticuatro quilates en el ático. ¿Te lo puedes creer?

–No. ¿Quién haría eso? Es un hotel. Hay que limpiarlo todo muy bien a diario. ¿Cómo se limpia el oro?

–Ya –John abrió el cajón y sacó el cortacápsulas para botellas de vino–. Es un baño. Qué idiotas. Pero si cobro el cheque, ¿qué más me da?

Mientras hablaban, Pam observó al hombre con el que llevaba casada treinta y un años. Era alto, pasaba del metro ochenta y tenía un cabello espeso que le había empezado a encanecer. Como lo tenía de color rubio oscuro, el gris apenas era notable, pero ahí estaba. Y al tratarse de un hombre, lo hacía más atractivo. Unos meses atrás le había preguntado por qué a ella no le estaban saliendo canas también y cuando Pam le había recordado que visitaba a su peluquero cada seis semanas, se había quedado impactado. John era el típico hombre, nunca se le había pasado por la cabeza que su mujer se tiñera el pelo. Porque para él ella era naturalmente bella.

«Qué tonto», pensó con cariño mientras lo miraba.

Le habían salido algunas arrugas alrededor de los ojos, pero por lo demás estaba igual que cuando se habían conocido. Esos hombros anchos siempre la habían atraído. Últimamente decía que necesitaba perder entre cinco y siete kilos, pero a ella le parecía que estaba bien así.

Era guapo, con una belleza algo ruda. Y era un buen hombre. Amable y generoso. Amaba a su esposa, a sus hijos y su rutina. Aunque tenía algunos defectos, eran insignificantes y los podía soportar. En realidad, no tenía ninguna queja sobre John. Lo que la molestaba ligeramente era que se estuviera haciendo vieja.

Él descorchó el vino y lo probó con el pulgar antes de servir una copa para cada uno. Pam metió las galletas en el horno y programó el tiempo.

—¿Qué vamos a cenar? —preguntó John al darle la copa.

—Ternera a la borgoña y galletas.

John esbozó una sonrisa.

—Soy un hombre con suerte.

—Con mucha suerte. Te vas a llevar las sobras para el almuerzo de mañana.

—Ya sabes cuánto me gustan unas sobras.

No estaba bromeando, pensó ella mientras salía de la cocina tras él. Para John, la idea del paraíso era comer carne roja y llevarse las sobras al día siguiente. Era un hombre fácil de complacer.

Fueron a la terraza que tenían en la parte trasera de la casa. En los meses más fríos, la habitación acristalada se mantenía caliente. En verano, quitaban los cristales y usaban el espacio para hacer vida al aire libre.

Lulu los siguió, saltó sobre el sofá donde Pam siempre se sentaba y se acomodó a su lado. Pam le acarició las orejas mientras John se recostaba en su sillón, un reclinable que hacía juego con otro que tenían en el salón, y suspiró profundamente.

–Hayley está embarazada otra vez –dijo–. Me lo ha dicho esta mañana. Está esperando a cumplir los tres meses para hacer el anuncio oficial.

Pam arrugó la boca.

–No sé qué decir –admitió–. Pobre chica.

–Espero que esta vez salga bien. No sé cuánto más podré soportar verla sufrir.

Hayley era la secretaria de John y estaba desesperada por tener hijos, pero había tenido cuatro abortos en los últimos tres años. Este sería el quinto intento. Rob, el marido de Hayley, quería estudiar opciones de adopción o de maternidad subrogada, pero Hayley estaba obsesionada con tener un hijo a la antigua usanza.

–Debería enviarle una tarjeta –dijo Pam, pero vaciló al momento–. O tal vez no –dio un sorbo de vino–. No tengo ni idea de cómo manejar esto.

–A mí no me mires. Estás en territorio femenino.

–¿Un territorio en el que si te aventuras demasiado te acaban saliendo pechos?

–Eso es.

–Le escribiré una nota –decidió–. Puedo decirle que la apoyamos sin que parezca que la estoy felicitando por el embarazo. ¿Le ha dicho el médico que estará bien si supera los tres meses?

Su marido frunció el ceño.

–No lo sé. Probablemente me lo haya dicho, pero yo no quiero enterarme de nada. El asunto de los bebés es algo muy íntimo.

–No eres un hombre complicado, ¿verdad?

Él levantó la copa hacia ella.

–Y por eso me quieres.

Tenía razón. Le encantaba que fuera un hombre formal y predecible, incluso a pesar de que de vez en cuando quisiera algo distinto en sus vidas, como un viaje sorpresa a algún sitio o una pulsera bonita. Pero ese no era el estilo de John. Él jamás planearía un viaje sin hablar con ella y, en cuanto a comprar joyas, era más de decirle «ve y cómprate algo bonito».

Pero no le importaba. Había visto a demasiadas amigas llevándose sorpresas de las que no eran agradables; sorpresas que tenían que ver con otras mujeres o con divorcios. John no buscaba más de lo que ella le ofrecía. A él le gustaba su rutina y saberlo la reconfortaba.

–Hoy Jen ha recibido correo del instituto. Una invitación para la reunión del décimo aniversario.

–Bien.

–¿No te parece increíble que tengamos una hija tan mayor que ya hayan pasado diez años desde que salió del instituto?

–Tiene veintiocho años, así que la reunión la van a celebrar en el momento adecuado.

Pam dio un trago de vino.

–Me he quedado impresionada. No estoy lista para tener una hija tan mayor.

–Pues ya es demasiado tarde para devolverla. Está usada.

A pesar de su previa angustia, Pam se rio.

–Que no te oiga decir eso.

–Tendré cuidado –le sonrió–. Y no eres vieja, cielo. Estás en la flor de la vida.

—Gracias —oyó el timbre del temporizador y se levantó—. Ahí está nuestra cena.

Él levantó a Lulu en brazos y siguió a su esposa hasta la cocina. Mientras Pam servía la comida, se recordó que era una mujer muy afortunada y que un poco de flacidez y de celulitis no cambiaban quién era como persona. Su vida era una bendición. Y si ya no había tanta pasión... bueno, era lo normal. ¿No oía todo el tiempo que no se podía tener todo?

—Son solo unas copas —se dijo Shannon mientras abría la puerta de Olives, el bar de Martinis y restaurante donde había quedado para una cita. Su cita *online*.

Quería detenerse y tal vez incluso golpearse la cabeza contra la pared. ¿Por qué se hacía esto? Nunca salía bien. Las citas no eran su punto fuerte. No lo eran. Era una ejecutiva de éxito con un sueldo anual de casi quinientos mil dólares y un plan de pensiones 401k. Tenía amigas y un piso precioso con vistas al océano. Sí, había tenido unos cuantos novios a lo largo de los años y había estado comprometida en dos ocasiones durante no más de quince minutos. Pero ningún matrimonio. Eso no era para ella.

Lo cierto era que sus relaciones sentimentales no eran buenas, tal vez por ella, o tal vez por los hombres, y debía aceptar la realidad de que nunca lo tendría todo. Ella no. Así que, ¿por qué volver a enfrentarse a la pesadilla de salir con alguien? Y lo que era aún peor, ¿por qué salir con alguien a quien había conocido por Internet?

Lo único positivo era que ProfessionalLA.com era una web bastante decente que sí que verificaba a los suscriptores, así que el tipo en cuestión tendría el mismo aspecto que en su foto de perfil y no habría tenido condenas por delitos graves en el pasado. Aun así, la distancia entre eso y un final feliz le parecía insalvable.

Pero ahí estaba, a pesar de todo. Entraría y saludaría. Sería simpática y, en cuanto pudiera escabullirse sin resultar demasiado grosera, volvería corriendo a la oficina, recogería el coche y se iría a casa. Una copa de vino, se prometió. A eso podría sobrevivir. Tal vez ese cómo se llamara resultaba ser genial.

Se detuvo un segundo, presa del pánico. ¿Cómo se llamaba? Mierda. Mierda y mierda. Siguió avanzando mientras su cerebro corría a rebuscar entre su memoria a corto plazo. ¿Andrew? Algo que empezaba por «A». ¿Adam? Sí. Adam. Adam algo, aunque eso sí que no lo recordaría. Vendedor de coches, tal vez. Era aproximadamente de su edad, estaba divorciado y era ¿rubio?

Mientras estudiaba a la gente del bar esperando encontrar a alguien que le resultara vagamente familiar se dijo que debía dedicarles un poco más de tiempo a los perfiles que consultaba en la web.

Un hombre se levantó y le sonrió. Debía de medir algo más de metro ochenta, tenía el pelo y los ojos oscuros y una agradable sonrisa torcida. Estaba bronceado y se le veía en forma, aunque no parecía ir alardeando de ello. Y la estaba mirando como si tuviera monos en la cara.

Shannon hizo lo que pudo por mostrarse natural cuando miró atrás para asegurarse de que no la seguía Taylor Swift ni nadie que pudiera atraer las miradas de un hombre adulto, pero allí no había nadie especial. Así que siguió avanzando hacia él esperando lo mejor.

—¿Shannon? —preguntó él cuando se le acercó.

—Sí. Hola.

—Soy Adam —alargó la mano y se la estrechó—. Gracias por venir.

Ese hombre seguía mirándola de un modo que le hizo preguntarse si llevaría los dientes manchados o si le habría salido una verruga en la nariz durante los cinco minutos que había tardado en ir de la oficina al bar. Era imposible que la viera distinta a como estaba en la foto. Había usado una fotografía de cara de las del trabajo. Nada que resultara demasiado prometedor.

Se sentaron.

Olives era la clase de lugar que atendía a los locales y a los turistas por igual. La zona de la barra estaba bien iluminada y no tenía el aire de un restaurante tradicional. Las mesas estaban alejadas lo suficiente como para que no hubiera que preocuparse de que todo el mundo escuchara la conversación. El restaurante estaba a medio camino entre exclusivo e informal, con un menú ecléctico. A excepción de unas cuantas imágenes de aceitunas y vasos de Martini en las paredes, no se habían vuelto demasiado locos con la decoración.

A Shannon le gustaba ese local para una primera cita porque iba allí lo suficiente como para conocer a los empleados y todas las salidas. Si una primera cita salía mal, podía pedir ayuda o salir corriendo fácilmente. Además, podía ir andando desde el trabajo, lo cual significaba que no tenía que preocuparse si se tomaba una segunda copa antes de conducir. Si llegada la hora de marcharse no estaba en condiciones de ponerse detrás del volante, simplemente volvía a la oficina y se entretenía con alguna tontería hasta que se encontraba preparada para conducir el trayecto de seis minutos hasta su piso.

Adam la miraba fijamente. Shannon ya no pudo soportarlo más.

–Me estás mirando –dijo intentando que su voz sonara lo más agradable posible–. ¿Pasa algo?

Él abrió los ojos de par en par y desvió la mirada un momento antes de volver a poner toda su atención en ella.

–No. Lo siento. Joder. Estoy siendo un idiota. Es que… Tú. Vaya. La foto que enviaste era genial y supuse que tenía que haber un error. Y entonces cuando te he visto ahora y resulta que eres aún más preciosa en persona… –dejó de hablar y carraspeó antes de añadir–: ¿Podemos empezar de nuevo o te quieres marchar?

Su expresión era tanto de vergüenza como de esperanza. Shannon intentó recordar la última vez que alguien había reaccionado así ante su físico. Sabía que era bastante guapa y que cuando se lo proponía, podía estar aún mejor, pero no era la clase de mujer que dejaba a los hombres sin palabras o pasmados.

Sonrió.

–Podemos empezar de nuevo.

–Bien. Haré lo posible por no darte miedo –dijo Adam sonriendo–. Estoy encantado de conocerte, Shannon.

–Eso parece.

Él se rio y avisó al camarero.

–¿Qué quieres beber?

Shannon pidió un vaso de vino tinto de la casa y él un whisky y un plato de fruta y queso. Cuando volvieron a quedarse solos, ella se recostó en su silla.

Era simpático y un poco torpe, lo cual significaba que no tenía muchas citas. Al menos no era un golfo. Ya no necesitaba a más de esos en su vida. Si no recordaba mal, era divorciado.

–Bueno, Adam. Cuéntame algo de ti.

–¿Qué quieres saber?

Todo lo que aparecía en su perfil, pensó Shannon deseando haber prestado un poco más de atención en su momento. El problema era que no le gustaban las citas *online*. Confiaba en que la agencia filtrara a los hombres y después pasaba rápidamente a la cita. Para ella, unos correos electrónicos y un par de llamadas no te daban ninguna pista sobre cómo irían las cosas en persona.

–¿Vives por la zona? –preguntó.

–Sí –respondió él sonriendo–. Nací y me crie aquí en Mischief Bay. La mayoría de mi familia sigue en la zona, así que es complicado portarse mal.

–¿Intentas portarte mal muchas veces?

La sonrisa de Adam se convirtió en una carcajada.

–Dejé de hacerlo en la adolescencia. Se me da mal mentir y si me paso de la raya, me pillan. Así que ya no me molesto en hacer ninguna de esas dos cosas.

Dejó de sonreír.

–No te van los chicos malos, ¿verdad?

Le habían interesado y su corazón tenía cicatrices que lo demostraban.

–Ya no. En teoría son geniales, pero la vida no se basa en teorías. Se basa en gente de verdad que se molesta en estar a tu lado y te lo demuestra.

–Estoy de acuerdo.

Estaban sentados en una mesa pequeña, frente a frente. Adam se inclinó hacia ella.

–¿Te dedicas a las finanzas?

–Sí. Soy la directora financiera de una empresa de informática.

Intentó hablar con naturalidad porque sabía que cuando mencionaba su trabajo solía mostrarse a la defensiva por un lado y orgullosa por otro. Y esa era una combinación, como poco, extraña.

El problema era que unos hombres se sentían ofendidos por su éxito y que a otros los intimidaba. Algunos la habían visto como una vía para llevar una vida cómoda, pero afortunadamente no habían sido muy sutiles a la hora de disimular sus intenciones de seguir siendo unos mantenidos. Los que aceptaban que lo había hecho bien y que había trabajado duro para llegar adonde había llegado solían ser los que de verdad merecían la pena, aunque eran poco habituales y, por lo tanto, difíciles de encontrar.

–¿Eres candidata a ser presidenta de la empresa?

Ella sonrió.

–No. Me siento cómoda siendo la reina del talonario de cheques. Me gusta el lado financiero de las cosas –se giró hacia él y bajó la voz–. La informática no es lo mío. Los ordenadores se me dan mejor que a la mayoría, pero nunca me ha resultado fácil. Deberías ver a algunos de los universitarios que contratamos cada año. Son brillantes. ¿Y tú?

–Yo no soy brillante.

Shannon se rio.

–Gracias por la información. Me refería a que me hablaras de tu trabajo.

–¡Ah, vale! Mi familia se dedica a la construcción, a proyectos grandes sobre todo. Edificios de oficinas, hoteles... Soy el capataz de la obra de un hotel que estamos haciendo ahora. Está al sur de Marina del Rey. Es de lujo, de veinte pisos.

Impresionante, pensó ella.

–Ser capataz tiene que conllevar mucha responsabilidad.

Adam sonrió.

–Estoy por allí y les digo a los demás lo que tienen que hacer. Es mejor que un trabajo de verdad.

Su camarero llegó con las bebidas y la bandeja de queso. Adam levantó la copa.

–Por las sorpresas inesperadas.

Ella brindó con su copa y pensó que, sin duda, Adam era una sorpresa y mucho más. No se había esperado mucho de la cita y, sin embargo, ahí estaba, pasando un rato agradable. Hasta el momento, Adam estaba siendo divertido y encantador, e incluso había habido detalles que le habían indicado que parecía un buen tipo de verdad. Sabía muy bien que no debía hacerse demasiadas ilusiones, pero la noche estaba resultando mejor de lo que se había imaginado.

–Háblame de esa familia que no te deja portarte mal.

–Somos cinco hijos y prácticamente podría ir caminando desde aquí a las casas de tres de mis hermanos. A la de mis padres también –se encogió de hombros–. Mi hermano pequeño está en el Este porque siempre ha sentido que tenía algo que demostrar.

Ella lo miró.

–¿Sois cinco hermanos?

–Ya, ya. Le dije a mi padre que tenían que haberse informado sobre cómo se originaba un embarazo, pero me dijo que mi madre y él siempre quisieron una familia grande. He de decir que fue divertido crecer en una familia así.

–Y ruidoso –murmuró ella.

–Sí, sí que había mucho ruido.

–¿Cuántos chicos y cuántas chicas?

–Tres chicos y dos chicas intercalados. Yo estoy en el medio. A mi hermano mayor nunca le interesó el negocio familiar. Es diseñador gráfico y tiene mucho talento. Mi hermana mayor siempre quiso ser veterinaria, así que cuando yo tenía unos seis o siete años, mi padre ya estaba empezando a ponerse nervioso de pensar que ninguno entraríamos en el negocio familiar. Por suerte, a mí lo que me divertía era construir cosas. Me dieron mi primer trabajo en la empresa cuando tenía catorce años.

Se sirvió unos pedazos de queso y añadió:

–Lo sé. No suena muy emocionante.

–Lo emocionante está demasiado sobrevalorado –murmuró ella. Así que también era una persona estable. ¿Dónde estaba el fallo? ¿Indisponibilidad emocional? ¿Una vida secreta como asesino en serie? Tenía que haber algo porque, sinceramente, ella no solía tener tan buena suerte.

–¿Dónde creciste tú? –le preguntó Adam.

–En Riverside. Soy hija única, así que no me puedo identificar con tu casa ruidosa. Mi casa siempre estaba en silencio.

–¿Eras la chica más lista de la clase?

–A veces. Me gustaban las Matemáticas y eso hacía que no me aceptaran en la mayoría de los grupos, aunque tampoco era tan brillante como para especializarme en ellas. Las finanzas me resultaban algo interesante con lo que ocupar mis días.

Él arrugó las cejas con gesto de diversión.

–Si me dieran una moneda por cada vez que he deseado ocupar mis días con los asuntos financieros de la empresa…

–¿No tendrías ninguna moneda?

–Algo así.

Ella sonrió.

–Tu perfil decía que estás divorciado.

Él asintió.

–Desde hace casi un año. Ya estábamos separados –se encogió de hombros–. No fue nada dramático. Nos casamos siendo jóvenes y en los últimos años nos dimos cuenta de que no nos gustaba estar juntos.

Hubo algo en el modo en que habló que hizo que ella se inclinara hacia delante, interesada. Como si hubiera algo más detrás de esa historia.

–Qué mal –dijo en voz baja.

–Y que lo digas –contestó él. La miró y después maldijo para sí–. Joder. Sí, venga, me engañó. No me gusta decirlo porque me hace parecer un idiota. No lo sabía. Vino un día y me dijo que había estado teniendo una aventura y que se había enamorado de ese tipo. No quería casarse con él ni nada de eso, pero se había dado cuenta de que si podía enamorarse de otra persona, entonces ya no estaba enamorada de mí.

Movía la copa de adelante atrás. La tensión se le reflejaba en la boca.

—Me quedé impactado y dolido y no supe qué hacer. Agarré unas cosas y me fui de casa esa misma noche. Un mes después aproximadamente, cuando mi orgullo y mi ego me lo permitieron, me di cuenta de que llevábamos tiempo distanciándonos.

—Debió de ser duro —dijo ella pensando que si le estaba contando la verdad, entonces ese hombre cada vez le estaba gustando más.

—Lo fue. Tenemos dos hijos. Charlotte tiene casi nueve años y Oliver tiene seis. Tenemos la custodia compartida. Una semana sí, otra no. Tabitha y yo vivimos a dos manzanas. Es una situación algo incómoda para los dos, pero para los niños es mejor —la diversión volvió a sus ojos—. Pero bueno, mis padres y tres de mis hermanos viven en el barrio también, así que me voy a atrever a decir que la situación resulta bastante más incómoda para ella que para mí.

—Con tal de que os funcione —le dijo Shannon.

—¿Y tú?

Sí, ahí estaban las inevitables preguntas.

—Ni hijos, ni exmarido. Estuve comprometida dos veces, pero nunca llegué al altar.

—¿Quién tomó la decisión?

—Una vez él, otra vez yo.

También había tenido una relación larga e intermitente con un productor musical que no se había portado bien con ella, aunque no había razón para mencionarlo. Al menos, no en la primera cita.

—¿Qué haces para divertirte? —preguntó Adam.

—Me encanta viajar. Me tomo dos o tres semanas libres y voy a algún sitio donde no he estado nunca.

—¿Como por ejemplo?

Ella sonrió.

—He estado en todos los continentes excepto en la Antártida. Estuve pensando en ir en uno de esos barcos que van allí, pero después de que uno saliera en todos los periódicos por quedarse encallado hace un par de años, cambié de opinión.

—¿Cuál será tu próximo viaje?

Ella se rio.

—Te vas a quedar sorprendido.

—Lo dudo.

—Vale. Machu Picchu.

Él abrió los ojos ligeramente.

—Recuérdame que la próxima vez te haga caso. Está en Perú, ¿verdad?

—Sí. Voy con una amiga y será genial. Vamos a recorrer el Camino Inca. Las ruinas están a dos mil cuatrocientos metros sobre el nivel del mar, así que me preocupa un poco mi capacidad atlética. Soy…

Un sonido familiar salió de su bolso. Lo agarró.

—Lo siento –dijo mientras sacaba el teléfono y miraba la pantalla–. Es del trabajo. Tengo que contestar.

Ya se estaba levantando y saliendo del restaurante. Cuando salió a la acera, pulsó el botón de «Aceptar».

—Soy Shannon.

—Len Howard de la oficina de Seúl. Siento molestarte, pero tenemos un problema con el Ministro de Economía surcoreano. Insiste en hablar contigo.

Shannon miró hacia el bar y vio a Adam mirándola. Adam, que parecía acercarse mucho a la perfección.

—Basándome en las otras conversaciones que he tenido con él, supongo que quiere que le llame en unos minutos.

—Sí, si es posible.

Porque era un hombre poderoso y ella necesitaba su ayuda con unas normativas bancarias. Nolan, su jefe, quería conseguir las sucursales asiáticas de Seúl y eso significaba que Shannon tenía que hacer buenas migas con el Ministro de Economía.

—Por favor, dile que le llamo en quince minutos. Desde mi despacho.

—De acuerdo.

Volvió a entrar al restaurante. Adam se levantó cuando se acercó a la mesa.

—¿Va todo bien?

Ella sacudió la cabeza.

—Lo siento mucho. Tengo que volver al trabajo. Hay una crisis en Corea del Sur y tengo que hacer una llamada en quince minutos.

—Lo siento. Esperaba que pudiéramos cenar algo. ¿Te espero?

Quería decirle que sí; Adam había sido un descubrimiento inesperado. Pero una vez que hubiera solucionado un poco las cosas, tendría que llamar a su jefe y hacer el papeleo.

—Voy a terminar muy tarde —le sonrió—. Pero me ha gustado mucho conocerte.

Quería decirle más. Quería pedirle que no se sintiera intimidado por su trabajo. Quería decirle que le encantaría que quisiera volver a verla. Pero en lugar de decir todo eso, sacó el monedero.

—De eso nada —dijo Adam—. Invito yo. Tú ve a hacer tu llamada.

—Gracias.

Esperó un segundo deseando que él dijera algo más. Y cuando no lo hizo, sonrió.

—Me ha gustado mucho conocerte.

–A mí también.

Fue hacia la puerta y salió al frescor de la noche. Su oficina estaba a solo unas manzanas. Llegaría a tiempo, sin problema.

Distintos pensamientos se le arremolinaban en la cabeza y competían por su atención. «Si al menos...», pensó y se detuvo. Había querido su profesión. Había querido tener éxito y saber que siempre podría valerse por sí misma, pasara lo que pasara. Y lo había logrado.

De ningún modo se sentiría mal por lo que había conseguido.

Sin embargo, a veces sentía que quería más.

Capítulo 3

Nicole encendió la cafetera y se apoyó en la encimera mientras esperaba a que la máquina hiciera su magia. Era muy temprano y todo estaba tranquilo. Era el momento del día que más le gustaba, excepto cuando estaba agotada, lo cual sucedía la mayor parte del tiempo.

Se dijo que la situación mejoraría con el tiempo; que daría con un horario que funcionara, que Tyler se haría mayor y la necesitaría menos, que Eric conseguiría un trabajo de verdad y empezaría a volver a ayudar a mantener a la familia.

Ese último pensamiento la hizo sentirse culpable y furiosa. No era una buena combinación. Porque por mucho que lo quería, había momentos en los que no le gustaba mucho su marido.

«No», pensó. Lo que no le gustaba era lo que había hecho. Había una diferencia.

Antes de que hubiera dejado su trabajo estable y bien pagado en una empresa de desarrollo de programas informáticos para escribir un guion, las cosas habían parecido estar más equilibradas. Se había sentido cómoda con los roles que tenía cada uno, pero últimamente... ya no tanto.

Se dijo que tenía que ser justa, que su marido tenía

derecho a seguir su sueño. Pero lo que le molestaba no era tanto el sueño como el hecho de que Eric no se lo hubiera consultado antes; el hecho de que, en lugar de consultárselo, le hubiera anunciado directamente lo que iba a hacer y que ese anuncio lo hubiera hecho dos días después de haber dejado el trabajo.

Cerró los ojos para intentar olvidar ese momento, pero el recuerdo inundó la cocina. Había sido un viernes por la mañana. Ella estaba en la cocina, igual que ahora. Eric había entrado con pantalones cortos y una camiseta.

–¿No te tienes que vestir para ir al trabajo? –le había preguntado.

Él le había agarrado la mano.

–Tengo que decirte una cosa. He dejado el trabajo. Voy a escribir un guion.

Eric le había dicho más cosas, de eso estaba segura, pero ella no había oído nada más que el intenso grito de miedo que le había llenado la cabeza.

¿Dejado? ¿Cómo podía haberlo dejado? Tenían una hipoteca y ella aún estaba pagando a su antigua jefa por haberle comprado el estudio de gimnasia. Tenían un niño de cuatro años, tenían que guardar dinero para su universidad y apenas tenían ahorros. Habían pospuesto tener otro hijo porque no se lo podían permitir.

El café caía en la taza. Esperó hasta que estuvo llena y después, con gran habilidad, apartó la taza y colocó la jarra de la cafetera en su lugar sin desperdiciar ni una sola gota. Inhaló el perfecto aroma terroso antes de dar el primer sorbo del día.

–¿Mamá?

Dio otro sorbo rápido y se giró justo cuando Tyler entraba en la cocina. Tenía el pelo alborotado y estaba medio dormido. En una mano llevaba a Brad el Dragón, su maltrecho peluche rojo. Su adorado dragón de felpa era un personaje de la popular serie de libros infantiles. El autor debía de llevarse un dineral por todo el *merchandising*, pensó al dejar la taza en la encimera y agacharse para levantar a su hijo.

Lo rodeó por la cintura y el niño se abrazó a su cuello dejando las piernas colgando. Ella hizo como si se tambaleara al levantarlo.

—¡Cómo has crecido!

El niño se rio ante el habitual comentario.

—No puedo crecer cada noche.

—Yo creo que sí.

Le dio un beso en la mejilla e inhaló el aroma de su piel. Por muchas cosas que fueran mal a lo largo del día, Tyler siempre la hacía sentirse bien.

—¿Cómo has dormido?

—Bien —se le acurrucó—. Brad ha tenido pesadillas, pero le he dicho que estaba a salvo conmigo.

—Eres muy amable. Seguro que agradece que lo protejas.

Llevó a Tyler a la mesa y él la soltó para ponerse de pie en la silla. Después, con un rápido y ágil movimiento, se sentó en ella.

Viendo lo atlético que era y lo bien que le iba en la guardería, Tyler parecía haber heredado lo mejor de Eric y de ella. Tenía esperanzas. Había querido apuntarlo a clases de baile, pero su marido no había ni querido oír del tema. Durante un tiempo había querido que el niño fuera a un campamento informático, pero había perdido el interés el año anterior, cuando había empezado a escribir su guion. Nicole suponía que podrían ponerse de acuerdo para que fuera a un campamento de teatro o algo así. Eso, contando con que Eric no dejara de escribir su guion para seguir otro sueño sorpresa.

Fue a la despensa.

–¿Avena y frutos rojos?

Tyler miró a Brad el Dragón y asintió.

–Nos gusta.

Porque a Brad se le pedía opinión a la hora de tomar la mayoría de las decisiones.

Nicole se habría preocupado por el constante compañero de su hijo de no ser porque Brad se quedaba en casa cuando Tyler iba a la guardería y porque, por lo que había leído, que se sintiera tan unido a él era algo completamente normal. Estaba segura de que tener un par de hermanos le quitaría esa dependencia del peluche, pero era imposible que eso pudiera pasar a corto plazo. Apenas era capaz de mantenerlos económicamente a flote tal como estaban. Si se quedara embarazada... No quería ni pensarlo.

Aunque tampoco debía preocuparle mucho que eso llegara a pasar, porque últimamente apenas veía a Eric. Se cruzaban por el pasillo y sus breves discusiones solían ser a la hora de organizarse en lo que respectaba a Tyler. No había sexo.

Mientras medía la avena, se detuvo mentalmente y se preguntó si Eric la estaría engañando. Se pasaba el día solo. Ella no sabía cuánto tiempo pasaba escribiendo; no estaba ahí para verlo por sí misma y él tampoco le decía nada al respecto. Cuando salía a hacer surf, podría estar con cualquiera.

Se le encogió el estómago al pensarlo, pero después volvió a centrarse en el desayuno de su hijo. Tenía que darle de desayunar y vestirlo sin perder de vista el reloj. Después de llevarlo a la guardería, tenía clases que impartir durante todo el día, unas nóminas que pagar a las dos profesoras que tenía a tiempo parcial, comida que comprar y una vida de la que ocuparse. Preocuparse por las posibles aventuras de Eric estaba al final de la lista.

Mientras le llevaba la avena a Tyler, pensó en que tal vez el mayor problema era precisamente su falta de preocupación. La pregunta era: ¿y qué podía hacer al respecto?

Pam se envolvió con la toalla y agarró el tubo de crema corporal. Mientras que para el rostro se ceñía a un régimen bastante fiel, cuando se trataba de productos corporales, le gustaba mezclar cosas. Ahora mismo estaba disfrutando de la Crema Fresca de Philosophy, una loción con aroma a vainilla que hacía que le entraran ganas de desayunar fresas mojadas en chocolate.

Sin embargo, por primera vez, la densa loción no la hizo sonreír. Probablemente porque era consciente de que mientras se la estaba aplicando estaba haciendo todo lo posible por no mirar al espejo.

Aún no se había recuperado tras la noticia de la inminente reunión de décimo aniversario del instituto de Jen. El impacto se había pasado por un momento, pero había regresado. Y tampoco la estaba ayudando decirse que la edad solo era un número y que era una mujer feliz y afortunada. Era como si cada vez que se giraba, hubiera algún recordatorio más de que atrás habían quedado aquellos días en los que había sido una treintañera sexi.

Soltó el tubo, se preparó para horrorizarse y dejó la toalla sobre la bañera. Después se miró desnuda en el grande e implacable espejo del baño de su dormitorio.

No estaba gorda, se dijo. Había ganado mucho peso con Jen, cuando había creído que el embarazo era una licencia para comer. ¡Y cómo había comido! Sí, su hija había sido una robusta bebé de tres kilos y medio y los líquidos y demás sustancias asociadas al proceso también tenían su peso y su volumen, pero esa no era una excusa para los casi treinta y cinco kilos que se había echado encima.

Perderlos había sido un suplicio, así que con los dos siguientes embarazos solo había engordado catorce, que era más razonable. Aun así, su cuerpo mostraba heridas de guerra, incluyendo estrías y una barriga ahí donde antes había estado su abdomen plano.

Los pechos eran lo peor. Más que tener forma de mamás parecían unos calcetines altos. Se apañaba con un sujetador con buena sujeción. Pero claro, por las noches, cuando solo se ponía una camiseta de dormir, se le desparramaban otra vez. Por el lado positivo, a la hora de hacerse una mamografía no le suponían ningún problema: sus pechos se apoyaban bien sobre la bandeja. Aun así, había habido una época en la que habían sido voluminosos, redondeados y tremendamente sexis.

Tenía una buena cantidad de arañas vasculares en las piernas, una clara falta de firmeza en la mandíbula y...

—Mátame ya —murmuró Pam antes de agarrar la ropa interior. ¿De qué le servía autoexaminarse tanto? Tampoco es que fuera a hacerse una cirugía plástica. Hacía ejercicio tres días a la semana en el estudio de Nicole y al menos otros dos días se subía a la cinta de caminar. Tenía cincuenta años. Más le valía acostumbrarse a no ser especial. Tenía la sensación de que de ahora en adelante todo iría cuesta abajo.

Terminó de vestirse y se cepilló el pelo hacia atrás. Al menos seguía siendo denso y con unas bonitas ondas. Lo llevaba justo por debajo de los hombros y cortado a capas para sacarles provecho a las ondas. El tinte y unas cuantas mechas en verano evitaban que la gente supiera que la estaba invadiendo el gris.

Lo malo era que todo eso sucedía sin previo aviso, pensó mientras se aplicaba el sérum antiedad que no parecía estar haciendo el mismo efecto que hacía un par de años. Sí, cierto, todo el mundo sabía que era inevitable envejecer. Que era eso o morir, y ella admitía con mucho gusto que se alegraba de estar viva.

¿Pero qué pasaba con lo demás? La Asociación Estadounidense de Jubilados llevaba persiguiéndola desde los últimos seis u ocho meses. Además de sus incesantes invitaciones para que se uniera a ellos, deberían enviar una carta sincera contando la verdad, algo del estilo de: «Disfruta ahora porque dentro de diez años te vas a mirar al espejo y vas a ver a tu abuela reflejado en él».

Tal vez no fuera la campaña publicitaria más efectiva, pero al menos sería sincera.

Se aplicó el contorno de ojos y después se dio unos pellizcos con los dedos a modo de masaje. ¿Qué tal un estiramiento facial?

Estudió los resultados y le gustó ver cómo estirarse la piel hacia arriba y hacia atrás le daba un aspecto bonito y terso. No quería dar miedo como esas mujeres que casi parecían de plástico, pero tal vez un pequeño retoque no estaría mal.

Bajó los brazos y vio su rostro volver a su posición normal. ¿A quién pretendía engañar? Jamás se haría un estiramiento facial. ¿Hacerse una cirugía en la cara por una cuestión de vanidad? De eso nada. No era una famosa megarrica. Era una mujer normal preocupada por la crueldad del tiempo y de la gravedad.

Se acercó más al espejo. Tal vez podía ponerse algún tipo de inyección. Algún relleno o bótox. ¿No se ponía bótox todo el mundo últimamente?

Salió del baño y entró en el dormitorio. Sus tareas matutinas la esperaban. John se había ido a la oficina hacía casi una hora, pero ella aún tenía mucho por hacer. Hacer la cama, poner una lavadora y fregar los platos. Una vez al mes contrataba un servicio de limpieza. Esas mujeres tan trabajadoras siempre la hacían sentirse culpable, pero aun así dejaba que le fregaran los suelos.

Después de preparar el adobo para los trozos de pollo que harían a la barbacoa esa noche, Pam se puso una chaqueta fina y le puso un suéter violeta a Lulu. La sacó para que hiciera pis y después la agarró y se la colocó debajo del brazo. Tenían una cita con el veterinario.

Aunque Lulu era una perrita dulce, encantadora y educada, venía con algunos problemas típicos de los crestados chinos, como alergias cutáneas, dientes blandos, luxación de rótula y problemas digestivos. Tenían la suerte de que tuviera los ojos bien y de que las rodillas aún no le estuvieran dando muchos problemas. John decía que era porque la perra nunca andaba.

–Eres una monada –le dijo Pam mientras la llevaba a su pequeño todoterreno–. Es normal que la gente te quiera tener en brazos.

Lulu tenía seis años y un historial clínico tan grande que en la consulta del veterinario lo tenían archivado en dos carpetas. Pam suponía que muchas familias no podrían haberse permitido unos costes médicos fijos, pero John y ella tenían suerte. Y por mucho que él se quejara de que Lulu les estaba costando tanto como mandar a sus hijos a la universidad, lo cierto era que la adoraba.

Pam se subió al coche y Lulu se acomodó en su asiento de perrito. Le colocó el arnés y se aseguró de que estuviera enganchado a la correa de sujeción y que el airbag estuviera desconectado.

–¿Preparada para ver al doctor Ingersoll? –preguntó.

Lulu sacudió la cola como asintiendo.

El trayecto duró solo diez minutos. Una vez llegara el verano, duraría tres veces más. A los turistas les encantaba Mischief Bay. A pesar de que solía hacer un tiempo cálido y soleado durante todo el invierno, la mayoría de los visitantes no reparaban en su pequeña comunidad hasta el fin de semana del Día de los Caídos, lo cual era positivo para los residentes.

Condujo por T Street y luego giró a la derecha hacia el aparcamiento de la Clínica Veterinaria Bayside. Lulu gimoteó hasta que la liberó del arnés y después saltó a sus brazos para el breve recorrido hasta el interior de la clínica.

—¡Hola! —dijo Pam al entrar en el vestíbulo.

Las dos recepcionistas le sonrieron.

—Qué alegría verte, Pam. ¿Cómo está nuestra chica favorita?

—La nueva crema le está yendo bien.

Pam dejó a Lulu en el suelo. La perrita de color rosado con motas oscuras corrió detrás del mostrador y saludó a las dos mujeres.

Oyó el roce de sus uñas sobre el linóleo y los gimoteos de emoción cuando le dieron su galletita blanda. Una vez Lulu terminó de masticar, volvió hacia Pam y esperó a que la levantara en brazos.

Heidi, una de las auxiliares, apareció con el archivo de Lulu.

—Está terminando con otro paciente. Vamos a pesarla y a llevarla a una sala.

Pam llevó a Lulu a la báscula del pasillo. La perrita se sentó obedientemente hasta que le dijeron que se podía mover.

—Exactamente cuatro kilos y medio —dijo Heidi anotándolo—. Como siempre. Ojalá yo pudiera mantener mi peso así de bien.

—Y yo —admitió Pam.

—Estamos en la sala dos.

Lulu saltó de la báscula y fue hacia la puerta abierta.

Pam la levantó y la dejó sobre la mesa de exploraciones mientras Heidi repasaba los informes de las visitas anteriores. Unos segundos más tarde, dejó sola a Pam y al cabo de unos minutos entró el doctor Fraser Ingersoll.

−¿Cómo está mi chica favorita? −preguntó con una sonrisa.

Pam sabía que se lo estaba preguntando a Lulu, pero de vez en cuando le gustaba imaginar que se dirigía a ella.

El doctor Ingersoll, un hombre alto, esbelto, moreno y de cuarenta y pocos años, irradiaba atractivo sexual. Pam no podía explicarlo y tampoco quería. Era una de esas cosas que era mejor no definir.

Estaba segura de que la mitad de las dueñas de las mascotas a las que trataba estaban locas por él y se sentía cómoda sumándose a las filas de admiradoras. Unos intensos ojos azules observaban tras unas bonitas gafas. Siempre tenía una agradable sonrisa preparada junto con una rápida caricia reconfortante. A veces le parecía que esa caricia duraba algo más de lo habitual.

Aunque amaba a John y jamás haría nada que estropeara su matrimonio, de vez en cuando se permitía soñar un poco, y uno de esos sueños incluía una invitación a tomar café por parte del doctor Ingersoll. Ella accedía a regañadientes, él proponía un lugar fuera de Mischief Bay y ella fingía no saber por qué. Mientras se tomaban un café con leche y unas magdalenas, él le confesaba la atracción que sentía por ella y, aunque Pam se sentía verdaderamente tentada a ceder, al final lo rechazaba con toda la delicadeza posible. Al fin y al cabo, era una mujer casada. Y aunque no había llegado virgen al matrimonio, John era el único hombre con el que había estado. Quería fantasear con el doctor Ingersoll pero no acostarse con él.

Aun así, esos pequeños momentos le eran de ayuda en

días tediosos o cuando estaba furiosa por tener que estar ocupándose siempre de todo el mundo.

Sin embargo, ahora ya no estaba tan segura de su encaprichamiento. ¿El doctor Ingersoll la veía como una mujer ligeramente mayor pero sexi y vital? ¿O para él no era más que la vieja y arrugada dueña de Lulu?

—¿Qué tal le va la nueva crema? —preguntó el veterinario mientras acariciaba a Lulu.

—Se rasca menos.

—Tiene la piel bien.

Pam vio cómo acariciaba a su perra y se fijó en que mientras que él tenía unas manos suaves y tersas, a ella le habían salido manchas en las suyas. Contuvo un suspiro. Eso no le gustaba nada, admitió. No le gustaban ni las dudas ni las preocupaciones. Ni tampoco el ensimismamiento. Siempre había considerado que tenía suerte en la vida. Era una mujer con suerte. Y las personas con suerte no se hacían viejas ni se arrugaban, ¿verdad? Lo cual la llevó de nuevo a pensar en la Asociación Estadounidense de Jubilados y en lo que deberían estar haciendo para sus futuros miembros: advertirlos de la llegada del apocalipsis de la vejez.

Shannon terminó los informes trimestrales y pulsó el botón de «Enviar». Más tarde se reuniría con el director ejecutivo para hablar de los resultados, pero no le preocupaba. Las cifras tenían buena pinta.

Acababa de mejorar los calendarios y los descuentos en las cuentas por pagar. El flujo de efectivo había mejorado, lo cual significaba que la expansión de la compañía se podía financiar desde dentro. Cuando los tipos de interés eran bajos, tenía sentido pedir un préstamo, pero tenía la sensación de que iban a empezar a subir. Por eso, sería mejor mantener el dinero en casa.

No estaba de acuerdo con muchas personas que se dedicaban a las finanzas y veían los productos que producían sus empresas como «*widgets*» intercambiables. Cada empresa era distinta. Los retos que suponía producir un material físico variaban entre industrias e incluso dentro de ellas. Los coches no eran lo mismo que los muebles y los productos informáticos no tenían nada que ver con los sobres. Su actitud había sido la razón clave por la que la habían contratado hacía casi cinco años. Nolan podría haber contratado a cualquiera de las decenas de candidatos que había visto, pero la había elegido a ella. Shannon tenía la sensación de que su diatriba sobre el hecho de que los productos manufacturados no deberían verse reducidos al término peyorativo «*widget*» había sido parte de la razón por la que la habían elegido.

Miró por la ventana que tenía junto al escritorio. El sol se había puesto hacía un rato. Ya no se veía ni un ápice de luz en el cielo, a excepción de las brillantes luces que rodeaban al edificio, claro. Llevaba en el despacho desde las seis y media y, exceptuando la clase que había tenido en Mischief in Motion a la hora del almuerzo, prácticamente se había pasado todo el tiempo encadenada al escritorio.

Guardó los archivos y comenzó a apagar el ordenador. De camino a casa iría a por comida tailandesa y pasaría la noche tranquila y sola.

Porque no tenía una cita. Y mucho menos con Adam, que aún tenía que llamarla después de aquel único encuentro.

Había tenido esperanzas, pensó mientras veía cómo se apagaba el ordenador después de guardar los datos; esperanzas de que fuera suficiente hombre como para aceptar su éxito y las exigencias de su trabajo y para respetarlas incluso. Pero Adam no lo había hecho y eso significaba que no era para ella. A pesar de todo, ser lógica no ayudaba a soportar ese dolor sordo que había aprendido a identificar como «soledad».

Sí, sin duda tenía amigas a las que podía llamar. Ahora que Eric estaba tan ocupado escribiendo su guion, Nicole solía estar disponible para salir a cenar. Tyler la acompañaba y Shannon no tenía ningún problema con eso. Le gustaba estar con ese pequeñajo tan feliz y encantador. También podía preguntarles a Pam y a John si les apetecía tomar una copa de vino después de cenar. Seguro que tendrían unas sobras deliciosas de la cena que se podría tomar.

Pero aunque quería a sus amigas, no estaba sola por ellas. De vez en cuando quería encontrar al «hombre de su vida», ese concepto ridículo que no se había logrado quitar de encima por mucho que lo había intentado. A veces le preocupaba que todo lo que se decía sobre el vínculo de pareja en los humanos fuera cierto.

Abrió el último cajón del escritorio y sacó el bolso. Acababa de agarrar el móvil justo cuando comenzó a vibrar con una llamada entrante.

La pantalla se iluminó con el icono que tenía asociado al nombre: una calavera y unas tibias cruzadas. Era gracioso, pero también una advertencia. Porque recibir una llamada de Quinn nunca era bueno.

Se planteó dejar que saltara el buzón de voz, en parte porque era la opción más segura. Él no dejaría ningún mensaje y pasarían semanas hasta que volviera a saber de él. Pero si respondía...

Agarró el teléfono y descolgó.

—¿Diga?

—Preciosa.

No hacía falta más. Una sola palabra con esa voz grave y ronca. Su tensión se relajó, su respiración se ralentizó y entre las piernas sintió la reveladora combinación de deseo y humedad. Por mucho que se dijera que era una mujer de éxito y autodidacta, a fin de cuentas no era más que la amante de Quinn.

–Hola –murmuró mientras miraba el reloj y calculaba cuánto tardaría en llegar a Malibú a esa hora de la noche.

–Ven.

Quinn no preguntaba. Ordenaba. Tenía el control. Y pasaba lo mismo en la cama, donde era él el que decidía qué hacían y quién llegaba primero al orgasmo. Debería haberse sentido ofendida por ello, pero no era así. Había algo atrayente en los hombres que tenían el control. Con él se podía relajar porque era inútil nadar contracorriente.

–No me puedo quedar a dormir –dijo en un débil intento de controlar la situación. Había aprendido la dura realidad. Era mejor llevarse lo que quería y salir corriendo que quedarse a pasar la noche.

–No hay problema.

Se oyó un suave clic y supo que la llamada había terminado.

Metió el móvil en el bolso y fue hacia el aseo privado incluido en su puesto de ejecutiva de alto rango. Después de usarlo, se retocó el maquillaje y se cepilló los dientes. A continuación, salió y fue hasta su coche.

El trayecto hasta Malibú era sencillo. Dirección norte por la Carretera del Pacífico, que se convertía en Sepulveda y muchas otras calles desde Marina del Rey a Venice. Volvía a tomarla en Santa Mónica y después seguía la carretera hasta llegar a Malibú.

Cuando la gente pensaba en esa zona, imaginaba mansiones frente al mar y estrellas de cine por todas partes. Ambas abundaban, pero gran parte de la comunidad también era mayor y los diminutos restaurantes, que eran los preferidos por los locales, quedaban algo eclipsados por lugares más grandes y famosos como Gladstone's.

Shannon giró hacia una calle pequeña. En una de esas raras ironías de Los Ángeles, las casas más bonitas solían tener unas entradas absolutamente engañosas. Había un garaje, una puerta de seguridad y lo que parecía la entrada de un modesto bungaló de noventa metros cuadrados. Sin embargo, todo ello ocultaba una vivienda de lujo de ocho o diez millones de dólares y unas vistas increíbles.

La casa de Quinn era parecida, aunque su portón impedía el acceso directo al camino de entrada. Shannon introdujo el código. En ese instante previo a que la pesada puerta de hierro se abriera, se preguntó si se abriría, porque sabía que llegaría un día en el que su código ya no serviría. Solía decirse que sería positivo que eso pasara, y había días en los que incluso se lo creía.

Pero no esa noche, pensó mientras entraba en el garaje abierto y aparcaba junto al Maserati.

Bajó y entró.

La casa de Quinn estaba construida en la ladera de un acantilado. La casa de tres alturas debía de tener entre cuatrocientos cincuenta y quinientos cincuenta metros cuadrados y desde los tres pisos se apreciaban unas vistas absolutamente perfectas del océano. Durante el día, las habitaciones estaban llenas de luz. Por la noche, las persianas eléctricas protegían la intimidad del lugar de aquellos que intentaran echar un vistazo al modo de vida de los ricos.

Shannon dejó los zapatos en el vestíbulo que había junto a la puerta del garaje y entró descalza hasta el salón. Había música puesta. No reconocía al hombre que estaba cantando, pero estaba segura de que era uno de los últimos descubrimientos de Quinn.

Había un par de lámparas encendidas para guiarla, pero podría haber encontrado el camino con los ojos cerrados. Ignoró el elegante mobiliario, las caras obras de arte y los cojines dispuestos de un modo que parecía casual, pero que en realidad no lo era, y fue hacia las escaleras.

Un piso más abajo estaban la cocina y otro salón. Ahí era donde Quinn pasaba la mayor parte del tiempo. El piso superior era para recibir a las visitas. Un montaplatos permitía que cualquiera de los servicios de *catering* que contrataba sirviera la comida fácil y rápidamente.

En lugar de elegancia, todo lo que primaba en esa planta era la comodidad. Un sofá de piel extragrande y una televisión gigante dominaban la habitación, y el equipo electrónico que tenía podría intimidar a un científico de la NASA. Ser un productor de música de éxito estaba muy bien pagado.

Shannon fue hacia la última escalera y bajó un piso. Pasó por delante de una pequeña habitación de invitados y entró en el dormitorio principal.

Las puertas de cristal estaban abiertas. El aire fresco de la noche y el sonido del océano se entremezclaban con el aroma de la madera que ardía en la chimenea. Había una cama grande, un par de sillones y un hombre. Su atención se centró en este último.

Quinn había estado leyendo. Soltó el libro electrónico y se puso de pie mientras ella se acercaba. Su pelo rubio estaba demasiado largo y sus ojos azules ligeramente entrecerrados. Era la clase de hombre que tomaba lo que quería y eso se notaba solo con verlo. A pesar de la camisa suelta de algodón y los pantalones chinos, era peligroso. Como una serpiente preciosa pero venenosa; cuanto más atrayente era su aspecto, más cuidado debías tener.

Soltó el bolso en la alfombra. Él se sacó la camisa por la cabeza y la tiró al suelo. Después fueron sus pantalones. Era Quinn, así que no se molestaba en llevar ropa interior.

Shannon observó las pulidas líneas de su cuerpo. Unos músculos definidos ondeaban bajo su piel. Rondaba los cuarenta años, pero sin problema podrían haberlo contratado como doble de traseros para estrellas a las que les doblaba la edad.

Ya estaba excitado.

Ella vaciló. Solo un segundo. Era como estar en la primera semana de una dieta, cuando los antojos eran insistentes y el mal humor estaba en alza y alguien te ofrecía un *brownie*. ¿Lo aceptabas y prometías que volverías a empezar la dieta al día siguiente? ¿O hacías lo correcto, reunías fuerzas y te marchabas?

Sabía que ya había tomado la decisión. Contestar la llamada había sigo el equivalente a aceptar ese *brownie*. Ahora solo tenía que dar ese primer mordisco.

Se acercó a él. Quinn la llevó hacia sí y la besó. Con la caricia de su lengua, ella se rindió ante lo inevitable y se prometió que al día siguiente lo haría mejor.

Capítulo 4

—Y aguantad —dijo Nicole con tono alentador—. Cinco segundos más.

Pam mantuvo la postura de la plancha abdominal. Todos los músculos del cuerpo le temblaban por el esfuerzo, pero estaba decidida a aguantar el minuto entero. Su imagen desnuda aún la atormentaba. Lo mínimo que podía hacer era darlo todo en la clase de gimnasia.

—¡Tiempo! —gritó por fin Nicole—. Habéis terminado, chicas.

Pam se dejó caer sobre la colchoneta un segundo para recuperar el aliento. Aún le temblaban los músculos del abdomen. Estaría dolorida hasta el día siguiente, lo cual era algo deprimente teniendo en cuenta que hacía tres clases a la semana.

Se levantó, fue tambaleándose hasta la estantería donde guardaban el espray limpiador y las toallas y limpió la colchoneta y el equipo que había usado. Las demás alumnas hicieron lo mismo. Miró a Shannon, quería asegurarse de que tuvieran oportunidad de hablar. Suponía que de todas las mujeres que conocía, Shannon era la que con mayor probabilidad tendría referencias o, al menos, podría conseguir alguna.

—Está intentando matarnos —dijo Pam acercándose a la pelirroja con un cuerpo firme a rabiar.

—Eso pienso yo también.

Recogieron sus enseres personales de las casillas que había junto a la sala de espera. Lulu se levantó y se estiró. Pam guardó en la bolsa la manta sobre la que había estado tumbada la perrita y fue hacia la puerta. Lulu caminaba junto a ella.

Cuando salieron en dirección a los coches, la levantó en brazos y se preguntó cómo sacar un tema tan personal.

—¿Tienes un segundo?

Shannon se detuvo y la miró.

—Claro. ¿Qué pasa?

Pam se tomó un instante para admirar el suave rostro de la otra mujer. Ella no tenía flacidez en el mentón y su piel estaba muy luminosa. Pam se había visto un par de manchas en la mejilla y en la frente. Todo ese tiempo que había pasado tomando el sol de adolescente estaba empezando a pasarle factura. Día a día su tez estaba pasando de ser de humana a ser de dálmata.

—No pretendo insinuar nada —comenzó a decir Pam deseando haberlo planeado mejor— ni resultar ofensiva. Es solo que... No sé a quién más preguntar.

Shannon esbozó una sonrisa.

—De repente tengo la sensación de que me vas a preguntar si me he hecho una operación de cambio de sexo. La respuesta es «no».

Pam intentó sonreír.

—No es eso. Estaba pensando en ponerme un poco de bótox y me preguntaba si conocerías a alguien que se lo hubiera hecho.

—¡Ah, claro! Es fácil. Claro que puedo darte un nombre. Tengo una persona.

Pam frunció el ceño.

—¿Una persona que lo hace?

—Claro.

—¿Porque tú te lo pones?

—Llevo cinco años haciéndolo.

Pam frunció el ceño más aún mientras observaba a su amiga.

—Pero tu piel está muy suave y tu cara tiene un aspecto muy natural.

—Porque de eso se trata –le dijo Shannon–. Lo he estado usando para evitar arrugas.

—¿Pueden hacerlo?

—Pueden –Shannon se apartó el pelo de la frente–. Estoy intentando fruncir el ceño. ¿Algún movimiento?

—No mucho.

—Entonces funciona. Te pasaré la información de contacto del sitio al que voy. Son muy buenos. Las inyecciones duelen, no te voy a mentir, pero luego no es para tanto. Y, una semana después, tienes menos arrugas.

—Suena fácil –murmuró Pam mientras se preguntaba si habría dejado pasar demasiado tiempo. Hacía años que había pasado ya de la fase del cuidado preventivo.

—A mí me encanta –le dijo Shannon–, pero te advierto que engancha. Ahora estoy barajando la idea de ponerme un poco de relleno de labios o algo así.

—¿Relleno? –a Pam le dio un vuelco el estómago–. Yo no estoy segura de estar lista para eso.

—Entonces empieza con el bótox. Lo demás puede esperar.

—Gracias.

Hablaron unos minutos más y después fueron hacia sus coches. Mientras Pam ataba a Lulu, suspiró.

—Esperaba que me dijera que no necesitaba hacerme nada –admitió.

Lulu sacudió la cola.

—Da gracias —le dijo a la perrita—. Tú siempre serás una belleza natural.

Nicole entró en casa a las seis y veintiocho de la tarde. No era su mejor marca, pero estaba bastante bien. Ignoró el dolor de espalda y de piernas y el deseo de poder dormir durante las próximas veinticuatro horas. Al menos había llegado pronto. Los martes y los jueves trabajaba hasta las ocho.

—¡Mamá está en casa! ¡Mamá está en casa!

La alegre voz de Tyler y el estrépito de sus pisadas mientras corría hacia ella la hizo sonreír. Los lunes, miércoles y viernes, no lo veía por la mañana. Su primera clase empezaba a las seis, lo cual significaba que a las cinco y media ya había salido de casa.

Soltó la bolsa en el suelo y extendió los brazos. Tyler dobló la esquina y se abalanzó sobre ella. Lo abrazó con fuerza.

—¿Cómo está mi chico favorito?

—Bien. Te he echado de menos. He practicado lectura y papi ha hecho *paetis* para cenar.

—Espaguetis, ¿no? Qué ricos.

—Sí —la besó en los labios y apoyó la cabeza contra su mejilla—. Te quiero, mami.

—Y yo también te quiero, hombrecito.

Lo dejó en el suelo. Tyler volvió al salón y ella entró en la cocina. Había platos por todas partes: el recipiente de plástico donde habían estado los *paetis* que Tyler había disfrutado y todo lo del desayuno y el almuerzo.

El dolor de piernas le subió a la espalda. La frustración se unió al agotamiento. Entró en el dormitorio y vio que la colada que había separado a las cinco de la mañana seguía ahí amontonada. ¿Es que su marido no había hecho nada?

Eric entró en la cocina y le sonrió.

–Hola, cielo. ¿Qué tal el día? –mientras hablaba, se acercó y la besó–. Sé que vas a decir que bien y que estás cansada, pero debo decirte que estás muy sexi con la ropa de deporte.

El cumplido aplacó su enfado durante un segundo.

–Gracias. Y sí, el día ha estado bien. Largo, pero bien. ¿Qué tal el tuyo?

–Excelente. He reescrito una escena tres veces pero ahora está bien. Al menos eso espero. Lo descubriré en mi grupo de crítica el sábado. Mientras tanto, esta noche tengo clase, así que luego nos vemos.

Miró al hombre con el que se había casado. Se parecía mucho al chico que recordaba y, aun así, era totalmente diferente. Aún llevaba el pelo demasiado largo y tenía un gusto espantoso por las camisas hawaianas llamativas. Sin embargo, el antiguo Eric se habría ocupado de los detalles de la vida que tenían juntos mientras que ese hombre no parecía ver nada más allá de su guion.

Se dijo que debía respirar, que gritando nunca se lograba nada.

–Me encantaría leer la escena nueva –le dijo.

–Lo harás. Cuando esté perfecta.

Era la misma respuesta que recibía siempre. Aún no le había dejado leer ni una sola palabra de su trabajo, y eso a veces le hacía preguntarse si estaría escribiendo algo en realidad y la hacía sentirse culpable hasta el punto de querer golpearse la cabeza contra la pared de tanta frustración.

–Tengo que irme corriendo –volvió a besarla y se puso derecho–. ¡Mierda! He olvidado fregar los platos. Déjalos. Lo haré cuando vuelva. O por la mañana. Te lo prometo.

–De acuerdo –murmuró Nicole sabiendo que lo haría

ella misma. Algo en su interior hacía que le resultara imposible relajarse si tenía una pila llena de platos sucios–. ¿Has lavado las sábanas?

Él se quedó impávido.

–¿Te dije que lo haría?

–Sí, lo dijiste.

–Joder. Lo siento.

–Te lo agradezco, pero Eric, tenemos que hablar de esto. Estás emocionado con tu guion y es genial, pero últimamente parece que cada vez haces menos en casa.

–No es verdad. Hago la compra y me ocupo de Tyler cuando no está en la guardería. Me he olvidado de los platos, pero los fregaré. Y haré la colada –su expresión se tensó–. Tienes que entenderlo. Para mí ahora lo importante es escribir. Tengo que centrarme en eso. Es mi trabajo. Sé que ahora mismo no me está dando nada de dinero, pero lo hará. Cuando trabajo me vuelco tanto como tú en el tuyo. Necesito que respetes mi tiempo.

–Lo hago –más o menos, pensó con tristeza–. Necesito poder apoyarme en ti.

–Puedes. Confía en mí –miró el reloj. Después de recoger la mochila, fue a la puerta–. Mañana. Lo juro. Lo haré todo. Tengo que irme. Adiós.

Y se fue.

Ella se quedó de pie, sola en la cocina, y se dejó invadir por distintas emociones. Enfado, confusión, agotamiento, pesar. Se retorcieron hasta formarle un gran nudo en el estómago.

¿Que respetara su tiempo para escribir mientras ella se machacaba para mantenerlos a todos? Cerró los ojos. «No», se dijo. No era justo. Él estaba trabajando, o al menos esperaba que lo estuviera haciendo.

Los cambios que se habían producido en su relación con su marido habían empezado de forma muy discreta, con incrementos tan diminutos que apenas los había notado. Exceptuando su decisión de dejar el trabajo, claro.

Al principio se había ocupado de la casa, de la colada y de la compra, pero con el tiempo eso había cambiado. Se olvidaba de comprar todo lo que había en la lista, metía la ropa en la lavadora pero no en la secadora, no recogía a Tyler de la guardería. Y ahora no se estaba encargando de recoger la cocina tal como había prometido.

Pensó en ir tras él para hablar de lo que estaba pasando, pero decidió no hacerlo. Estaría centrado en llegar a clase. Pronto, se prometió. Se sentaría con él y hablaría de lo que iba mal. No quería tener un compañero de piso, quería un marido. Alguien que estuviera dedicado a su familia y no completamente volcado en su propio sueño.

¿De verdad creía que iba a vender un guion? ¿Qué probabilidades había? ¿Una entre mil millones? Qué ridículo. Y, aun así, una parte de ella se preguntaba si lo lograría.

El nudo en el estómago seguía ahí, pero eso no le importaba ahora mismo. Levantó el cesto vacío de la colada. «Prioriza», se dijo. Probablemente podría aguantar despierta mientras ponía dos lavadoras, así que, ¿cuáles eran las más importantes?

Cinco minutos después, su vieja lavadora estaba traqueteando. Encendió la radio, sintonizó una cadena de antiguos éxitos y bailó con Tyler mientras recogían juntos la cocina. O, mejor dicho, ella recogía mientras él bailaba al ritmo de *Help me, Rhonda*. A las siete, los platos ya estaban en el lavavajillas y la comida guardada. Tyler se había bañado la noche anterior, así que tenían toda una hora antes de que le tocara irse a dormir.

Se sentó en el suelo frente a su hijo y sonrió.

—¿Qué te gustaría hacer? Podríamos jugar o ver la tele —no le ofrecía leerle un cuento porque eso se daba por hecho. Exceptuando las dos noches que trabajaba hasta tarde, siempre le leía un cuento. Normalmente alguna aventura del astuto Brad el Dragón.

—¡Una película!

—Solo tenemos una hora.

—Vale.

Tyler corrió hacia el salón. Sus programas y películas estaban en un estante bajo desde el que podía seleccionarlos. Ella fue a la nevera y abrió la puerta. No veía nada que le apeteciera, pero sabía que tenía que comer. Eligió un yogur de arándanos y una manzana.

—Esta —dijo Tyler enseñándole el estropeado estuche de un DVD que les era muy familiar.

Nicole miró la imagen granulada de la carátula. Habían pasado dieciséis años. Por entonces ella tenía catorce y esa era una copia de su audición para los cursos de verano de la Escuela de Ballet de Nueva York.

No era la audición real. A nadie se le permitía verla y mucho menos grabarla. Pero ella había recreado el baile para su madre. En el mismo DVD había unas cuantas actuaciones más.

—Cielo, lo has visto muchas veces —le recordó a su hijo—. ¿No quieres ver otra cosa?

Él le acercó el DVD con un gesto de testarudez que Nicole reconocía bien.

—Vale, pues vamos a ver bailes.

Puso el disco y se acomodó en el sofá. Tyler se acurrucó a su lado. Le ofreció yogur, pero el niño negó con la cabeza. En la pantalla apareció una imagen y después una música familiar llenó la sala.

Nicole vio a su yo mucho más joven actuar. Era todo piernas, pensó, aunque sin la típica postura desgarbada de la adolescencia, y eso se debía probablemente a que había estado estudiando danza desde que tenía la edad de Tyler.

Había entrado en el programa de verano para tener que oír al final que no tenía lo que hacía falta para acceder al mundo del *ballet* profesional. En aquel momento se había quedado destrozada aunque también aliviada en el fondo. Porque que fuera una bailarina famosa había sido el sueño de su madre.

La madre de Nicole había llorado durante dos días y después había tramado un nuevo plan. Había muchas modalidades de baile, le había dicho, y su hija iba a triunfar en todas. También la había apuntado a clases de arte dramático y de canto. Había estado a punto de no sacar nota para graduarse en el instituto porque siempre estaba asistiendo a algún curso.

En la pantalla la escena dio paso a otra actuación. Nicole suponía que ahí debía de tener diecisiete años. Era el año en el que su madre había empezado a quejarse de dolores de cabeza. Para cuando recibió la noticia de que había conseguido una beca para estudiar danza en la Universidad de Arizona, a su madre le habían diagnosticado un tumor cerebral inoperable. El funeral se había celebrado el sábado anterior al Día del Trabajo. Nicole ya había empezado las clases en la universidad.

Cuántas decisiones tomadas que en realidad no habían sido decisión suya, pensó complacida de haber llegado al punto de sentir solo tristeza, porque durante mucho tiempo también había saboreado la amargura siempre que pensaba en su pasado. Tal vez ver los DVD con Tyler la ayudaba. Él solo veía la belleza de la danza. Ahí no había juicios emocionales. El niño no conocía ninguna historia que pudiera nublarle esa visión.

Nicole no había tenido esa suerte. Su madre había querido que fuera una estrella, aunque el origen de ese sueño no estaba claro. Tal vez tenía que ver con algo de su infancia. Pero no habían hablado de ello. Por el contrario, sus conversaciones más íntimas habían girado en torno a cómo Nicole podía hacerlo mejor y ser mejor. «Siempre lucha y aspira a más», le había dicho su madre. Qué decepcionada estaría hoy.

A veces se preguntaba si ella también estaba decepcionada consigo misma y cómo habrían cambiado las cosas si hubiera sido un poco mejor, si hubiera tenido una pizca más de talento. Pero las lamentaciones no servían de nada, se recordó. Solo te hacían perder tiempo y energía porque no cambiaban nada.

Miró la pantalla y se vio bailando, joven y con una elegancia y una seguridad que parecían faltarle ahora. Aunque no lamentaba no ser famosa, sabía que en algún punto del camino había perdido algo importante. Todos los elementos de una vida feliz estaban ahí: un pequeño negocio en auge, un marido, un hijo maravilloso, amigas. Sin embargo, por la razón que fuera, no funcionaban entre sí como debieran. Aceptaba el agotamiento, eso eran gajes del oficio. Pero era todo lo demás, la sensación de no haber encontrado del todo lo que la hacía feliz y la duda de haber cometido algún error por el camino, lo que la mantenía despierta por las noches.

El domingo por la mañana, Pam revisó el contenido de la nevera. Toda la familia iba a cenar esa tarde y tenía que asegurarse de que tenía todo lo que necesitaba.

Las cenas de los domingos eran una tradición familiar para los Eiland. Cuando los niños eran pequeños, les pedían que estuvieran en casa a las cuatro por mucho que se hubieran estado divirtiendo en otro sitio. Solo se permitían excepciones si alguno estaba de viaje, por supuesto, y ahora también durante las vacaciones. Pero, de lo contrario, las cenas de los domingos eran una obligación.

Durante el verano eran reuniones informales, la mayoría de las veces en el jardín y con una barbacoa como plato principal. Al llegar septiembre solía haber partidos de fútbol americano y cuando se enfrentaban sus rivales favoritos, la cena se convertía en un bufé en el salón.

Para el menú de hoy, Pam había optado por costillas de primera calidad. Había encargado una pieza grande para que a John y a ella les quedaran suficientes sobras. El resto del menú era sencillo: puré de patatas y judías verdes. Steven, el mediano, le había pedido que hiciera sus galletas de jalapeños y maíz. El día anterior también había preparado pasteles de crema pastelera y chocolate. Le gustaba hacer todo lo posible con antelación para que cuando llegaran sus hijos no tuviera que estar metida todo el rato en la cocina.

Entró en el salón, fue hacia el aparador empotrado en la pared del fondo, abrió las puertas y observó los platos apilados. Había tres juegos, todos ellos heredados de sus abuelas. Uno solo lo usaban para ocasiones especiales. Miró los otros dos y sacó un platito con espirales azules y verdes. Lo puso sobre la mesa junto con un mantel y unas servilletas. John pondría la mesa luego con todo lo que ella dejara preparado.

Hoy serían seis. Irían Jen y su marido, Kirk, y Steven y Brandon. A Steven antes le permitían ir acompañado, pero cambiaba de mujer como la mayoría de la gente cambiaba de chicle, y al final Pam se había cansado de encariñarse con una chica tras otra para después verlas desaparecer. Era desalentador. Ahora Steven tenía que someterse a una norma muy estricta: no se le permitía llevar novias a reuniones familiares hasta que llevaran juntos al menos seis meses. Por ello, en los últimos tres años no habían conocido a ninguna de las chicas con las que había salido su hijo.

Se dijo que se le pasaría con el tiempo. Solo tenía veintiséis años. Le parecía demasiado joven. Qué curioso. John solo tenía veintidós cuando se casaron. Pero ahora los tiempos habían cambiado. Las personas habían cambiado.

El timbre sonó y Lulu corrió hacia la puerta ladrando nerviosa.

Pam la siguió.

—¿Sabes? Yo también lo he oído.

Lulu ignoró la información y siguió ladrando hasta que Pam la levantó en brazos y abrió la puerta.

Hayley Batchelor estaba allí con un plato de galletas.

—Hola. Hace siglos que no te veo. ¿Es buen momento?

—Claro.

Pam se apartó para dejar pasar a su vecina, que además era la secretaria de John. La joven soltó el plato de galletas y alargó los brazos. Lulu saltó a ellos.

—¿Cómo está mi chica favorita? —preguntó Hayley.

La perrita se acurrucó contra ella y le lamió la barbilla.

—Qué dulce eres —murmuró Hayley—. ¿Por qué te ha esterilizado tu madre? Podría haber habido más Lulus en el mundo.

—Dados sus problemas de salud, no me parece una buena idea —le dijo Pam—. Vamos. Tengo té de hierbas en la cocina.

—John te lo ha contado, ¿verdad? —dijo Hayley.

—Sí. Enhorabuena. Tienes que estar emocionada.

—Sí. Esta vez será distinto. Tiene que serlo.

Pam admiraba su determinación y su fe. Hayley había sufrido varios abortos en su intento de quedarse embarazada. Le habían hecho todo tipo de pruebas y no parecía haber ninguna razón específica para su problema. No era alérgica al esperma de su marido, tal como le había dicho un año atrás. Pam desconocía que algo así pudiera pasar. ¿Alergia al esperma? ¿En qué estaban pensando sus cuerpos?

Su aparato reproductor funcionaba bien y todo estaba en su sitio, los niveles de hormonas eran buenos y no tenía carencias de vitaminas ni de minerales. Sin embargo, Hayley no podía llevar dentro un bebé durante más de doce semanas.

Con el último embarazo, había hecho reposo en cama desde el momento en que se había enterado de que estaba embarazada, pero eso tampoco había servido de nada.

Ahora estaba sentada en uno de los taburetes de la barra de la cocina. Mientras, Pam puso agua a hervir, sacó su cesta de tés y eligió el favorito de su amiga: té blanco con pera.

–¿De cuánto estás?
–Siete semanas. Solo quedan cinco.
–¿Te encuentras bien?
–Me encuentro genial.

Pam asintió. Eso no había cambiado. Hayley siempre se encontraba perfectamente hasta que empezaba a sangrar.

–Ojalá te pudiera ayudar –le dijo Pam–. Darte algo.
–¿Te estás ofreciendo para ser mi vientre de alquiler? –le preguntó Hayley con tono de broma.
–Dios, no.

Hayley se rio.

–Me lo imaginaba –su humor se desvaneció un poco–. Agradezco tus palabras de todos modos. Me gustaría tener un poco de esa magia que tantas mujeres tienen y no valoran.

Pam asintió. Ella había estado embarazada tres veces y tenía tres hijos sanos que lo demostraban. Con Brandon había tenido náuseas, pero por los demás sus embarazos habían sido tranquilos. Nunca se había parado a pensar cuántas mujeres tenían que sufrir tantas otras cosas.

–¿Cómo está Rob?

Rob, el marido de Hayley, tenía dos trabajos para poder pagar los distintos tratamientos de fertilidad que ella quería que probaran. Era un buen hombre y Pam sabía que se preocupaba mucho por su mujer.

–Bien –respondió Hayley animada–. Ilusionado de que vuelva a estar embarazada.

Pam asintió sin decir nada. Estaba segura de que Rob estaría mucho más preocupado que ilusionado. Sabía que quería que Hayley dejara de intentarlo, que le diera un descanso a su cuerpo. Pero Hayley no le hacía caso.

Pam vertió el agua hirviendo en dos tazas y le pasó una a Hayley junto con la bolsita de té y una cuchara. Metió una bolsa de Earl Grey en su taza justo cuando John entraba en la cocina.

–Hola –dijo al acercarse a Hayley y darle un abrazo–. ¿Cómo está mi secretaria favorita?

–Bien.

–Ya veo que has traído galletas. Siempre me has caído bien. Recuérdame que te haga un aumento de sueldo el lunes.

Hayley sonrió.

–Lo haré.

John le guiñó un ojo a Pam, se sirvió un par de galletas del plato y se dirigió al garaje. Lulu, al ver la posibilidad de que le dieran un tentempié, siguió a su padre.

–John es el hombre más bueno que conozco –dijo Hayley cuando la puerta se había cerrado–. Todo el mundo en el trabajo lo quiere.

–Tuve suerte de encontrarlo –respondió Pam sabiendo que ser bueno era más importante que ser divertido, y que después de treinta años, cualquiera, incluso George Clooney, podía resultar menos excitante. La vida era así.

Hayley mencionó algo sobre el proyecto del hotel en el que estaba trabajando la empresa. Pam la escuchó, aunque a medias. La luz había cambiado y se fijó en el sutil brillo de la piel de su amiga.

¿Cuántos años tenía? ¿Treinta? Treinta y uno. Tenía una mandíbula firme y ninguna arruga. Sus brazos y sus manos eran muy suaves. Respiró hondo al darse cuenta de que, exceptuando a John, casi siempre era la persona más mayor de todas con las que se reunía. Y aunque debería alegrarse de que tanta gente joven quisiera estar con ella, preferiría que fuera porque ella también fuera joven.

Se zarandeó mentalmente. Tenía que dejar de pensar en sí misma todo el tiempo. Se estaba obsesionando y empezaba a resultar tediosa.

Volvió a conectar con la conversación de Hayley y se rio por un comentario que estaba haciendo sobre un cliente.

—Debería irme a casa —dijo Hayley levantándose—. Gracias por el té y por la compañía.

—¿Cuándo vuelve Rob? —uno de los dos trabajos de Rob requería viajes de trabajo.

—Dentro de unos días.

—Si necesitas algo o te asustas, agarra tu almohada y vente aquí —le dijo Pam—. Siempre eres bienvenida. Tenemos la habitación de invitados vacía.

Hayley asintió y la abrazó.

—Gracias. Me ayuda mucho saber que os tengo justo enfrente.

—Enfrente pero dos casas más abajo. Si cruzas justo enfrente, te verás en casa de los Logan y tienen esos gatos malísimos.

Hayley se rio.

—Buena apreciación.

Pam la acompañó a la puerta. Cuando se giró para volver a la cocina, vio a John y a Lulu avanzando hacia ella.

—¿Está bien? —preguntó él.

—De momento sí —respiró hondo—. No quiero ser agorera, pero tengo un mal presentimiento con esto. ¿Por qué no pueden averiguar los médicos dónde está el problema? ¿Y cuándo van a decirle que no es buena idea tener tantos abortos?

Había sangrado mucho con el último y Pam había terminado insistiendo en que fuera a urgencias.

John la rodeó con el brazo.

—Desea tener un bebé.

—Y yo quiero que lo tenga, pero no así.

Su marido la abrazó con fuerza y la soltó.

—Jen me ha escrito. Kirk y ella llegarán una hora antes. Quieren hablar de algo.

Pam apretó los labios.

—¿Por qué no me ha escrito a mí?

—Probablemente porque sabía que harías preguntas.

—¿No las has hecho tú? ¿Pasa algo? —miles de posibilidades, todas ellas horribles, se le pasaron por la cabeza—. No estará enfermo alguno, ¿verdad? O a lo mejor Kirk ha disparado a alguien y lo han acusado de homicidio —se llevó una mano al pecho, tenía la respiración entrecortada—. ¡Ay, Dios! ¿Y si se van a divorciar?

Su marido se rio.

—He de admirar la capacidad que tienes para ver el desastre en cualquier situación. ¿Crees que eso nos lo contarían juntos y justo antes de la cena del domingo?

—Probablemente no.

—Entonces tal vez deberías calmarte hasta que sepamos lo que es. A lo mejor quieren mudarse a vivir con nosotros para ahorrar dinero.

Pam puso los ojos en blanco.

—No bromees con eso —su mente dejó de barajar posibilidades desastrosas e intentó pensar en las buenas—. A lo mejor van a comprarse ese cachorrito del que han estado hablando. Jen me llamó la semana pasada para preguntarme cuánto tardamos en adiestrar a Lulu. Sería genial que tuvieran un perrito.

—Seguro que van a comprarse un perro.

—No sé si es tan buena idea. Los dos trabajan, así que están fuera todo el día.

John la besó en la cabeza.

—Eres la reina sacando el lado más negativo de las cosas.

Ella sonrió.

—Vale. Entendido. Voy a preparar el asado.

—¿Necesitas ayuda?

—No, gracias.

Volvió a la cocina y Lulu caminó a su lado. La perrita se tumbó en su cama de la cocina mientras Pam preparaba el asado en la encimera. Dejaría que la carne se atemperara durante una hora antes de meterla al horno. Mientras tanto, podía pelar los doscientos kilos de patatas que se tomarían esa noche. A diferencia de muchos de sus amigos, John y ella veían mucho a sus hijos mayores, que se habían quedado cerca de casa y parecían disfrutar pasando tiempo con ellos.

Hasta el momento habían tenido suerte con sus hijos. Jen, la mayor, había sido una chica dulce y divertida. Steven había sido el chico típico, siempre metiéndose en algún lío, pero tenía un buen corazón y muchos amigos. Y Brandon, el pequeño, había sido más complicado, con un carácter malhumorado y atracción por los problemas. El instituto había sido un infierno. Se había saltado clases, se había juntado con chicos horribles y había descubierto que le gustaba salir de fiesta. En el verano en que cumplió diecisiete años, se había chocado contra un árbol conduciendo.

Había tenido un ángel de la guarda, pensó Pam mientras pelaba las patatas. El choque podía haberlo matado, pero había salido con apenas unas magulladuras y un brazo roto.

John y ella no habían sabido qué hacer y habían pecado de mano dura. Lo habían mandado a un centro de rehabilitación durante seis semanas. Pero no a uno de esos centros afables que celebraban reuniones donde compartías lo que te pasaba y hacías manualidades, sino a uno con filosofía de campamento militar y muchas conferencias de gente que estaba en proceso de recuperación. Brandon enseguida había sido consciente de sus debilidades y sus problemas y había vuelto a casa más maduro, más sensato y, lo más importante, sobrio.

Había terminado el último año de instituto con una media de sobresaliente y había tomado la decisión de ser médico, lo cual todos habían visto imposible. Pero se había mantenido firme y ahora se encontraba haciendo el segundo año de carrera.

—Mi hijo, el médico —murmuró Pam.

Ahora mismo todos estaban bien. Estaría agradecida y no buscaría problemas donde no los había. De todos modos, seguía pensando que Jen y Kirk no estaban preparados para tener un perrito.

Capítulo 5

Pam se sentó junto a John en un sofá y Jen y Kirk se sentaron en el otro. Su hija, una chica morena preciosa, sonreía ampliamente.

No parecía que pasara nada malo. Se los veía felices. Kirk estaba relajado y no lo estaría si hubiera disparado a alguien estando de servicio y fuera a entrar en prisión. Además, lo habrían visto en las noticias.

Miró el reloj. Apenas eran las dos, probablemente demasiado pronto para prepararse un Cosmopolitan, aunque le habría gustado señalar que ya eran las cinco en Nueva York y que en Australia probablemente ya era un día más.

Agarró la mano de John. Él le apretó los dedos con un gesto reconfortante.

–A ver, vosotros dos –dijo él–. Nos habéis tenido con la intriga demasiado rato. ¿Qué pasa? ¿Es un perrito?

Se estaban mirando. A Kirk lo habían ascendido o algo así. No, eso no encajaba. Pertenecía al cuerpo de policía de Mischief Bay. No es que fueran a trasladarlo a San Francisco ni nada por el estilo.

Jen volvió a mirar a Kirk y después miró a sus padres. Respiró hondo y se rio.

—No hay ningún cachorrito. ¡Estamos embarazados!

Pam se quedó boquiabierta.

—¿Qué? —John se levantó y fue hacia ellos—. ¿Embarazados? ¿Desde cuándo? ¿Lo teníais planeado? ¡Embarazados! —abrazó a su hija—. Mi pequeña va a ser mamá. Es genial, cielo. Nos alegramos mucho por vosotros.

Pam sintió como si la habitación se hubiera ladeado un poco, como si un lado de la casa de pronto hubiera descendido unos metros. Logró levantarse y sintió que se le movió la cara, así que supuso que había sonreído. Kirk se le acercó y ella lo abrazó porque era lo que había que hacer.

Jen embarazada. Iba a nacer un bebé. Le encantaban los bebés. Los adoraba. No podía estar más feliz por su hija y por su yerno. Solo había una pequeña pega, algo que le resultaba increíble.

Se iba a convertir en abuela.

El Farm Table era un restaurante exclusivo y orgánico abastecido por las granjas locales; la clase de local que encajaba a la perfección en la extravagante vida playera y californiana de Mischief Bay. Todo en el restaurante era o sostenible o reutilizado. Los suelos eran de bambú, las mesas y las sillas no hacían juego entre sí y todos los platos eran diseños antiguos de Lenox, Spode y Wedgwood, aunque las probabilidades de que en una misma mesa hubiera dos servicios iguales eran escasas.

La palabra «ecléctica» no alcanzaba a describir la decoración. Una mezcla de estilo elegante, *shabby chic* y rústico con un rabioso interés por el reaprovechamiento hasta el punto de que el restaurante tenía un cerdo y dos cabras para que se comieran todas las sobras que no se podían donar a una organización local que proporcionaba alimento a los indigentes. La comida era extraordinaria.

Normalmente había una lista de espera de tres semanas para poder hacer una reserva. Por ello, recibir una llamada de Adam invitándola a cenar no fue tan impactante como oír adónde irían. No había duda de que ese hombre tenía influencia, pensó al detenerse frente al aparcacoches y entregarle sus llaves.

Se puso el bolso bajo el brazo, entró en el restaurante y miró a su alrededor. Adam ya estaba allí, de pie en el vestíbulo. Sonrió al verla. Fue una cálida y cordial sonrisa que la hizo marearse un poco.

Estaba dispuesta a admitir que se había alegrado mucho al recibir su llamada. No había imaginado que fuera a reaccionar así. Ahora, mientras avanzaba hacia él, lo vio bajar la mirada para fijarse en su ropa. El modo en que Adam abrió los ojos de par en par le produjo más ilusión todavía.

A diferencia de la cita anterior, para esta se había pensado mucho más lo que llevaría puesto. A pesar de que era finales de febrero, estaban en el Sur de California y por la noche las temperaturas no bajaban de los catorce grados. Se había puesto su conjunto favorito y se había llevado una *pashmina*.

El vestido era uno de sus inusuales despilfarros en ropa. Un vestido de cóctel en cloqué de seda de Óscar de la Renta. El tejido, una seda texturizada, estaba confeccionado con un diseño sencillo. Tenía escote barco por delante y por detrás, se ceñía en la cintura y después se abría haciendo vuelo. Se había dejado su melena pelirroja suelta y ondulada y las únicas joyas que llevaba eran unos pendientes de botón de diamantes. En lugar de ponerse medias, se había aplicado una capa de crema iluminadora para darse un toque de brillo y después había completado el conjunto con unos zapatos de salón clásicos.

Sinceramente, había esperado provocar alguna clase de reacción y Adam no la había decepcionado. Se acercó a ella y le agarró las manos.

—Sé que esto va a sonar muy trillado, pero... ¡guau!

Ella sonrió.

—Gracias. Tú estás muy guapo.

En el Farm Table la gente generalmente iba bien vestida, elegante. Adam llevaba traje y corbata. Los hombres lo tenían fácil, pensó. Con un buen traje estaban fantásticos.

Él se disculpó para ir a darle su nombre a la jefa de sala y después volvió a su lado.

—Solo tardarán unos minutos.

—Gracias —lo miró a los ojos—. Me ha sorprendido recibir tu llamada.

—¿Por qué? —le preguntó él con gesto de extrañeza.

—Creía que nuestra primera cita no había ido muy bien.

Adam esbozó un gesto de auténtica confusión.

—¿En serio? Yo creía que había ido bien. Pudimos conocernos un poco. Si te pareció que fue mal, ¿por qué has accedido a venir a cenar?

Ella le tocó el brazo.

—Lo que quería decir es que creía que no me volverías a llamar porque me tuve que ir a trabajar. No digo que pase siempre, pero cuando pasa, tengo que ir a ocuparme del problema.

Ahí estaba otra vez su trabajo. Por ahora le gustaba Adam, le daba unas esperanzas que hacía mucho tiempo que no tenía. Pero no fingiría ser quien no era por nadie, y quería que él lo tuviera claro.

Él se relajó.

—Ah, lo dices por eso. No pasa nada. Tienes un trabajo con exigencias. Yo también. ¿Tú tendrías algún problema si yo tuviera que cancelar una cita por una crisis en el trabajo?

—No.

—Entonces los dos tenemos claro que tenemos responsabilidades.

¿Así de fácil era?

—Ahora soy yo la que va a decir «¡guau!».

Él se rio.

—Si eso te impresiona, entonces lo estoy haciendo mucho mejor de lo que creía. Me alegro de haber pedido todos esos favores para conseguir una reserva aquí.

—Estoy impresionada por ti y por el local, así que los dos salimos ganando.

—Me gusta que eso pase en una cita.

Adam clavó la mirada en su boca durante solo un segundo más de lo que se podía considerar educado.

Shannon sabía que era una estupidez dejarse influenciar por la clara atracción que ese hombre sentía por ella. Ella debía sentir la atracción también independientemente de eso, pero tenía que admitir que era muy agradable sentirse deseada.

Una voz dentro de su cabeza le recordó que Quinn también la deseaba, aunque bajo sus condiciones, a su modo y en función de su agenda. Lo que tenían no era una relación. Era una especie de adicción retorcida y Adam podría ser el antídoto perfecto.

La jefa de sala los llevó a una pequeña mesa junto a una ventana. Estaban ubicados en un reservado, un poco alejado de los demás comensales.

—¿Han comido antes aquí?

Los dos respondieron que sí.

—Entonces conocerán cómo funciona nuestra carta. El chef tiene unos platos muy especiales para ustedes. Que lo disfruten.

La carta del Farm Table era informativa, no una elección. Las opciones cambiaban cada semana y había algunas opciones vegetarianas para los platos principales. Por lo demás, comías lo que te ponían delante. Habían adoptado ese modo de trabajar y ella lo respetaba.

Miró el menú de cinco platos y agradeció no haberse puesto una faja reductora. Al menos así tendría espacio extra para toda esa comida deliciosa.

Adam levantó su carta.

—¿Qué es una flor de calabaza y cómo le metes salmón dentro?

—Seguro que es una planta con una abertura o que se puede rellenar o algo así.

Él la miró enarcando las cejas.

Ella suspiró.

—Vale. No tengo ni idea de lo que es, pero seguro que está delicioso. ¿Sabes a qué sabe la acedera? Tenemos salsa de acedera en el tercer plato.

—Ni idea.

—Entonces supongo que lo descubriremos juntos.

Él asintió y soltó la carta.

—¿Quieres que nos recomienden algún vino?

—Claro.

—Yo también —se inclinó hacia ella—. De verdad que no me importó lo del trabajo.

—Ahora ya lo sé.

—No te llamé enseguida porque estuve de viaje de negocios. El tipo que está construyendo el hotel insistió en que volara a Denver para conocerlo personalmente. No le gusta que le ponga al día por correo electrónico.

—No pasa nada.

—No quería que pensaras que soy un idiota o que no me interesabas —se echó hacia atrás y sonrió—. Creo que aquí el mayor problema que tenemos es que eres demasiado atractiva. No estoy seguro de poder verte como a una persona.

–¿Y qué iba a ser si no soy una persona?

–Un objeto –dejó de sonreír y añadió–: Bromas aparte. Shannon, no estoy aquí buscando a alguien con quien acostarme. No soy esa clase de hombre. Pero no me malinterpretes, por supuesto que me gustaría acostarme contigo. Estoy vivo, ¿no? Supongo que lo que intento decir es que soy un padre divorciado con dos hijos y que la idea de estar jugando con mujeres por ahí me agota. Quiero encontrar a alguien especial. Alguien que me importe y con quien pueda compartir cosas. Supongo que busco una relación.

Se detuvo y esbozó una mueca.

–Seguro que es más de lo que querrías saber. Lo siento. ¿He mencionado ya que no soy bueno en las primeras citas?

–Es nuestra segunda cita.

–Es verdad.

Parecía avergonzado, pero a ella no la disuadió lo que le dijo. Había sido un comentario sincero y últimamente parecía difícil encontrar a hombres sinceros.

Él no pretendía ni jugar con ella, ni molestarla, ni ser el que llevara las riendas de la relación. Quería conectar con ella a un nivel que fuera significativo.

–Agradezco lo que has dicho –le dijo Shannon–. Y lo entiendo –hizo lo que pudo por no sonreír–. Sobre todo la parte sobre no querer acostarte conmigo, porque es lo que toda chica quiere oír.

Él gruñó.

–Claro que quiero acostarme contigo. Ya lo he dicho. Lo he dejado muy claro.

Su camarera apareció. Si había oído lo que se habían dicho, lo disimuló bien.

—Buenas noches y bienvenidos a The Farm Table. Esta noche les atenderé yo.

A pesar de que era un menú cerrado, las formalidades de rigor y pedir el vino les llevaron unos tres o cuatro minutos. Cuando la camarera se marchó, Shannon alargó la mano con la palma hacia arriba.

—No pasa nada —le dijo a Adam.

Él puso la mano sobre la de ella.

—¿En serio?

—En serio. Esta noche no me voy a acostar contigo.

Él suspiró.

—¿Lo habrías hecho si no hubiera dicho nada?

—En absoluto.

A Adam se le iluminó la cara.

—Ahora sí que creo que estamos avanzando.

—Eres muy raro.

—Ya me lo han dicho antes.

La camarera volvió con las primeras copas de vino. Cuando se marchó, Adam levantó la suya.

—Por la mujer más preciosa con la que he salido nunca y por que no se vaya a acostar conmigo.

—Al menos esta noche —añadió ella antes de brindar.

Adam se aclaró la voz.

—Tentación. Me gusta.

Ella se rio y dio un trago de vino.

—Voy a tener que calcular mis momentos tentadores. Tienes hijos y custodia compartida. ¿Cómo lo tienes organizado?

—El viernes es nuestro día de intercambio. Mi semana empieza cuando salen del colegio. Tengo a los niños este fin de semana, pero van a pasar una noche con mis padres.

—Así que no hay toque de queda.

—No. Estás bromeando.

—Sí.

La conversación pasó a girar en torno al trabajo y al proyecto del gran hotel. Mientras él lo describía, Shannon se sentía como si ya hubiera oído una conversación parecida antes.

–¿Conoces a John Eiland?

–¿A John? Claro. Su empresa va a instalar todo el sistema de fontanería. ¿Por qué?

–Los conozco. Pam y yo somos amigas y voy mucho a su casa. Estuve en la barbacoa que celebran por el Día de los Caídos.

–No puede ser. ¿Fuiste el año pasado por primera vez? Porque fue la única que me he perdido. He estado yendo desde pequeño y me acordaría de ti.

Ella se rio.

–Fue mi primer año. Conocí a Pam en Mischief in Motion. Es un estudio de gimnasia. Vamos juntas a clase tres veces por semana.

Él sacudió la cabeza.

–Lo que pagaría por verte hacer ejercicio.

–¿En serio?

–¿Me estoy pasando? Lo siento. Volveré a centrarme en lo que estábamos hablando. John es un tipo fantástico y Pam es un encanto. Me recuerda a mi madre.

–¿Y qué te parece Lulu? –le preguntó–. ¿La perrita más bonita del mundo o un aterrador experimento genético?

–Me estás haciendo un test. Vale, se me dan bien. Eh… una gran personalidad, muy bien adiestrada y la perrita más rara del mundo. ¿Y qué me dices de la ropa?

–No tiene pelo, pasa frío –Shannon dio un trago de vino–. Y estoy de acuerdo contigo. Adoro a Lulu, pero las motas, la piel rosa… No es natural. Los perros deberían soltar pelo. Es el modo que tiene la naturaleza de hacer que no perdamos la humildad.

Su primer plato llegó. Caviar sobre una especie de hoja y rociado con tres salsas. También había unas cosas diminutas blancas talladas. Nabos, o eso decían.

Adam miró el plato.

—Tú primero.

Ella sonrió.

—Así que no eres muy aventurero.

—Puedo serlo. ¿Pero nabo y caviar? ¿A quién se le ha ocurrido eso?

—Al famoso chef que está ahí atrás —levantó la hoja y dio un mordisco.

El toque salado se mezclaba con el ligero amargor de la hoja mientras que el nabo resultaba sorprendentemente dulce.

—Está muy bueno.

Adam parecía dudoso, pero la siguió. Masticó y tragó.

—No está mal.

—Entonces tienes que escribir una reseña —miró a su alrededor—. Pam y John vinieron aquí para celebrar su último aniversario. Son una pareja fantástica. Me encanta verlos juntos. Me hace creer que el amor verdadero es posible.

—¿Por lo demás no lo crees?

—No exactamente. Creo que es complicado que la gente permanezca junta. Nunca me he casado. Tú estás divorciado. Mi amiga Nicole, que es la dueña de Mischief in Motion, está teniendo problemas en su matrimonio ahora mismo.

—Eso nunca es fácil —dijo Adam—. ¿Qué está pasando?

—Su marido ha decidido escribir un guion, pero no lo habló primero con ella y dejó su trabajo sin más. Hace casi un año que no trabaja. Tienen un niño de casi cinco años y Eric apenas colabora en casa. Me siento muy mal por ella y no sé qué decir. Es complicado.

—Eres una buena amiga.
—Gracias. Lo intento. Bueno, ahora háblame de tus hijos.

Él sonrió.

—Son geniales. Char, Charlotte, cumplirá nueve años en un par de meses, aunque a veces juraría que ronda los treinta. Es muy mandona y haría lo que fuera por proteger a su hermano pequeño. Adora todo lo que tenga que ver con princesas y está deseando empezar a maquillarse. Es preciosa y me aterroriza pensar en cuando empiece a salir con chicos.

Se detuvo.

—Oliver es mi hombrecito. Es muy chico. Le gustan los camiones, construir cosas y romper cosas. Tiene seis años. Cumplirá siete este verano.

Podía captar el amor y el orgullo en su voz, lo cual resultaba muy atrayente. Había salido con muchos hombres que no parecían tan interesados en las familias que habían formado.

—¿Te gusta tenerlos la mitad del tiempo?
—Preferiría tenerlos todo el tiempo, pero acepto el acuerdo.
—¿Tenéis buena relación tu exmujer y tú?
—Nos llevamos bien. Lamento que mi matrimonio fracasara, pero no echo de menos nuestra relación, si es que eso tiene algún sentido.
—Lo tiene. Me gusta que no la insultes.
—¿Por qué iba a hacerlo? Me casé con ella y elegí tener hijos con ella. Insultarla significaría que soy un imbécil.

Su camarera apareció en ese momento para retirar los platos. Después, la conversación fluyó con facilidad durante el resto de la cena. Eran más de las diez cuando salieron del restaurante. Él le entregó al aparcacoches el tique de Shannon y la llevó a un lado de la zona de espera.

–Lo he pasado genial esta noche.

–Yo también.

–La próxima vez a lo mejor me dejas recogerte. Ya sabes, como si fuera una cita de verdad.

Ella sonrió.

–La próxima vez te dejaré recogerme –se acercó y le dio un delicado beso. La boca de él se mantuvo firme y cálida. Shannon se apartó–. Esta semana tienes a los niños, ¿verdad? ¿Nos escribimos?

Él parecía impresionado.

–¿Te parecería bien?

–Claro. Es demasiado pronto para que me conozcan.

–Gracias por comprenderlo. O también podría repetirme y decir... ¡guau!

Shannon se rio.

Adam la rodeó por la cintura y la llevó hacia él.

–Sobre lo de acostarnos juntos...

–De eso nada.

–Eres increíble.

–Eres el único hombre que conozco que diría eso después de que le hayan dicho que se va a quedar sin sexo.

–Soy especial.

–Sí que lo eres.

Shannon tenía más que decir, pero él la besó y de pronto hablar le pareció algo sobrevalorado. Adam no apartó la boca. Si hubieran estado en otra parte, habría querido un poco más, pero estaban en un puesto de aparcacoches esperando a que les entregaran los suyos. No era momento para pasar a los besos con lengua.

Oyó un motor y dio un paso atrás.

–Ese es el mío –dijo señalando a su descapotable–. Hablamos pronto.

–Prometido.

Entró en el coche y se alejó. De camino a casa, pensó

en el cosquilleo y los temblores que la recorrían. Pensó en cómo solo haber estado cerca de Adam la hacía sentirse bien. Era una sensación mucho mejor que la que tenía en el trayecto de vuelta a casa después de haberse acostado con Quinn, y eso era algo que debía recordar.

Pam escribía rápidamente en el portátil en el pequeño despacho de Nicole mientras su amiga estaba sentada en la silla junto al escritorio a la espera de noticias.

Cuando compró Mischief in Motion solo había podido permitirse una reforma básica y había invertido hasta el último centavo en el estudio. La pequeña entrada que había dado se había visto complementada con dinero de una red de benefactores empresariales llamada Moving Women Forward. La habían asesorado además de proporcionarle fondos para empezar el negocio.

Sin dinero de sobra para algo tan frívolo como un despacho, se las había arreglado con lo que tenía. Su espacio de trabajo era poco más que un cubículo, con un escritorio, dos sillas y un aplique de luz extremadamente luminoso.

Aunque tampoco le importaba mucho. Estaba en el despacho lo menos posible. La tecnología le permitía que todas sus clientas se apuntaran a las clases por Internet. Una vez creaban una cuenta, podían comprar las sesiones individualmente o en paquetes. Recibía un informe de las inscripciones a diario, el dinero quedaba depositado automáticamente en su cuenta y, lo mejor de todo, no tenía que pagar a una recepcionista. Esos ahorros le habían permitido contratar a un par de profesoras a tiempo parcial y reducir sus horas de trabajo a sesenta en lugar de ochenta.

Hacía aproximadamente un año, había tenido problemas con su programa de contabilidad. Lo había mencionado de pasada y Pam se había ofrecido a ayudarla. Ahora su amiga pasaba una hora cada dos semanas repasando sus libros de cuentas y asegurándose de que Nicole estaba al día en lo que concernía a impuestos e hipoteca. Porque no solo había comprado el negocio, sino que también había comprado el local; un gasto que a veces le quitaba el sueño por las noches mientras se preguntaba si algún día se sentirían económicamente estables.

–Estás genial –dijo Pam al levantar la mirada–. Y no me refiero solo a tu culo.

Nicole sonrió.

–¿Seguro?

–Sí. No he tenido que corregir ninguna entrada desde hace al menos dos meses. Con los recordatorios de pago programados, puedes retener tu dinero el mayor tiempo posible y seguir pagando las facturas a tiempo. Tú, querida mía, te estás convirtiendo en toda una magnate.

–Creo que los magnates ganan más que yo.

–Todo es cuestión de perspectiva.

Ojalá Nicole tuviera tanta confianza en sí misma como su amiga tenía en ella. Pam había trabajado en la empresa de su marido durante años, así que todo eso de la contabilidad se le daba bien. Ella, en cambio, apenas había prestado atención en el colegio. Había crecido con la idea de que la formación era para otros y que ella tenía que centrarse en su arte. Y todo eso estuvo muy bien hasta el momento en que el arte terminó y comenzó el mundo real.

Pam ladeó la cabeza.

–¿Estás bien? Lo estás haciendo muy bien, de verdad. Estás apartando dinero para los impuestos y para los ahorros cada mes. Los costes mensuales son bastante estables y el negocio está creciendo. Así que, ¿por qué no sonríes?

—Sonrío por dentro —Nicole se movió en la silla—. Lo siento. De verdad que agradezco tu ayuda y tienes razón. La noticia es genial. Solo estoy cansada.

Pam asintió, pero no dijo nada. Eso se le daba bien, pensó Nicole. Saber cuándo preguntar y cuándo mantenerse callada. ¿Sería cosa de madres? ¿Desarrollaría ella esa habilidad a medida que Tyler se fuera haciendo mayor?

El silencio se prolongó unos segundos más y entonces Nicole cedió ante lo inevitable y suspiró.

—Eric y yo no nos estamos viendo mucho últimamente —admitió—. Siempre estoy en el trabajo y cuando vuelvo a casa, él se va a su grupo de crítica o a su taller de escritura de guiones. Es complicado.

Lo que no mencionó fue que su marido estaba llegando a casa cada vez más tarde y normalmente oliendo a cerveza. Entendía que algunos compañeros de clase quisieran salir después, pero Eric tenía una familia con la que estar. No entendía qué le estaba pasando, qué les estaba pasando. Y lo desconocido la asustaba.

—Sé que es complicado —le respondió Pam con tono cariñoso y cálido—. No sé cómo no lo has matado. Te juro que si John viniera a casa y me dijera que ha dejado el trabajo para escribir un guion, lo atropellaría con el coche.

—John jamás haría eso. Es un hombre responsable. Previsible.

El cuerpo de Pam se tensó un poco y después se relajó.

—Tienes razón. Y la mayor parte del tiempo eso es bueno.

—¿Y cuándo no es bueno?

Su amiga se encogió de hombros.

—Después de treinta años de matrimonio, estaría bien un poco de imprevisibilidad.

—¿Va todo bien? —preguntó Nicole. Porque, egoístamente, necesitaba que el matrimonio de Pam fuera mejor que el suyo. Por la razón que fuera, saber que Pam estaba bien le aportaba seguridad.

—Estamos bien —le aseguró Pam—. Es solo que... —respiró hondo—. Tengo cincuenta años.

Nicole esperó la revelación. Porque que Pam no dijera nada más ocultaba alguna especie de significado.

—Estuve en tu fiesta de cumpleaños el otoño pasado. Hace tiempo que tienes cincuenta.

—Lo sé, pero antes no lo sentía —sacudió la mano—. Tú tienes treinta y eres preciosa y no lo entiendes, pero hazme caso. Un día te vas a mirar al espejo y te vas a preguntar qué ha pasado. No es que no esté feliz con mi vida. Sé que soy una afortunada. Mis hijos siguen hablando con nosotros y vienen a cenar cada domingo. Son felices. John y yo estamos sanos y me alegra verle al final del día. Es solo que no creía que todo esto fuera a pasar tan rápido. Lo de hacerme vieja.

—Pam, no eres vieja. Estás fantástica. Eres una de mis mejores alumnas. Nunca te quedas atrás. Y tienes una figura alucinante.

—No me has visto desnuda —murmuró Pam—. Nada es como solía ser.

Lulu entró en el despacho. Pam se agachó, la levantó y la acarició.

—Lo único que te puedo decir es que prestes atención a lo que estás haciendo porque en un parpadeo habrán pasado veinte años.

Nicole no estaba segura del todo de qué quería decir, pero asintió igualmente.

—Lo veo con Tyler. ¡Está creciendo tan deprisa! Aún le parece divertidísimo ver mis viejas actuaciones, pero dentro de unos años fingirá que no me conoce.

—Pasan por esa fase —Pam acunaba a Lulu en sus brazos—. Me alegro de que pasaras todas esas cintas a DVD. Así siempre las tendrás.

—Verlas no es tan genial.

—Tal vez para ti no. Solo he visto un par, pero eran preciosas. Eres una bailarina con mucho talento.

Unos meses atrás, una de las charlas que habían surgido en clase había derivado en el tema de su antigua carrera como bailarina. Pam y Shannon habían insistido en ver las pruebas de que había sido bailarina profesional y ella había llevado un DVD.

Después de graduarse en la Universidad de Arizona, había hecho lo que todo bailarín que se preciara hacía: ir a Nueva York. Armada de determinación, de toda una vida oyendo a su madre diciéndole que tenía que ser una estrella y de recomendaciones de sus profesores, había empezado el arduo proceso de las audiciones.

Había tardado dos inviernos brutales en darse cuenta de que no estaba hecha para Broadway. Ni para lo que no fuera Broadway. Había logrado que la contrataran para dos espectáculos de las Rockettes y había bailado por su cuenta para algunas pequeñas producciones que nadie había visto. Pero no había tenido eso que hacía que una bailarina destacara. Al final de aquellos dos años había vuelto a Los Ángeles, donde al menos podía ser pobre y pasar hambre en un invierno con temperaturas de quince grados.

Había tenido que recurrir a los quinientos dólares que guardaba para casos de emergencia y que había esperado no tener que tocar nunca. Era o eso, o buscar cama en un albergue. Vio un anuncio en la puerta de Mischief in Motion buscando a alguien para impartir una clase de gimnasia basada en el baile y había estado lo suficientemente desesperada como para intentarlo.

Después había descubierto que le gustaba ese trabajo. Durante el par de años siguientes, se había titulado en varios tipos de instrucción de gimnasia incluyendo el método Pilates. Ahora, seis años después, era la dueña del estudio. Así que al menos esa faceta de su vida estaba marchando bien. Y tenía a Tyler. En cuanto a su matrimonio, bueno, tal vez era mejor dejar ese problema para otro día.

–Me gusta lo que hago ahora –dijo sabiendo que había tenido más suerte que la mayoría–, pero tengo que mejorar a la hora de compaginar mis obligaciones.

–Encontrar el equilibrio nunca es fácil. No estoy segura de que sea posible –Pam se levantó con Lulu aún en brazos–. Hazme caso. Creo que es como esas fiestas navideñas falsas creadas por la industria de las tarjetas de felicitación. Prestamos atención a cosas distintas en momentos distintos de nuestra vida. Unas veces lo hacemos bien y otras no.

–Tú siempre tan sabia –bromeó Nicole–. ¿Puedo ser tú cuando sea mayor?

Pam sonrió.

–Ya eres mayor. ¿Lo ves? Todo sucede mientras no prestamos atención.

Capítulo 6

–Nunca me canso de esta película –dijo John al apagar la televisión.

–Es buena –asintió Pam.

Acababan de ver *El caso Bourne* por cuadrigentésima vez, pero no le importaba volver a verla. Le daba la oportunidad de ponerse al día con su repaso de revistas. John no le pedía que prestara atención; lo que le gustaba era tenerla en el salón con él.

Dejó la revista sin leer de vuelta en el cesto junto al sofá. Las que ya había visto irían al cubo de reciclaje. Lulu, acurrucada en su cama al otro lado del sofá, levantó la cabeza como preguntándole si ya era la hora.

–Las diez en punto, pequeña.

Lulu se levantó y se estiró. «Las diez en punto» significaba «última oportunidad para hacer pis hasta la mañana», o como fuera que la perrita lo tradujera en su cabeza.

John se levantó de su sillón reclinable, porque sí, eran esa clase de pareja. Una pareja de las que tenían un sillón reclinable en el salón. Al menos no habían llegado a la fase de tener dos ahí. John lo había propuesto, pero Pam sabía que no estaba preparada. Estaba segura de que ese día llegaría, pero no de momento.

—¿La vas a sacar? —preguntó, como hacía cada noche.

Pam quería preguntarle cuándo era él el que la sacaba, aunque sabía que lo haría si se lo pidiera. Pero la rutina era que él preguntara y ella lo hiciera.

¿Cómo llegaban a pasar esas cosas? ¿Cómo llegaba la gente a estancarse tanto? Debía de ser parte de la condición humana, una necesidad de no pensar en todo, tal vez. Por eso el cerebro encontraba rutinas y estar sumido en una rutina resultaba extrañamente cómodo y agradable. Hasta que se convertía en un estancamiento y dejaba de resultar agradable.

Pam sonrió a su marido. No era culpa suya que ella estuviera pensando demasiado últimamente.

—Yo la saco.

John asintió y pasó por delante de ella. Al hacerlo, se detuvo y le dio una suave palmadita en el trasero.

Pam supuso que él ni siquiera era consciente de que lo estaba haciendo. Que si se lo mencionaba, la miraría como si no entendiera nada, lo cual era muy típico de él y casi entrañable. Era otra rutina más. Algo que el observador externo jamás captaría, pero que una esposa sabía muy bien tras más de treinta años de matrimonio.

Después, cuando John saliera del baño, la miraría expectante. La pregunta quedaría pendiendo en el aire hasta que ella asintiera y dijera algo como «Me gustaría». Porque la palmadita en el trasero era la señal de que a John le apetecía sexo esa noche.

Pam y Lulu fueron a la puerta trasera. Ella la abrió para la perrita y esperó a que Lulu hiciera sus cosas. Después, fueron al dormitorio.

Cuando Steven se había independizado, habían hecho una reforma de la parte trasera de la casa. Habían ampliado la habitación de matrimonio y habían añadido un segundo baño mientras reformaban el primero. También habían agrandado el vestidor. A Pam no le importaba compartir ningún aspecto de su vida, pero siempre había querido un baño completamente de chica, y unos años atrás lo había conseguido.

Tenía una ducha enorme con un banco integrado para poder afeitarse las piernas fácilmente, una bañera gigante, un lavabo con encimeras largas a ambos lados y tanta zona de almacenaje como el departamento de maquillaje de Macy's.

El cuarto de baño de John también satisfacía las necesidades de su marido. Tenía un televisor para que no se perdiera nada de los partidos si tenía que ir a hacer pis, una ducha de vapor y un lavabo varios centímetros más alto de lo habitual.

Entró en el vestidor y abrió el cajón destinado al alijo de pijamas de Lulu. La perrita ya había ido hacia la cama y había usado la escalera para perros para subirse al alto colchón. Pam eligió una suave camiseta. Rosa, por supuesto.

—Bueno, pequeña —dijo con tono suave al sentarse en la cama.

Lulu agachó la cabeza mientras Pam le quitaba el ligero suéter. La prenda se deslizó con facilidad. Después Pam estiró la camiseta. Lulu metió la cabeza por la abertura y levantó la pata delantera izquierda para pasarla por la manga. Siempre intentaba hacerlo también con la derecha, pero normalmente fallaba. Pam le puso la camiseta. Lulu se subió a los cojines que adornaban la cama y se acurrucó tras ellos, que era donde solía quedarse hasta que los humanos se metían en la cama.

Pam entró en su baño, donde se desmaquilló, se aplicó tres tipos de sérums y cremas y se lavó los dientes. Mientras llevaba a cabo los familiares rituales, intentó pensar en cosas sexis para animarse, pero no era capaz de reunir energía para hacerlo.

El sexo con John estaba bien, pero ya no resultaba apasionante. Recordaba cómo había sido al principio. La excitación de verlo desnudo. La necesidad constante de hacer el amor. Cómo la había excitado cada caricia. El paso del tiempo y la familiaridad hacían que fuera difícil mantener todo eso. Y si le añadías tres hijos y unas vidas ocupadas, ya nada era igual.

Pero lo amaba y quería que él lo supiera. Y aunque las palabras de amor siempre eran bienvenidas, él también necesitaba que lo deseara físicamente. Era algo que había entendido durante la segunda década de su matrimonio, cuando se había visto superada por el agotamiento que producía tener tres hijos activos en casa.

Se puso su camisón y volvió al dormitorio.

John ya estaba allí, sentado, leyendo. Llevaba gafas de cerca, algo a lo que se había resistido hasta que le había resultado imposible leer cualquier clase de material impreso. Lulu estaba sobre su regazo. Al ver a Pam, la perrita saltó y fue hacia ella.

Pam la metió en su cama, en una esquina. John soltó las gafas y el libro electrónico, apartó las sábanas y dio una palmadita sobre el colchón, como invitándola a acercarse.

Ella se tumbó a su lado y observó su rostro. Lo sabía todo sobre ese hombre. Cómo hablaba, cómo se reía y cómo pensaba. Conocía su aroma. Y cuando él le puso el brazo alrededor de la cintura y la acercó a sí, supo cómo encajarían sus cuerpos.

Se besaron como siempre hacían. Ella intentó ignorar los pensamientos que le azotaban el cerebro, pero eran insistentes. En algún lugar de su mente una voz con tono de aburrimiento anunció el siguiente paso del proceso. «Tres besos con lengua, dos mordisquitos en el cuello. Pecho derecho, pecho izquierdo y después abajo, hacia la tierra prometida».

Pam se movió contra él en busca de una chispa de pasión en la que centrarse, pero estaba pensando demasiado y en su caso eso siempre suponía un problema. Podía sentir lo que John estaba haciendo, pero no podía encontrar nada sexual en ello. Al cabo de un momento sintió su erección ejerciendo presión contra su muslo.

Cuando terminó, se apartó, se limpió, se puso los calzoncillos y volvió a su lado.

—¿Y tú? —le preguntó acariciándole el muslo—. ¿Quieres hacerlo a la antigua?

Porque John siempre sabía si había tenido o no un orgasmo y para él era importante que sintiera placer. Otra cualidad excelente en un marido, pensó. Si se lo pedía, la acariciaría hasta que se sintiera satisfecha. Sabía hacerlo, lo habían hecho miles de veces antes. O tal vez diez mil.

—Esta noche estoy pensando en mis cosas —admitió.

—¿Estás segura? —preguntó, aunque ya estaba apartando la mano.

—Sí.

—De acuerdo. Te quiero —la besó y se tumbó de lado.

Pam se puso el camisón y fue al baño a asearse. Al cerrar la puerta, se preguntó cuándo había dejado John de insistir antes de darse por rendido. ¿Un año atrás? ¿Cinco?

No se quejaba, pero sentía esa curiosidad. ¿De verdad ella estaba pensando tanto en sus cosas que él había renunciado a intentar convencerla de lo contrario? Eso no era nada bueno.

Terminó y volvió al dormitorio. John ya estaba dormido. El sonido de su respiración constante la calmaba, como lo hacía su férrea presencia.

Sacó a Lulu de su cama de perro y la metió en la cama de personas. Lulu se coló bajo las sábanas y esperó a que Pam se tumbara boca arriba para acurrucarse a su lado.

La diminuta bola de cálida vida era algo familiar. Como lo eran John, la rutina que tenía ella y su forma de hacer el amor. Todo era familiar, cómodo, seguro y aburrido. «No», pensó. La palabra «aburrido» era demasiado dura. Era otra cosa.

«Sosa», pensó mirando a la oscuridad. Su vida era sosa. Por otro lado, había recibido mucho, así que si no era feliz con lo que tenía, eso ya era problema suyo.

–Entonces te gusta –dijo Nicole el sábado a última hora de la mañana.

Shannon intentó disimular, pero no pudo evitar sonreír.

–Sí. Adam es muy agradable. Hemos salido tres veces desde la primera cita.

Y las tres noches habían ido bien. La última había sido el fin de semana anterior, cuando habían salido a navegar en el barco de un amigo y después habían comido en el Café de Gary. Él la había llevado a casa y habían terminado enrollándose en el coche como adolescentes.

Se había visto tentada a invitarlo a casa para hacer algo más de adultos, pero una parte de ella estaba disfrutando de la emoción de la espera.

–¿Y este fin de semana está con sus hijos? –preguntó Nicole.

–Ajá. Desde anoche hasta el viernes que viene por la mañana.

Estaban junto al tiovivo del muelle de Mischief Bay, también conocido como el Pacific Ocean Park. El «POP» original se había construido en Santa Mónica en los años cincuenta y se había derribado en la década de los setenta. Cuando Mischief Bay había reconstruido el muelle, lo habían llamado «el POP» para continuar la tradición.

Al pueblo le gustaban las cosas antiguas. Varias de sus esculturas urbanas se habían comprado a otros lugares y se habían instalado allí. El tiovivo se había rescatado de un paseo marítimo de la Costa Este que había querido instalar atracciones más modernas. Los residentes se habían unido a los funcionarios municipales para reunir dinero y traer a su muelle el centenario tiovivo. Después, lo habían restaurado y puesto en funcionamiento.

Nicole saludó a Tyler, que montaba en el caballo negro sujeto por una correa de piel. Era un niño rubio monísimo con los ojos de su madre, simpático y dulce. Estar con él hacía que Shannon se preguntara cómo sería tener un hijo. Y cuando eso sucedía, se recordaba que siempre había querido seguir el camino tradicional. Marido y después hijos. Sin embargo, no había parecido posible de momento.

Solo ahora que había conocido a Adam estaba empezando a preguntarse si tal vez sucedería. Si tal vez ahora podría tenerlo todo. Y aunque sabía que era demasiado pronto para estar pensando en eso, esos pensamientos no dejaban de asaltarla.

—No hace tanto tiempo que Tyler aún quería que te montaras con él —dijo básicamente para distraerse.

—Lo sé. ¡Está creciendo tan rápido!

—Pronto querrá pedirte el coche —bromeó.

—No vayas por ahí. No soporto pensar en eso —Nicole sacó el teléfono del bolsillo y apuntó hacia el tiovivo—. Aún estoy intentando asimilar que va a cumplir cinco años.

Tyler volvió a pasar por su lado y Nicole sacó la foto mientras Shannon lo saludaba.

—Hablando de su cumpleaños —dijo Shannon—. Nunca adivinarías lo que vi el otro día.

Nicole gruñó.

—Si dices que viste artículos de Brad el Dragón, me corto las venas.

—Nadie quiere que hagas eso.

Shannon esperó mientras Nicole guardaba el teléfono. Su amiga se puso derecha, como reuniendo fuerzas, se echó su melena rubia sobre el hombro y asintió.

—Suéltalo ya.

Shannon se rio.

—¿Qué tienes en contra de Brad el Dragón? Es un tipo bastante apacible —lo sabía. Le había leído algunos de sus libros a Tyler las pocas veces que había cuidado de él—. ¿No pasa de dragón bebé a dragón adolescente en los cuentos?

—Sí, lo cual significa que jamás escaparé de él. No sé por qué, pero no lo soporto. Bueno, dime, ¿qué viste?

—Hay una tienda de regalos en Hermosa y tienen toda una selección de artículos de fiesta de Brad el Dragón. Platos, servilletas, bolsitas de chucherías y algunos juegos. Tienen un juego de lanzamiento de saquitos de Brad el Dragón, el juego de Brad el Dragón de «Ponle la cola... al dragón», supongo, en lugar de «al burro».

—Mátame ya —murmuró Nicole.

—¿No vas a ir a verlo? —preguntó Shannon algo decepcionada. Suponía que Nicole iba a pedirle que la ayudara con la fiesta y, para ser sincera, estaba deseando celebrar un cumpleaños con temática de Brad el Dragón.

Su amiga gruñó.

—Claro que voy a ir. Y después lo compraré todo y Tyler será el niño más feliz del mundo, que es lo que quiero. Después de todo, es su cumpleaños. ¡Dios mío! Brad el Dragón. Te juro que si alguna vez conozco al autor, lo voy a asfixiar con un peluche de Brad el Dragón, a envolverlo en una manta de Brad el Dragón y a arrojar su cuerpo al mar.

—Alguien necesita reducir un poco el consumo de cafeína —murmuró Shannon.

Nicole se rio.

Cuando el viaje en tiovivo terminó, Nicole se acercó para hablar con Tyler porque lo más probable era que quisiera montar otra vez. Era solo la segunda vez y normalmente se conformaba con tres o cuatro viajes.

Shannon vio a madre e hijo interactuar, con sus cabezas rubias casi tocándose mientras se reían juntos. Qué unidos estaban, pensó con melancolía. Qué felices el uno con el otro. Ella quería lo mismo, aunque tampoco estaba muy segura de que fuera a ser una buena madre. De pequeña, su madre nunca le había preparado una fiesta de cumpleaños, al menos no una con amigos. Hacían una cena especial en casa y le daban un par de regalos, pero nada comparado con una espectacular fiesta de Brad el Dragón.

Eran estilos distintos, se dijo, aunque en lo más profundo de su ser sabía que el problema real había residido más bien en la indiferencia.

El viaje en tiovivo comenzó de nuevo.

—Hola, Shannon.

Se giró y se quedó impactada al ver a Adam caminando hacia ella. Iba con dos niños. Una niña morena con unos lazos en su pelo rizado y un niño más pequeño con el pelo claro.

Muchos pensamientos se le agolparon en la cabeza. Sin duda eran sus hijos y ambos habían estado de acuerdo en que era demasiado pronto para que la conocieran. Así que, ¿qué estaba haciendo Adam? ¿En qué estaba pensando?

—Hola —respondió ella sintiendo cómo la miraban los dos niños.

—Ella es mi amiga Shannon. Shannon, te presento a mis hijos. Charlotte y Oliver.

Shannon les sonrió.

—Encantada de conoceros a los dos. Ella es mi amiga Nicole. Su hijo Tyler está montando en el tiovivo.

Nicole le estrechó la mano a Adam.

—Nos encanta el muelle —dijo Charlotte; tenía los ojos oscuros, del mismo color que los de su padre. Era una niña preciosa. Tenía casi nueve años, si no recordaba mal—. Papi, ¿podemos subir nosotros también al tiovivo?

—Claro. Vamos a sacar las entradas —miró a Shannon—. Ahora mismo vuelvo. No vayas a ninguna parte.

—Es una monada —susurró Nicole cuando él llegó a la caseta de las entradas—. Y tiene unos hijos muy monos también.

—No lo entiendo. Me dijo que era demasiado pronto. Yo le dije que era demasiado pronto. ¿Por qué me ha presentado a sus hijos? ¿No te parece raro?

—No. Venga, te ha visto en el muelle. Eres una amiga. No es que os hayan pillado a los dos haciéndolo —Nicole sonrió—. Por cierto, ¿lo habéis hecho?

—Aún no.

—¿Y tú quieres?

Shannon lo vio llevar a los dos niños al tiovivo. Charlotte eligió un unicornio blanco con flores pintadas en sus crines y Oliver eligió el caballo negro que había junto al de Tyler. Adam señaló al niño y Nicole le hizo un gesto con la mano.

—Es el mío —confirmó antes de seguir hablando con Shannon—. ¿Quieres?

—Sí —susurró Shannon—. Quiero acostarme con él. ¿Contenta?

—No tanto como lo vas a estar tú. Mira, ahí viene. Actúa con naturalidad.

Gran consejo, de no ser porque creía que ya estaba actuando con naturalidad.

—Hola —dijo Adam al acercarse—. ¿Te parece bien?

—¿Conocer a tus hijos? Claro. Pero creía que habíamos quedado en buscar el mejor momento.

—Sí, pero entonces te he visto con tu amiga y he pensado que podía presentarte como una conocida. El muelle no es tan grande. Al final habrías acabado viéndonos y no quería que te sintieras como si tuvieras que evitarnos.

Shannon tenía que admitir que habría sido una situación incómoda y algo cómica.

—¿Puedo ser alguien que conoces del trabajo?

—Claro.

Nicole se rio.

—Había olvidado todas las intrigas que conllevan las citas. Siento envidia y alivio al mismo tiempo de no estar viviendo lo mismo.

—Los niños añaden una capa más de complicaciones —admitió Adam—. Íbamos a ir a almorzar después. ¿Queréis venir? —preguntó a Nicole—. Oliver y Tyler parecen estar llevándose bien.

Shannon miró el tiovivo y vio a los dos niños hablando y riendo.

—Claro —respondió Nicole—. Seremos tu carabina.

Después de dos vueltas más en el tiovivo, incluso a Tyler le apetecía ir a almorzar. Los seis fueron a The Slice is Right, donde Shannon y Nicole buscaron una mesa mientras Adam y los niños iban a pedir las pizzas.

—Es muy agradable —murmuró Nicole mientras se sentaban—. Y muy mono.

—Ya has dicho que es mono. Me estás presionando.

—Lo sé. No lo puedo evitar. Puedo sentir la tensión sexual irradiando entre los dos. Chisporrotea. Ahora sé a lo que se refiere Pam cuando se queja de sentirse vieja.

—Tú eres varios años más joven que yo.

—Pero estoy casada. Ahora hay mucha menos tensión sexual.

Shannon observó a su amiga mientras hablaba y vio algo en sus ojos. Antes de poder preguntarle qué le pasaba, Charlotte se acercó.

—Papá va a pedir tres pizzas —les informó—. De queso, de *pepperoni* y una de verduras —añadió estremeciéndose exageradamente—. Quiere saber si os parece bien y qué queréis beber.

—Las pizzas están genial —dijo Shannon mientras Nicole asentía—. Yo quiero té helado.

—Yo también.

Shannon tocó el brazo de Charlotte.

—Gracias por venir a tomarnos nota.

La niña sonrió.

—De nada. Soy la mayor, así que soy la responsable.

—Eso parece.

Volvió junto a su padre.

—Adorable —susurró Nicole—. ¿No te dan ganas de abrazarla?

Shannon asintió. Sin duda era pronto, pero debía admitir que le gustaba lo que había visto hasta el momento. No es que fuera una de esas mujeres que daban miedo porque querían casarse con un hombre tras la primera cita, pero tal vez ser madrastra no era tan malo como decían muchas de sus amigas. Una parte del dolor y del sufrimiento que esa situación conllevaba estaba condicionada por las personalidades de los niños en cuestión.

Adam recogió una bandeja de bebidas y condujo a los tres niños hasta la mesa.

—Espero que no te importe —le dijo a Nicole al acercarse—. Tyler me ha dicho que le dejabas tomar leche con cacao cuando coméis fuera.

—Sí, tiene razón —respondió apartándose para hacerle sitio a su hijo.

Adam se sentó junto a Shannon. Estaban tan cerca que ella podía sentir el calor de su cuerpo. Nada le impedía acercarse y tocarlo. Nada, excepto sus dos hijos, su amiga y Tyler, claro. De pronto le parecía que su vida se había vuelto complicada, tal como Adam había apuntado antes.

Nicole se dirigió a Charlotte.

—¿Estás en tercero?

—Sí.

—¿Te gusta el colegio?

—Ajá. Mi profesora es muy simpática y como mi nivel de lectura está por encima de mi curso me da libros extra de la biblioteca —Charlotte pasó a dirigirse a Shannon—. ¿Estás casada?

—No.

—¿Tienes hijos?

—No.

La niña abrió la boca como si fuera a preguntarle algo más, pero Shannon fue más rápida.

—Me gustan los lazos que llevas en el pelo.

—Mi madre me los puso ayer —dijo y dejó escapar un exagerado suspiro—. A mi padre no se le dan bien las cosas de chicas, pero lo intenta.

—Sí que lo intento —añadió Adam.

—Pero papá puede hacer cosas que mami no puede —señaló Oliver con lealtad.

Adam rodeó al niño con el brazo.

—Gracias por defender mi honor.

—¿Qué es el honor?

—Mi mami hace galletas y nos lee todas las noches —añadió Charlotte—. Incluso aunque esté ocupada.

Shannon intentó leer entre líneas. No podía saber cómo habían llevado el divorcio en casa y, dado lo cuidadoso que era Adam con sus hijos, se preguntó si lo habrían visto alguna vez con otra mujer. Así que aunque nadie hubiera dicho nada de que estuvieran saliendo, tal vez la veían como una amenaza potencial.

Se mantuvo sonriente y con expresión cordial.

—Debe de ser genial. Tenéis suerte de tener una madre tan cariñosa. Nicole también es así. Las mamás son las mejores.

Charlotte se quedó observándola un segundo y después pareció relajarse. Adam miraba a su hija, pero por debajo de la mesa, Shannon sintió que sus rodillas se rozaron. Él mantuvo la suya ahí un segundo antes de apartarla.

Se dijo que no debía ver más allá ni en ese gesto ni en la conversación, que un desarme amistoso no le aseguraría una relación. Pero tal vez se podía permitir un poco de petulancia.

Capítulo 7

El martes por la noche, Nicole se obligó a calmarse mientras metía el coche en el garaje. Que el coche de Eric no estuviera ahí no significaba que se hubiera olvidado de Tyler. Si eso hubiera sucedido, la habrían llamado de la guardería. No habrían cerrado y habrían dejado allí a su hijo solo, sin más.

A lo mejor habían ido a comprar o Eric había creído que esa noche ella llegaría tarde del trabajo y se había llevado a su hijo a cenar fuera. Por otro lado, últimamente solo parecía interesarle hacer surf y escribir su guion, pero que no pudiera imaginarlo llevando a su hijo a cenar fuera no significaba que no hubiera pasado. Y si no había sido eso, entonces... Agarró el bolso y entró en casa corriendo.

–¿Tyler? ¡Tyler!

–Mami.

Su pequeño fue corriendo hacia ella. Ella soltó el bolso y cayó de rodillas en el suelo con los brazos abiertos. El niño se le abalanzó encima. Lo abrazaba con tanta fuerza que temió que no pudiera respirar, pero durante ese segundo se veía incapaz de soltarlo.

–Hola, colega –dijo mientras le soltaba ligeramente y le sonreía–. ¿Cómo estás?

—Bien. Me gusta Ce.

—¿Qué?

—Se refiere a mí. Como parecía costarle pronunciar «Cecilia», le he dicho que me llame «Ce».

Nicole miró a la menuda adolescente de melena rizada que estaba de pie en su cocina. Aunque parecía completamente inofensiva, nunca la había visto.

Resistió el impulso de lanzarse a sacar un cuchillo de la tacoma y se puso de pie situándose cuidadosamente delante de Tyler.

—Hola. ¿Quién eres?

Cecilia señaló a la nevera.

—Eric ha dejado una nota. Conoce a mi hermano. Van juntos al taller de escritura de guiones. Por lo que he oído, un guionista los ha invitado a los dos a una conferencia. Mi hermano me ha preguntado si podía hacer de canguro, que era una emergencia. Me ha prometido que Tyler, mi hombrecito, estaría en la cama a las ocho y que yo podría estudiar todo lo que quisiera. Así que aquí estoy.

Nicole miró la nota. Básicamente decía lo mismo y tenía la letra de Eric. Eso debería haberla dejado aliviada, pero no lo hizo.

Forzó una sonrisa.

—Gracias, Cecilia. De verdad te agradezco que nos hayas ayudado. ¿Cuánto te debo?

—No he estado aquí mucho tiempo —sacudió la mano—. ¿Sabe qué? Esta vez es gratis. Le dejaré mi número y si quiere que vuelva en otra ocasión, le enviaré algunas referencias.

Y eso lo dijo probablemente porque a Nicole no se le había dado muy bien disimular su horror al encontrar a su hijo con alguien que no conocía.

Esperó mientras la adolescente recogía sus pertenencias. Efectivamente, llevaba un libro de Química y un cuaderno junto con un iPad y unos auriculares. Tyler y ella la acompañaron a la puerta.

—Me he divertido —le dijo Tyler.

—Yo también —respondió Cecilia.

Nicole se sacó del bolsillo un billete de veinte dólares.

—Te agradezco mucho que nos hayas ayudado.

—Vaya, ya lo veo —respondió Cecilia mirando el dinero. Se encogió de hombros—. No le voy a decir que no. Tengo gastos.

Nicole sonrió.

—Ya me imagino.

Esperó a que Cecilia se subiera a su Corolla abollado antes de cerrar la puerta de casa.

—Qué divertido —mintió—. ¿Has cenado?

—Papá y yo hemos ido al McDonald's. Me he tomado una hamburguesa con patatas.

—La cena de los campeones —murmuró recordándose que por la mañana debía prepararle el batido de frutas y verduras que le gustaba. Lo que no sabía era si lo haría antes o después de matar a su marido. Ya lo iría viendo sobre la marcha.

Una hora antes de que Tyler se fuera a la cama, pasó la aspiradora y después jugaron a hacerse cosquillas. También puso la primera tanda de lavadoras. Después de leerle no uno ni dos, sino seis libros distintos de Brad el Dragón, pudo atacar la cocina. Limpió los fuegos y la pila hasta que quedaron resplandecientes, revisó los folletos publicitarios que siempre se acumulaban en la isla y limpió la mesa.

Después aprovechó la burbujeante rabia que la invadía para hacer una limpieza a fondo de los dos baños e incluso limpió con un cepillo de cerdas duras los azulejos de la ducha del aseo. Cuando oyó la puerta del garaje abrirse, ya era casi medianoche. La casa olía a limón y a verbena. La colada estaba hecha y recogida y ella estaba más que preparada para discutir.

Se situó en el centro del sofá, lo cual obligaría a Eric a sentarse en uno de los sillones bajos, que eran menos cómodos.

Él entró canturreando en voz baja. Al verla, pegó un salto tan exagerado que casi resultó cómico. Nicole se habría reído si él se hubiera tropezado y se hubiera dado un golpe en la cabeza, pero no tuvo tanta suerte.

—Jo, Nicole, me has asustado. No creía que estuvieras despierta todavía. Es más de medianoche. ¿No tienes que irte a trabajar antes mañana?

—No, eso ha sido hoy. He llegado a casa a las seis y media.

—Ah, supongo que me he confundido de día. ¿Por qué sigues levantada?

Se le quedó mirando un segundo. Miró al hombre con el que se había casado y con el que tenía un hijo. Dieciocho meses atrás habría dicho que lo sabía todo sobre él; que era un buen tipo, simpático, divertido, inteligente, de fiar. Habría dicho que era un buen padre y que se ocupaba de su familia. Habría dicho que eran un equipo.

Su matrimonio no había sido perfecto. Sí, cierto, había veces en las que se miraban como si no tuvieran nada más de lo que hablar, pero ¿y qué? Todo matrimonio tenía sus cosas.

Habría dicho que pasara lo que pasara, Eric estaría a su lado, al igual que ella estaría al lado de él. ¡Pero nunca, jamás, se habría imaginado o creído que sería capaz de dejar su trabajo para escribir un puñetero guion y después dejar a su hijo con una extraña!

—He conocido a Cecilia.

Había esperado que él mostrara algo de pánico o tal vez un poco de vergüenza, pero en lugar de eso, Eric sonrió.

—Lo sé. ¿No es una chica genial? Me he quedado con su contacto para poder volver a llamarla. Parece que a Tyler le ha gustado.

—Le has dejado con alguien que no conozco —dijo apretando los dientes—. Le has dejado con alguien que no conoces.

—No es verdad. Es la hermana pequeña de Ben. Hace casi un año que conozco a Ben. Es un buen tipo. Su familia es muy agradable.

—No me importa su familia. Me importa mi hijo y el hecho de que no me hayas llamado o escrito. He llegado a casa y he visto que no estaba tu coche y que a Tyler lo estaba cuidando alguien que no conozco de nada. ¿Qué narices te pasa?

Él soltó la mochila en una silla y estrechó la mirada.

—Nada. He tenido la oportunidad de asistir a una conferencia en el Gremio de Escritores. Una conferencia privada. ¿Sabes lo poco frecuentes que son unas invitaciones así? ¿Sabes a quién he llegado a conocer? Estaba trabajando. Te habría llamado, pero te enfadas cuando interrumpo tus clases.

—Pues entonces escríbeme. Haz algo.

—¡Te he dejado una nota! —gritó con sus ojos marrones brillantes de furia—. Te he dejado una jodida nota. ¿Qué quieres de mí?

—Quiero que pienses en alguien más que no seas tú. Quiero que hagas algo en casa además de comer y dormir y trabajar en tu guion.

Él puso los ojos en blanco.

—Venga, ya estamos otra vez —se cruzó de brazos y movió la mano derecha como indicándole que continuara—. Venga, oigámoslo. Tienes toda una lista de cosas sobre las que quejarte. Vamos allá.

El hecho de que la ignorara completamente antes siquiera de que hubiera dicho algo hizo que le entraran ganas de tirar algo. O de tirarlo a él.

Se levantó y lo miró.

—Eres un gilipollas, ¿lo sabes? Puedes hacer como si esto fuera por mi culpa, pero te equivocas. Estás completamente equivocado. Ya apenas estás en casa. Ya no nos vemos. Haces promesas que no eres capaz de cumplir, como ayudar en casa o hacer la compra. No haces nada por mantener en pie a esta familia. Yo trabajo, traigo todo el dinero que entra en casa y tengo que hacer casi todas las tareas.

Respiró hondo.

—A veces ni siquiera ayudas con Tyler. Es tu hijo, Eric. Tu hijo. ¿Por qué no estás con él?

Eric se la quedó mirando un largo momento. Ella lo miró nerviosa, esperando ver algo que no fuera rabia. Eric tensó la mandíbula y arrugó la boca. ¿Remordimientos? ¿Podría haberle hecho reaccionar?

—Todo esto es culpa tuya —dijo él en voz baja.

Ella parpadeó, atónita.

—¿Qué?

—Esto lo has hecho tú. Tú has provocado que pase esto.

Nicole se quedó boquiabierta.

—¿De qué estás hablando?

Él señaló a su alrededor.

—Todo esto. Si no eres feliz, tú eres la única culpable. Yo lo acepté, Nicole. Todo el tiempo que pude. Pero ¿qué hay de mí? ¿Qué pasa con lo que quiero yo? A ti no te importa nada de eso. A ti no te importa que yo fuera infeliz con mi vida. No te importa que quisiera más de lo que teníamos.

Si a Eric le hubiera crecido de pronto otra cabeza y hubiera empezado a echar fuego por la nariz, Nicole no se habría sorprendido tanto como al oír eso.

–¿Estás borracho?

–No. Estoy completamente sobrio y sé perfectamente lo que estoy diciendo –dio un paso hacia ella–. Antes de que nos conociéramos, había estado ahorrando cada centavo que tenía para poder dejar mi trabajo y escribir un guion. Era algo que siempre había querido hacer.

–¿Qué? Eso no es verdad. Hablaste de ello unas dos veces tal vez en todo el tiempo que estuvimos saliendo. Nunca volviste a decir nada más hasta el día en que dejaste el trabajo.

–Eso es porque sabía que te burlarías de mí. Sabía que no me apoyarías, que no creerías en mí.

Ella abrió la boca y la cerró. ¿Qué debía decir a eso? Siendo realistas, las probabilidades de que vendiera un guion eran mínimas. Pero si se lo decía, entonces su marido la tacharía de no estar apoyándolo, porque Eric tenía un sueño y era lo único que importaba.

–Siento que pienses eso –dijo–. Eric, quiero que seas feliz, pero también necesito que formes parte de nuestro matrimonio. De nuestra familia. Siento que estamos viviendo vidas separadas.

–Tengo que hacer lo que estoy haciendo –le dijo con terquedad–. Es mi momento. Mi sueño. Tú perdiste el tuyo. No pudiste hacerlo, pero al menos tuviste la oportunidad de intentarlo. Es como si no quisieras que yo tuviera mi oportunidad. Porque ¿qué pasaría si tuviera talento? Lo odiarías.

Ella tardó un segundo en darse cuenta de lo que estaba diciendo.

–¿Te refieres a mi carrera de baile? Lo dejé hace años.

–Porque tuviste que hacerlo. Yo no. Y te molesta.

–Dios mío, ¿de verdad piensas eso de mí? –el dolor la atravesó por dentro. ¿Podía ser que nunca hubieran llegado a conocerse de verdad?

—Nunca, ni una sola vez, me has preguntado si podías leer mi guion.

—¡No! —respondió ella con firmeza—. Eso no es verdad. Te lo he preguntado una y otra vez. Y tú no dejas de decir que no está listo y que no me vas a dejar leerlo hasta que esté perfecto. Tuvimos esa conversación hace solo un par de semanas.

Él miró a otro lado.

—De acuerdo. Supongo que es verdad.

—Sabes que sí. Como también sabes que nunca me dijiste en realidad lo mucho que deseabas escribir hasta el día en que dejaste el trabajo. No preguntaste, no negociaste. Lo hiciste, sin más.

—Sabía que dirías que no.

—Ninguno de los dos sabemos lo que habría dicho. ¿Por qué no lo negociamos? ¿Por qué no acordamos que escribirías los fines de semana?

—Quería volcarme en ello.

—¿Y que los demás no importáramos ni una mierda? ¿En qué lugar nos deja eso a nosotros?

—En ninguno —contestó con rotundidad, como si no le importara lo que estaba diciendo.

Nicole no sabía qué decir o qué hacer. Tenían la misma discusión por el hecho de que hubiera dejado el trabajo al menos una vez al mes, y ahí estaban de nuevo. De vuelta adonde habían empezado.

—Puede que tú no estés en ningún lugar —dijo ella con un suspiro—, pero yo tengo miles de lugares donde debo estar y una lista kilométrica de cosas por hacer.

Estaba a punto de decir que quería que trabajasen como un equipo, que volvieran a ser un matrimonio, cuando él se giró de pronto y se alejó con paso airado.

—Pues te dejo con ello —dijo antes de meterse en su despacho y cerrar la puerta.

Nicole volvió a sentarse en el sofá y se cubrió la cara con las manos. Esperaba lágrimas, pero no cayó ninguna. Solo sintió un nudo en la garganta del tamaño de Ecuador y la angustia que acompañaba a una fuerte sensación de aprensión.

Pam estaba tumbada sobre la colchoneta esperando a que sus entrañas dejaran de temblar.

—Creo que he batido mi récord —dijo con la voz entrecortada, apenas incapaz de alzar la cabeza para mirar a Nicole.

—¡Lo secundo! —gritó Shannon unas colchonetas más allá—. Levantaría el brazo como muestra de solidaridad, pero no creo que pueda.

Las otras dos mujeres de la clase simplemente gruñeron.

—¿Demasiado? —preguntó Nicole nerviosa—. Lo siento. No pretendía…

Pam oyó algo en su voz y se obligó a incorporarse. Los músculos de su estómago gritaron a modo de protesta, y sabía que a la mañana siguiente no serían los únicos que gritarían. Se preguntó si podría ir a darse un masaje.

—¿Qué pasa? —preguntó cuando ya estaba incorporada.

Nicole esbozó una sonrisa algo descentrada.

—Nada. Estoy bien.

Ya. Ahí pasaba algo y probablemente no quería mencionarlo delante de las otras alumnas.

Pam se puso de rodillas, se armó de fuerza y se levantó. Los músculos de los muslos le temblaban y por un segundo pensó que no podría mantenerse en pie.

—¡Lulu! —gritó.

La perrita se levantó de su manta y corrió hacia ella obedientemente.

Pam señaló a Nicole.

—Ve a saludarla —miró a su amiga—. Por favor, levántala y tenla en brazos.

Nicole hizo lo que le pidió. Lulu se le acurrucó y después le lamió la barbilla.

Pam fue hacia el dispensador de agua. Nicole la siguió.

—¿Por qué tengo en brazos a Lulu?

—Para que te sientas mejor. Está claro que necesitas un abrazo y hasta que las demás alumnas se marchen, es lo mejor que te puedo ofrecer.

A Nicole se le llenaron los ojos de lágrimas.

—Gracias. ¿Te puedes quedar unos minutos? Me gustaría hablar.

—Sin problema.

Pam se sirvió un vaso de agua y le dio sorbos despacio. Le gustó ver que las demás clientas también caminaban lentamente y doloridas. Una llevaba un brazo contra el estómago, como intentando sujetarse los músculos.

Shannon se acercó.

—Ha sido un entrenamiento matador.

Pam la miró.

—Sí. Pero está claro que a ti te da igual. ¿Qué tal el nuevo novio?

—¿Adam? Es genial —agachó la cabeza—. Me ha enviado flores. Por lo de este fin de semana, por haber estado con sus hijos.

Pam asintió. El lunes, Shannon se lo había contado todo sobre el encuentro fortuito en el muelle. Mientras hablaba, había parecido brillar prácticamente. Y era agradable, porque Shannon no parecía brillar mucho cuando hablaba sobre sus distintos novios.

Tenía casi cuarenta años y seguía soltera, un concepto que para Pam resultaba muy extraño. Ni marido ni hijos. Hacía lo que quería, iba adonde quería y no tenía que responder ante nadie.

Suponía que habría razones para pensar lo atrayente que podía resultar para mucha gente, pero no para ella. A ella le gustaba saber que John volvía a casa cada noche. Le gustaban sus hijos. Aunque se quejaba de vez en cuando y gimoteaba más de lo que podía resultar gracioso, lo cierto era que le gustaba su vida. E incluso la inminente catástrofe de ir a convertirse en abuela iba acompañada de un beneficio fantástico: un bebé.

—¿Te he dicho que lo conozco?

—¿A Adam? Ha trabajado con John, ¿verdad?

—Sí. Están construyendo el hotel. Cuando esté terminado va a ser precioso, aunque el proceso es todo un follón. Bueno, el caso es que conocemos a Adam y a sus hermanos y a sus padres. Son una gente fantástica. Muy agradables.

Pam estuvo a punto de señalar que los padres de Adam eran mucho mayores que John y ella, pero supuso que no tenía sentido. Nadie más comprendería sus demonios internos.

—Me alegro de lo de las flores. Es un buen chico.

—Ya lo estoy viendo —Shannon miró el reloj—. Tengo que volver al trabajo —se giró hacia Nicole—. Hoy me has hecho sudar. ¡Ya sabes lo que opino de eso!

Nicole esbozó una sonrisa fingida.

Para cuando Shannon recogió sus cosas y se marchó, las demás clientas ya se habían ido también. Nicole se dejó caer en una de las colchonetas. Al verla, Pam hizo lo mismo e intentó no estremecerse al pensar cómo narices iba a volver a levantarse.

Inmediatamente, Lulu se alejó de Nicole en dirección a Pam y se subió a su regazo.

—Cuéntame —dijo Pam con delicadeza.

Nicole asintió y se echó a llorar. Se cubrió la cara con las manos y le empezaron a temblar los hombros con cada sollozo.

Pam esperó. Mientras, acariciaba a Lulu y respiraba lentamente. Tres hijos y una suma total de veintiún años de adolescencia le habían enseñado que si ella se mantenía calmada, la otra persona solía hacerlo también. La clave era controlar la energía de la habitación.

Nicole hipó un par de veces, se sonó la nariz y levantó la cabeza.

—Es por Eric.

—Me lo imaginaba.

«¡Menudo cabeza de chorlito!», pensó.

—Hemos tenido una discusión muy fuerte. Llegué a casa y me encontré con que había dejado a nuestro hijo con una adolescente a la que yo no había visto en mi vida.

—¿Estás de broma? ¿Cómo pudo hacer eso?

—No lo sé. Es la hermana de uno de sus compañeros del taller de escritura. Parecía bastante agradable... —se le cortó la voz.

—La cuestión no es que la chica fuera o no agradable —señaló Pam—. La cuestión es que debería haber hablado contigo primero, que debería haber actuado como un padre y un esposo. Te juro que me entran ganas de abofetearlo.

A Nicole se le animó la cara.

—A mí también —volvió a hundir los hombros—. Ahora mismo la situación es muy dura.

Pam ni siquiera podía llegar a imaginárselo. Aunque sabía que ambos tendrían culpa de lo que estaba pasando en su matrimonio, no había justificación para el modo en que estaba actuando él. Tenía responsabilidades y ya era hora de que se ocupara de ellas.

Pero nada de eso sería una novedad para Nicole, así que mencionarlo no la ayudaría lo más mínimo.

—Me voy a llevar a Tyler —dijo de pronto.

—¿Qué?

—Un par de días. Los dos nos llevamos genial. Lulu lo adora y John también. Cielo, necesitas un respiro.

—Pam, es demasiado.

—Ya se ha quedado en casa antes a pasar la noche.

—Fue una vez y, además, no te podría pedir que lo hicieras.

—No me lo estás pidiendo. Me estoy ofreciendo. En serio. Me lo llevaré un par de noches. Si se angustia, te llamaré, pero creo que estará bien.

A Nicole se le llenaron los ojos de lágrimas.

—Qué buena eres conmigo.

—Lo sé. Luego puedes ir delante de mí tirándome pétalos de rosas a los pies.

Nicole se rio.

—Eso sería muy raro.

—Ya, pero me gusta dar que hablar a la gente —se puso de pie con dificultad y se frotó la parte delantera de los muslos, que era donde más le quemaban—. Tú solo dime a qué hora estoy en tu casa.

—Yo te lo acerco. Es lo mínimo que puedo hacer.

Nicole se levantó y la abrazó. Pam le devolvió el abrazo y, exceptuando que tenía los músculos rabiosos de dolor, se dio cuenta de que se sentía bastante bien. Eso era lo que necesitaba, se dijo. Pensar en otras personas. Le hacía bien.

Capítulo 8

El viernes por la tarde, Shannon salió del trabajo a las cuatro. Su secretaria intentó no mostrar su asombro, pero fracasó miserablemente.

—Tú también te puedes marchar —le dijo Shannon—. Así empiezas pronto el fin de semana.

—Gracias.

Se dijo que el buen humor que tenía se debía a la satisfacción que le generaba su trabajo, al cielo azul y a un montón de tonterías en las que no creía. Pero sabía la verdad. Estaba feliz, animada y, sí, también nerviosa, porque esa noche tenía una cita con Adam.

Intentó recordar la última vez que le había hecho tanta ilusión quedar con un hombre, pero no se le ocurrió nada. Tal vez se sentía así porque se estaban tomando las cosas con calma. No habían pasado de los besos y eso le gustaba. Y no porque no tuviera interés en pasar al siguiente nivel, porque sí que lo tenía, ¡y mucho!, pero la espera también tenía sus cosas buenas.

A las cuatro y cuarto ya estaba en casa y subió en el ascensor hasta su apartamento. Era de un dormitorio con un apartado junto al salón que usaba como despacho.

La luz del sol bañaba el salón cuando entró. Estaba en

el quinto piso del edificio de seis plantas y tenía orientación al noroeste, con vistas al Pacífico por el oeste y al muelle y a la playa por el norte. La amplia terraza recorría el salón y se prolongaba hasta el dormitorio. Tenía mucho espacio, un vestidor enorme en el dormitorio y un cuarto de la colada lo suficientemente grande como para tener la lavadora y la secadora una junto a la otra en lugar de apiladas.

Cuando lo había comprado cuatro años atrás, le había preocupado el pago de la hipoteca, pero el estilo de vida que ofrecía Mischief Bay había hecho que mereciera la pena correr el riesgo. Dos ascensos después, estaba pagando la hipoteca con un pequeño extra mensual y aun así le quedaba dinero para los ahorros y para la jubilación. La vida era muy muy buena.

Se quitó los zapatos al entrar en el dormitorio. Iba a ducharse y a retocarse el maquillaje y a disfrutar de la espera.

Colocó el teléfono en la plataforma de conexión que tenía junto a la cama y eligió una lista de música. Mientras melodías de *jazz* suave llenaban la habitación, fue a la cocina, se sirvió una copa de vino y volvió al baño.

Después de la ducha, se secó el pelo y se puso unos rulos. Esa noche quería muchas ondas. El armario, en cambio, le daría más que pensar. Quería algo sexi, pero no demasiado descarado. Adam la iba a llevar a cenar. ¿Qué opciones tenía?

Una hora más tarde, abrió la puerta para dejar entrar a Adam. Había elegido un sencillo vestido sin tirantes de corte imperio que caía sobre sus curvas. No era muy elegante ni supersexi, pero el color le resaltaba el azul de los ojos y lo único que lo sujetaba era una larga y simple cremallera. No estaba segura de que Adam se percatara de ese detalle, pero una chica tenía derecho a soñar.

Él llevaba unos vaqueros y una camisa de manga larga. Un atuendo sencillo y cómodo que, aun así, hizo que se le acelerara un poco el corazón.

–Hola –murmuró dando un paso atrás para dejarlo pasar.

–Hola.

Él la recorrió con la mirada y sacudió la cabeza.

–¿Cómo he podido tener tanta suerte? Eres preciosa, inteligente y divertida. Tiene que haber una trampa.

–Fui espía, así que conozco cincuenta modos de matarte.

Él se rio y la acercó a sí.

Ella se dejó abrazar. Lo rodeó por el cuello y cerró los ojos. Adam la besó. Con suavidad al principio, pero después con más intensidad. Shannon separó los labios y sintió el primer roce de su lengua.

Un intenso calor la invadió, seguido de un deseo que le produjo cosquilleos en los lugares más interesantes. Antes de que pudiera decidir si quería llevar las cosas más lejos, él dio un paso atrás y respiró hondo.

–¿He dicho ya «guau» hoy? Porque debería decirlo.

Ella se rio.

–Eres un encanto conmigo.

–Estoy intentando ser un buen chico, pero me lo pones muy difícil.

Con qué facilidad le regalaba cumplidos, pensó asombrada de ver que no estaba jugando a nada. Adam la consideraba guapa y sexi y se lo decía. No pedía ni esperaba nada a cambio de esa información. Shannon no podía recordar la última vez que había experimentado eso. De hecho, tal vez fuera la primera vez.

–Eres muy amable, pero tengo muchos defectos.

–No que yo pueda ver. ¿Por qué no estás saliendo con George Clooney?

Ella se rio.

—Porque es demasiado viejo para mí —se acercó a Adam de nuevo—. ¿Sabes lo que de verdad me gustaría cenar?

—¿Qué?

—Pizza. Podríamos pedirla a domicilio y quedarnos aquí.

—A mí también me gustaría.

—Bien —apoyó las manos en su torso y lo miró a los ojos—. Estoy pensando que podemos hacer el pedido en aproximadamente una hora.

Él juntó las cejas con gesto de confusión, pero antes de poder preguntar qué iban a hacer durante ese rato, ella, muy deliberadamente, se descalzó y se puso de puntillas para besarlo.

Adam respondió del mismo modo y la besó. Ella se le acercó aún más, presionando su cuerpo contra el suyo, y notó el momento exacto en el que él se dio cuenta de lo que le estaba ofreciendo. La rodeó con los brazos, profundizó el beso y Shannon sintió sus dedos sobre la cremallera en la parte trasera del vestido.

El viernes, Nicole llegó a casa a la hora de siempre y le sorprendió ver el coche de Eric en el camino de entrada. Su marido no había estado mucho en casa desde la pelea y, cuando estaba, solía evitarla. Había estado durmiendo en el futón que tenía en el despacho y marchándose mucho antes de que ella se levantara. A Eric eso no debía de hacerle mucha gracia, teniendo en cuenta la hora a la que se levantaba ella cuando tenía clases temprano.

Pero Nicole no había dicho nada y ni siquiera le había dejado una nota. Probablemente porque tenía tan pocas ganas de hablar con él como él de hablar con ella.

La pelea la había dejado muy afectada, en gran parte

porque él parecía querer ver lo peor de ella. Como cuando había dicho que no quería leer su guion y había dado por hecho que no lo apoyaría. Eso le había dolido y la había dejado sin saber muy bien qué hacer.

Entró en casa con su bolso y su bolsa de deporte.

—¡Hola! —gritó.

—¡Mami! —dijo Tyler corriendo por el pasillo—. ¡Estás en casa! ¡Estás en casa!

Lo tiró todo al suelo y se arrodilló para agarrar a su hijo cuando se abalanzó sobre ella. El amor la invadió y recordó lo que de verdad era importante. Independientemente de lo que estuviera pasando entre Eric y ella, tenían que proteger a Tyler. Él era lo primero.

Se levantó, recogió la bolsa y el bolso y fue a la cocina. Eric estaba sentado en la mesa. La miró con cierto recelo, como si se esperara que empezara a gritarlo. Por el contrario, ella le dirigió un sosegado «hola».

—Voy a recoger mis cosas y a empezar a hacer la cena. ¿Hoy cenas con nosotros? —le preguntó, porque últimamente había salido la mayoría de las noches.

—Mi grupo de crítica no se reúne hasta las ocho, así que puedo quedarme.

—Bien.

Se fijó en que en la pila había muchos menos platos de los que había habido esa mañana y que en el lavavajillas estaba encendido el indicador de que la carga estaba limpia. Pero dada la pelea tan reciente, no sabía si debía decir algo o no.

Encendió el horno. Unos meses atrás había recurrido a la mejor candidata a diosa doméstica que conocía y le había pedido ayuda. Le había explicado que siempre estaba cansada y corriendo de un lado para otro y que nunca sabía qué preparar para cenar.

Pam le había dicho que se reservara una tarde para

cocinar para toda la semana y además le había dado unas cuantas recetas sencillas para guisos y para la Crock-Pot.

Nicole había seguido su consejo al pie de la letra. Pero en lugar de renunciar a una tarde cada semana, intentaba preparar la comida de dos o tres semanas a la vez. Duplicaba y triplicaba sus recetas favoritas. Había comprado cazuelas más pequeñas que se ajustaban al tamaño de su familia y en lugar de hacer lasaña para consumir de una vez, preparaba cuatro más pequeñas, dos de carne y dos de verduras. Eran lo suficientemente grandes para la cena y para su almuerzo del día siguiente. A Eric no le gustaban las sobras y un plato así era demasiado fuerte para que Tyler se lo tomara en la guardería.

Preparaba chili y montones de recetas con pollo. También había adquirido la costumbre de hervir cantidades dobles de verduras y congelar las sobrantes. Así, o las tomaban directamente después o las incorporaba en sopas.

Después de recoger sus cosas, sacó una cazuela del congelador y la metió en el horno.

—La cena estará lista en treinta minutos. Voy a darme una ducha.

Antes de ir al baño, metió ropa en la lavadora. Para su sorpresa, vio que había toallas en la secadora. Vaya, Eric había puesto una colada. Eso era un progreso.

Se dio una ducha rápida, se vistió, se cepilló el pelo mojado y se lo recogió en una trenza.

Cuando volvió a la cocina, Tyler no estaba allí.

—Está viendo uno de sus programas —dijo Eric mientras ponía la mesa—. He pensado que deberíamos hablar.

—De acuerdo.

Dejó en la mesa el último de los tenedores y la miró.

—Esto es importante para mí, Nicole. Lo que estoy haciendo, el guion. Creo que es muy bueno. Y no lo digo solo yo, también lo dicen en mi grupo de crítica y otro par de personas que lo han leído. Estoy haciendo contactos constantemente. Puedo hacerlo. Necesito que creas en mí.

Habría sido agradable oír todo eso durante alguna de sus cincuenta mil peleas, pensó ella, aunque tampoco habría cambiado mucho las cosas.

Quería decirle que no era justo, que básicamente la había tomado como rehén, que nunca le había dado elección. Pero su cabeza le dijo que esa era una de esas ocasiones en las que tenía que tragarse sus palabras y hacer lo que fuera mejor para ellos y no lo mejor para ella.

Ojalá fueran más parecidos. Pero no lo eran. Hasta el momento, rara vez lo habían sido.

–Creo en ti. Y te he pedido leer tu guion. Muchas veces.

–Lo sé. Me equivoqué al decir aquello. Lo siento –la miró–. Necesito hacer esto. Necesito darme esta oportunidad. Supongo que debería habértelo explicado antes y haberte dicho que un día mi jefe me estaba hablando sobre un proyecto nuevo y entonces me di cuenta de que esta era mi vida. Que siempre sería esta. Ni siquiera estaba seguro de que me gustara mi trabajo. No podía hacerlo. Por eso lo dejé.

«Sin previo aviso», quiso añadir Nicole. Pero no, se dijo. Ya se lo había dicho muchas veces. Ahora estaban ahí y tenían que lidiar con esa realidad actual.

–De acuerdo –dijo lentamente.

–Toda mi energía ahora mismo está volcada en crear esto. Siento no tener suficiente de sobra para Tyler y para ti, pero para mí ahora mismo es o todo o nada. Es mi oportunidad. Puedo sentirlo. Tengo que poner en el guion el cien por cien de lo que tengo.

–Exceptuando el surf.

Las palabras le salieron sin poder contenerlas.

Supuso que él se enfadaría, pero Eric se limitó a encogerse de hombros.

—El surf me ayuda. Me despeja la mente. Así que es parte de mi proceso.

¿En serio?

—Imagino que las tareas de casa no te despejan la mente, ¿verdad?

Eric ladeó la boca.

—De acuerdo, ahí me has pillado. Estoy intentando ayudar más.

—Te agradezco que hayas puesto la lavadora y el lavavajillas.

Él asintió.

—Gracias. Sé que no deberías tener que ocuparte de todo tú sola.

El temporizador sonó.

—Iré a buscar a Tyler —dijo su marido saliendo de la cocina.

Nicole se le quedó mirando. Acababa de darle las gracias por pulsar un par de botones del lavavajillas y por meter unas toallas en la lavadora. ¿Cuándo le daban a ella las gracias por todo lo que hacía, incluyendo mantener a la familia? ¿Cuándo podía irse a hacer surf para despejarse la mente? ¿Cómo era posible que fuera la única adulta de la casa?

Sacudió la cabeza y se recordó que tenía que centrarse en lo importante. Eric quería intentarlo. Eso ya era algo. Pero lo que Nicole no sabía era si sería suficiente.

—Eres muy chica —dijo Adam con tono de broma.

Shannon estaba sentada en el sofá con su copa de vino en la mano. Se sentía bien. Satisfecha, feliz y plena. Una combinación agradable. Se sentó sobre sus pies y al hacerlo la bata se le abrió un poco, aunque decidió que tampoco era nada malo que se le vieran los pechos. Sin duda, a Adam le habían gustado antes.

El encuentro íntimo había estado muy bien. Había sido ardiente y rápido la primera vez, y lento y sensual la segunda. Él había explorado su cuerpo con una mezcla de habilidad y entusiasmo y había expresado cuánto le gustaba cada centímetro que había ido recorriendo. Después, habían pedido pizza y habían abierto una botella de vino.

Lo vio examinando con detenimiento su colección de películas y supo qué era eso que no había en su relación. Drama y dolor. No temía que Adam fuera a intentar alejarse de su lado portándose mal con ella o que fuera a decir que a pesar de lo que habían hecho, ella no le importaba. No. Adam no era un hombre difícil ni egoísta.

Los chicos malos gustaban en el cine, pero en la vida real eran justo lo que implicaba ese nombre. Y esa era una apuesta que ella siempre perdía.

–Creía que te gustaba mucho que fuera una chica – murmuró Shannon.

Él le guiñó un ojo.

–Y así es. Pero esta colección de películas es muy triste.

–¿Demasiadas pelis de chicas?

–Demasiadas. ¿Dónde están las pelis de acción? ¿Hombres con pistolas conduciendo coches veloces?

–Bueno, pues ya me has encontrado un defecto.

Él volvió al sofá y se sentó con ella. Le quitó la copa de la mano, la dejó en la mesa y después se acercó para besarla. Al mismo tiempo, coló la mano bajo la bata y la posó sobre uno de sus pechos. A Shannon la recorrieron oleadas de deseo.

–Es un defecto con el que me resulta fácil vivir –susurró él antes de comenzar a besarla por el cuello.

Adam no necesitó más invitación. Pasaron de jugar

a tomárselo en serio en menos de un minuto. Cuando se adentró en ella, Shannon se arqueó contra él, deseándolo todo. Su cuerpo, aún recorrido por un cosquilleo, estaba llegando al clímax al tercer golpe de cadera.

Después, cuando estaban semivestidos otra vez, ella se apoyó contra él. Adam la rodeó con el brazo y le besó la cabeza.

–Eres increíble –le dijo–. ¿Por qué no estás casada?

Ella lo miró. No era la primera vez que le hacían esa pregunta y normalmente la esquivaba.

–¿Quieres decir que por qué no me ha cazado George Clooney?

–Sé lo que tienes en contra de George, pero es guapo.

–Sí que lo es.

Estiró las piernas sobre el regazo de Adam y decidió que se sentía cómoda manteniendo esa conversación con él. Era una prueba más de lo distinto que era de los hombres con los que solía salir. O de Quinn. La que había tenido con Quinn sí que era una relación desastrosa.

–No estoy casada porque nunca he encontrado a nadie que pudiera tolerar el compromiso que tengo con mi trabajo –sacudió la mano–. Me refiero a los últimos diez años, no a cuando era más joven. Por lo que he visto, los hombres dicen que les parece bien hasta que tengo que cancelar una cita o un fin de semana y entonces lo del trabajo se convierte en un problema.

–Pues entonces es que son idiotas. ¿Y los niños? ¿Te gustan?

–Claro. Siempre me han gustado los niños –pensó en mencionar lo mucho que le impactaba estar a punto de cumplir los cuarenta y no ser madre aún, pero tal vez sonaría algo raro. O él se sentiría presionado–. Aún me gustaría tener hijos –continuó–. Mientras tanto, me conformo con los hijos de mis amigas. Como Tyler. Es genial.

—A Oliver también le cayó muy bien.
—Me alegro. Tyler está loco por Brad el Dragón.
—Estoy familiarizado con el personaje.
Shannon se rio.
—Se te pone la misma voz tensa que a Nicole cuando habla de él.
—La serie se ha convertido en una especie de culto. No sé cómo lo hace el autor, pero los niños están obsesionados.
—Lo sé. Tyler va a cumplir cinco años pronto y voy a ayudar a Nicole con la fiesta. He encontrado una tienda que lo tiene todo de Brad el Dragón, pero a Nicole le cuesta decidirse.
Él fingió un escalofrío.
—Comparto su dolor.
—Deberías. Creo que va a invitar a Oliver a la fiesta y eso significa que si al final se lanza y se decanta por la temática de Brad el Dragón, tú vas a tener problemas.
Adam sonrió y le dijo:
—Así que tienes un lado oscuro.
—Ya lo conoces.
La llevó hacia sí y la besó.
Adam se quedó hasta las dos de la madrugada. Shannon pensó en invitarlo a pasar la noche, pero decidió que necesitaba su espacio. Tal vez la próxima vez. Por ahora bastaba con la intimidad física.
Hacía solo diez minutos que se había ido cuando le llegó un mensaje al móvil.
—Qué romántico eres —dijo al agarrar el teléfono.
Pero no era Adam. El mensaje era de Quinn.
¿Qué tal?
Esas dos palabras eran su modo de pedirle que se vieran para disfrutar de un poco de sexo.
Shannon dejó el teléfono sobre el sofá y entró en el

dormitorio sin mirar atrás. Mientras se preparaba para irse a dormir, se recordó que no podía atribuirse el mérito de haber actuado de forma estelar. Y tampoco podía decirse que hubiera desarrollado carácter y hubiera decidido poner fin a una relación que era completamente nociva para ella. Si había ignorado el mensaje, había sido porque había pasado una noche fantástica con Adam. Había una diferencia.

Aun así, debería aceptar la victoria independientemente de su causa. A lo mejor los romances eran tan maravillosos como los pintaban.

Capítulo 9

—Vamos a sacarte una foto del lado izquierdo de la cara —dijo la mujer de la bata blanca. Su nombre, Anne, estaba grabado en su bata.

Era alta, delgada y aparentaba unos treinta años, lo cual resultaba intensamente molesto.

—Hacemos el lado izquierdo —la informó Anne con lo que Pam estaba segura que era una sonrisa de suficiencia— porque es el lado que más se daña cuando conducimos. A menos que siempre hayas llevado protección solar.

Otra sonrisa de suficiencia que decía que Anne sabía muy bien que Pam no había usado mucha protección solar.

Le habían pedido que acudiera a la consulta/cita para el bótox sin nada de maquillaje. Por si no era suficiente castigo que la vieran con la cara lavada a plena luz del día, además se había comprometido a que le inyectaran una neurotoxina letal. ¿No era todo eso demasiado en la escala del dolor y el sufrimiento? Anne, la de la bata blanca, no parecía pensar lo mismo.

La clínica de medicina estética se encontraba en una zona de un centro médico. Allí había muchos dentistas, internistas e incluso una consulta de cardiología, así que debía de ser un buen sitio. Era el que le había recomendado Shannon y eso tenía que importarle más que la actitud de Anne.

—De acuerdo —dijo Anne situándola frente a un cono blanco—. Quédate muy quieta.

Pam hizo lo que le indicó y después se quedó sola esperando unos minutos. Tenía la sensación de que las imágenes estaban disponibles al instante; después de todo, eran digitales. Sin duda, ese tiempo extra era para que asumiera por completo su culpa por no haber usado protección solar.

Anne volvió y se sentó frente al ordenador. Pulsó unas teclas y una espantosa imagen del rostro de Pam con puntos morados y verdes apareció en el gran televisor instalado en la pared.

El lateral de su nariz estaba cubierto de enormes cráteres y de manchas oscuras. Tenía las mejillas como si tuvieran tantas irregularidades como la superficie de Marte y su frente parecía un campo de batalla. Estuvo a punto de salir corriendo en busca de la salida más próxima.

Anne, asumiendo de nuevo su posición de poder, le lanzó una sonrisa compasiva.

—No es tan malo como parece.

—Ah, vale.

—Tienes daño solar significativo. Aquí, aquí y aquí —señaló mientras hablaba tocando la pantalla sobre la nariz, las mejillas y la frente de la fotografía—. Tu número es el cuarenta y cinco.

No estaba tan mal, pensó Pam.

—¿Entonces tengo la piel de una mujer de cuarenta y cinco años?

—No. La escala mide a cien mujeres de tu edad y te dice cuántas tienen la piel mejor y peor.

—Ah. ¿Y qué es mejor? ¿Cien o uno?

La mirada compasiva volvió a aparecer.

—Tu daño solar es menor que el de cuarenta y cinco de las mujeres.

Ratas.

—Así que cuanto más alto sea el número mejor.

—Sí. Ahora vamos a ver la inflamación.

Treinta minutos y unas cuantas fotografías después, Pam se estaba planteando seriamente cortarse las venas. Le resultaría más rápido y más barato, y tal vez el embalsamamiento le daría un aspecto fabuloso.

—En lo que estoy más interesada es en el bótox.

—Por supuesto. Lo mencionaste cuando pediste la cita. Estoy de acuerdo.

—¿Sí? ¿No quieres intentar convencerme de que me ponga otras inyecciones?

Anne observó su rostro un segundo y después sacudió la cabeza.

—No. El bótox te alisará la frente. Y también te haremos las arruguitas de conejo.

—¿Las arruguitas de conejo?

Anne señaló al espejo.

—Arruga la nariz.

Pam lo hizo y unas líneas horizontales le aparecieron en el puente de la nariz.

Anne señaló.

—Arruguitas de conejo.

—Claro, ahora entiendo el nombre.

—Sí. En cuanto al resto, las inyecciones serán caras y no te darán los resultados que quieres.

A Pam no le gustó cómo sonó eso.

—¿Qué me los daría? —preguntó sin poder evitarlo.

Anne se levantó.

—Un estiramiento facial. Ahora ven conmigo, te voy a presentar a Reveka. Es quien solicitaste.

Pam la siguió automáticamente. Reveka era quien le

había recomendado Shannon. Entró en una sala de tratamiento con una silla ajustable y unos láseres que daban algo de miedo. Pero no se le notó. Estaba demasiado ocupada intentando seguir respirando después de haber oído la temida palabra que empezaba por «E».

Pam llegó a casa de una pieza y dando gracias por no haber tenido un accidente. No solo el bótox le había dolido horrores, con las agujas perforándole la piel y la quemazón que se sentía cuando penetraba en los músculos, sino que Reveka le había dicho que no se tumbara en al menos cuatro horas. Durante el camino lo único en lo que pudo pensar fue en que si tenía un accidente de coche, iba a tener que decirle a los servicios médicos que la dejaran donde estaba, sin más, hasta que se le asentara el bótox.

Saludó a Lulu y la dejó salir. Después entró en la cocina. Aún le dolía un poco la cara. Una de las inyecciones le había pillado un capilar, lo cual, según Reveka, era habitual. La pega, según Pam, era que le saldría un pequeño hematoma.

Ansiaba una copa de vino o un vodka con tónica muy cargado, pero no debía beber en veinticuatro horas. ¿En qué demonios había estado pensando?

Lulu entró en la casa, corrió hacia ella y se puso en posición para que la levantara en brazos. Pam se agachó en cuclillas con cuidado de no echarse hacia delante. Después de ponerse recta, se acurrucó a su perrita e intentó reconfortarse con la familiar calidez de Lulu.

Le sonó el teléfono. Lo sacó del bolso y miró la pantalla. Brandon, su hijo pequeño, había escrito para saludarla.

Miró el teléfono un segundo. Su hijo de veinticuatro años, que estaba en la facultad de Medicina, se había tomado un momento para saludarla. Steven estaba prosperando en el trabajo junto a su padre. Jen y Kirk esperaban a su primer hijo.

Ella estaba casada con un hombre maravilloso que la amaba, que la cuidaba y que nunca le había sido infiel. Tenía una casa preciosa y unas amigas fantásticas. A decir verdad, había recibido todo tipo de bendiciones. ¿Por qué de pronto se había obsesionado tanto con su aspecto? Tenía cincuenta años. Era solo un número. Por sí solo no tenía ningún poder.

Entró en su pequeño despacho y encendió el ordenador. Cuando estuvo conectado, se sentó, dejó a Lulu sobre su regazo y levantó las manos para teclear. Se detuvo.

¿Qué estaba buscando? ¿Qué quería? Ayuda psicológica no. No. Quería...

Quería que su matrimonio volviera a ilusionarla. Quería sentirse como se había sentido veinte años atrás, cuando habían sido una familia joven o como cuando se habían hecho novios. Eso sería divertido. Tal como había pensado la otra noche, su matrimonio no estaba roto, pero sin duda era algo soso.

Introdujo una búsqueda. Los primeros intentos no la llevaron a ninguna parte, pero al final se topó con varias páginas que prometían refrescar un matrimonio fuerte.

¿Buscas devolverle la pasión a tu dormitorio?

Pam pinchó el enlace y miró la fotografía de un bonito hotel en Palm Desert. La información prometía clases pequeñas en las que «la risa y la pasión son la clave para renovar los lazos del amor».

«Mientras no sea algún rollo violento o tipo *bondage*...», pensó Pam. Miró la fecha y vio que era al fin de semana siguiente.

—¿Qué es lo peor que podría pasar?

Entró en el enlace del registro y vio que aún quedaban plazas libres.

—Al menos pasaremos el fin de semana fuera.

Rellenó la solicitud e introdujo el número de su tarjeta de crédito. En cuanto recibió la confirmación, llamó a su hija para preguntarle si podía encargarse de Lulu.

—Es solo un fin de semana en Palm Desert –dijo–. Hace mucho tiempo que tu padre y yo no salimos.

—Me parece genial –respondió Jen–. Nos quedaremos con ella encantados. Es una perrita muy fácil de cuidar. A lo mejor puedo practicar a poner pañales con ella.

—O a lo mejor no –respondió Pam–. Gracias, cielo –sonó un pitido en el teléfono–. Jen, es tu padre. Luego hablamos, ¿de acuerdo?

—Claro, mamá. Adiós.

Pam aceptó la segunda llamada.

—Hola. Adivina lo que acabo de hacer.

—Pam –la voz de John sonó cargada y triste.

Ella tomó aire y puso la otra mano sobre el cálido lomo de Lulu.

—Dios mío, ¿qué?

—Es Hayley. Anoche perdió al bebé. Acaba de llegar a casa. Rob me ha llamado esta mañana para contarme lo que había pasado y para decirme que Hayley no vendría a trabajar. Le he dicho que me avisara cuando estuviera en casa. Sabía que querrías acercarte.

—Sí. Gracias por avisarme –se detuvo–. Cuánto lo siento por ella.

—Lo sé. Yo también. No estoy seguro de cuántas veces podrá seguir haciendo esto.

—Lo sé. Bueno, iré a verla ahora mismo. Gracias por avisarme.

—Cómo no. Te quiero.

—Yo también te quiero.

Colgó, imprimió la confirmación y apagó el ordenador.

—Vamos, preciosa. Tenemos que ir a ayudar a una amiga.

Se desvió hacia el cuarto de la colada, donde tenían un congelador extra. Después de comprobar lo que tenía preparado, eligió una lasaña y un plato de pollo con brócoli que sabía que a Hayley le gustaba.

Los metió en una bolsa grande junto con un par de botellas de vino, agarró las llaves y el móvil y salió por la puerta principal. Lulu la seguía.

Dejó que la perrita hiciera sus cosas antes de cruzar la calle y bajar dos casas más. Cuando llegó a la puerta, llamó dos veces y entró.

—¡Hola, soy yo! –gritó.

—Estamos aquí dentro.

La voz, aunque familiar, no era la de Hayley y eso la hizo detenerse un segundo. Se dijo que era bueno que tuviera a su familia cerca, incluso aunque se tratara de su hermana, que era ligeramente despótica. Rob habría dejado a su esposa en casa y habría vuelto al trabajo, porque tenía dos trabajos que atender, gracias a la determinación de Hayley de tener un bebé.

La parte lógica del cerebro de Pam entendía que toda mujer tenía que pensar en lo que la hacía feliz, pero su corazón sufría por su amiga y por lo que se estaba haciendo pasar a sí misma y le estaba haciendo pasar a su marido.

Cerró la puerta. Lulu echó a correr, atravesó el pasillo y giró a la derecha para entrar en el salón. Pam se desvió hacia la cocina, donde dejó el guiso de pollo sobre la encimera para que se descongelara más rápido y metió la lasaña en la nevera. Escribió las instrucciones sobre cómo calentar los dos platos en un Post-it y pegó la nota en la puerta de un armario. Después, fue hacia el salón.

Hayley estaba acurrucada en una esquina del sofá. Tenía una manta sobre el regazo y una caja de pañuelos de papel al lado. Lulu ya se había acurrucado a su lado y la miraba nerviosa con sus ojitos marrones.

Morgan, la hermana de Hayley, estaba sentada en uno de los sillones. Esbozó una amplia sonrisa al ver a Pam entrar.

–Qué amable eres al venir. Te lo agradezco. Lo que yo creo es que Hayley no debería estar sola ahora mismo, pero yo tengo que ocuparme de mis hijos. Amy tiene un resfriado y los otros dos están... Bueno, no importa. El caso es que yo estoy superocupada.

Estaba recogiendo su bolso mientras hablaba.

–Hayley, cariño, si necesitas algo, sabes que solo tienes que llamarme, ¿vale? Yo puedo estar aquí en diez minutos. Lo juro.

Hayley asintió.

–Bien. Espero que te sientas mejor.

Con eso, Morgan se despidió y se marchó. Pam esperó a que la puerta estuviera cerrada antes de acercarse a Hayley y abrazarla.

–He contado cuatro «yo» en menos de diez segundos –dijo a modo de saludo–. ¿A ti cuántos te han salido?

Hayley sonrió. Empezó a reírse, pero entonces las risas dieron paso a las lágrimas y se cubrió la cara con las manos. Pam levantó a Lulu, se sentó en su sitio y puso a la perrita sobre el regazo de su amiga. Lulu tembló ligeramente, como afectada por toda la emoción. Se acercó y le lamió la mano a Hayley.

Hayley levantó la cabeza y se sorbió la nariz. Estaba pálida y tenía unas ojeras muy oscuras.

–Lo odio –admitió acariciando a Lulu–. Es injusto.

–Sí que lo es. ¿Por qué Morgan no deja de soltar hijos como si fuera una tostadora y ellos fueran gofres? Resulta tan molesta. Tú, por el contrario, eres encantadora y toda esta situación es asquerosa.

Hayley seguía llorando, pero también sonrió.

–Eres la amiga más rara que tengo y te quiero mucho.

–Yo también te quiero –Pam la abrazó–. Siento mucho que estés pasando por esto otra vez.

Hayley acercó a Lulu y le besó su esponjosa cabeza.

–Yo también. Estaba segura de que esta sería la definitiva, de que todo iría bien –respiró hondo–. La doctora dice que no puedo seguir haciendo esto. Ya sabes que la última vez perdí mucha sangre. Está vez no ha sido tan grave, pero está preocupada.

–Todos lo estamos.

Hayley sacudió la cabeza.

–Lo sé, pero es que... No me quiero pasar el día llorando. Por favor, por favor, distráeme.

Pam sonrió.

–¿Sabes? Puedo hacerlo. Puedo hacer que te olvides por completo de lo triste que estás.

Hayley ladeó la cabeza.

–Eso es imposible.

–Hoy me he puesto bótox.

–¿Qué?

–Lo he hecho –se apartó el flequillo para que su amiga viera las marcas de las agujas–. Tarda una semana en hacer efecto y no puedo tumbarme en cuatro horas. Así que si tengo un infarto, mantenme en posición recta hasta las dos.

Hayley tenía los ojos abiertos de par en par.

–No me puedo creer que lo hayas hecho. ¿Te ha dolido?

–Sí. Mucho.

–Bótox. Vaya. Es impresionante.

–Lo sé –le dio una palmadita a Hayley en la mano–. Ahora vamos a echar un vistazo a lo que ponen en la tele. Tiene que haber alguna peli mala que estemos deseando ver.

Capítulo 10

Nicole entró en el dormitorio y vio a Eric poniéndose unos pantalones cortos y una camiseta. Aún estaba oscuro fuera, pero el sol saldría pronto y, con el sol, las olas.

–Tengo que marcharme a las ocho –le dijo.

–Volveré a tiempo.

Ella asintió.

Se quedaron mirándose un segundo. Parecía como si hubiera algo que decir; después de todo, estaban casados, aunque últimamente las palabras eran contadas.

Eric seguía durmiendo en su despacho y hasta ahora Tyler no se había dado cuenta. La mayoría de las veces se levantaba antes que su hijo y el niño estaba acostumbrado a ver a su padre echándose siestas en el futón. Aun así, estaba preocupada.

No solo por lo que Tyler pudiera pensar, sino por lo que eso decía de su matrimonio. Hacía tiempo que habían dejado de ser una pareja. Ahora eran compañeros de casa. Sabía que la principal causa era que estaba durmiendo en la otra habitación, pero no quería ser ella la que lo invitara a volver al dormitorio. Le parecía ceder demasiado. Por otro lado, ¿una relación no se basaba en estar dispuesto a pensar más en la otra persona? Tal vez eso era lo que estaba esperando Eric: que ella diera un poco más.

El matrimonio debería ir acompañado de un manual de instrucciones, pensó mientras iba a la cocina y encendía la cafetera. Había suficiente luz fuera como para que pudiera ver el jardín trasero y la valla de piedra que era casi tan vieja como la casa en sí.

Su casa era un chalé de estilo español construido en la década de los treinta. Las paredes eran gruesas, los techos altos y las habitaciones estaban diseñadas para sacarle el máximo partido a la fresca brisa del océano.

Había tenido muchos propietarios. El último, un tipo de la industria del cine, había reformado la cocina y un baño antes de perderlo todo en una película que había financiado y que había fracasado. Le había puesto un precio de un millón doscientos mil dólares. Aunque solo tenía tres dormitorios, un despacho diminuto y dos baños, estaba situada a cuatro manzanas de la playa y en Mischief Bay.

Nicole la había visto en la primera jornada de puertas abiertas a la que había asistido. Se había enamorado del pequeño y bonito jardín trasero, del limonero que le daba sombra y de los toques originales, como los techos con vigas y las ventanas abovedadas. Pero con el precio que tenía, para ella era igual que si hubiera costado cien millones de dólares: sencillamente imposible.

Al cabo de unas semanas había habido un par de ofertas, una inspección de hogar y después la revelación de algo que, en la vida de barrio residencial, era el equivalente a la peste negra: el moho. Se había encontrado moho en uno de los armarios. Se había perdido el acuerdo de venta y la casa había estado abandonada durante meses.

Nicole había ido viendo el precio bajar y bajar y entre bromas le había dicho al agente inmobiliario que si bajaba lo suficiente, se arriesgaría a comprarla con moho y todo. Un día recibió una llamada.

Armada de un experimentado exterminador de moho, le había hecho frente al enemigo. El hombre había tomado unas muestras y las había enviado a un laboratorio del este. Los resultados la habían dejado asombrada. No era moho. Esa cosa negra que no dejaba de crecer era papel de pared de los años treinta en descomposición. De pronto tenía una ganga en sus manos.

Con cada centavo que había ahorrado y una financiación muy creativa, se había comprado la casa. Un mes después de haber cerrado la venta, la economía se derrumbó y con ella la burbuja inmobiliaria. Nicole sabía que jamás habría podido acceder a la casa sin el préstamo que le habían dado, pero no le importaba. Tenía la casa y gracias al falso moho la había conseguido bastante por debajo de su valor.

Había conocido a Eric unos meses después y el resto ya era historia.

Volvió a centrar su atención en la cocina y en su vida tal como era hoy. Se esforzaría más, se prometió. Intentaría acercarse a su marido. Era un hecho que fuera a escribir un guion, pero eso no significaba que no pudieran ser felices juntos. Solo tenía que encontrar el modo de hacerlo posible.

—¿Estás segura de esto? —le preguntó John.

Pam se recostó en su asiento y observó a través de la ventanilla mientras conducían al este en dirección a Palm Desert.

—En realidad no, pero en su momento me pareció una buena idea. Al menos el hotel es bonito.

Ahora que iban de camino a su retiro de fin de semana

para encontrar la pasión en su relación se lo estaba replanteando muy seriamente. ¡Qué idea tan ridícula! Aun así, se negaba a decirle a su marido que dieran la vuelta, porque necesitaban algo que les diera un poco de emoción a sus vidas. Todo era demasiado rutinario.

—Esta mañana he ido a ver a Hayley. Está mejor y volverá al trabajo el lunes.

—Pobrecita.

—Ya. Es muy duro verla pasar por esto —y más duro todavía era para Hayley y su marido tener que lidiar con ello.

John alargó la mano y le dio una palmadita en la pierna.

—Nosotros hemos tenido suerte con nuestros hijos.

—Sí. Aguantar las náuseas por la mañana y ponerme gorda. Solo fue eso.

—Nunca te pusiste gorda.

—Con Jen me puse hecha una cerda.

—Jamás. Estabas preciosa. Y lo sigues estando.

Habló sin mirarla, con la atención puesta en la carretera, pero ella tuvo la sensación de que no estaba ni bromeando ni siendo educado. Para él, ella había sido preciosa. Qué tonto. Aunque en lo que respectaba a defectos, era uno bastante bueno.

—Ya te conté que mi amiga Shannon está saliendo con Adam Lewis.

—¿Sí? —la miró—. Creo que no lo sabía. Me alegro por ella. Adam es un tipo fantástico.

—Lo sé. Espero que funcione. Shannon no dice mucho, pero tengo la sensación de que quiere tener una relación seria. Está increíble, pero se acerca a los cuarenta y nunca ha estado casada. Sé que le gustan los niños, pero empezar a esa edad...

Él esbozó una mueca de disgusto.

—Estoy de acuerdo. Si nosotros hubiéramos hecho eso, ¿cuántos años tendría Brandon ahora? ¿Cuatro? Y pensar lo que nos quedaría por delante todavía.

—No tendría energía —admitió Pam—. Además, me preocuparía más. Cuando tenía veinte años, lo hice lo mejor que pude, pero no sabía mucho.

—La experiencia viene con los años. Me alegro de que Jen y Kirk vayan a empezar su familia ahora.

—Yo también. Kirk no puede acompañarla a la primera cita con el médico, así que quiere que vaya yo con ella.

—Me alegro de que puedas estar a su lado.

—Yo también.

Ella lo miró. Era un hombre tan formal, tan preocupado por los demás. Era un hombre verdaderamente bueno. Le gustaba el deporte y amaba a su país y a su familia. Era honesto en el trabajo. Había tenido suerte de encontrarlo, pensó acordándose de Shannon y de Nicole, que ahora estaba pasando un infierno con Eric.

—Quiero que sepas que te agradezco todo lo que me has dado —dijo de pronto.

Su marido se giró hacia ella.

—¿De qué estás hablando? —le preguntó antes de volver a centrar su atención en la carretera—. ¿Qué te he dado?

—Una vida maravillosa. Tres hijos fantásticos. Una casa preciosa. A Lulu.

—Yo no te he dado esas cosas, Pam. Somos un equipo. Tú me respaldas y yo te respaldo —volvió a alargar la mano y le agarró la suya—. Soy un hombre afortunado.

—Yo también soy afortunada.

Palm Desert era un oasis verde y exuberante en mitad de un desierto marrón. Unos campos de golf rodeaban comunidades de lujo. Las tiendas eran elegantes, los restaurantes finos y el hotel parecía la idea del castillo rústico de un multimillonario.

Pam había reservado una *suite*. Tenía un salón con un sofá ancho y una gran chimenea. El dormitorio tenía una cama enorme, vistas a las montañas y un baño de mármol impresionante. La bañera era lo suficientemente grande como para que entraran cinco personas. Tal vez usarla sería una de sus tareas, pensó Pam mientras la observaba. No podía recordar la última vez que John y ella se habían dado un baño juntos.

Deshicieron las maletas y bajaron a la cena organizada para conocer al resto de asistentes. Unas indicaciones los guiaron hasta una acogedora sala con puertas de cristal dobles que conducían a un patio iluminado con antorchas. Había una barra de bar a un lado y un bufé al otro.

Pam le dio la mano a John al entrar. La primera impresión que se llevó fue que todo el mundo era muy guapo. La segunda y más impactante fue que nadie parecía tener más de treinta y cinco años.

Se giró hacia su marido.

–Oh, no. Somos los más viejos.

John miró a su alrededor y empezó a reírse. La acercó a sí y la rodeó por la cintura.

–Pues mejor para nosotros.

Mientras que ella aplaudía su actitud, no estaba segura de poder tomarse tan a la ligera ese dato tan obvio. ¿La estaban mirando las mujeres más jóvenes? ¿La estaban juzgando? ¿Estaban pensando que ningún hombre querría verla desnuda? Excepto John, claro. Pero John la amaba, así que ¿eso contaba?

Fueron hacia la barra. Ella pidió un vodka con tónica y él un whisky escocés. Se oían conversaciones muy bajas. La mayoría de las parejas estaban solas, parecían incómodas, y solo algunas estaban relacionándose con los demás. Aproximadamente veinte minutos después entró una pareja de unos treinta y muchos años. Pam los reconocía de la página web.

—Son ellos —le susurró a John—. Los que organizan el fin de semana.

—Hola a todos —dijo la mujer—. Soy Vivian y él es mi marido, David. Bienvenidos a nuestro seminario de fin de semana.

Se oyeron algunos saludos entre murmullos, aunque nada demasiado entusiasta.

Eran atractivos. Los dos rubios, delgados y bronceados. Él llevaba unos vaqueros y una camisa con cuello de botones y ella un bonito vestido de tirantes.

David les sonrió.

—Queremos que este sea un lugar en el que vosotros y vuestras parejas os sintáis seguros. Aquí no se juzga ni se critica a nadie. Solo damos información y sugerencias. Queremos que os divirtáis y queremos que aprendáis algo. Y en respuesta a la pregunta que todos os habéis estado preguntando pero no queréis formular… No. No tendréis que hacer nada delante del grupo.

Varias personas se rieron.

Pam se quedó boquiabierta. Eso no se le había pasado por la cabeza en ningún momento. De haberlo dudado, jamás los habría apuntado al curso. Había sido un error, pensó al mirar a su alrededor. Un error absolutamente estúpido.

—Vamos a empezar con un juego sencillo —dijo Vivian—. Iremos por toda la sala y todo el mundo dirá su nombre y compartirá una fantasía sexual.

—¿Solo una? —gritó un chico.

Vivian sonrió.

—Si tenemos tiempo, haremos una segunda ronda.

John se le acercó y le susurró al oído:

—Esto va a ser divertido.

¿Divertido? ¿Era esa su idea de diversión? Ella no

quería compartir una fantasía sexual con el grupo. Ni siquiera había compartido ninguna con su marido. ¿Acaso tenía alguna?

Su mente traicionera inmediatamente pensó en el veterinario de Lulu. No, no podía mencionarlo ni mencionar sus ojos de ensueño. Además, su enamoramiento del doctor Ingersoll era más mental que físico. Nunca se había imaginado teniendo sexo con él.

Vivian señaló a la pareja que tenía más cerca.

—¿Por qué no empezáis vosotros?

La mujer se rio y se sonrojó.

—Soy Amanda. Mi fantasía es hacer el amor con dos hombres.

Su pareja, un hombre igual de joven e igual de entusiasta, la rodeó con el brazo.

—Soy Jeff y mi fantasía son dos chicas.

—Veo que por aquí vamos a tener trabajo —dijo David con tono distendido—. Encantado de conoceros a los dos. ¿Los siguientes?

Pam intentó prestar atención a los nombres, pero estaba demasiado ocupada buscando desesperadamente una fantasía dentro de su cerebro. Cuando llegó su turno, se quedó totalmente en blanco.

—Em... Soy Pam y mi fantasía es... eh... hacer el amor en una playa.

«Qué patético», pensó. Totalmente patético. Había hablado como si fuera la abuela de todos.

—Soy John y me alegro de saber que la fantasía de mi mujer no son los azotes.

Varias personas se rieron.

—¿Porque eso lo quieres para ti? —preguntó Vivian guiñándole un ojo.

—No. Mi fantasía es hacerlo todas las veces que quiera durante una semana.

Varios de los hombres aplaudieron. David señaló a la siguiente pareja. Pam se quedó donde estaba, con su bebida en la mano y un sentimiento de culpabilidad cayéndole encima como una carga muy grande y pesada.

¿De verdad esa era su fantasía? Qué cosa tan insignificante, pensó con tristeza. Porque sabía a lo que se refería John. No solo quería tener acceso al sexo, por así decirlo; quería una compañera entusiasta y dispuesta. Una que no estuviera siempre pensando en «sus cosas». Quería que su mujer sintiera excitación por él, por su relación. Tal vez ese fin de semana la ayudaría a darle a su marido todo lo que quería en más de un sentido.

La cena en el hotel fue tranquila. Pam se sintió aliviada al descubrir que iban a cenar como parejas y no como grupo. Después de que John y ella se hubieran tomado sus bistecs y su vino tinto, volvieron a la habitación. John se acomodó frente al televisor y agarró el mando.

Mientras cambiaba de canal, ella consultó su teléfono. Jen le había enviado una foto de Lulu acurrucada en el regazo de Kirk. Tanto el hombre como el perro parecían felices.

—¿Pam?

Se giró y vio a John mirando la tele con una expresión muy rara. No era de impacto, exactamente, sino más bien de perplejidad.

—¿Qué pasa? —preguntó.

Él señaló a la televisión. Pam se acercó y miró.

Mientras enfocaba la vista, él subió el volumen.

En la cama había una mujer desnuda tumbada mientras un hombre igual de desnudo se tumbaba junto a ella de lado. Ella estaba depilada por completo y un ángulo de la cámara les dio una imagen muy clara de sus zonas íntimas.

El hombre puso la mano sobre el muslo de la mujer. La voz en *off*, con un suave acento británico, decía:

«Explora los genitales de tu compañera lenta y delicadamente. Empieza por arriba y baja por un lado antes de volver a subir. Hombres, vuestro instinto es ir directamente al clítoris, pero las mujeres prefieren un recorrido más sinuoso».

«Si vuestra pareja aún no está excitada y húmeda, podéis usar un lubricante».

–No es porno –murmuró Pam. Habían visto porno un par de veces y, aunque les había resultado un poco interesante, nunca les había atraído demasiado.

–Ah, pero sí que hay porno.

Él cambió de canal y al instante se vieron asaltados por el plano de un pene increíblemente enorme entrando y saliendo del ano de otro hombre.

–Hay de chicas con chicas y de parejas heterosexuales –añadió John.

–Algo para todo el mundo –Pam se aclaró la voz–. ¿Hay tele normal?

–No que yo vea.

Alguien llamó a la puerta de la *suite*. John y Pam se miraron. John apagó el televisor rápidamente y tiró el mando sobre la mesita de café. Tenía la misma cara de culpabilidad que un adolescente al que hubieran pillado leyendo el *Playboy* en la casa de su abuela.

Pam seguía sonriendo cuando abrió la puerta y se encontró allí a la alegre Vivian.

–Hola –dijo su instructora–. Esto es para vosotros –le entregó una gran cesta de regalo–. Y a modo de recordatorio, durante todo el fin de semana no habrá televisión. Si buscáis entretenimiento o inspiración, estamos emitiendo varios vídeos de instrucciones junto con distintos tipos de películas eróticas.

—¿Así las vamos a llamar? —preguntó Pam sin poder contenerse.

Vivian sonrió.

—Probad alguna. Puede que os sorprendáis.

—Gracias —Pam cerró la puerta y llevó la cesta a la pequeña mesa de comedor—. Tenemos un regalo.

John se levantó y se acercó.

—¿No hay televisión?

—Lo siento, cielo. Tendrás que ver la CNN por tu iPad.

Deshizo el lazo que sujetaba el papel de envolver rizado que cubría la cesta. El papel opaco cayó sobre la mesa.

—Esto sí que nos puede venir bien —dijo John levantando la botella de champán—. Voy a por las copas.

Pam asintió sin decir nada. Levantó una botella que parecía una especie de cobertura para helado de no ser porque la etiqueta mostraba unos pechos y prometía un delicioso dulce para lamer. También había máscaras, vendas para los ojos, esposas de terciopelo y el dildo más grande que había visto en su vida. Y tampoco es que hubiera visto muchos, pero aun así.

También había anillos y bolas y otras cosas que resultaban confusas. ¿Dónde se ponían y qué hacían?

Agarró lo que era claramente un vibrador. Era rosa brillante y tenía la forma de un castor pequeño junto a un árbol grande.

—¿Qué narices es esto? —preguntó.

John le pasó la copa de champán.

—¿Tiene instrucciones?

—Algunas cosas sí, pero esta no.

Él se lo quitó de las manos y lo puso boca abajo. Inmediatamente el árbol comenzó a vibrar mientras la cabeza del castor se movía con movimientos circulares. John esbozó una amplia sonrisa.

—Está claro que lo vamos a probar.

Capítulo 11

—Con esto terminamos —dijo Nolan—. Gracias a todos por vuestro esfuerzo.

Shannon recogió sus notas. Las reuniones mensuales del personal superior siempre eran agotadoras. Cuatro o cinco horas durante las que cada departamento informaba de cómo marchaba. Se comparaban los resultados con los puntos de referencia y después comenzaba la conversación.

Las largas reuniones le preocupaban menos que a la mayoría. Cuando la contrataron, su departamento se había encontrado en tal estado de desorganización que no había podido más que mejorar. Nolan, su jefe y dueño de la compañía, le había dado carta blanca para contratar y despedir y ella había sacado provecho de ambas cosas. Durante los últimos cinco años, había despedido a la gente que no quería o no podía desempeñar el trabajo tal como ella quería y había contratado a personal brillante y motivado. El departamento financiero ahora era una máquina de administrar dinero bien engrasada.

El ciclo de cuentas por cobrar se había visto reducido de más de noventa días a una media de treinta y dos. Los préstamos estaban consolidados, se había acordado la bajada de los intereses y ella había empleado una táctica brutal con su banco hasta que había conseguido los términos que quería para todos sus negocios.

—Shannon, ¿puedes quedarte un segundo? —le preguntó Nolan levantándose las gafas mientras hablaba.

—Claro.

Shannon sonrió a sus colegas mientras salían. Un par de ellos le lanzaron miradas compasivas, pero no estaba preocupada. Nolan y ella tenían una buena relación de trabajo. Él era brillante en lo que concernía a la informática y un idiota en todo lo demás. Pero la diferencia entre él y la mayoría de los empresarios que no llegaban a tener éxito del todo era que Nolan comprendía que su conjunto de habilidades era limitado. Estaba dispuesto a encontrar a los mejores y a los más brillantes para que se encargaran del resto del negocio dejándolo así libre a él para hacer lo que mejor hacía.

Shannon sabía que no era lo habitual. Cuando estuvo trabajando para un banco grande, había visto a decenas de empresarios brillantes fracasar porque no eran capaces de renunciar al control de todo. Todo pequeño negocio tenía potencial, pero para llegar al extremo de ganar millones, tenía que haber un plan. Y una persona sola no podía hacerlo todo.

Nolan había sido distinto. Él había empezado como cliente y después se habían hecho amigos. Ella lo había ayudado a diseñar un plan de negocio para hacer que su empresa fuera subiendo de nivel. Y cuando le había ofrecido el puesto de directora financiera, había tardado unos diez minutos en decidirse.

Ahora la estaba mirando e hizo una mueca de disgusto.

—Voy a tener que despedir a Ted —farfulló.

Ted, el jefe de operaciones, no había logrado ninguno de los objetivos del trimestre.

—Sí —respondió ella con delicadeza—. Sé que no va a ser fácil.

—Es mi mejor amigo.

Shannon asintió.

—Los dos dejamos la universidad juntos y nos fuimos a vivir a un apartamento encima de un garaje mientras pensábamos qué íbamos a hacer. Le debo una.

Nolan era un buen tipo. Tal vez un poco friki, aunque eso iba incluido en la genialidad informática. Era leal y dulce. Con los millones que tenía podía haber salido con una larga lista de aspirantes a estrellas que no se fijarían ni en sus gafas de cristales gruesos ni en sus camisetas arrugadas, sino en su cuenta bancaria. Pero en lugar de aprovecharse del acceso a esas bellezas, se había casado con su novia del instituto y, hasta donde Shannon sabía, nunca había mirado a otra mujer.

—No tienes por qué despedirlo —señaló—. Trasládalo.

—Sabrá lo que estoy haciendo.

—Sí, pero en ese caso él decide si se queda o no, no tú. Ahora mismo no está muy centrado, nada más.

Nolan suspiró profundamente.

—¿Quieres dirigir operaciones?

Ella se rio.

—Gracias, pero no. Haría un trabajo terrible. Sé en lo que soy buena y no es en gestión de programas. Conozco a algunos cazatalentos que pueden ayudarte a sustituirlo. Si quieres, concierto una cita.

—Sí, vamos a hacerlo. Pero discretamente, ya sabes.

—Claro. Iremos a almorzar lejos de aquí. Nadie tiene por qué enterarse.

—Gracias —le sonrió—. Estás haciendo que me sienta mejor.

—Bien.

Se levantaron y ella salió de la sala de reuniones.

Shannon volvió a su despacho, donde su secretaria le pasó una montaña de mensajes. Se ocupó de ellos y comprobó el correo electrónico antes de revisar las últimas proyecciones de ventas.

Estaba revisando una previsión de ventas cuando notó un borboteo y un calambre en el estómago. Los ignoró y siguió mirando el informe. Unos treinta segundos después, los calambres aumentaron, le recorrieron el tracto intestinal y la obligaron a salir corriendo hacia el cuarto de baño.

Veinte minutos más tarde se estaba echando agua en la cara y preguntándose si estaba mal desear estar muerta. La salva inaugural de una intoxicación alimentaria nunca era una noticia alegre. Intentó recordar lo que había comido en los últimos días, pero pensar en comida no era una buena idea. A través de la puerta cerrada de su despacho oyó el móvil. Logró caminar hasta el escritorio y lo agarró.

–¿Sí?
–Hola –dijo Adam–. ¿Estás bien?
Ella se llevó la mano contra el estómago.
–No me siento muy bien.
–¿Qué pasa?
Pensó en lo que acababa de pasar en el baño.
–Hazme caso. No quieres saberlo.
–Siento oír eso. Te llamaba para saber si querías cenar esta noche, pero supongo que la respuesta va a ser un «no».
–No puedo. Lo siento. ¿Lo dejamos para otro día?
–Por supuesto. Te llamo en un par de días.
–Genial –sintió más retortijones en los intestinos–. Tengo que colgar.

Pulsó el botón de «Colgar» y corrió al baño.

Pam se puso las braguitas y agarró el sujetador. Al moverse, unas punzadas de dolor le recorrieron los muslos y cuando llevó los brazos atrás, notó un tirón en el costado. Se rio en voz baja.

—¿Qué te hace tanta gracia? —preguntó John al entrar en el dormitorio.

—Me duele todo el cuerpo.

Su marido se acercó enarcando las cejas.

—¿Sí? —le preguntó antes de acercarla y besarla. No en la mejilla, ni de forma casual, sino en la boca. Con mucha lengua.

Ella se dejó caer sobre él. Le gustaba sentir sus cuerpos juntos. John le desabrochó el sujetador y le cubrió los pechos con las manos mientras intensificaba el beso.

—Tienes que estar en el trabajo en pocos minutos —murmuró Pam a la vez que él la llevaba hacia la cama.

—Lo sé —ya se estaba sacando la camisa de dentro del pantalón—. ¿Qué voy a poner de excusa?

Veinte minutos más tarde, ella intentaba recobrar el aliento.

—No podemos seguir haciéndolo así —dijo con la voz entrecortada.

Él se giró hacia ella y sonrió.

—¿Y cómo te gustaría hacerlo?

El sol entraba en el dormitorio. Eran casi las nueve y en cualquier momento Steven llamaría para saber por qué su padre llegaba tan tarde al trabajo. Los dos tenían miles de cosas que hacer, pero a ella no le importaba.

—Te quiero —le susurró sintiendo una intensa calidez en su interior.

—Yo también te quiero, mi mujercita preciosa.

Habían estado así desde el fin de semana, pensó Pam con alegría. Entre seminarios demasiado explícitos, el porno y la cesta de juguetes, su marido, con el que llevaba treinta y un años casada, y ella se habían vuelto a encontrar.

Se habían reído, habían probado todo lo de la cesta y habían hecho el amor más veces en los últimos cinco días que en los últimos cinco meses.

No podía explicar exactamente qué había cambiado. Antes, al mirar a John, había sentido que lo amaba y que le gustaba, pero ya no había existido aquella antigua emoción. Ahora sentía cosquilleos. El día anterior él se había escapado del trabajo para ir a casa a almorzar y lo habían hecho sobre la mesa de la cocina como adolescentes. Pam se había quedado dolorida pero también preparada para repetirlo.

Tal vez el seminario les había despertado alguna hormona sexual. Tal vez el cambio de ambiente y un poco de orientación eran todo lo que les había hecho falta para volver a encender la chispa de su matrimonio. Fuera lo que fuera, estaba agradecida por ello. Y muy feliz.

John se levantó.

—Tengo que ir a ganarme la vida, pero piensa en mí.

—Sabes que lo haré.

Él le guiñó un ojo.

—Podríamos probar a hacer sexo telefónico.

—Creo que preferiría tenerte en persona.

John se rio.

—Y esa es la razón por la que me casé contigo.

Se vistieron. Él la besó antes de marcharse. Ella hizo la cama por segunda vez esa mañana y canturreó mientras limpiaba la casa. Alrededor de las diez y media, le sonó el móvil.

—¿Diga?

—Dime que las náuseas matutinas se pasan —dijo Jen desanimada—. Me encuentro fatal.

—Se pasan. ¿Estás vomitando?

—No. Solo tengo ganas a cada segundo. Lo único que me entran son galletas saladas.

—Se te pasará. Lo prometo. Mientras tanto, come lo que puedas. No queremos que acabes con desnutrición.

—Tengo que comer bien por el bebé.

—Tienes vitaminas almacenadas. ¿Te encuentras mejor por la tarde?

—Alrededor de las dos ya me encuentro bien.

—Entonces come mejor a esa hora. Se te asentará el estómago cuando se te asienten las hormonas. Lo estás haciendo genial.

—Gracias, mamá. Siento quejarme tanto.

—No pasa nada. Todo esto es nuevo para ti.

—No me puedo creer que hayas pasado por esto tres veces.

—Resulta más fácil cada vez.

Jen suspiró.

—Tengo que colgar. Gracias por estar ahí.

—Siempre estaré ahí. Te quiero.

—Yo también te quiero.

Pam colgó y miró a Lulu.

—Voy a ser abuela.

La perrita sacudió la cola vacilante, como si le estuviera preguntando si eso era bueno o malo.

—Es bueno —respondió Pam con firmeza—. Antes no lo era, pero ahora sí. Acabo de recordar que estoy bastante bien para ser una señora mayor, así que seré una abuela sexi.

Agarró a Lulu y salieron para hacer todos sus recados. A las tres ya había vuelto a casa y estaba colocando la compra. El clima ya era más cálido a pesar de que solo estaban a principios de marzo. Qué curiosa era la vida, pensó al colocar la carne sobre la encimera. En la Costa Este la nieve les llegaba por la rodilla y, en cambio, John y ella iban a cenar barbacoa.

Solo pensar en su marido hizo que le hirviera el cuerpo. Se preguntó si volverían a hacer el amor esa noche. Quería hacerlo. Mucho. Quería esa ráfaga de deseo, la excitación de sus caricias. Tal vez podrían sacar del cajón ese ridículo vibrador con forma de castor y árbol y volver a jugar con él. Resultaba que los juguetes de adultos podían hacer que las cosas se volvieran muy interesantes.

A las cinco John llegó a casa. Después de saludar a Lulu, entró en la cocina y sonrió a Pam.

−Prepárate para asombrarte.

Ella se rio.

−Ya lo estoy.

Él sacó un folleto que tenía oculto tras su espalda.

−Te llevo de crucero. Al Caribe.

−¿Qué? ¿En serio? ¿Cuándo?

−En mayo. Tenemos un camarote espectacular con una cama grande y un balcón. Vamos a visitar varias islas, incluyendo la Gran Caimán. Sé las ganas que tienes de ver esas tortugas.

Ella se abalanzó sobre él.

−¿En serio? ¿Has hecho la reserva?

John dejó a Lulu en el suelo y tomó el rostro de Pam entre sus manos.

−He hecho la reserva −le respondió mirándola a los ojos−. Lo siento, Pam. Llevas años hablándome de esa isla y de esas tortugas. Debería haberte escuchado. Debería haberte llevado antes.

A ella se le llenaron los ojos de lágrimas.

−No pasa nada. Estoy emocionada de que vayamos a ir de crucero. Nunca hemos hecho uno.

−Ya. Imagina cómo será cuando lo hagamos al ritmo del océano −le secó las lágrimas de la mejilla−. Te quiero.

−Yo también te quiero.

Lo abrazó. Tenía el corazón tan rebosante de felicidad que se preguntó si podría existir un momento más perfecto que ese, un hombre más maravilloso. Era afortunada, pensó con gratitud. Muy muy afortunada.

Nicole miró la lista esperando tenerlo todo. Shannon seguía jurándole que quería ayudarla, lo cual sería genial. Se había sentido obligada a decirle que siete niños de cinco años armarían mucho jaleo, pero su amiga se había reído y había respondido:

–Así es como tienen que ser las fiestas de cumpleaños.

Iban a celebrar la fiesta de Tyler en el jardín trasero. La temporada de lluvia había pasado y las predicciones anunciaban un tiempo soleado y cálido. Pam le iba a prestar sus dos mesas plegables y ocho sillas.

La comida sería bastante sencilla. Perritos calientes y patatas fritas con fruta cortada y *cupcakes* de cumpleaños. Lo decorarían todo con motivos de Brad el Dragón y ya que era rojo, los colores para las coberturas eran fáciles.

Después de buscar excusas durante un par de días, al final se había rendido y había ido a la tienda que había encontrado Shannon. Ahora tenía un maletero lleno de artículos de fiesta de Brad el Dragón.

Estaban los típicos platos de papel y las servilletas. Había comprado también vasos rígidos que regalarían como parte de la bolsa de regalitos. Había añadido dos centros de mesa, manteles, una pancarta y muñecos, pelotas y juegos variados de BD, como ahora lo estaba llamando en su cabeza. También había alquilado un fuerte hinchable equipado con toboganes y otras actividades al aire libre. Su objetivo era que los invitados volvieran a sus casas felices y cansados.

Oyó el coche de Eric en el camino de entrada y levantó la mirada de las listas. Las cosas habían ido bien entre ellos los últimos días. Todo había sido más cordial, lo cual la agradaba. Había decidido decirle que quería que volviera a su dormitorio. Es más, se lo diría esa noche.

Él entró en la casa y la vio en el salón.

—Es tarde para que sigas levantada —dijo a modo de saludo.

—Estoy preparando la fiesta de cumpleaños de Tyler. Llegará pronto. Está creciendo muy rápido —le acercó la lista—. ¿Quieres ver lo que he planeado?

—Claro.

Él fue al sofá y se sentó. No estaba a su lado, había un cojín entre los dos, y aun así era lo más cerca físicamente que habían estado en semanas.

—¿Cuántos niños?

—Siete, contándolo a él. Todos los juguetes y platos y demás cosas vienen en paquetes de ocho, así que tenemos uno extra de cada por si se rompe alguno —lo miró—. Tienes la fecha apuntada en tu calendario, ¿verdad? Es el sábado por la tarde.

Eric le devolvió la lista y apretó los labios.

—¿Por qué haces eso? ¿Por qué me organizas?

Le había dicho eso porque los sábados por la tarde tenía uno de sus grupos de crítica, justo después de que ella llegara a casa tras las clases de la mañana.

—Es el cumpleaños de Tyler. No intento molestarte. Es ese día, sin más. No me parece bien decirle que no puede celebrar su cumpleaños ese día porque tú tienes grupo de crítica.

—¿Y esperas que vaya?

La pregunta la dejó boquiabierta.

—¿Lo dices en serio?

—Tienes amigas —respondió a la defensiva—. Creía que habías dicho que una de ellas te iba a ayudar con la fiesta. Y seguro que algunas madres se quedan. No me necesitas.

Fue como si le hubiera dado un puñetazo en el estómago. Se quedó sin aire y atónita.

—Bueno, da igual —murmuró él—. Siempre te pones demasiado dramática.

—¡No he dicho nada! —contestó con brusquedad.

—No te ha hecho falta. Me has mirado como si fuera el asesino del hacha. Es solo una fiesta de cumpleaños.

—Es verdad. Lo único que pasa ese día es que tu hijo cumple cinco años. ¿Por qué ibas a querer estar?

Eric se levantó y le lanzó una mirada acusadora.

—No estoy diciendo que no lo vaya a ver ese día. Estaré aquí por la mañana y por la noche. Simplemente no estaré para la estúpida fiesta.

Ella se levantó y miró al padre de su hijo.

—Para él no es una estupidez.

¿Cuándo había pasado? ¿Cuándo había cambiado tanto su marido?

El hombre que tenía delante tenía el mismo aspecto, tal vez con el pelo un poco más largo, pero seguía teniendo el mismo color marrón oscuro. Por fuera parecía el mismo, pero por dentro era un extraño para ella.

Cada vez que se atrevía a confiar en que estaban haciendo progresos, descubría que no era así, que él no estaba interesado lo más mínimo en formar parte de sus vidas. Estaba empezando a pensar que la única razón por la que seguía en la casa era porque así no tenía que buscar un trabajo con el que mantenerse, pero que si algún día vendía ese condenado guion, se marcharía.

Le dio vueltas a esa idea en la cabeza y se dio cuenta de que no estaba segura de cómo la hacía sentir eso, lo cual resultaba increíblemente triste. ¿No debería estar hundida? ¿Destruida? ¿Suplicándole que...?

—Tierra llamando a Nicole.

Ella parpadeó.

—Te estoy escuchando.

—He dicho que voy a cancelar lo del grupo de crítica y que estaré aquí para la fiesta.

—No. No lo hagas. Ve.

—No me vas a dejar salir ganando, ¿verdad? ¿Así que ahora tengo que suplicar para poder asistir a la fiesta de cumpleaños de mi hijo?

—No, Eric. No tienes que suplicar.

—¿Entonces qué quieres?

—Quiero que quieras estar en la fiesta. Es tu único hijo y va a cumplir cinco años. Quiero que pienses que compartir con él su fiesta de cumpleaños es lo mejor que podrías hacer con tu tiempo. Quiero que seas la clase de padre que no intentaría librarse de asistir —se giró—. Estará con sus amigos. Seguro que no notará que no estás.

Él maldijo.

—No tienes que ser tan dura, ¿sabes? Podrías intentar ver las cosas desde mi perspectiva.

—Ahora mismo me interesa más la perspectiva de Tyler. Tú puedes cuidar de ti solito.

—Porque eres la madre maravillosa y yo solo soy el padre gilipollas. ¿Por eso?

Nicole salió del salón y entró en el dormitorio. Unos segundos más tarde, oyó a Eric entrar en su despacho y cerrar de un portazo. Esperó hasta que estuvo segura de que no saldría y fue a la habitación de su hijo sin hacer ruido.

Tyler estaba durmiendo de lado. Su respiración era lenta y constante. Estiró las sábanas y lo besó suavemente en la mejilla antes de volver a la que se había convertido en su habitación, no en la de los dos. Al sentarse en la cama se preguntó qué le estaba pasando a su matrimonio. ¿Cómo habían llegado a ese punto y cómo narices iban a encontrar el modo de volver adonde estaban antes?

Capítulo 12

Shannon estuvo veinticuatro desagradables horas padeciendo una intoxicación alimentaria y pasó el día siguiente recuperándose. Había tomado algo de comida de verdad por primera vez, un trozo de pan tostado, alrededor del mediodía y ahora estaba pensando en hacer otro intento para llenarse un poco el estómago.

Estaba tumbada en el sofá. Aún le dolía la zona del abdomen por los vómitos y las otras cosas que habían pasado. Por otro lado, había descubierto que la lechada del inodoro y de los bordes del suelo del baño se encontraba en un estado excelente.

Junto a ella, en la mesita de café, tenía toda una variedad de líquidos. Algunos carbonatados y otros sin burbujas; todos allí dispuestos para tentarla a hidratarse. Le sentaría bien tomar una sopa, pensó. Si tuviera sopa, porque no era así.

Alguien llamó a la puerta. Se incorporó y gimió de dolor cuando los músculos de su estómago protestaron. Llevaba unos vaqueros y una camiseta, un atuendo bastante presentable, pensó al levantarse e ir lentamente hacia la puerta. Abrió y se quedó mirando.

—¿Adam?

Miró atónita al hombre que tenía delante, ese hombre de aspecto pulcro con su camisa blanca de manga larga y sus vaqueros desgastados.

Sabía que esa ropa indicaba que había ido a verla directamente desde el trabajo. A pesar de haber estado todo el día en una obra, ahora mismo podría pasar bastante bien por modelo de ropa interior. O de vodka.

Ella se pasó la mano por el pelo esperando poder alisar cualquier mechón que tuviera de punta y se preguntó cómo estaría de pálida y si tendría mucho aspecto de enferma.

–Hola –dijo Adam al entrar. La besó en la mejilla–. He llamado a tu oficina hace una hora y tu secretaria me ha dicho que seguías enferma.

Levantó dos bolsas de la compra y un portabebidas.

–Dos tipos de sopa, galletas saladas, Sprite y helado. Porque en cuanto te empieces a encontrar mejor, vas a necesitar helado. ¡Ah! Y un par de pelis de chicas que creo que no tienes. No te preocupes. No me voy a quedar. Solo quería pasar a ver cómo estás.

La miró fijamente. Estaba claro que le preocupaba haber sobrepasado los límites.

Pero para ella lo más importante era que se hubiera preocupado tanto como para pasar a verla. Le había comprado comida y películas. Era un gran tipo.

Le quitó las bolsas y las dejó sobre la mesa auxiliar. Después, se puso de puntillas y lo abrazó.

–Gracias –dijo abrazándolo con fuerza–. Has hecho que me sienta mucho mejor.

–¿Estás segura? ¿No estás enfadada?

–¿Por qué iba a estar enfadada? Te has tomado muchas molestias. Eres muy dulce, me siento abrumada.

Él la abrazó y después la besó con delicadeza.

–Bien, porque me gusta que te sientas abrumada –le acarició el pelo–. ¿Cómo te encuentras?

—Mejor. Ha sido una intoxicación alimentaria y lo peor ya ha pasado. Ahora solo tengo que esperar a volver a la normalidad –lo soltó y agarró las bolsas–. Justo ahora estaba pensando que lo que me apetecía esta noche era una sopa, así que no solo eres un tipo fantástico, sino que además sabes leer la mente.

—Agradezco tus palabras, pero no me las merezco.

—¿Te quieres quedar?

Pronunció esas palabras antes de poder pensarlo. Probablemente Adam tenía un millón de cosas que hacer, eso sin mencionar que ella tenía un aspecto penoso. ¿Su relación no era demasiado reciente como para que estuvieran viviendo juntos su indigestión?

Sin embargo, él sonrió y dijo:

—Me encantaría.

Veinte minutos después, estaban sentados en la mesa. Adam había encontrado un plato congelado que le gustaba y lo había calentado en el microondas mientras ella se calentaba la sopa en el fuego. Se tomó una cerveza y ella un Sprite. Era una estampa muy hogareña. Y a Shannon le gustaba.

—Gracias por venir. Te agradezco que estés cuidando de mí.

—Estoy encantado de hacerlo.

Lo miró y él la miró.

—¿Qué?

—Es algo que os viene del matrimonio. A los hombres que habéis estado casados se os dan mejor cosas como ocuparos de una mujer enferma o dolorida.

—¿Ah, sí?

—Sí. Supongo que es una cuestión de práctica.

Si Quinn se hubiera enterado de que estaba mala, la habría evitado durante semanas. Adam directamente había ido a verla.

—Había muchas cosas que me gustaban de estar casado. Cosas que echo de menos.

—¿La echas de menos a ella? —una pregunta arriesgada pero que necesitaba una respuesta.

—No. Eso lo superé hace mucho tiempo —vaciló—. Te conté que me engañó, pero el final de nuestro matrimonio no fue así de simple. Cuando Tabitha y yo nos casamos, todo iba bien entre los dos. Teníamos nuestras discusiones, pero en general nos llevábamos bien. Después pasaron muchas cosas a la vez. Tuvimos a Char y nos mudamos y mi padre empezó a hablar de jubilarse anticipadamente. Tres años después tuvimos a Oliver y yo era responsable de una empresa multimillonaria y de sesenta empleados.

Le agarró la mano mientras hablaba, como si buscara una conexión física mientras le contaba la historia.

—Siempre sabía que me haría cargo de la empresa, pero creía que tendría un par de décadas para aprender a ser el jefe. Mi afán era aprenderlo todo y no estropearlo. El trabajo era mi prioridad.

—¿Y eso era algo que Tabitha no llevaba bien?

—No. Estaba furiosa. Intentó hablar conmigo y cuando eso no funcionó, me amenazó. Me dijo que si no estaba con ella buscaría a alguien que sí estuviera. No la escuché y debería haberlo hecho.

—¿Ahí fue cuando te engañó?

Él asintió.

—Cuando me lo confesó todo, las cosas estaban mejor en el trabajo y yo estaba listo para volver a formar parte de la familia. Pero ya era demasiado tarde. No estoy diciendo que fuera culpa mía que me engañara. Ella tomó esa decisión por su cuenta. Y está claro que había problemas en el matrimonio en un principio. Los dos nos equivocamos, pero yo me responsabilizo en gran parte. No estuve allí. Apenas estaba en casa.

La miraba a los ojos.

—Aprendí de mis errores. Por eso ahora mi prioridad es estar donde digo que voy a estar. Llamo cuando digo que voy a llamar. Llego a tiempo a recoger a mis hijos. No quiero volver a hacer sentir a nadie como hice que se sintiera Tabitha. Me equivoqué.

Ese hombre era perfecto, pensó. Bueno, no perfecto exactamente, pero se acercaba. Se acercaba mucho.

Ella se adelantó los pocos centímetros que los separaban y lo besó en la boca.

—Eres un buen hombre.

—Gracias. Me considero un trabajo en curso, pero te agradezco el cumplido.

Adam le soltó la mano y agarró el tenedor. La conversación pasó a girar en torno a la película que estaban grabando en el muelle y al consecuente y espantoso tráfico.

Después, cuando estaban acurrucados en el sofá viendo una de las películas que le había llevado, ella se permitió admitir lo obvio: no había nada en Adam que no le gustara y si tuviera que hacer una lista de lo que quería en un hombre, sería él. Todo él. Así que las probabilidades de que no se enamorara eran bastante escasas.

Lo cual debería haberla aterrorizado. Pero se trataba de Adam. Pasara lo que pasara, confiaba en que la levantaría cuando se cayera.

—No estés nerviosa —dijo Pam.

Su hija la miró e intentó sonreír.

—No estoy segura de que decirme eso me vaya a ayudar. ¿Y si lo que llevo dentro es un alienígena en lugar de un bebé humano? ¿Y si tiene cola de lagarto?

—¿Te has acostado con un lagarto alienígena?

Jen puso los ojos en blanco.

—Por supuesto que no.

—Entonces a menos que Kirk tenga algún pariente muy raro, puedes olvidarte del miedo a los lagartos —le dio una palmadita en la mano—. Pero entiendo que estés asustada. Todas las madres pasan por esto. Cuando te hagan la ecografía, te sentirás mucho mejor.

—Lo sé. Siento ser una histérica.

—No eres una histérica. Eres mi hija embarazada y eso te convierte en espectacular.

Jen sonrió y respiró hondo.

—No te ofendas, pero ojalá Kirk estuviera aquí.

—No me ofendo.

Por desgracia, Kirk no había podido tomarse la tarde libre en el trabajo. Formaba parte de un destacamento especial que trabajaba junto con el Departamento de Policía de Los Ángeles y habían tenido un ejercicio de entrenamiento del que no había podido librarse.

—Estará aquí para las siguientes —le aseguró Pam—. Y también cuando tengas al bebé. Y si surge alguna crisis, siempre me tendrás a mí.

Jen se apoyó contra ella.

—Mamá, no podría hacer esto sin ti. Siempre estás tan calmada. Eres la voz de la razón.

—Lo intento. Además, esto es emocionante. Van a ver el día en que te quedaste embarazada, así que podremos saber cuándo me voy a convertir en abuela.

—¿Porque aquí la que importas eres tú?

—Ya sabes que sí.

Jen se rio y después empezó a llorar. Pam la rodeó con su brazo y controló el torrente de emociones, motivadas en parte por los nervios de no saber cómo iban las cosas con el bebé. Una vez que Jen oyera que todo era normal, se sentiría mucho mejor. Además, las hormonas tampoco ayudaban mucho.

—Yo lloraba cada vez que pelaba patatas —admitió—. Al sujetarlas, pensaba en la tierra y de ahí pensaba en la Madre Tierra y entonces pensaba en todas las madres y después en los bebés. Tu padre insistió en que comiéramos arroz el resto del embarazo.

Jen se abrazó a ella riendo y llorando al mismo tiempo.

—Soy un desastre.

—Un poco, pero te quiero tanto que no me avergüenza demasiado. Además, Kirk no está aquí y debe de ser duro para ti.

Su hija se secó la cara.

—Pensé que me dirías que me aguantara y me comportara como una adulta.

—No creo que eso resultara útil. Es tu marido y este es tu primer hijo. Entendemos que se siente fatal por no poder compartir esto contigo y sabemos que no lo hace porque no le importe.

—Es verdad que le importa. Me quiere.

Las lágrimas volvieron a brotar y la recepcionista le dirigió una sonrisa compasiva. Pam tuvo la sensación de que los empleados de la clínica estaban bien acostumbrados a las emociones que acompañaban al embarazo.

—Vas a ser la mejor abuela del mundo —le dijo Jen.

—Probablemente.

Las dos se rieron.

Pam siguió abrazando a su hija. Eso era lo que quería, pensó feliz. Una conexión con sus hijos. Juraba que no recordaba por qué se había disgustado tanto cuando Jen le había dicho lo del embarazo. Iba a convertirse en abuela, ¿y qué? La edad era solo un número. Tenía una familia maravillosa y un nieto en camino. Además, estaba disfrutando de más sexo del que probablemente era legal para una mujer de su edad. John y ella aún seguían haciéndolo como conejos. Desde su escapada sexual de fin de semana, el tiempo máximo que habían pasado sin hacer el amor habían sido dos días. La noche anterior habían bromeado pensando que si tuvieran que comprar preservativos, tendrían que pedir una segunda hipoteca sobre la casa.

Jen le agarró la mano y la apretó con fuerza.

–Mamá, quiero que Kirk y yo seamos como papá y tú cuando tengamos vuestra edad.

Pam sonrió.

–Yo también, cielo. Aunque no estoy segura de que puedas aguantarlo.

Nicole usó la pajita para remover el té helado, y no porque la bebida requiriera que la removiera, sino porque quería hacer algo con las manos. De lo contrario, le temblarían y revelarían su nerviosismo.

–Así que tenemos una fecha aproximada para el nacimiento –estaba diciendo Pam–. Jen se encuentra mucho mejor ahora que le han hecho la primera ecografía. Ya sabes cómo es esto.

–Da miedo –admitió Nicole–. Necesitas saber que todo va bien.

–Exacto –Pam suspiró de alegría–. Voy a ser abuela. Puedo decirlo y sentirme orgullosa.

–No esperaría menos –le dijo Nicole porque sabía que era verdad. Pam era muy amable y cariñosa. Sería una abuela fantástica. A ella no le habría importado tenerla de madre. Al menos así nadie la habría obligado a intentar ser famosa. Y no lo decía porque no le hubiera encantado la danza, sino porque también le habría encantado tener tiempo para ser una adolescente normal.

Eso no era de lo que quería hablar, pero tenía muchas cosas en la cabeza y no sabía cómo pedirle consejo marital a su amiga.

Estaban en el Let's Do Tea, en el salón de arriba. La estructura original había sido una residencia privada construida en los años veinte. Con el paso de los años, el barrio se había ido volviendo más comercial que residencial y al final alguien había convertido la casa en un restaurante. Unos diez años atrás había cambiado de dueño y había pasado a ser el Let's Do Tea.

En la planta baja había una tienda que vendía todo tipo de artículos de té con una pequeña sección de comida inglesa importada. También había un mostrador con sándwiches y bollitos para llevar. Arriba estaba el restaurante en sí con un menú que ofrecía de todo desde el té de la tarde al típico plato de pan con queso y cebolla. No era raro ver a madres con sus hijas de diez años vestidas con sombreros y encaje junto a una mesa de hombres de negocios. El Let's Do Tea tenía el mejor pastel de carne y patatas del estado y pastelitos famosos por haber salvado más de un matrimonio con problemas.

Nicole se preguntó si debería llevarse una caja a casa para ver si la ayudaba en algo.

Les tomaron nota. Ambas pidieron té con sándwiches de pollo y los bollitos del día. Cuando su camarera se marchó, Pam miró atrás, como asegurándose de que estaban solas.

—Escucha, no puedes contarle a nadie lo que te voy a decir.

Nicole alzó una mano.

—Lo prometo. ¿Qué?

Su amiga no estaba preocupada, no exactamente. Pam parecía demasiado feliz como para que fueran malas noticias.

—John y yo nos fuimos a pasar el fin de semana fuera hace unas semanas –dijo en voz baja.

—Sí, ya. A Palm Desert. Ya me lo dijiste.

—Lo que no te dije fue que no fuimos a un hotel simplemente. Era como un campamento sexual –dijo sonrojada y sonriendo al mismo tiempo–. Fue rarísimo. Tutoriales, juguetes y mucho porno. Pero resultó ser exactamente lo que necesitábamos.

Volvió a mirar a su alrededor y se giró de nuevo hacia Nicole.

—No somos como Eric y tú. Llevamos casados más de treinta años y te aseguro que la pasión se esfuma. Pero ahora está renovada por completo. Somos como adolescentes y es muy divertido.

—Me alegro por ti –dijo Nicole con sinceridad–. Y solo estoy un poco celosa.

—¡Oh, por favor! Seguro que vosotros seguís haciéndolo dos veces al día.

«Ojalá», pensó Nicole con pesar. Para ser sincera, no recordaba la última vez que Eric y ella se habían abrazado, así que del sexo ya ni hablaba.

—Oh, oh –el gesto de diversión de Pam desapareció–. No tienes cara de alegría. ¿Qué está pasando?

—Nada nuevo, si es lo que preguntas –admitió Nicole–. Estoy absolutamente perdida. No sé qué decirle. Apenas hablamos. Está ayudando algo más en casa, pero el otro día tuvimos una discusión grande por la fiesta de cumpleaños de Tyler.

—¿No le gustó la temática que has elegido para la fiesta?

Ella hizo una mueca de disgusto.

—No tiene ni idea de lo que es. El problema no es que no apruebe lo que voy a hacer con la fiesta. El problema es que le molesta tener que asistir. Tiene uno de sus grupos de crítica esa tarde y la fiesta del quinto cumpleaños de su hijo es un impedimento para ir.

Pam abrió los ojos de par en par.

—Oh, cielo, lo siento mucho.

—Yo también. Sí, de acuerdo, tiene un sueño. Lo entiendo. Quiero que sea feliz y si escribir un guion le hace sentirse realizado, adelante. ¿Pero qué pasa con nosotros? Somos su familia. Tyler es su único hijo. ¿No debería estar emocionado con el cumpleaños de su hijo?

La camarera volvió con su tetera de té de lavanda Earl Grey. Nicole esperó hasta que estuvieron solas para continuar.

—Está fuera todo el tiempo. ¿Crees que tiene una aventura?

—¿Lo crees tú?

—No sé —Nicole vio cómo Pam les servía el té. Removió la leche y después alzó la preciosa taza de porcelana cubierta de flores—. Si tuviera que responder a esa pregunta ahora mismo, diría que no. No lo creo. No lo parece. ¿No se le notaría en la cara toda esa energía sexual? No hay más que verte a ti. Estás resplandeciente.

—Es por el bótox. Parezco más joven —Pam dio un sorbo de té—. Si te estuviera engañado lo notarías. De verdad lo creo. Además, se sentiría culpable y sería mucho más amable.

Nicole se puso más recta.

—Tienes razón. Eso me hace sentir mejor. Ahora no tengo que preocuparme de odiar a otra mujer.

—¿Has leído su guion?

—No. Eso es otra cosa. Se lo he pedido una y otra vez y no deja de decirme que no está terminado, así que ya he dejado de suplicarle. Pero hace unas semanas me acusó de no mostrar interés. ¿Te parece justo? No lo entiendo. ¡Es tan distinto del hombre con el que me casé! Es como si fuera un extraño. Como si los alienígenas le hubieran succionado el cerebro y le hubieran puesto el de otro.

–¿Qué os pasa a los jóvenes con los alienígenas? Jen me estuvo diciendo que le daba miedo tener un bebé lagarto. Entiendo que le suden los dedos de las manos y de los pies, ¿pero que me hable de un bebé lagarto? ¿Es un problema generacional o algo así?

Pam le hizo la pregunta con tanto fervor que Nicole no pudo evitar reírse. Soltó la taza de té y dejó que su cuerpo se liberara de tensiones. Cuando por fin recuperó el aliento, respiró hondo y se sintió bastante más ligera.

–Te quiero mucho –dijo con naturalidad–. Eres la mejor.

–Eres un encanto, pero no has respondido a mi pregunta.

–No, no creo que pensar en bebés lagartos sea un problema generacional.

–No quiero parecer anticuada.

Nicole sonrió.

–Puedes olvidarte de tus preocupaciones por los bebés lagarto –levantó su té–. Agradezco cualquier consejo marital que me puedas dar.

Pam sacudió la cabeza.

–Eric me confunde. Estoy contigo en lo de la aventura. Confío en tu instinto y vuelvo a decir que se sentiría culpable y que sería más amable. Está claro que está obsesionado con ese estúpido guion y no me gusta que no te lo deje leer. Imagino que no quieres espiar en su ordenador, ¿no?

–La verdad es que no.

–Yo tampoco querría. ¿Y si es horrible? Aunque también podría ser brillante y resultaría muy gratificante.

–No estoy segura de que yo pudiera distinguir la diferencia. Nunca he leído un guion.

–Buena observación –Pam se detuvo un momento–. ¿Has pensando en negociar con él? A lo mejor ha sido tan reservado porque está convencido de que lo único que quieres es que abandone su sueño. Si supiera que estás de acuerdo con que esté escribiendo durante un periodo de tiempo, a lo mejor se relajaría. Así que proponle que tiene seis meses para terminarlo y que después tiene que empezar a llevar dinero a casa otra vez.

–Puede que lo haga –respondió Nicole lentamente y preguntándose si sería posible algún tipo de acuerdo–. No estoy segura de que quiera volver a su vida normal, pero tal vez deberíamos hablar de ello.

–Saber que esto tiene una fecha de finalización sin duda te ayudaría.

–¿Pero y si no la hay? ¿Y si quiere seguir así para siempre?

–Entonces tienes que decidir qué quieres tú –dijo Pam con delicadeza–. ¿Durante cuánto tiempo puedes seguir haciendo lo que estás haciendo?

La camarera llegó con sus platos de sándwiches. En cada uno había un puñado de patatas fritas y una pequeña copa de fruta.

Una interrupción muy oportuna, pensó Nicole con pesar. Porque no tenía respuesta para la pregunta de su amiga.

Capítulo 13

Lulu tembló al acurrucarse a Pam.

–Lo sé –murmuró Pam mientras acariciaba a la perra con cuidado de no rozar los sarpullidos rojos de su última erupción–. Ya lo sé, bombón.

La perrita había empezado a rascarse el día anterior y esa mañana se había levantado con la dolorosa erupción en un costado y por una pata.

–Eres una flor delicada.

Lulu le lamió la barbilla y después se acurrucó a ella. Pam sabía que tenía frío, pero no había querido ponerle una camiseta hasta que el doctor Ingersoll no hubiera examinado el sarpullido.

–Vamos –dijo Heidi abriendo la puerta que conducía a las salas de exploración.

En lugar de bajar al suelo e ir hacia allí, Lulu permaneció sobre el regazo de Pam.

–De acuerdo, pequeña –murmuró Pam–. Yo te llevo.

Realizaron el procedimiento habitual de pesarla, tomarle la temperatura y comprobar el ritmo cardíaco antes de que Heidi explorara el sarpullido del costado.

–Ya sé la respuesta –dijo con un suspiro–, pero te lo

tengo que preguntar. ¿Algún cambio en su dieta o en los productos de lavandería o baño?

—No. Todo igual.

Lulu intentó escaparse de la mesa y subirse a los brazos de su dueña. Pam la sujetó intentando no rozarle el doloroso sarpullido.

—Ay, esta perrita —murmuró Heidi con tono compasivo—. Bueno, ahora mismo viene el doctor.

Menos de un minuto después, el doctor Ingersoll entraba en la sala de exploración. Sonrió a Pam.

—Muy bien, vamos a ver qué le ha pasado a nuestra chica.

Sin ningún miedo, Lulu saltó de los brazos de Pam a los de él y durante un segundo las manos de Pam se entrelazaron con las del buen doctor. Contacto personal, pensó con diversión y esperando sentir el cosquilleo de siempre.

Sin embargo, no sintió… nada. Ni un ápice, ni lo más mínimo. Apartó la mirada para que el doctor no viera su gesto de diversión. ¡Estaba curada! Volver a enamorarse loca y sexualmente de su marido había resuelto el problema. De haber sabido antes lo que sabía ahora, lo habría probado diez años atrás.

El doctor Ingersoll examinó el sarpullido de Lulu.

—Tiene aspecto de doler. Quiero aplicarle una crema que combine analgésico con un agente anestésico. Esta mañana no la has vestido, ¿verdad?

—No. Se ha quejado cuando la he tocado, así que no he querido ponerle ropa encima. Me cuesta porque sé que tiene frío. Le he dado Benadryl.

—Bien. Eso debería ayudarla un poco. No le estás dando comida de la que coméis vosotros, ¿verdad?

Pam se aclaró la voz.

—Tal vez un poco.

—Ya sabes que es delicada. Puede que esté teniendo una reacción a algo que haya tomado.

—Pero es que es muy difícil resistirse a esos ojos tan grandes con los que te mira.

—Pues tendréis que esforzaros un poco más. Volveremos a darle corticoides hasta que esto se le calme.

Le puso a Lulu un par de pinchazos para empezar el tratamiento y le entregó a Pam los medicamentos que necesitarían. A continuación le aplicó la crema a Lulu y le puso su camiseta.

—Déjale la misma camiseta después de aplicarle la crema. Ella no sigue las tendencias de moda, así que no tiene que estar perfecta todo el tiempo.

Pam asintió.

—Podemos llevar un *look* informal un par de semanas.

—Bien. ¿Alguna otra pregunta?

Lo miró y pensó en lo agradable, cariñoso y sexi que era.

—Tengo muchas amigas con hijas solteras. ¿Tiene pareja?

El doctor Ingersoll se la quedó mirando un segundo con una expresión de lo más peculiar, aunque no de sorpresa exactamente. ¿De disgusto? ¿De curiosidad? ¿De confusión? No habría podido decirlo.

—Tengo pareja –le respondió finalmente con una sonrisa–. Estamos comprometidos. Y soy gay.

Era algo que no se había esperado oír, pensó mientras intentaba controlarse para no abrir demasiado la boca.

—Si esa situación cambia… Me refiero a lo del compromiso. Me gusta emparejar a la gente.

—Lo tendré en cuenta –acarició a Lulu–. Ya estás mejor, ¿eh?

Después de pagar la factura, Pam llevó a Lulu y los medicamentos al coche y se sentó detrás del volante. Solo entonces se permitió pensar en su loco encaprichamiento con el doctor Ingersoll y en el hecho de que durante todo ese tiempo que se había estado preguntando si se sentía atraído por ella, en realidad era gay.

Arrugó la boca y después empezó a reírse. Seguía riéndose y riéndose mientras salía marcha atrás del aparcamiento y se incorporaba al tráfico. Al parecer, la vida tenía un gran sentido del humor.

—De acuerdo —dijo Shannon al ver a siete niños esperando ansiosos a que llegara su turno para subir al fuerte que Nicole había alquilado para el cumpleaños de Tyler—. El mejor entretenimiento del mundo. Les encanta y van a acabar agotados.

—¿A que sí? —Nicole examinó la mesa que estaban preparando—. Es el dos en uno perfecto, porque lo que una se espera después de una fiesta es que tu hijo llegue a casa agotado. Bueno, la comida está lista. La sacaremos en una media hora. Después los regalos y los *cupcakes*. ¿Te parece bien?

Shannon le tocó el brazo.

—Relájate. Has hecho un trabajo de organización perfecto e incluso has vencido tu miedo irracional a Brad el Dragón.

Nicole puso los ojos en blanco.

—No le tengo miedo. Le tengo odio. Bueno, no a él, claro, sino a su creador. Si alguna vez conozco al tipo que inventó a Brad el Dragón, te juro que voy a pasarle por encima con el coche. Vaya máquina de hacer dinero. A ese tipo no le interesan los libros. Te aseguro que se está sacando millones con el *merchandising*. Menudo egoísta ya sabes qué.

En realidad, Shannon no sabía qué, pero con tantos niños cerca, tampoco se lo iba a preguntar. Estaba claro que Nicole estaba acumulando demasiada energía negativa contra un simple personaje ficticio. Pero Brad no era el problema. Eric era el problema. Porque a pesar de que la fiesta había empezado hacía media hora, el padre de Tyler no había aparecido.

Nicole no había dicho nada, pero Shannon la había visto ir poniéndose cada vez más tensa. Tenía que estar molesta y tal vez incluso avergonzada. Shannon pensó en lo que Adam le había contado unos días antes. En cómo, durante varios años, se había preocupado más por el trabajo que por su familia y cómo ahora lamentaba lo que había perdido; tal vez no su matrimonio con Tabitha, pero sí el tiempo que no había pasado con sus hijos. Se preguntó si Eric sentiría lo mismo cuando Tyler creciera, si echaría la vista atrás y lo lamentaría. Esperaba que sí. Aunque la mejor solución sería que estuviera allí, en la fiesta.

—¡Eh, yo estaba primero!

Nicole miró y vio que un par de niños estaban empezando a empujarse.

—Eso no me gusta.

Corrió hacia ellos. Shannon fue con ella y se agachó junto a uno de los niños.

—No me acuerdo. ¿Me has dicho si querías un *cupcake* después de comer o no?

El niño pelirrojo y sonriente la miró como si fuera idiota.

—Quiero un *cupcake*.

—Estás seguro.

—Claro.

—Bien —se levantó y señaló al columpio—. Anda, mira. Ya no hay cola.

El niño fue directo al columpio. Nicole se le acercó.

—Crisis salvada —le dijo—. Estoy empezando a sentir la

presión. Ninguna de las madres se ha quedado y depende de nosotras que todo vaya bien.

—No pasará nada. Estoy dispuesta a usar la comida como chantaje —levantó las manos—. Lo sé, está mal, pero oye, no son mis hijos y las madres no me han dicho que les tengan nada prohibido.

Nicole se rio.

—Me gusta tu estilo —dijo y después su sonrisa se desvaneció al mirar hacia la casa.

«Date prisa, Eric», pensó Shannon resistiendo la necesidad de ir a ver si el padre del cumpleañero había llegado ya. Tyler se estaba divirtiendo demasiado como para echar en falta a su padre, pero esa no era la cuestión.

Ojalá Adam estuviera allí con Oliver, pero tenían un compromiso familiar que no habían podido eludir.

La puerta trasera se abrió.

—Gracias a Dios —dijo Nicole mirando hacia el jardín, pero se detuvo en seco al ver que era Pam la que estaba entrando con un Brad el Dragón a tamaño real tras ella. O mejor dicho, alguien disfrazado de Brad el Dragón.

—Hola —dijo Pam saludando con la mano—. Ya lo sé, debería haberte preguntado, pero temía que me dijeras que era demasiado extravagante —bajó la voz—. Hace animales con globos. ¿A quién no le gustan los globos con forma de animales?

Tyler levantó la mirada y se quedó con la boca abierta.

—¿Mamá? —preguntó con la voz temblorosa de emoción—. ¿Es para mí?

Nicole abrió las manos en gesto de derrota.

—Sí. Vas a tener que darle las gracias a la tía Pam.

Tyler cruzó el jardín y se abalanzó sobre Pam.

—¡Eres la mejor!

Pam lo abrazó y después lo llevó hacia el personaje de tamaño real.

—Creo que Brad quiere desearte un feliz cumpleaños, jovencito.

Tyler corrió hacia Brad.

—Hola, soy Tyler. Es mi cumpleaños.

Pam se acercó a Nicole. Shannon fue con ellas mientras pensaba que ese detalle tan extravagante era muy propio de su amiga.

—Recuerdo el quinto cumpleaños de mis hijos —estaba diciendo en voz baja—. En aquel momento las demás madres dejaron de quedarse a la celebración porque decían que los niños ya eran mayores y ellas querían un rato para estar solas y tranquilas. Me lo ha recomendado la hermana de una vecina. Es una mujer horrible, pero organiza unas fiestas infantiles fantásticas. ¿Estás enfadada?

Shannon esperaba que Nicole no se molestara. Sí, era cierto que Pam no se lo había consultado, pero ¿no había merecido la pena? Ahora sí que Tyler no echaría en falta a su padre.

Al ser consciente de lo sucedido, miró a Pam detenidamente. ¿Habría imaginado que Eric se resistiría a renunciar a su grupo de crítica por asistir al cumpleaños de su hijo? Llevaba años casada y probablemente conocía todos los problemas que podían surgir. Esa sí que era una buena persona a quien tener cerca.

Nicole abrazó a su amiga.

—Te estaré eternamente agradecida.

—No me tienes que agradecer nada. Os quiero a los dos. Y ahora fíjate en cómo hace este chico un globo con forma de dragón. Es impresionante.

La fiesta continuó sin incidentes. A los niños les encantaron los globos con forma de animales y el fuerte. Shannon y Pam se ocuparon de servir la comida para que Nicole pudiera vigilar a los siete niños, y justo cuando estaban a punto de sacar los *cupcakes*, Eric apareció.

En cuanto cruzó la valla del jardín trasero, llamó a Tyler y alargó los brazos. Su hijo sonrió y lo saludó con la mano, pero permaneció junto a sus amigos. En un principio Shannon se dijo que era muy mezquino alegrarse, pero después decidió que podía vivir con ese defecto. Pam, por su parte, ocultó una sonrisa de satisfacción.

—Se lo tiene merecido —le murmuró a Shannon—. Voy a por el helado.

Mientras los niños jugaban con Brad, Shannon recogió las mesas y tiró los platos de papel al cubo de reciclaje. Hizo lo posible por ignorar la acalorada conversación que se estaba desarrollando junto a la valla.

—¿Por qué estás enfadada? —preguntó Eric—. Estoy aquí, ¿no?

—Hora y media más tarde —le dijo Nicole—. Da igual. No quiero hablar de esto ahora.

—Bueno, pues yo no voy a hablar de esto luego.

Shannon fue hacia la casa para ayudar a Pam.

Al entrar, pensó en Adam. Él ya había averiguado qué le importaba. Era un tipo corriente con un trabajo estable que amaba a su familia. No era ni estrella de cine ni productor musical. Por fuera, tampoco era una persona ostentosa. Y tal vez eso era lo mejor de todo.

—Sinceramente, no sé dónde volcar mi rabia —admitió Nicole desde su esquina del sofá.

Pam, sentada en el otro extremo, asintió.

—Lo entiendo. De verdad que sí.

—Échalo de casa.

Ese consejo lo ofreció Shannon, que estaba sentada en el suelo estirando los isquiotibiales. Levantó la mirada y se encogió de hombros al añadir:

—Se merece dormir en la calle.

—He de admitir que la idea me atrae —murmuró Nicole. La imagen de Eric temblando y pasando frío le resultó más gratificante de lo que debería haber sido.

Las tres habían cenado con Tyler y después sus dos «tías» favoritas le habían leído unos cuentos hasta que se había quedado dormido. Eso sí que debía de ser el paraíso para un niño de cinco años. Ahora Nicole y sus amigas estaban en el salón bebiendo vino y criticando.

Pam dio un trago de vino.

—Sé que suena bien lo de cambiar las cerraduras, pero no es tan fácil. Estás casada.

Shannon se puso derecha.

—Habló la voz de la razón. Entiendo que haya complicaciones. Sí, están casados, pero ¿cómo puede hacer que Eric entre en razón? ¿Cómo puede hacerle ver que está ignorando a lo más importante que tiene en la vida? Lo va a lamentar en el futuro. Todo lo que se pierda ahora no lo podrá recuperar nunca.

—Estás dando por hecho que algún día le va a importar —dijo Nicole preguntándose si sus palabras sonaban cargadas de tanta amargura como la que sentía por dentro.

—Exacto —Shannon agarró la copa de vino—. Y aquí va otra pregunta para nuestra amiga casada desde hace mucho tiempo. ¿Por qué tiene que ser el punto de partida el momento en el que estamos ahora? ¿Por qué damos por hecho que esta es la situación que tenemos y que estamos tratando? ¿Por qué no puede decirle Nicole que quiere que las cosas sean exactamente como eran antes y que ese es el punto de partida para las negociaciones? —miró a Nicole—. Espero que no te importe que hable por ti.

—Por favor. Lo estás haciendo genial. Debería tenerte cerca cuando discuto con Eric. Lo haría mucho mejor.

—Habrías sido una abogada excelente —admitió Pam.

Shannon arrugó la nariz.

—Sé lo que pensáis, pero no se me dan bien las relaciones.

—Se te dan de maravilla —la corrigió Pam—. Aunque no eres demasiado flexible. En la vida hay fases. A veces sabemos perfectamente lo que estamos haciendo y a veces empezamos de nuevo, incluso en una situación familiar. Como mi hija. Su marido y ella tienen unos trabajos estupendos y un buen matrimonio. Ahora Jen está embarazada y todo volverá a ser nuevo.

Nicole asentía lentamente.

—Es como no aprender nada. Tienes que volver a la clase de iniciación —pensó en las palabras de Pam—. Estás diciendo que Eric y yo estamos en una nueva etapa y que aquí no se pueden aplicar las reglas de antes.

—Sabéis que esta clase de conversación me vuelve loca, ¿verdad? —murmuró Shannon.

Pam le sonrió.

—Lo sé. Y tu apreciación es excelente.

—No he hecho ninguna.

—Pero la ibas a hacer.

Shannon se rio.

—A ver, señorita sabelotodo. ¿Qué iba a decir?

—Que si Nicole acepta la premisa de que está empezando de cero en su matrimonio, eso no significa que deba aceptar las faltas de respeto ni permitir que Eric los trate mal a ella o a Tyler.

Shannon suspiró.

—Joder, qué buena eras.

Nicole subió las piernas y se sentó sobre sus pies.

—Así que tengo que olvidar el pasado y empezar en el punto donde estamos —dijo lentamente—. Pero siempre que Eric sea un miembro activo de la familia y un marido decente.

¿Era esa la respuesta? ¿Empezar de cero?

—Sigo enfadada con él —admitió.

—Deberías —le dijo Pam—. No hay excusa para lo que ha hecho. Pero eso no es lo mismo que estar dándole vueltas a cómo era todo antes y estancarte en eso. Ahora mismo estáis donde estáis.

Nicole miró a Shannon.

—¿Sigues pensando que debería echarlo?

—Creo que deberías hacer lo que te parezca lo mejor para Tyler y para ti. Yo te querré igualmente decidas lo que decidas.

—Yo también —añadió Pam.

Nicole les sonrió. Amor y apoyo, se dijo. Siempre eran bien recibidos y estaban ahí mismo cuando los necesitaba.

Sus amigas se quedaron un par de horas más. Cuando se marcharon, fue hacia el dormitorio, pero al llegar se dio cuenta de que no estaba cansada. Un extraño desasosiego la invadía. Ya había recogido después de la cena. Podía ver la televisión o leer, aunque se sentía demasiado inquieta para cualquiera de las dos opciones. Necesitaba hacer algo, ¿pero qué?

Sin pensarlo, fue al despacho de Eric y abrió la puerta. El futón estaba extendido, con las almohadas, las sábanas y las colchas en un extremo. Porque ahí era donde Eric dormía ahora. Durante un tiempo le había preocupado que no fuera a volver a su cama, pero ahora estaba más segura que nunca de ello. ¿Cómo podía hacer el amor con un hombre en quien no confiaba y a quien no conocía? Ya no eran marido y mujer. Eran compañeros de casa con un hijo en común, y casi ni eso.

Fue al escritorio, encendió la lámpara de pie y se sentó. El portátil estaba en el centro de la mesa. Al lado había papeles amontonados, hojas impresas de su guion con anotaciones al margen. Algunas estaban escritas a mano y otras eran comentarios del control de cambios del procesador de textos.

Miró el escritorio. Había sido suyo antes de que se casara con Eric. Ese había sido su despacho. Pero poco a poco, después de que se casaran, él lo había ocupado y ella había llevado sus cosas al pequeño despacho que tenía en el estudio.

Abrió los cajones y miró dentro. No tenía ni idea de qué estaba buscando. Las pruebas de una vida secreta, tal vez. Recibos o números de teléfono. No, eso era ridículo. Eric guardaría los números de teléfono en su móvil, y en cuanto a los recibos, ella pagaba todas las facturas y nunca había visto nada inesperado.

Eric salía a tomar algo un par de veces a la semana con sus compañeros del taller de escritura, pero sus gastos no eran excesivos. Almorzaba fuera, aunque rara vez se gastaba más de veinticinco dólares. Si estaba viendo a alguien, entonces la mujer en cuestión tendría unas necesidades muy modestas. Sin trabajo, no era muy probable que Eric tuviera dinero extra para ir por ahí intentando impresionar. Así que, ¿qué estaba buscando exactamente?

Vaciló y después encendió el ordenador y esperó. La máquina inició el proceso de arranque y entonces apareció la pantalla principal. Se le cayó el alma a los pies.

La última vez que había visto el ordenador de Eric, el fondo de escritorio tenía una fotografía de ella y de Tyler. Ahora lo que tenía delante eran imágenes trucadas con Photoshop de Eric sosteniendo varios premios. Se había recortado y pegado en distintas fotografías junto a escritores y actores famosos. Iban pasando por la pantalla en una presentación de diapositivas que hizo que se sintiera terriblemente incómoda.

Comprendía el poder de la visualización. Había sido bailarina durante años y sabía que visualizar la coreografía tal como quería que fuese era vital para lograr ejecutarla. Pero esto era distinto. O tal vez simplemente estaba siendo demasiado crítica.

Pulsó el icono del navegador e intentó entrar en la cuenta de correo. Se sorprendió al descubrir que la antigua contraseña de Eric aún era válida.

De pronto aparecieron sus correos pendientes. Echó un vistazo a los nombres de los remitentes y vio muchos nombres que reconocía. Eran nombres de personas que Eric había mencionado de sus talleres y grupos de crítica. Abrió un par al azar y todos estaban relacionados con la escritura. Incluían comentarios sobre revisiones que él había hecho o cambios que esas personas estaban haciendo en sus propios trabajos.

El alivio se entremezcló con la confusión. Así que no la estaba engañando. Y si lo estaba, lo estaba haciendo de maravilla. Pero entonces, ¿qué estaba pasando?

Cerró el correo y abrió la página de Facebook de Eric. El proveedor de noticias se cargó automáticamente porque tenía la contraseña guardada en el programa, lo cual significaba que ahí tampoco estaba ocultando nada.

No se molestó en revisar sus publicaciones ni los comentarios. Tenía acceso a ellos desde su propia cuenta, aunque últimamente no pasaba mucho tiempo en Facebook. Estaba demasiado agobiada con el trabajo.

Salió de todas las aplicaciones y el ordenador volvió a la pantalla principal. Se recostó en la silla y miró las imágenes que rotaban por la pantalla. Eric riéndose con Cameron Díaz y Robert DeNiro. Eric con Steven Spielberg. Imágenes ridículas, aunque por otro lado absolutamente inofensivas. Si lo ayudaban a centrarse en lo que más deseaba en la vida, ¿entonces quién era ella para decir nada?

Apagó el ordenador sin molestarse en abrir la carpeta donde guardaba el guion. Se había ofrecido a leerlo y él siempre le había dicho que no. No iba a leerlo a sus espaldas, lo cual era una curiosa línea moral que trazar teniendo en cuenta que acababa de espiar en su ordenador.

Cuando la pantalla se quedó en negro, ella se levantó y fue hacia la puerta. Después se giró y volvió a mirar al despacho. La tristeza le encogió el pecho, pero la determinación le irguió la columna.

Lenta pero inexorablemente, se estaban alejando. El matrimonio que había querido ya no existía. Y en cuanto a esa nueva versión, no podía decir adónde llegaría y ni siquiera si emprenderían el viaje juntos. Solo sabía que no había sido ella la que había trazado el recorrido.

El Latte-Da, una cafetería junto al Pacific Ocean Park, o POP, celebraba la llegada de la primavera con un gran póster que anunciaba que ahora servían helado casero. Era el primer sábado después de aquel ilustre evento (el anuncio del helado, no el cambio de estación), y Shannon estaba haciendo cola con Adam y sus hijos.

Adam frunció el ceño.

–No sé, chicos. Vamos a tener que esperar mucho. A lo mejor no merece la pena.

Char, y no Charlotte tal como le habían informado a Shannon esa mañana, suspiró.

–Papá, merece la pena totalmente. Siempre haces lo mismo y después pruebas el helado y lo compras.

–Yo quiero helado –añadió Oliver.

El adorable niño de seis años se recostó en Shannon y levantó la mirada hacia ella lanzándole una sonrisa irresistible. Estaban agarrados y notaba su pequeña y regordeta mano dentro de la suya. Shannon sabía que era extremadamente superficial que tuviera un favorito, pero no lo podía evitar. Oliver era como un cachorrito. No lograba ocultar sus emociones y estaba entusiasmado con ella. Char, por el contrario, era un poco recelosa, y aunque era bastante simpática, siempre había una distancia entre las dos.

Sin duda, la niña de ocho años era muy protectora con su madre y no parecía muy dispuesta a compartir a su padre con otra mujer. Shannon lo entendía y respetaba. Ojalá pudiera hablar con la pequeña a solas y decirle que no tenía malas intenciones y que nunca intentaría reemplazar a su madre. Pero incluso en el caso de que supiera cómo decirle todo eso, ¿la creería Char?

Avanzaron en la cola.

Char miró a su padre.

–¿Has hablado con mamá de mi fiesta de cumpleaños?

–Sí.

–¿Y?

En lugar de responder, él se dirigió a Shannon.

–Mi hija va a cumplir nueve años. Quiere… –bajó la mirada–. ¿Cómo se llama?

–Una fiesta *spa* –a Char se le iluminó la cara de ilusión–. Va a ser en Epic. Todas mis amigas están celebrando fiestas *spa*. Hacen mani-pedis –juntó las palmas y entrelazó los dedos– y hay un servicio nuevo de cuidado facial. Nos hacen un tratamiento facial y nos cuentan cómo cuidarnos la piel. Me muero de ganas de hacerlo.

Shannon pensó en la fiesta de Tyler con el fuerte hinchable y los globos con forma de animales. Al parecer, los niños se entretenían de un modo más sencillo.

–¿Acaso sabes lo que es una mani-pedi? –preguntó Adam con tono de lamento.

–Una manicura y una pedicura –le informó su hija–. Todo el mundo lo sabe.

–¿Ah, sí? –le alborotó el pelo con cariño–. Estás creciendo demasiado deprisa.

La mirada de impaciencia de Char le dijo que para ella

todo estaba sucediendo demasiado despacio. A Shannon le habría gustado que hubiera habido un modo de explicarle que tenía que disfrutar de su infancia mientras podía porque una vez se hiciera adulta, ya no habría vuelta atrás.

—¿Vas a hablar con mamá? —preguntó Char.

—Sí —Adam miró a Shannon—. Este año tengo a Char el fin de semana de su cumpleaños, así que me encargo yo de la fiesta. Habrá diez niñas y un día entero que ocupar.

—Conozco el *spa* del que está hablando —le dijo Shannon—. No está demasiado lejos de mi oficina. ¿Quieres que vaya a verlo esta semana?

—¿No te importaría?

—¡Sería genial! —gritó Char interrumpiéndolos—. Dos de mis amigas han celebrado fiestas allí, pero no con el tratamiento facial. ¿Puedes preguntar por él, por favor? Sería una pasada.

Shannon asintió.

—No me importa. He visto las fiestas... que hacen —estuvo a punto de añadir la palabra «infantiles» a la frase, pero por suerte se contuvo. Tenía la sensación de que Char no se veía como una niña pequeña—. Suele haber comida y *cupcakes*. Sería una fiesta con todos los servicios en el mismo sitio.

—Y no tendrías que quedarte —añadió Char sonriendo a su padre.

—Pero es tu cumpleaños. Quiero estar.

Char abrió sus ojos marrones horrorizada.

—¡Paaaaapá!

—Yo también quiero ir —dijo Oliver sonriendo a Shannon—. ¿Tú también vas a ir?

A Adam le sonó el teléfono.

—Puede que sea del trabajo.

Shannon intentó no sonreír al captar el tono de alivio en su voz. Tuvo la sensación de que Adam esperaba que surgiera alguna emergencia para poder evitar hablar de la fiesta de Char.

—Es la abuela —dijo al mirar la pantalla—. Dice que sigue en pie la cena de esta noche y... —miró a Shannon y después desvió la mirada—. Otras cosas.

—¿Va todo bien?

—Claro.

La respuesta la convenció, pero Adam no la miró al guardarse el teléfono en el bolsillo.

La cola volvió a avanzar y ya estaban casi en el mostrador.

—¿Qué helado quieres? —le preguntó Oliver.

—Me gusta el de fresas frescas. ¿Y a ti?

—El de chocolate. Puedes probar del mío.

—Eres un encanto. Gracias.

Notar la mano del pequeño aferrándose a la suya resultó reconfortante a pesar de que los demás miembros de la familia estaban actuando de un modo muy extraño.

Llegaron al mostrador e hicieron el pedido. Adam pidió dos tarrinas vacías junto con sus cucuruchos y después se sentaron en una mesa de pícnic al lado del tiovivo. Al instante Shannon descubrió que Oliver podía ensuciarse más rápido de lo que creía posible. En tres lametazos, ya tenía helado por toda la cara. Treinta segundos después, la bola de helado se tambaleaba peligrosamente. Adam acercó la tarrina vacía y atrapó la bola al vuelo.

—Ya has hecho esto antes —dijo ella riéndose.

—Sí —se sacó una cucharilla del bolsillo de la camisa y se la dio a su hijo.

Mientras observaba a padre e hijo juntos, sintió una punzada de algo en el pecho. Anhelo, pensó. Necesidad. No tanto su reloj biológico como la sensación de tener la posibilidad de vivir eso. Durante mucho tiempo se había dicho que no podría tenerlo todo; que los hombres a los que conocía o se sentían intimidados por su trabajo o no eran buenos candidatos para ser padres.

Sin embargo, Adam era distinto. Él admiraba su éxito profesional, la encontraba preciosa y sexi y era la clase de hombre con el que querría tener hijos. Cuando estaba con él, se atrevía a soñar con que eso pudiera ser real, con que por fin hubiera encontrado al hombre de su vida.

—Yo no necesito tarrina —dijo Char con tono orgulloso.

—Está claro que no —respondió Shannon poniendo la mano sobre el hombro de Oliver. No debía de ser fácil ser el hermano pequeño de Char, pero el niño parecía llevarlo bien.

Cuando terminaron el helado, Adam les propuso a los niños montar en el tiovivo antes de ir al acuario. Cuando los dos estaban montados y la música había empezado, se situó junto a Shannon.

—Me ha escrito mi madre —comenzó a decir con la mirada clavada en Oliver.

—Ya lo has dicho.

—Se acerca Pascua y en nuestra familia es un gran evento. No tengo a los niños. Tabitha se los lleva a Arizona a visitar a sus padres aprovechando las vacaciones de primavera. Es su semana, así que cuadra bien.

Shannon no entendía dónde estaba el problema. Él seguía sin mirarla y parecía que no dejaba de mover los pies.

—No pasa nada porque me digas que vas a pasar Pascua con tu familia —murmuró ella.

Se giró y la miró.

—Mi madre quiere que vayas también.

—Ah —eso sí que no se lo había esperado.

—Es el cinco —añadió rápidamente—. Celebramos una gran cena y va todo el mundo. Hermanos, cuñados, nietos. Habrá mucho jaleo y te harán muchas preguntas. Preguntas personales. Mi familia no tiene mucho filtro.

De pronto lo entendió todo y se agarró a su brazo.

–Ya lo comprendo. Te da miedo que me asusten.

–No. Me aterroriza. Mi familia puede resultar abrumadora. Cuanto más les gustas, menos se preocupan de actuar de forma rara. Y créeme, les vas a gustar mucho –cerró los ojos y se estremeció–. Mi padre va a querer hablar de lo guapa que eres y mi madre se quedará impresionada con tu trabajo. Va a ser un festival del amor largo y humillante.

–A mí me parece divertido. Lo único que no sé es si tú quieres que vaya o no.

–Ah, sí. Quiero que vayas. Pero también me preocupan las consecuencias.

Shannon sonrió.

–¿Y si te prometo que, pase lo que pase, volveré a verte al menos una vez más?

Adam no estaba sonriendo cuando la miró.

–Necesito que me jures que pase lo que pase, no romperás conmigo. Me gustas, Shannon. Mucho. Y no quiero que eso cambie por culpa de mi familia.

Sus palabras dieron calidez a partes de ella que llevaban mucho tiempo frías, pero no en un sentido sexual, sino emocional. Entre ellos había conexión y él le estaba demostrando que le importaba y que quería estar a su lado. Adam era un hombre convencional. Llevar a una mujer a su casa para que conociera a su familia era un paso importante y no uno que fuera a dar a la ligera.

Shannon se situó frente a él y le agarró las manos.

–Pase lo que pase con tu familia, me seguirás gustando –le prometió–. Te lo juro.

–No quiero perderte.

–No me perderás.

Adam la besó en la boca, con delicadeza.

–De acuerdo. En ese caso, tenemos una cita.

Capítulo 14

Pam aparcó en el aparcamiento del restaurante Original Seafood, pero mientras bajaba del todoterreno, se sentía algo culpable. John y ella nunca comían ahí. Ellos eran firmes seguidores de Pescadores.

En la ciudad había decenas de restaurantes entre los que elegir pero solo dos restaurantes de marisco exclusivos. El Original Seafood y el Pescadores. La historia del local se remontaba a mucho tiempo atrás: el Original Seafood lo habían abierto dos amigos que se conocían desde que habían nacido. Sus padres habían trabajado juntos como pescadores, vivían en la misma manzana y siempre habían sabido que querían abrir un negocio juntos. Y lo habían hecho. Habían abierto su restaurante hacía casi veinticinco años.

Todo había ido bien. Se habían convertido en todo un éxito de la noche a la mañana, se habían casado y habían creado sus familias. Después había pasado algo. Nadie sabía qué, aunque se rumoreaba algo sobre una aventura amorosa. El restaurante estaba abierto y de pronto, al día siguiente, había cerrado. La sociedad se había disuelto.

Todo el mundo pensó que ahí terminaba todo y el edificio se quedó vacío durante meses. Pero entonces un día, justo al final de la calle, abrió Pescadores. Casi el mismo menú y sin duda la misma excelente calidad. Los vecinos de la zona estaban encantados con la apertura y habían acudido en tropel. Seis meses después, el Original Seafood volvía a abrir sus puertas.

Y entonces los vecinos no habían sabido qué hacer. ¿A quién apoyaban? ¿Podían ir a los dos locales? Las discusiones fueron acaloradas y algunas familias incluso se distanciaron por la disputa. Para Pam, la decisión había sido sencilla. John era amigo del dueño de Pescadores, así que comían allí. No recordaba haber entrado en el restaurante rival ni una sola vez en los últimos quince años.

Pero eso estaba a punto de cambiar.

Entró en el local y encontró a dos mujeres de unos cuarenta y tantos años esperando en el vestíbulo abierto.

–Hola, Pam –dijo Bea Gentry con tono amable al estrecharle la mano. Era una mujer menuda con el pelo canoso y unos cálidos ojos azules–. Muchas gracias por venir. Te presento a mi amiga Violeta.

Violeta era una rubia alta y esbelta. Pam le estrechó la mano mientras se preguntaba qué podrían querer de ella. Había conocido a Bea hacía tiempo en unos eventos deportivos del instituto. Brandon, su hijo pequeño, había sido amigo del hijo mayor de Bea y las dos habían pasado largas horas sentadas en duros bancos viendo partidos de béisbol. Sin embargo, hacía años que no hablaban. La invitación a almorzar había surgido de la nada.

Llevaban pantalones, camisa y chaqueta. Un atuendo de trabajo informal en Mischief Bay. Pam había estado tan nerviosa que había renunciado a sus típicos vaqueros o pantalones tobilleros y se había decantado por un sencillo vestido verde con una claqueta negra y unos tacones bajos. Al ver a las mujeres tan arregladas mientras se dirigían a la mesa, se alegró de haber dedicado un tiempo extra a su maquillaje.

Una vez sentadas, se desarrolló una conversación muy cordial y Violet mencionó que las subastas anuales de carretillas estaban al llegar.

A finales del siglo xix, cuando se había fundado la ciudad, la policía normalmente transportaba a los borrachos y a los criminales hasta la cárcel en carretillas. Al cabo de los años, se encontraron viejos ejemplares que se conservaron y pasaron a convertirse en un motivo de orgullo para la ciudad. Ahora por todas partes se colocaban carretillas nuevas y restauradas, frente a negocios y en parques. Estaban decoradas. Algunas se usaban como maceteros y otras se habían convertido en asientos al aire libre.

Aunque eran propiedad de la ciudad, cada año se subastaban los derechos para decorarlas, ponerles nombre o presumir de ellas. La recaudación se destinaba a todo desde restaurar edificios antiguos o llevar el tiovivo al POP. Pam y John habían «comprado» una carretilla varias veces.

—Las ganancias de este año se destinarán a arreglar el Barkwalk —estaba diciendo Violet—. Hay un par de parcelas que van a quedar disponibles en la zona este. Si pueden reunir el dinero, quieren comprarlas, derribar las casas y ampliar el parque.

El Barkwalk era el parque para perros de la ciudad. Era un espacio alargado y estrecho que comenzaba en la playa y se metía hacia el interior.

—Yo también lo había oído —apuntó Pam—. Quieren añadir una zona para perros más pequeños y para cachorros.

—Es una buena causa —dijo Bea sonriendo a Pam—. Pero esa no es la razón por la que te hemos pedido que vengas a almorzar. Debes de estar preguntándotelo.

—Pues sí —admitió.

—Entonces deja que te lo explique todo —Bea sonrió a su amiga y después volvió a centrar su atención en Pam—. Violet y yo formamos parte de un grupo llamado Moving Women Forward. Tenemos base aquí y somos como una red de ángeles benefactores.

—En el sentido comercial, supongo —murmuró Pam.

Las dos mujeres sonrieron.

—Exacto.

Pam sabía de la existencia de distintos grupos de financiación para nuevas empresas. Un empresario podía tener su propia financiación, obtenerla de familia y amigos o pedir un préstamo. Pero también existían redes de benefactores. Normalmente se concedían subvenciones o pequeños préstamos cuando el empresario más los necesitaba. Una red de benefactores ayudaba a una empresa a alcanzar el siguiente nivel.

Bea sonrió.

—Trabajamos con mujeres que están abriendo negocios o tienen uno con un par de años de antigüedad. Les proporcionamos financiación y también asesoramiento. Miramos muy bien a quien acogemos, pero una vez nos comprometemos con un negocio, nos volcamos de lleno. Asesoramos sobre todo tipo de cosas, desde planes de negocio hasta ideas de *marketing* o cómo contratar y despedir personal. Nos convertimos en socios capitalistas, en cierto modo. Nuestro índice de éxito es impresionante. Hemos ayudado mucho y queremos seguir haciéndolo.

Pam las miró.

—Yo no tengo ningún negocio.

—Lo sabemos. Queremos que te unas como benefactora.

La respuesta no pudo haberla sorprendido más.

—¿Qué? No tengo ninguna experiencia. No sé diseñar

un plan de negocio –levantó la mano–. No fui a la universidad. No de manera seria. Di unas clases aquí y allá, pero nunca me licencié. No estoy cualificada de ningún modo.

–Eres exactamente a quien necesitamos –le dijo Bea–. Trabajaste con John durante casi una década. Te ocupabas de los niños y al mismo tiempo ayudabas a tu marido a hacer crecer su negocio.

–Colaboré –admitió Pam–, pero eso fue hace mucho tiempo.

–Eres inteligente, competente y tienes buen instinto –añadió Violet.

Pam sacudió la cabeza.

–No te ofendas, pero acabas de conocerme.

Violet volvió a sonreír.

–Te hemos investigado. Hemos preguntado. Hemos hablado con varias personas que te conocen, incluyendo a Steven.

–No me ha dicho nada. Y John tampoco.

–No se lo hemos dicho a John –admitió Bea–. Te adora. No habría guardado el secreto. Tu hijo está muy deslumbrado contigo, por cierto. Le pareces increíble.

Pam no podía asimilarlo todo.

–De verdad que no estoy cualificada –repitió.

–Parte de lo que hacemos se sale de la esfera del negocio tradicional –explicó Violet–. Ofrecemos asesoramiento en cualquier asunto que las mujeres necesiten más. Has tenido una vida cargada de éxitos extraordinarios, Pam. Eres toda una fuente de conocimiento. Que no te preocupe no estar familiarizada con los detalles del desarrollo de un plan de negocio. Tenemos un equipo que nos ayuda con eso. Tu trabajo consistiría en ser el punto de contacto. Descubrir qué necesitan las mujeres de verdad y después facilitarles los recursos.

Violet miró a Bea, que asintió, y después volvió a mirar a Pam.

—Es un trabajo no remunerado en el sentido tradicional. No recibimos un salario, pero sí recibimos la satisfacción de lo que logramos, claro. Para algunas personas eso no es suficiente. También te pedimos que contribuyas al fondo. Hasta ahora ya hemos pagado todos nuestros préstamos y queremos poder hacer más. Si estás interesada en unirte a nosotras, te pediríamos que aportaras lo que aportamos nosotras.

—¿Y cuánto es eso?

—Cincuenta mil dólares.

Pam se quedó boquiabierta.

—¿Cincuenta mil dólares?

—Podrías abonarlo poco a poco —dijo Bea—. Entendemos las complicaciones que suponen desprenderse de tanto dinero, así que estaría bien si dieras diez mil al mes durante cinco meses.

Pam se quedó sin aliento.

—Qué generosas —murmuró.

¿Esperaban que diera cincuenta mil dólares, que colaborara con distintos negocios y que no recibiera un sueldo a cambio? ¿En serio?

—Piénsatelo —insistió Bea—. Al menos durante un tiempo. Háblalo con John. Estamos haciendo algo importante, Pam. Estamos ayudando a la próxima generación de empresarias y podríamos hacer mucho más contigo a bordo. Nos gustaría que vinierais los dos a la oficina y conocierais a algunas de las mujeres con las que hemos trabajado, que escucharais sus historias. Es una oportunidad increíble.

Ella se limitó a asentir porque hablar le era imposible, pero por dentro sabía que iba a rechazar la oferta. Qué idea tan ridícula. ¡Qué dineral! John y ella tenían una buena posición económica, ¡pero esa cantidad de dinero! Era imposible ni siquiera planteárselo. Era ridículo.

Haría lo que le habían pedido. Pensaría en ello y después les diría que de ninguna manera accedería a algo así.

La familia Lewis vivía en una casa grande no demasiado lejos de la de Pam. Tenía dos plantas y era enorme. Lógico, teniendo en cuenta que ahí habían llegado a vivir cinco hijos juntos durante un tiempo, pensó Shannon mientras Adam accedía al camino de entrada. Ahora los padres de él vivían allí solos.

Durante el trayecto desde su apartamento, Adam le había explicado algunas cosas sobre su familia: que tenían muchos nietos y que sus padres se quejaban de que la casa era demasiado grande para los dos, pero nunca encontraban un lugar al que quisieran mudarse. Todo ello fue una buena información que habría tenido sentido si ella no hubiera estado tan nerviosa.

No podía recordar la última vez que un hombre la había llevado a conocer a su familia. Tal vez en el instituto, porque desde luego no en la universidad. Eso sin contar uno de sus fugaces compromisos, aunque en aquella ocasión se había tratado simplemente de uno o dos encuentros que habían resultado bastante incómodos. No era la clase de situación a la que tenía que enfrentarse habitualmente.

Había pasado más tiempo preocupándose por qué ponerse para esa cena familiar de Pascua que para cualquier otro evento al que había asistido en los dos últimos años. Un vestido, había decidido. Nada demasiado sexi pero tampoco anticuado.

Era un vestido cruzado sin mangas de color verde menta. El escote no era demasiado bajo y el largo quedaba a pocos centímetros por encima de la rodilla. Lo había combinado con unos zapatos de salón en color *nude* y un sencillo bolso de mimbre.

Adam aparcó el coche, se giró hacia ella y le agarró la mano.

—No pasa nada —le dijo.

—¿Qué?

—Estás nerviosa y lo entiendo. Mi familia es grande y escandalosa y a veces me cuesta relacionarme con ellos.

—Si intentas hacerme sentir mejor, necesitas cambiar de estrategia.

Él sonrió, se le acercó y la besó con suavidad.

—Eres increíble, Shannon. Solo por esta ocasión no voy a hablar de lo preciosa que eres y cómo me vuelves loco cada vez que te tengo al lado.

Ella miró sus ojos marrones y sonrió.

—Bueno, no sé, a lo mejor sí que podríamos hablar de eso durante un rato.

—Y lo haremos. Pero ahora mismo quiero que sepas lo orgulloso que estoy de estar contigo. Y no solo por tu físico, sino por cómo eres —se le tensó un músculo de la mandíbula—. Sé que no es el mejor momento, pero quiero que sepas que te quiero.

Ella abrió los ojos de par en par y se le secó la boca. Esas palabras... Había hombres que las pronunciaban a la ligera, pero Adam no. Él solo las diría si de verdad las sentía.

—Yo también te quiero —susurró con absoluta timidez y totalmente entusiasmada.

—¿Sí?

Shannon asintió.

Él esbozó una enorme sonrisa.

—¡Guau! Es genial. Y, por cierto, estás buenísima.

Ella se empezó a reír.

Adam la besó, con delicadeza al principio y con insistencia después. Shannon se relajó en sus brazos hasta que la bocina de un coche interrumpió el momento. Tras ellos, una puerta se cerró de golpe.

−¡Buscaos una habitación! −gritó una voz masculina grave.

Adam se apartó.

−Mi hermano. ¿Estás preparada?

−Ahora sí.

Porque la amaba. Ella sostenía en sus manos el secreto más delicioso de todos; uno que guardaría y que sacaría cuando lo necesitara.

Adam bajó del coche y fue hacia su lado para abrirle la puerta. Ella salió a la soleada tarde.

Él sacó del asiento trasero un par de botellas de vino y los *brownies* que Shannon había preparado esa mañana. Aún estaban calientes.

Aunque no era un prodigio en la cocina, unos años atrás había decidido que tenía que tener un plato de referencia que pudiera llevar a cualquier parte. Había elegido *brownies* y se había pasado dos meses intentando dar con la receta perfecta. Innumerables intentos y casi tres kilos después, había encontrado una que le funcionaba.

Entraron en la casa. El amplio vestíbulo tenía una altura de dos pisos y mucha luz. Desde ahí podía ver un salón vacío y el enorme comedor preparado para la cena.

Desde distintas partes de la casa se oían música, conversaciones en voz alta y lo que parecía un partido de béisbol. El aroma a jamón se entremezclaba con la dulzura de las azucenas.

−Primero la cocina −le dijo Adam−. Una vez hayas conocido a mi madre, te relajarás.

Ella habría querido decirle que ya lo estaba, pero el hechizo del «Te quiero» no parecía estar teniendo el efecto que había esperado. La volvieron a invadir los nervios y con ellos el anhelo de poder estar a la altura.

Adam la condujo hasta una gran cocina abierta. Los muebles eran blancos y los tonos decorativos azules y verdes. Tenía una isla enorme y una cocina con seis fuegos, pero ella se fijó más en todas las personas que había por allí.

Mujeres principalmente, pensó al ver a la mujer de sesenta y tantos años que debía de ser su madre. También había algunas mujeres más jóvenes, un par de niños y un hermano o cuñado.

—¡Adam! —la madre sonrió al ver a su hijo—. Estás aquí —fue hacia él y le rodeó la cara con las manos—. Tienes buen aspecto.

—Gracias, mamá —él la besó en la mejilla—. Mamá, te presento a Shannon. Shannon, mi madre. Marie.

Marie era de estatura media, atractiva y esbelta. Shannon vio que Adam había sacado de ella los ojos y la sonrisa y, viendo que era rubia, supuso que el color de pelo debía de haberlo heredado de su padre.

Marie se giró hacia ella.

—Mucho gusto en conocerte, Shannon. Gracias por venir. Toda la familia está aquí, así que vas a vernos a todos a la vez. No te preocupes por tener que acordarte de los nombres de todos. La importante soy yo.

Todo el mundo se rio y Shannon empezó a relajarse.

—Gracias por invitarme. Es un placer.

—Ha preparado *brownies* —le dijo Adam a su madre.

Marie enarcó las cejas.

—¿Sí? Es impresionante. Tabitha nunca cocinaba.

—Mamá —dijo él con tono de advertencia—. No empieces.

—¿Yo? Pero si no he dicho nada —Marie agarró a Shannon del brazo y la acercó a sí—. Le engañó. ¿Te lo ha contado? Una mujer con dos bebés en casa. Si no eres feliz, divórciate o destrózale el coche con un martillo, pero no le engañes con otro. Es muy vulgar.

Adam se sonrojó.

–Mamá, te lo suplico. Para.

Shannon contuvo una sonrisa.

–Solo estaba siendo simpática, nada más. ¿Qué quieres que haga yo si Tabitha no cocinaba? Y que conste que nunca le dije que no supiera, aunque tampoco me habría escuchado. Bueno, ¿quién te falta por conocer?

Los siguientes diez minutos pasaron como un torbellino de nombres y caras. Marie seguía agarrándola con fuerza del brazo mientras la guiaba por la cocina y de ahí al salón con tamaño de estadio. Shannon sonrió y les estrechó la mano a todos los adultos e hizo lo que pudo por recordar qué hijo era de cada hermano.

Adam apareció a su lado con una copa de vino tinto.

–Mamá, Erin dice que el jamón huele raro.

Marie palideció.

–¿Qué? Discúlpame. Me necesitan en la cocina.

–¿Va todo bien? –preguntó Shannon algo nerviosa.

–Sí. El jamón está bien. Erin me ha hecho de tapadera para ayudarte a escapar.

–No necesito escapar –agarró la copa de vino–. Adoro a tu madre.

–¿En serio?

–Claro. Quiere a su familia y os tiene a todos a raya. Lo respeto totalmente.

–Eres consciente de que algún día tú serás también objetivo de su rayo láser, ¿verdad?

–¡Ojalá! –respondió preguntándose qué había querido decir Adam con ese comentario. ¿Estaba aludiendo a un futuro juntos? Eso era una cosa más que esperaba que sucediera, porque le parecía que formar parte de una familia como esa tenía que estar muy bien.

—Me daba miedo que te asustara.

—Soy más fuerte de lo que crees.

—A ver, vosotros dos, parad ya.

Shannon se giró y vio a una preciosa rubia caminando hacia ellos.

—Hermana —dijo Shannon—. Más pequeña y con un nombre exótico y bonito que no puedo recordar.

—Gabriella —dijo la chica con una carcajada—. Todo el mundo me llama «Gabby». Soy su hermana pequeña —Gabby sonrió a Adam—. Voy a decirle que soy abogada de inmigración, así que no me corrijas.

—Es que eres abogada de inmigración —señaló Adam.

Gabby suspiró.

—Ya me gustaría. Ahora mismo soy una madre que está en casa cuidando de sus gemelos. Pero algún día irán al colegio y entonces volveré a trabajar. No es que no quiera a mis hijos, pero no os imagináis lo que anhelo una conversación de adultos y pasar tiempo en una oficina —miró a Shannon—. Tú te dedicas a los negocios, ¿verdad?

—Sí.

—Entonces ya sabes a lo que me refiero. Puedes ir al baño sola y nadie te sigue. Hasta puedes cerrar la puerta y todo.

Shannon rozó el brazo de Gabby ligeramente.

—Tienes mi más profunda solidaridad. Y sí, cuando vuelvas al trabajo, podrás hacer pis sola. ¿Estás contando los días?

—Prácticamente.

Más miembros de la familia se unieron a la conversación. Hubo muchas bromas y risas, y Shannon tuvo la sensación de que eran una familia muy cariñosa y unida. Le gustaba todo ese ruido, el bullicio de tanta gente moviéndose por allí. Había niños corriendo por todas partes. Era un lugar que no tenía nada que ver con la ordenada y silenciosa casa de sus padres, donde el principal objetivo era amoldarse y se te miraba mal si lograbas algo que te hiciera destacar.

Adam la rodeó con el brazo y ella se relajó. La quería. Se lo había dicho y Adam no era la clase de hombre que jugaba con palabras tan profundas. Podía confiar en ellas y podía confiar en él.

Capítulo 15

El estudio estaba tranquilo, lo cual fue todo un alivio para Nicole. Aunque adoraba a todas sus clientas y sabía que sin ellas estaría perdida tanto anímica como económicamente, de vez en cuando solo quería un poco de tranquilidad.

Estaba cansada de discutir, pensó con tristeza. Estaba cansada de no entender a Eric, de sentirse decepcionada con él, y suponía que su marido estaba igual de cansado de su falta de conexión y de que ella se negara a ilusionarse por su sueño tanto como lo hacía él.

A veces le parecía que el divorcio era la única opción. Susurró la palabra dentro de su cabeza y le dio vueltas, aunque no se imaginaba pronunciándola en voz alta. Eric y ella estaban casados.

Pero ¿qué alternativas tenía? ¿Romper del todo? Cuando pensaba en la cuestión logística, en la realidad de ser madre soltera, en la posibilidad de tener que pagarle a Eric una pensión para que pudiera seguir escribiendo su estúpido guion, le entraban rabia y miedo y no podía respirar. La idea de tener que pasar por todo eso, de separar sus vidas… era espantosa. Y mucho mucho peor era lo que supondría el divorcio para Tyler. Aunque no estaba tan unido a Eric como a ella le gustaría, era su padre. No podía separarlos. No podía obligar a su hijo a ir de casa en casa, pasando los fines de semana con uno y el resto de la semana con el otro. ¿Cómo podían hacer que eso funcionara?

Miró los nombres escritos en el papel que tenía en la mano. Dos eran terapeutas y uno era abogado. Los primeros se los había dado Pam y el otro, Shannon, que le había explicado la cruda realidad de los bienes gananciales.

La casa no era problema. Estaba a nombre de Nicole y no había incluido a Eric en las escrituras. Él nunca se lo había pedido, y eso jugaba a favor de ella. Y lo que era más importante aún, durante el último año aproximadamente, había sido la única en llevar dinero a casa. Así que pasara lo que pasara, mantendría su casa.

Pero lo del negocio era más complicado. Aunque estaba a su nombre, lo habían comprado con bienes comunes y él tenía derechos. Shannon había empezado a explicarle en qué consistía la tasación comercial, pero a Nicole se le habían llenado los ojos de lágrimas. No estaba preparada para saber tanto. No estaba preparada para ir por ahí.

Toqueteaba el papel. Sabía que tenía que tomar una decisión, de un modo u otro. ¿Pero cuál?

Respiró hondo, levantó el teléfono y marcó el primer número. «Terapeuta», pensó mientras se establecía la llamada. Le saltó el buzón de voz, tal como le había dicho Pam que sucedería. La psicóloga le devolvería la llamada y le daría una cita.

Pam le había explicado que John y ella la habían ido a ver mientras vivían la etapa complicada de Brandon. Sí, habían recibido terapia familiar, pero John y ella habían querido ver a alguien más, alguien que los ayudara a los dos y a su matrimonio.

—Todo matrimonio tiene sus altibajos —le había dicho Pam—. Enfrentarnos al consumo de alcohol y de drogas de Brandon fue terrible y John y yo terminábamos discutiendo todo el tiempo. Ir a terapia nos ayudó a ver que estábamos volcando nuestros miedos el uno en el otro en lugar de apoyarnos mutuamente. Es fantástica. Te va a encantar.

Pam también le había dado el nombre de un terapeuta por si Nicole conseguía convencer a Eric de que fueran a terapia de pareja. La mayoría de los hombres se sentían más cómodos si el terapeuta era un hombre. Sabio consejo. Pam siempre tenía a mano una sugerencia optimista y práctica.

Nicole dejó su nombre y su número y mencionó que llamaba por recomendación de Pam. Después colgó. Respiró hondo y se fijó en que no estaba tan tensa como antes. El nudo que tenía en el estómago ya no era tan grande y respiraba mejor.

—De acuerdo —susurró—. He tomado la decisión correcta. Terapia.

No tenía ni idea de cómo iba a pagar las sesiones, pero ya se ocuparía de ese problema más adelante. Lo que había hecho estaba bien, tenía un propósito, un camino que seguir. Solucionaría las cosas con Eric. Serían una familia.

Con el camino elegido y un poco de fe recobrada, volvió a centrar su atención en el ordenador. Había facturas mensuales que pagar.

Sacó su talonario de cheques, entró en la web del banco y uso la función de pago de facturas. Por una pequeña cuota, además le generaban los cheques de paga para sus empleados. Todo un regalo. Porque para los que no tenían la suerte de poseer el gen de la contabilidad, hacer las nóminas era una auténtica pesadilla.

Después de pagar las facturas y generar los cheques, actualizó su saldo. Qué hora tan bien aprovechada. Aún le quedaba otra más hasta la próxima clase. Podía ir a tomarse un café o hacer estiramientos y un minientrenamiento sola. Eso estaría muy bien.

Se levantó y fue hacia las esterillas que tenía contra la pared, pero entonces alguien llamó a la puerta.

Cambió de dirección y aminoró el paso al ver a Eric. No recordaba la última vez que había ido por allí. Se le volvió a hacer un nudo en el estómago al acercarse y verle la cara.

Tenía los ojos muy abiertos y estaba colorado. Algo en su lenguaje corporal le dijo que había sucedido algo. Sintió como si se le parara el corazón literalmente mientras intentaba abrir el cerrojo.

–¿Le ha pasado algo a Tyler? –preguntó en cuanto abrió la puerta.

–¿Qué? No. Está bien. Está en la guardería. ¿Por qué has pensado que le había pasado algo?

–Porque ha pasado algo.

Eric la sorprendió riéndose y después le agarró las manos.

–He olvidado que me conoces. ¡Cómo no lo ibas a adivinar! –le dio una vuelta–. Nicole, no te lo vas a creer. No me lo puedo creer. ¡Lo he hecho! Te juro por Dios que lo he hecho.

–¿Has hecho qué?

–He vendido el guion. He recibido una oferta y es increíble –la besó en la boca y dio un paso atrás como si no se pudiera estar quieto.

–Sabes que he estado en algunas reuniones, ¿verdad? –fue hacia la puerta, se giró y volvió hacia ella–. No me lo puedo creer.

Se quedó pasmada. Más que pasmada, un poco disgustada. No sabía que había terminado el guion. Aunque tampoco se podía decir que Eric le hubiera contado muchas cosas últimamente. Lo había vendido. Lo había logrado.

–Estoy muy orgullosa de ti. Tenías un sueño y lo has hecho realidad.

–Lo sé. Aún estoy intentando asimilarlo –se volvió a reír–. El dinero. ¿Quieres saber cuánto han ofrecido?

–Claro.

–Adivina cuánto.

–No puedo saberlo. Cielo, lo del dinero es lo de menos. Has vendido un guion. Y pase lo que pase, eso lo llevarás contigo el resto de tu vida. Es increíble.

–Un millón de dólares.

Nicole sintió como si la habitación se ladease un poco. Sacudió la cabeza convencida de que no había oído bien.

–¿Qué?

Eric echó la cabeza atrás y gritó.

–¡He vendido mi guion por un millón de dólares! –corrió hacia ella, la levantó en brazos y le dio vueltas–. Un millón de dólares. Mi agente está negociando más, pero no me importa. Es fantástico. ¿Sabes lo que significa eso? Que voy a volver a ayudar, a pagar las facturas, a comprar comida. ¿Quieres un coche nuevo? Porque puedes tener uno nuevo. Un Mercedes.

La dejó en el suelo y la besó.

–Me tengo que ir. Tengo que reunirme con mi agente y después el estudio quiere hablar conmigo –estaba sonriendo. Volvió a besarla–. No lo podría haber hecho sin ti, Nicole. Espero que lo sepas. Eres la mejor. Esta noche llegaré tarde porque mi grupo de crítica me va a sacar a tomar algo, pero tú y yo lo celebraremos pronto. Este fin de semana. Te lo prometo. Te quiero.

Y con eso se fue.

Ella se quedó allí sola, en el silencio del estudio, sin saber qué sentir ni qué pensar. ¿Eric había vendido su guion por un millón de dólares?

Se sentó en el suelo y respiró hondo para intentar calmarse.

¿Cuándo había pasado? ¿Cómo? ¿Y por qué ella no había sabido que era posible? Sí, la noticia era maravillosa, sin duda. Increíble y buena para él. Y por supuesto que agradecía que ahora no fueran a estar justos de dinero. Además, Eric le había dicho que la quería y hacía meses que no oía esas palabras. Todo era maravilloso y emocionante.

Por otro lado, no era algo que fueran a hacer juntos. Una vez más, Eric se había ido y ella no sabía cuándo volvería a verlo.

«No», se dijo. Todo iría bien. Su marido necesitaba tiempo para celebrarlo. Se lo había ganado. Bien por él. Y después, ya lo asimilarían juntos.

—Es ridículo —dijo Pam con firmeza— y ya no quiero hablar más del tema.

—No dirías eso si hubieran acudido a mí —le dijo Steven.

—Es un grupo que apoya a mujeres —señaló intentando que su enfado no se reflejara en su voz. No entendía por qué su familia no podía olvidarse del asunto—. No habrían acudido a ti.

—Puedo apoyar muy bien a las mujeres.

Pam puso los ojos en blanco.

—¿En serio quieres ir por ahí? Porque podemos hablar de cómo te cuidé después de que te circuncidaran.

Su hijo de veintiséis años levantó las manos en gesto de derrota.

–Lo siento, mamá. Haré cualquier cosa con tal de que no hables de mi pene.

Ella se relajó. El orden había quedado restablecido, pensó feliz.

–Mientras lo recuerdes, yo tengo el poder.

–Eso siempre y por siempre. Eres la reina de esta familia y nos postramos a tus pies.

–Exageras un poco, pero acepto vuestra lealtad.

Estaban en la cocina, donde tenían lugar todas las conversaciones importantes. Habían pasado un par de semanas desde su reunión con Bea y Violet y, por razones que no alcanzaba a entender, nadie en su familia se había olvidado del asunto.

Se lo había contado a John suponiendo que se quedaría tan impactado y escandalizado como ella, pero su marido le había dicho que se lo podían permitir y que debería reconsiderarlo. Cuarenta y ocho horas después, ella aún había seguido con la boca abierta.

–Son cincuenta mil dólares –le recordó a Steven mientras se levantaba para servir más café.

–Tenéis el dinero y, además, no lo vais a malgastar. Lo vais a compartir de un modo muy chulo. Vamos, mamá, podrías hacer algo muy importante. Ya sabes cuánto te gusta cuidarnos a todos. Imagina lo que podrías hacer en el mundo real.

–No tengo experiencia empresarial.

–Te estás subestimando.

Justo lo que había dicho John, pensó complacida a la vez que frustrada por la fe que su familia tenía depositada en ella. Steven, por supuesto, era igual que su padre. Los dos pasaban del metro ochenta y tenían el pelo rubio oscuro y los ojos azules. Eran hombres fuertes con buena cabeza y corazones bondadosos. Lo que los diferenciaba era que John se había casado joven mientras que la idea de Steven de una relación larga eran seis semanas.

—¿Estás saliendo con alguien especial? —le preguntó al volver a la mesa y darle el café a su hijo.

—Ya sabes que no hablamos de mi vida amorosa.

—No hablamos de tu vida sexual. Hay una diferencia. ¿Es que no te quieres enamorar?

—Claro. Algún día. Pero, por ahora, en la variedad está la chispa de la vida.

Una parte del problema era que Steven lo tenía fácil con las mujeres, pensó con orgullo y también preocupación. Era guapo y encantador.

Sostuvo la taza con las dos manos.

—Si te preocupa llegar a aburrirte con una sola persona, no tienes por qué. Está claro que hay veces en las que se cae en la rutina, pero siempre hay formas de salir de ella. Tu padre y yo aún nos encontramos atractivos.

Su hijo se quedó petrificado, con la taza levantada a medio camino de la boca. Palideció y abrió los ojos como platos.

—Mamá, te lo suplico. Para. Te juro que preferiría hablar de mi pene antes que de esto.

Pam arrugó la boca.

—Solo estoy intentando ayudarte.

—Lo sé y es genial que papá y tú sigáis haciendo esas cosas, pero no lo quiero saber. En serio. No me malinterpretes, pero es asqueroso.

—De acuerdo. Entonces hablaremos de tu pene.

Steven plantó la taza en la mesa con un golpe y el café se salió por el borde. Se puso de pie.

—Vale, se acabó. Me largo de aquí.

Rodeó la mesa, le dio un beso a su madre en la mejilla y le dijo adiós a Lulu.

—¡Lo seguimos haciendo como si fuéramos conejos! —gritó Pam.

—No te oigo.

La puerta se cerró de golpe.

Ella se rio mientras recogía el café que había rebosado y metía la taza en el lavavajillas. ¡Qué fácil era poner nerviosos a sus hijos a veces!

Miró el reloj y sacó los ingredientes para preparar un rollo de carne. Podía hacerlo ya y darle un baño a Lulu antes de que John llegara a casa.

Hoy especialmente estaba deseando ver a su marido. No solo porque pensar en él aún la excitaba, sino por lo que le había dicho Nicole cuando la había llamado antes: Eric había vendido su guion por un millón de dólares.

Nicole seguía impactada, lo cual ella entendía. ¿Quién se habría imaginado que tuviera tanto talento y estuviera haciendo tantos progresos? Se alegraba por él y por la familia, pero se le hacía muy raro.

El resto de la tarde pasó deprisa. Terminó las tareas y metió el rollo de carne en el horno. Lulu, fresca y feliz después de su baño, daba vueltas por allí como pavoneándose con su camiseta rosa. El sarpullido estaba mejor, así que no se sentía demasiado incómoda.

Pam sacó la bolsa de patatas y puso un par en un cuenco. Acababa de agarrar el pelador cuando oyó la puerta del garaje.

Lulu ladró y fue hacia la puerta lateral. Pam sintió un pellizco de excitación en el estómago. Sí, le gustaba su vida.

—¿Cómo está mi niña favorita? —preguntó John al entrar en casa. Lulu gimoteó de alegría al ver a la manada de nuevo reunida en todo su esplendor—. ¿Y cómo está mi chica favorita? —preguntó al entrar en la cocina. Sonrió a Pam con la perrita aún en las manos–. Rollo de carne –dijo antes de besarla–. Mi plato favorito. ¡Cómo me mimas!

—Siempre —respondió Pam abrazándolo.

Lulu estaba en medio de los dos intercalando besos de perrito entre uno y otro mientras Pam y John se daban sus propios besos de adultos. Cuando se apartaron para tomar aire, él le dio una palmadita en el trasero.

—¿Qué tal te ha ido el día?

—Bien. ¿Y a ti?

—No ha estado mal.

Pam agarró a Lulu y empujó a John hacia el salón.

—Ve. Sé muy bien que ahora mismo, mientras estamos hablando, están poniendo un partido de los Dodgers. Ve a verlo. Te avisaré cuando la cena esté lista.

Él se detuvo para darle otro beso en la mejilla.

—¿Te he dicho la suerte que tengo?

—Sí, y esta noche vas a tener más suerte aún.

John se rio y fue hacia el salón.

Pam dejó a Lulu en el suelo y la perrita fue con John, no porque le interesara el béisbol, sino porque le gustaba dormir en un regazo cálido.

Después, siguió preparando la cena, puso la mesa mientras se cocinaban las patatas y las zanahorias y abrió una botella de vino. Lulu entró en la cocina y se la quedó mirando.

—¿Qué? –le preguntó Pam–. Ya has comido, ¿recuerdas?

Lulu la miró un segundo más y ladró.

—¿Qué?

La perrita miró hacia el salón.

—¿John? ¿Va todo bien?

No hubo respuesta.

Pam siguió a Lulu. John estaba tumbado en el sillón

reclinable con los ojos cerrados. El partido se oía de fondo, suavemente.

–Está dormido –le dijo a la perra–. Qué tonta. John, cielo, ya casi es la hora de cenar.

John no se movió.

Pam se acercó y le sacudió el brazo.

–¿John? ¿John? Despierta. ¡John!

Capítulo 16

La casa de los Eiland estaba llena de gente que Shannon no conocía; desconocidos con gesto de tristeza vestidos de negro en su mayoría y hablando entre murmullos sobre lo inesperado de lo sucedido. «Qué impacto» o «Pobre Pam», decían. También mencionaban a sus hijos. Nadie lo había visto venir. Era un hombre tan fuerte, tan sano. ¿Cómo iba a sobrevivir Pam?

Todas ellas eran grandes preguntas, pensó Shannon mientras recorría el salón recogiendo platos y vasos. Los llevó a la cocina, donde Nicole y una mujer llamada Hayley estaban cargando el lavavajillas.

La empresa de *catering* se había ofrecido a facilitar personal para limpiar y para recoger la comida, pero Shannon y Nicole habían dicho que ellas se ocuparían. Era su forma de ayudar en un momento en el que no se podía hacer nada más. Hayley, que se había presentado como la secretaria de John, claramente opinaba lo mismo y cada quince minutos pasaba con una cafetera por la habitación llena de dolientes ofreciéndose a rellenarles las tazas.

—Hola —dijo Adam al acercarse y rodearla con el brazo—. ¿Cómo estás?

—Bien. Justo estaba pensando en cómo nos embarcamos en tareas ridículas en momentos como este. Yo no puedo parar de ir limpiando y recogiendo detrás de la gente, Hayley está obsesionada con el café y Nicole no deja de rellenar las bandejas del bufé.

Él la abrazó con fuerza.

—Nadie lo ha visto venir. Estamos todos impactados. John era un gran tipo. Por lo que me ha dicho mi padre, no había indicios de que tuviera problemas de corazón. Tenía la tensión arterial baja y era muy activo en el trabajo. Ha sido una de esas cosas que pasan sin más.

Shannon entendía lo que quería decir, pero dudaba que Pam lo viera de ese modo.

Buscó por la habitación con la mirada hasta que localizó a su amiga, rodeada de sus hijos y unos amigos. Estaba pálida y parecía haber perdido peso. Resultaba imposible, teniendo en cuenta que solo habían pasado tres días, pero se la veía demacrada y muy flaca.

Shannon sabía que todo el mundo estaba hablando excepto Pam. Ella estaba ahí, en mitad del grupo, pero a la vez completamente sola. Le temblaron las manos al levantar un plato de comida sin terminar. El medio sándwich y la cucharada de macarrones con queso temblaron.

Jen, la hija mayor, empezó a llorar. Su marido la llevó al sofá más grande. Varios invitados se apartaron para hacerle sitio.

Estaba embarazada, pensó Shannon al recordar el momento en que Pam le había dado la noticia. Ese estrés no podía ser bueno ni para ella ni para el bebé, como tampoco lo sería saber que su hijo jamás conocería a su abuelo. ¿Estaría Pam pensando lo mismo? ¿Era consciente de que sería abuela sola?

No podía llegar a imaginar lo que debía de ser haber estado con alguien más de treinta años, aunque sí que le resultaba algo más fácil comprender el sentimiento de pérdida. Tal vez porque el dolor era universal. Fuera cual fuera la causa, todo el mundo lo había sentido alguna vez de alguna forma u otra.

Quería decirle algo a su amiga, ofrecerle consuelo. Pero era ridículo, porque no había consuelo que ofrecerle. Pam había estado casada más tiempo del que Nicole llevaba viva y acababa de perder a su marido. Se había definido como persona, había vivido su vida, había planeado su día a día y criado a sus hijos como esposa de John. Él era el ritmo que marcaba sus días. Pero ahora no estaba y ¿se suponía que ella tenía que seguir adelante? Imposible.

—Me siento tan mal por ella —dijo no muy segura de haber llegado a articular esas palabras.

—Yo también. Es horrible.

Tocó el brazo de Adam y se apartó.

—Necesito retomar mi limpieza compulsiva.

—Claro. Te llamo esta noche.

Ella asintió y se permitió un momento para saborear el hecho de que la fuera a llamar, de que pudiera apoyarse en él; de que al final de cada llamada y de cada cita le decía que la quería. Se lo decía con claridad, mirándola a los ojos, con una intensidad que anulaba cualquier tipo de duda.

Recorrió el salón y recogió unos platos y unas tazas antes de volver a la cocina.

Nicole estaba sola apoyada contra la encimera. Shannon se le acercó y se abrazaron.

—Es terrible —dijo Nicole—. Tengo el estómago revuelto. Nunca se lo he dicho a Pam, pero a veces me gustaba fingir que eran mis padres. Cuando las cosas iban mal, me reconfortaba saber que no estaba sola, ¿sabes? Así que en cierto modo es como si hubiera perdido a una parte de mi familia. Aunque eso no se lo he dicho nunca. ¿Tiene sentido lo que estoy diciendo?

—Sí. Todos estamos impactados. Es terrible para todos.

—Sobre todo para Pam —dijo Nicole con un suspiro—. Debe de estar aterrorizada.

—Creo que sigue en estado de *shock*.

—Yo lo estaría, y eso que estoy acostumbrada a que Eric pase mucho tiempo fuera de casa. Pero John estaba en casa todas las noches. Ella no está acostumbrada a eso.

Shannon asintió sin decir nada de Eric. Había estado en el funeral, pero después se había marchado. Nicole había vuelto a casa de Pam en el coche de Shannon y había mencionado algo sobre una reunión a la que su marido debía asistir.

Veían a la gente moviéndose por la zona del bufé. Había varios platos calientes además de sándwiches y ensaladas. Sobre la isla de la cocina estaban la cafetera, unas jarras con distintos tipos de zumo y un recipiente de plástico lleno de hielo y botes de refrescos. Había botellas de vino abiertas junto a copas de tallo largo. En una mesa más pequeña al lado de la puerta del salón había *cupcakes*, galletas y *brownies*.

—Jen y su marido se quedan a dormir con Pam esta noche —dijo Shannon—. Steven ha dicho que él se va a mudar durante una semana aproximadamente.

Nicole asintió.

—Es muy amable, pero ¿después qué? Ella va a tener que asimilar que todo va a ser distinto.

—Lo sé. Estaba pensando que podríamos mantenernos un poco al margen durante las próximas semanas porque tendrá a muchos amigos y familia a su alrededor, pero ¿y si nos organizamos tú y yo para estar con ella después?

Cuando todo el mundo vuelva a su vida normal y ella siga en estado de *shock*.

Nicole asintió con lágrimas en los ojos.

–Perfecto. Quiero hacerlo. Haremos una planificación o algo así. Porque Pam siempre ha estado a mi lado.

–Sí –respondió Nicole con firmeza para que la mujer al otro lado de la línea no notara que estaba nerviosa–. Quiero confirmar el saldo de mi cuenta.

Porque Eric había recibido el pago por su guion y ella no podía llegar a asumir que tuvieran semejante cantidad de dinero en la cuenta.

Esperó mientras la mujer tecleaba.

–Tiene quinientos cincuenta y un mil dólares en su cuenta.

Nicole exhaló lentamente.

–De acuerdo. Genial. Gracias.

Colgó y soltó el móvil en el sofá. Una risa histérica y unas lágrimas amenazaban con brotar. Era real. Completa y absolutamente real. El contrato estaba firmado y habían pagado a Eric, que le había entregado un quince por ciento a su agente y abonaría un treinta por ciento al gobierno para no tener que preocuparse por los impuestos. Eso sí que era ser un hombre responsable. La había sorprendido tanto como el hecho de que hubiera ingresado el saldo restante en la cuenta común.

Hasta ese segundo, hasta que había estado segura de lo que había hecho Eric, por un lado se había temido que se hiciera con todo el dinero y saliera corriendo. ¡A la mierda la charla de Shannon sobre los bienes gananciales!, había pensado.

Pero Eric no había hecho nada de eso y ahora se sentía una miserable. Sí, su marido estaba muy ocupado y podía ser complicado y no siempre estaba cuando Tyler y ella la necesitaban, pero era obvio que no había estado buscando en secreto el modo de escapar de su matrimonio.

Y eso era positivo, ¿verdad?

Tyler se acurrucó a ella. Estaban viendo *Gru, mi villano favorito 2*. En la distancia se seguía oyendo el sonido de la ducha. Cerró los ojos y se repitió que era positivo. Tenía que ver el lado bueno de las cosas y otros cuantos clichés. Sin embargo, que ella supiera, vender el guion había sumado dinero a su cuenta bancaria, pero no había cambiado nada más.

Eric seguía fuera todo el tiempo. Tenía reuniones, o mejor dicho, «tomaba reuniones», según la jerga del cine. Además, tenía que reescribir unas partes y seguía haciendo surf la mayoría de las mañanas.

El sonido de la ducha cesó y ella abrió los ojos. Por un segundo quiso esconder el móvil, lo cual era ridículo. ¿Por qué le iba a importar a Eric que hubiera llamado al banco? Probablemente le parecería gracioso. Él no sabía que había estado preocupada de que fuera a desaparecer sin más con todo ese dinero caído del cielo.

—¿Vamos al parque mañana, mamá? —preguntó Tyler.

—Sí. Llego a casa al mediodía, después vamos a ir a almorzar y saldremos toda la tarde.

Su hijo le sonrió.

—Me gusta el parque.

—A mí también. Cuando terminemos en el parque, he pensado que podríamos ir a ver a la tía Pam y a Lulu —porque Shannon y ella ya habían puesto en marcha su plan de ir a visitar a su amiga con regularidad.

Hasta el momento Pam no había vuelto a clase y tampoco estaba muy habladora cuando Nicole la llamaba para saber cómo estaba. No le sorprendía. ¿Cómo podía alguien superar la muerte de su marido después de haber estado casados más de treinta años? Nicole estaba segura de que Pam no recordaría cómo era la vida sin él.

Eric entró en el salón. Iba vestido de manera informal: vaqueros nuevos y una camisa que no recordaba haber visto. Ambos tenían pinta de ser prendas caras, aunque tampoco se lo preguntaría.

—¿Con quién es la reunión de esta noche?

—Con Jacob.

Ella asintió, aunque no tenía ni idea de quién era Jacob. Últimamente había demasiada gente nueva en la vida de su marido.

—No debería llegar tarde —añadió y sonrió a Tyler antes de volver a mirarla—. ¿Podemos hablar en la cocina un segundo?

—Claro —Nicole besó a Tyler en la frente—. Vuelvo enseguida.

El niño asintió mientras veía a los Minions divirtiéndose en lo que parecía una isla tropical.

Nicole siguió a Eric hasta su pequeña cocina.

Estaba recogida para variar, en gran parte porque se había pasado una hora limpiándola después de cenar. Desde que había vendido el guion, Eric no se había molestado en hacer ninguna tarea doméstica y eso era algo que tendría que hablar con él. Pero últimamente lo veía tan poco que discutir por las labores domésticas le resultaba... No sabía qué. «Incómodo» no era la palabra. Tenía la sensación equivocada de que por el hecho de que su marido hubiera logrado un sueldo tan enorme ella no tenía derecho a enfadarse con él por no hacer nada en casa; un concepto ridículo que sugería que solo se valoraban las aportaciones si eran monetarias. Según esa teoría, antes de haber vendido el guion, Eric debería haberlo hecho todo en casa, lo cual no había hecho. Aunque tampoco ella había esperado que lo hiciese.

—Se trata de Tyler —comenzó a decir mirando el reloj. Era de oro y Nicole no recordaba haberlo visto antes—. Voy a estar ocupado con mis reuniones y reescribiendo el texto, así que no voy a poder ni llevarlo a la guardería ni ir a recogerlo.

Ella abrió la boca para protestar, pero Eric sacudió la cabeza.

—Deja que acabe.

—De acuerdo —Nicole se cruzó de brazos y se dijo que no se dejaría llevar por la furia, que esa sensación de rabia se le pasaría.

—Quiero que nos ayuden en casa. Como te he dicho, voy a estar ocupado y tú tienes que encargarte de tu negocio. Ahora que tenemos dinero, es ridículo que no lo usemos para facilitarnos las cosas. Creo que deberíamos buscar una niñera para recoger a Tyler y contratar un servicio de limpieza para que vengan a casa una vez por semana.

Eso sí que era razonable, pensó, aunque, sin saber bien por qué, también se sentía algo resentida.

—Sería de mucha ayuda.

—Bien. ¿Quieres que pregunte por ahí por si me pueden recomendar a alguien? A lo mejor podríamos contratar a una asistenta del hogar que además sea niñera. Estaría bien que no tuvieras que estar siempre agobiada por preparar la cena.

—Eh... de acuerdo. No sabría por dónde empezar a buscar —admitió. ¿Una asistenta del hogar que además fuera niñera y cocinera? ¿En su mundo? ¿De verdad estaba sucediendo todo eso?

—Conseguiré algunos nombres para que les hagas una entrevista.

—Gracias —respiró hondo—. Eric, te agradezco que te preocupe la organización de nuestra vida. Gracias. Pero ¿qué pasa con nosotros?

Él se la quedó mirando como si no entendiera nada.

—¿Qué quieres decir?

—Pasas fuera mucho tiempo, y me parece bien. Ahora tienes que hacerlo. Los dos tenemos responsabilidades. Pero ya no pasamos nada de tiempo juntos. Nunca hablamos. Estoy preocupada por nosotros.

Distintas emociones cruzaron el rostro de Eric. Pasaron demasiado deprisa como para que ella pudiera interpretarlas y se quedó preguntándose en qué estaría pensando su marido.

—Lo sé. Tienes razón. Tenemos que sacar algo de tiempo. Y lo haremos —la besó—. Tengo que irme. Luego nos vemos.

Y así, sin más, se marchó. Nicole se quedó allí de pie, en la cocina, esperando que hubiera dicho en serio todo lo que había dicho; esperando que no estuviera hablando de boquilla y fuera a hacer algo de verdad por la vasija agrietada en la que se había convertido su matrimonio, porque, si no tenían cuidado, se haría añicos y se desmoronaría por completo.

Pam no estaba segura de en qué momento su casa se había convertido en su enemiga. Habría jurado que conocía cada centímetro. Había vivido sus reformas, había comprendido la idiosincrasia de los distintos sistemas. Estaba a gusto en su casa. O lo había estado.

Ahora, sin embargo, era una cámara de tortura, una prisión llena de recuerdos. Una criatura socarrona que la tenía cautiva sirviéndose de la simple realidad de que no tenía otro lugar adonde ir.

John había vivido en esa casa. John había hablado y reído y dormido y hecho el amor y, finalmente, muerto en esa casa. Vagaba de habitación en habitación buscando algo. Buscándolo a él, principalmente, porque aunque su cabeza sabía la verdad, su corazón seguía queriendo oír sus pisadas, su voz. Su cuerpo anhelaba que lo abrazara, que lo reconfortara. Porque solo él podía entender lo afligida que estaba.

Sonó el teléfono. Lo ignoró. No quería recibir llamadas, no quería oír tópicos. El tiempo no curaba. Los cielos grises no se iban a volver azules. No podía encontrar sosiego. ¿Qué demonios era eso? ¿Cómo podía haber sosiego? No se estaba recuperando de algo insignificante, de algo sencillo. Cada vez que se despertaba, recordaba que le habían arrancado de dentro la esencia de su ser. Era como una de esas personas que sobrevivían casualmente a un accidente terrible. No era una persona, era partes de ella, y deberían haberla dejado morir en la cuneta.

Pero por mucho que lo deseara, estaba viva. Respiraba, caminaba por la casa y sabía que nada volvería a ser igual.

Estaba en mitad de la cocina y tembló. No de frío, sino por falta de calidez. Por falta de consuelo. Tembló sabiendo que no había trato que hacer, que no había nada que pudiera vender u ofrecer. Que ninguna autoridad escucharía sus súplicas y le respondería con compasión. John estaba muerto. No volvería jamás.

Oyó el repiqueteo de las uñas de Lulu, que daba vueltas a su alrededor nerviosa. Se agachó y tomó al pequeño animal en brazos. Durante las últimas tres semanas, Lulu había sido su compañera silenciosa. Exceptuando el día del funeral, Pam no se había movido de casa y Lulu no se había movido de su lado. Por las noches, cuando se acurrucaba en el sillón reclinable de John, Lulu se acurrucaba con ella.

Le sonó el móvil. Compases de *Footloose* llenaron la cocina, lo cual significaba que podía ignorar la llamada.

Cuando la llamaban sus hijos, el tono del teléfono era *Thriller* de Michael Jackson. Y no porque le encantara esa canción, sino porque todos decían que los volvía locos, así que era como una broma familiar que la hubiera elegido.

Había tenido la precaución de responder siempre a sus llamadas para que no se preocuparan. Al menos, eso podía hacerlo para que sus hijos creyeran que se estaba reponiendo. Una idea ridícula, pero una que ellos parecían considerar importante.

John lo habría querido así, pensó abrazándose a Lulu y dejando que el cuerpo de la perrita le diera calor. De haber podido consultarle, habrían hablado de lo bien que le iba a Brandon en la facultad de Medicina y de que no tenían por qué darle más preocupaciones; de que Steven estaba intentando ocupar el puesto de su padre en el negocio y de que Jen tenía que estar tranquila por el bien del bebé. Había demasiadas razones por las que sus hijos no podían saber que cuando se despertaba cada mañana se moría de pena y dolor.

Le rugía el estómago. Miró el reloj. Eran casi las cuatro de la tarde. No estaba segura del día que era. El tiempo había empezado a desdibujarse. Sabía que en algún momento tendría que comer, pero solo pensar en comida le producía ganas de vomitar. No le importaba lo hambrienta que estaba, simplemente no podía soportar masticar y tragar. Cada pocos días tiraba los guisos que había en la nevera y sacaba unos cuantos más del congelador. Daba de comer a Lulu cuando la perrita le decía que había llegado la hora. La sacaba al jardín, recogía el correo a diario, pagaba las facturas que llegaban y, cuando se daba cuenta de que llevaba varios días con la misma ropa, se duchaba y se cambiaba.

La primera semana había sido distinta. Había habido

gente con ella todo el tiempo que habían guiado el ritmo de su vida ahora rota. Pero se habían ido marchando uno a uno. Tenían otras cosas que atender, otros lugares en los que estar. Jen era la que se había quedado más tiempo, pero al cabo de cuatro o cinco días, ella también había vuelto a casa.

A Pam no le importaba la soledad. Se moría de pena igualmente, tanto si había alguien allí como si no. Tampoco le importaban las noches, en parte porque dormía poco. Cuando estaba sola, podía llorar o gritar o simplemente quedarse en mitad de la habitación sin hacer nada.

Sonó el timbre. Lulu ladró e intentó bajar de sus brazos. Pam la dejó en el suelo y la perrita salió corriendo para anunciar que había llegado alguien.

Pam la siguió más despacio. No estaba del todo segura de qué día era, así que no sabía si se trataba de una visita tan sencilla como la del mensajero de UPS o de una tan complicada como la de cualquier otra persona.

Al abrir la puerta, se encontró allí a Shannon. Nicole y Tyler estaban a su lado.

—No respondes al teléfono —dijo Shannon a modo de saludo—. Si haces eso, la gente se va a preocupar.

—No quiero hablar con nadie —admitió Pam intentando recordar si los había invitado a los tres a ir. Creía que no—. ¿Por qué estáis aquí?

—Porque te queremos. Y ahora, déjanos pasar.

Se hizo a un lado porque era lo más sencillo. Tyler corrió hacia ella y Pam, instintivamente, se agachó para abrazar al niño. Durante ese breve segundo en que lo abrazó, pudo respirar. Después se incorporó y el infierno regresó.

Nicole sonrió con comprensión.

—Hola —dijo con voz suave—. Todos estamos aquí por ti.

Pam asintió. Sabía que lo hacían con buena intención, pero también sabía que no había compañía ni palabras que pudieran ayudarla. Shannon entró con una enorme caja de pizza en la mano. El olor a queso y a salsa de tomate hizo que el estómago le volviera a rugir. En esa ocasión también le dio un calambre y se tambaleó un poco.

–¿Estás bien? –preguntó Shannon. Cerró la puerta y dejó la pizza sobre la mesa del vestíbulo. Después de colgar el bolso y la chaqueta, levantó a Lulu en brazos–. Hola, preciosa. ¿Cómo está tu mamá?

–Estoy bien –respondió Pam pensando deliberadamente cada palabra que pronunció, planeándolas para que salieran en la secuencia correcta. Ahora mismo le resultaba imposible entablar una conversación normal. ¿Cómo sabía la gente qué decir a continuación?

–Voy a llevar a Tyler al salón –dijo Nicole–. Hemos traído películas.

Tyler fue con ella obedientemente porque aún estaba en esa edad en la que estar con mamá y papá era lo mejor del día. Pam recordaba cómo había sido esa etapa, cuando sus tres hijos habían competido por su atención. Había sido agradable. Y, por supuesto, John había estado con ella.

Shannon dejó a la perrita en el suelo y levantó la caja.

–Venga, vamos a comer. Me muero de hambre. No he almorzado. Normalmente mi departamento es una máquina bien engrasada, pero de vez en cuando hacemos algo mal como todo el mundo. Es tan desalentador. Pero ahora ya está todo bien. He regañado a los que cometieron el error y una vez más, como era de esperar, me tienen miedo. El orden se ha restablecido.

Pam escuchaba las palabras preguntándose si alguna de ellas era graciosa. ¿Debería reírse? ¿Era lo correcto? Ya no estaba segura de nada.

Le pareció que lo más sencillo era seguir a Shannon, y eso hizo. Una vez en la cocina, su amiga dejó en la mesa la caja de The Slice is Right y sacó cuatro platos.

–¿Has estado comiendo? –preguntó Shannon mientras se movía por la cocina.

Pam se planteó mentir, pero ¿de qué servía? ¿Importaba si alguien sabía la verdad exceptuando sus hijos?

–No.

–Ya me lo parecía. Has perdido peso. Venga. Siéntate.

Pam se acercó a la silla que había retirado Shannon y se sentó. Su amiga le puso en un plato una porción de pizza de champiñones y pimiento verde, su favorita.

–¿Y Lulu?

Pam miró el queso fundido y los vegetales asados y se le hizo la boca agua. En ese momento se pudo imaginar mordiendo, masticando y tragando. En ese momento no tuvo en cuenta que la garganta se le había cerrado tanto que no podría volver a comer.

–Le doy de comer cuando ella lo dice.

–Yo me ocupo de su cena –dijo Shannon–. Da un mordisco. Está deliciosa.

Nicole entró en la cocina.

–Tyler dice que quiere una porción solo con queso, por favor.

–Ya le he puesto su porción en un plato –dijo Shannon señalando un plato que había sobre la encimera.

Siguieron hablando. Pam escuchó, pero la mayor parte del tiempo las palabras de sus amigas no tenían sentido. Surgían de un lugar muy lejano, casi como de debajo del agua.

Agarró su porción de pizza. Pesaba. Era sustanciosa. Dio un mordisco pequeño. Aún estaba caliente pero no quemaba. Los sabores estallaron en su boca. La intensidad de la salsa, el toque de dulzura de la masa, el sabor suave y cremoso del queso. Las verduras asadas ofrecían un sutil contrapunto de sabores y los pimientos añadían un toque crujiente.

Shannon dejó en la mesa un vaso de zumo de naranja. Encendieron la pequeña televisión del rincón y fueron cambiando de canal. El sonido de un programa de televenta se llevó el silencio de la tarde.

Pam masticó cuidadosamente y tragó. Imaginaba que se le revolvería el cuerpo, tal como le había pasado cada vez que había intentado comer desde...

Su mente huyó espantada del terrible recuerdo y se centró solo en la pizza. Dio otro mordisco con el mismo cuidado que había tenido la primera vez, masticó y tragó.

Tras ella oía a Shannon dando de comer a Lulu y la conversación en voz baja de Nicole. No se molestó en girarse para participar. Se centró solo en la comida y en su forma de comer, cuidadosa y deliberada.

Cada vez que tragaba, el estómago le dolía un poco menos. Se le despejó la cabeza y ya no tenía tanto frío. Probó el zumo y le sorprendió lo bueno que estaba. Se terminó el vaso y se levantó a servirse más. Se sorprendió al verse de pronto sola en la cocina. ¿Se habían marchado sus amigas?

Lulu se había terminado su comida de lata y ahora masticaba su pienso extrasuave especial. La miró y sacudió la cola. Pam esbozó un gesto que le resultó incómodo. Se tocó la mejilla y se dio cuenta de que había sonreído.

La invadió el horror. Se llevó la mano al estómago suponiendo que vomitaría todo lo que había comido, pero no lo hizo. El estómago le rugía pidiendo más comida mientras su garganta reseca suplicaba zumo.

¡Había sonreído! ¿Cómo podía haber hecho eso? No volvería a sonreír jamás. No volvería a reír, no volvería a no sentir dolor. No estaba bien. No se lo podía permitir.

La habitación se sacudía y se hundía mientras ella intentaba respirar y entender lo que le estaba pasando. El teléfono empezó a sonar.

Quería ignorarlo, tal como hacía siempre, pero no podía hacerlo con sus amigas en casa. Por cierto, ¿adónde habían ido? Levantó el auricular.

–¿Sí?

–¿Señora Eiland?

–Sí.

–Le llamo de la consulta del doctor Altman para confirmar su cita de mañana a las tres y media.

Pam sacudió la cabeza.

–¿Qué? Lo siento. No sé de qué me está hablando.

–Su cita. Para su estiramiento facial.

El frío volvió a invadirla. ¿Un estiramiento facial?

–No –respondió Pam con claridad–. No me voy a hacer un estiramiento facial. Mi marido ha muerto. John está muerto. ¿A quién le importa si parezco vieja o no? Qué ridículo –empezó a llorar–. ¿Cómo puede importar eso ahora?

–Yo me ocupo –dijo Nicole con delicadeza quitándole el teléfono–. ¿Hola? Soy amiga de Pam. Sí, por supuesto. Es imposible que usted lo supiera. Ha sido repentino. Pasó hace solo unas semanas. Por favor, cancele la cita. Gracias.

Pam se apoyó contra la isla mientras las lágrimas le caían por las mejillas. Quería vomitar, vaciarse de todo lo que la mantuviese viva, pero su cuerpo se negaba a cooperar. Nicole dejó el teléfono en la encimera y volvió a su lado.

–Oye –dijo con dulzura–, ven aquí.

Unos brazos cálidos la rodearon con fuerza. Pam se aferró a ella, pero no era lo mismo. No era John. Nunca sería John.

No estaba segura de cuánto tiempo estuvo llorando. Al rato, se puso derecha y agarró la caja de pañuelos de papel. Se secó los ojos y se sonó la nariz.

–Lo siento –logró decir aunque en realidad no lo sentía.

–No pasa nada. Para eso hemos venido. Para estar contigo –Nicole la llevó a la mesa–. Intenta comer un poco más. He puesto una lavadora y Shannon está cambiando las sábanas.

–No tenéis por qué hacerlo.

–Lo sé, pero queremos hacerlo –se sentó frente a ella y le apretó la mano.

–Vosotras tenéis vuestras vidas.

Nicole se encogió de hombros y su coleta rubia se movió con el gesto.

–Sí, pero tú eres parte de ellas. Quiero estar aquí. No sé cómo ayudar, pero sí sé hacer la colada, así que eso es lo que voy a hacer.

Pam asintió. Su amiga se levantó, la abrazó de nuevo y salió de la cocina. Pam alargó las manos hacia la caja de pizza, pero las apartó. En la distancia oía el traqueteo de la lavadora. En la televisión una mujer explicaba por qué la *blazer* que estaba vendiendo era perfecta para la primavera. Apoyó los brazos sobre la mesa y la cabeza sobre las manos. Después respiró hondo llenándose del dolor que suponía estar sin John hasta que no sintió nada más.

–Fue brutal –admitió Shannon aún impactada por el sufrimiento de Pam–. El dolor que siente es como un ser viviente. No puede escapar de él. No sé cómo puede superar el día a día.

Estaba en el sofá, sentada sobre sus pies. Adam estaba a su lado, girado hacia ella y agarrándole la mano.

—Estuvieron juntos mucho tiempo. Es muy duro. Mi madre no deja de decirme que no podría sobrevivir a la pérdida de mi padre, que nunca sería tan fuerte como Pam.

—Eso mismo pienso yo, pero estoy segura de que eso es lo que Pam le habría dicho a cualquiera. No hay modo de saber qué haríamos dada la situación. Ojalá la pudiera ayudar.

—Has estado a su lado. Eso significa mucho.

Shannon no estaba tan segura.

—Nicole y yo hemos hecho cosas, ¿pero de verdad importa que tenga las sábanas limpias? Aún tiene mucha comida. La gente se la ha estado llevando a casa y una de sus amigas ha encargado que le lleven la compra de la tienda durante unas semanas —arrugó la nariz—. He tirado las flores que quedaban. Ya olían fatal. No sé si Pam no se había dado cuenta o si no quería deshacerse de los restos del funeral.

No tenía mucha experiencia con esa clase de sufrimiento. Nunca había conocido a nadie cercano que hubiera muerto.

—Habéis hecho algo bueno al cuidar de ella. Lo que habéis planeado Nicole y tú está muy bien. Estaréis a su lado y os aseguraréis de que se recupera.

Shannon asintió. Eso, teniendo en cuenta, que una persona se pudiera recuperar de algo así, pensó con tristeza.

—Está muy mal. Jamás me habría esperado esto. Odio admitirlo, pero es duro estar a su lado —se mordió el labio.

Adam se le acercó más.

—No te fustigues por tener miedo a todas esas emociones. Es duro ver a alguien sufrir. Pero has estado a su lado y eso es lo que importa.

—Eso espero. No puedo ni imaginarme lo que debe de ser.

Ella había vivido rupturas sentimentales, pero no tenían nada que ver; en parte, suponía, porque nunca había amado a alguien durante tanto tiempo. Le habían hecho daño, pero nunca se había quedado hundida. Nunca nadie había llegado a ser su mundo.

–¿Para ti fue así cuando se rompió tu matrimonio?

Adam sacudió la cabeza.

–No. Llevábamos vidas separadas. Yo estaba enfadado y disgustado, pero no sentí tanto dolor. No como lo está sintiendo Pam. Esa es la diferencia. Aunque yo nunca habría elegido acabar divorciado, yo era parte del problema. Lo que está haciendo sufrir tanto a Pam es que en esto ella es inocente.

Ella lo observaba mientras hablaba, fijándose en cómo se le movía la boca y en el modo en que siempre la miraba cuando hablaba, cómo se centraba únicamente en ella en ese momento.

Lo había visto con su familia. Era comprensivo con sus padres y cariñoso con sus hermanos. Adoraba a sus hijos y hacía todo lo que podía por ser el mejor padre posible. Lo amaba y por primera vez en su vida sabía que por fin podía tenerlo todo. El sueño: una carrera profesional y una familia. Un hombre que la quería, hijos e incluso tal vez un perro.

–Pronto cumplo cuarenta –dijo lentamente, porque hablar de su cumpleaños le resultaba mucho más sencillo que decir lo que de verdad estaba pensando.

Él sonrió.

–Lo sé. Vamos a organizar una buena fiesta.

–Eso espero, pero tampoco es tan importante. Tengo objetivos en mi vida y he logrado muchos de ellos. Mi carrera, el lugar donde vivo, mis viajes. Pero la felicidad no solo depende del trabajo y del dinero.

Él asintió lentamente y dejó de sonreír.

—Tienes razón. Depende de más cosas. De la conexión con alguien. Shannon, eres importante para mí. Lo sabes, ¿verdad?

—Sí.

Los dos se detuvieron y ella fue consciente de lo que suponía ese momento. Estaban profundizando en su relación y eso la emocionaba y la aterrorizaba al mismo tiempo. Era la situación que más había evitado porque nunca había visto que funcionara. Nunca había pensado que quisiera envejecer con nadie excepto con Adam. Había conocido al padre de Adam, había visto la relación que tenía con su madre y ella también quería lo mismo.

La idea de ser madrastra la asustaba. El trato con Oliver era sencillo, pero Char suponía todo un reto. Por otro lado, tampoco podía decirse que Adam le estuviera proponiendo matrimonio, pero ¿y si lo hacía? ¿Querría responderle que sí?

Carraspeó.

—Tú también eres importante para mí.

Él esbozó una sonrisa de arrepentimiento.

—Ahora los dos estamos evitando el tema. Es demasiado pronto para dar el siguiente paso lógico, pero quiero que sepas que estoy pensando en ello. Mucho. Eres muy especial para mí. Te quiero y te respeto. Necesito que me digas si estás pensando lo mismo.

«Qué complicado», pensó Shannon mientras unas mariposas se zambullían en su estómago, porque ninguno estaba diciendo qué era ese asunto en cuestión. Los dos se habían dicho que se querían, lo cual significaba que «el tema» probablemente tendría que ver con casarse.

—Espero que estemos pensando lo mismo —murmuró con tanta timidez que quiso agachar la cabeza. Se obligó a mirarlo a los ojos—. Quiero estar contigo. Quiero que seamos una familia.

Él se acercó y la besó.

—Yo también lo quiero. Me alegra que sientas lo mismo.

«Ya, de perdidos al río», pensó Shannon.

—Quiero tener un bebé.

Adam se apartó con tanta brusquedad que Shannon pensó que podría haberse roto un hueso con el movimiento. La calidez de su mirada se esfumó y la boca se le torció en un gesto de no mucha felicidad.

—¿Te refieres a quedarte embarazada?

La pregunta sonó casi como una acusación. Shannon se cruzó de brazos y se acurrucó más en el rincón del sofá.

Algo terriblemente parecido a un sentimiento de vergüenza la paralizó. Se dijo que no había hecho nada malo, que estaba siendo sincera y si Adam no podía soportarlo, entonces tal vez se había equivocado con él por completo.

Levantó la barbilla.

—Quedarme embarazada es el modo tradicional de tener un hijo, así que sí.

—Shannon, no puedo. Me hice una vasectomía. Creía que lo sabías.

Capítulo 17

Pam se aferraba a Lulu como si la perrita fuera lo único que la estuviera manteniendo con vida en un mundo en el que no podía confiar. Ante la insistencia de Steven, había ido a la oficina para reunirse con él y con el abogado de la empresa. No quería tener que hablar de nada, pero había reconocido el tono de terquedad de su hijo. Steven le había dicho que si le resultaba demasiado duro ir allí, el abogado y él podían ir a su casa. Le había parecido una oferta generosa, pero por otro lado significaría que ella no tendría el control de la situación. De este modo, si era ella la que iba, era ella quién decidía cuándo marcharse.

Sin embargo, ahora que se encontraba en el edificio que John y ella habían comprado tantos años atrás, ahora que tenía que enfrentarse a las educadas pero tristes sonrisas de los empleados, supo que había sido un error. Le resultaba imposible poder tratar la conversación que quisiera mantener Steven sin acabar gritando, y si empezaba a gritar, su hijo vería que no estaba tan cabal como fingía estar.

Aunque, tal vez, eso tampoco era malo, pensó al ver a Steven entretenido con su moderna cafetera Keurig mientras le preparaba una taza. A lo mejor deberían encerrarla en una institución mental. Con tal de que la tuvieran drogada, no le importaría. Últimamente la idea de estar sumida en un estado de inconsciencia le resultaba bastante agradable. No quería tener que pensar, no quería tener que sentir. No quería tener que ocuparse de nada.

—Te llevaría conmigo —le susurró a Lulu porque no quería que la perrita pensara que la abandonaría.

Cuando Steven le dio una taza alta con el logotipo de la compañía, Pam hizo lo que pudo por evitar que le temblaran los dedos. Recordaba el día que John y ella habían elegido esas tazas. Les habían dado tantas muestras que habían terminado celebrando una fiesta de cafés y postres con sus amigos y cada uno se había ido con una taza. Los invitados se habían intercambiado tamaños y colores. Aquella noche se divirtieron mucho.

Los ojos le quemaban con la presión familiar de las lágrimas. Respiró hondo y se recordó que cuando llegara a casa luego, estaría sola. Se acurrucaría en el sillón de John y no haría nada más que respirar. Sin mayores expectativas, sin conversaciones.

Steven agarró su café y se sentó en la mesa. Ella lo observó y se fijó en las sombras que tenía bajo los ojos y en la tensión de sus hombros. Las manifestaciones físicas de su dolor le recordaron que no era la única que estaba sufriendo.

—¿Cómo estás? —le preguntó.

—Bien. Cansado. Triste —Steven se aclaró la voz—. Es duro estar aquí cada día sin él.

—Oh, cielo, lo siento. Claro que es duro. Yo tengo mis propios fantasmas en casa, pero tú tienes los mismos aquí.

Él asintió.

—Todo está exactamente igual pero completamente distinto —miró hacia la puerta cerrada del despacho y bajó la voz–. He llamado a aquella terapeuta que me dijiste, la que estuvisteis viendo papá y tú cuando Brandon tuvo problemas.

Ella asintió.

–Le he dado su nombre también a una amiga mía. Últimamente le estoy consiguiendo mucho trabajo. ¿Te ha ayudado?

–Sí. Pensé que no lo haría, pero me ha venido bien hablar de lo que ha pasado. Sé que me va a llevar mucho tiempo asimilar que se ha ido de verdad. Era un buen hombre.

Pam asintió y se dijo que no estaban hablando de su John. Si podía convencerse de que la conversación no era personal, podría sobrevivir a la situación. Podía fingir durante la reunión y después escapar. Eso era en lo que tenía que centrarse. En no estar ahí.

–¿Recuerdas a Ashleigh del instituto? –preguntó su hijo.

Pam dio un trago de café e intentó recordar el nombre.

–Era tu novia. Una chica muy dulce. Rompiste con ella porque no quiso acostarse contigo.

–¡Mamá!

Pam se encogió de hombros.

–¿Me equivoco?

Él se sonrojó.

–No deberías saber eso.

–Era tu madre. No tenías secretos para mí. Siempre la respeté por no acceder a hacerlo si no quería. ¿Por qué la mencionas?

–El otro día nos encontramos. Ha vuelto a Mischief Bay. Es enfermera en el hospital, en pediatría. Tenía buen aspecto. Sigue siendo muy dulce, ya sabes.

–¿Quieres decir que no es tu tipo?

–Exacto.

Su hijo le lanzó una sonrisa muy parecida a las de John y el dolor la atravesó como un puñal. Instintivamente, se llevó la mano al estómago para contener la sangre que le pudiera brotar, pero ahí no había ninguna herida visible. Solo la clase de herida que a ella le importaba.

–Vamos a salir este fin de semana. No sé, pero cuando estaba hablando con ella no podía dejar de pensar en cuánto le habría gustado a papá.

Pam pensó en decirle que era una razón estúpida para salir con alguien, pero tal vez la pérdida de su padre ayudaría a Steven a madurar en lo que respectaba a su vida amorosa. Se planteó decírselo, pero estaba agotada y la conversación le requeriría muchas más fuerzas de las que tenía.

–Se está haciendo tarde –dijo dejando la taza en la mesa–. Debería irme.

–Mamá, aún no hemos hablado del dinero –señaló su hijo con delicadeza–. Por eso te he pedido que vengas. Jason se va a reunir con nosotros aquí en unos minutos.

Ella lo miró como si no entendiera nada.

–Jason es nuestro abogado –añadió Steven.

Porque había problemas con el negocio. Con la situación económica.

–¿No puedes ocuparte tú? ¿Tengo que estar aquí?
–Sí.

Alguien llamó a la puerta y la abrió. Hayley le sonrió.
–Hola, Pam.

Pam hizo todo lo que pudo por devolverle la sonrisa.
–Jason está aquí –le dijo Hayley a Steven.

Un hombre alto y rubio con los ojos azules entró en el despacho. Pam agarró a Lulu e intentó recordar si lo había visto antes, pero decidió que no valía la pena el esfuerzo. ¿Qué más daba si lo había visto alguna vez o no?

Tendría unos cuarenta años. Recordaba algo vagamente, algo sobre que había trabajado con su padre antes de que este se jubilara.

Jason se sentó a su lado.

—Lo siento mucho, Pam. John era un hombre fantástico. Siempre lo admiré por su forma de manejar el negocio y por cómo amaba a su familia. Espero que con el tiempo encuentres consuelo sabiendo lo respetado y admirado que era por la comunidad.

—Gracias —murmuró diciéndose que se marcharía en diez minutos, pasara lo que pasara. O también podía empezar a convulsionar y a sollozar entre gritos y así podrían encerrarla y le darían drogas de las buenas por vía intravenosa.

—No sé lo familiarizada que estás con la estructura de la empresa —continuó Jason—. Aunque John y tú poseíais la mayoría, también establecisteis participación de beneficios y participación financiera de los empleados.

Pam se mordió el labio intentando distraerse para no pensar en las ganas que tenía de ponerse a llorar, porque para John había sido importante compartir los buenos momentos con los que llevaban años trabajando para él. Se había sentido muy orgulloso de poder ofrecerles a sus empleados un modo de tener algo para el futuro.

—La sociedad tenía algo llamado «seguro de persona clave» —continuó Jason—. En el caso de que algo le sucediera a John, la sociedad recibía el dinero de la póliza. Ese dinero se va a usar para compraros la empresa a Jennifer, a Brandon y a ti.

—No lo entiendo —admitió.

Steven se aclaró la voz. Le brillaban los ojos como si él también estuviera conteniendo las lágrimas.

—Ya sabes que papá siempre hablaba de dejarme a mí el negocio.

Ella asintió.

—Por supuesto. Eres el único al que le interesaba. Tu padre se sintió feliz cuando le dijiste que querías trabajar con él.

—Sí, ya me acuerdo —su hijo tragó saliva con dificultad—. Él... eh... quería asegurarse de que todo el mundo estuviera bien. Y para eso está el seguro de la persona clave. Papá me deja la empresa en su testamento y el dinero del seguro compra la parte de todos los demás. Jen y Brandon se llevan una buena cantidad de dinero que pueden usar para ahorrar y tú no tendrás que preocuparte de nada durante el resto de tu vida.

—Y tú no tienes que cargar con un montón de deudas mientras diriges esto —susurró Pam antes de rendirse ante lo inevitable y dejar brotar las lágrimas. Le cayeron por las mejillas y le emborronaron el poco maquillaje que había logrado aplicarse.

Alguien le puso en la mano una caja de pañuelos de papel. Sacó un par y se secó la cara. Seguro que estaba hecha un horror, pero ¿qué más daba? Lulu le lamía la barbilla y la miraba con preocupación.

—Se ocupó de todo el mundo —dijo con la voz cargada de dolor—. Incluso muerto, sigue cuidando de todo el mundo. Era un hombre buenísimo.

Se acurrucó a Lulu y se dejó invadir por temblorosos sollozos. Sentía a los dos hombres mirándola, claramente preocupados por su estado emocional, pero no le importaba lo más mínimo.

—Te quería mucho, mamá. Hablaba de ti con algo especial en la voz.

Ella levantó la cabeza.

—¿De qué estás hablando?

Su hijo se sonrojó, y eso no era muy habitual en él.

—No sé —respondió evitando mirarla—. Daba igual de qué estuviéramos hablando, cuando pronunciaba tu nombre, se le ponía ese tono de voz. Supongo que de amor. No puedo describirlo, pero lo oía todo el tiempo. Todos lo oíamos. Por eso no he tenido una relación seria con nadie. Quiero esperar a oír eso también en mi voz. Quiero lo que papá y tú teníais. Quiero seguir así de enamorado después de treinta años.

Se levantó, rodeó la mesa y se agachó frente a ella. La rodeó con el brazo. Por un segundo Pam se preguntó si podía fingir que era John quien la abrazaba, pero era imposible. Nadie podía reemplazarlo. Nadie podía compensar lo que habían perdido. Lo que ella había perdido.

Sabía que el único modo de salir de allí era sobreviviendo al resto de la reunión. Reunió las pocas fuerzas que le quedaban y levantó la cabeza.

—Gracias por decírmelo —dijo y forzó una sonrisa—. Me ayuda mucho.

—Me alegro.

Su hijo se levantó y volvió a su asiento.

Jason los miró a los dos.

—Tu parte de las ganancias es sustanciosa, Pam. ¿Tienes asesor financiero?

Ella asintió.

—Sé quién es —dijo Steven—. Lo llamaré luego para que sepa lo que está pasando. Si te parece bien, mamá.

—Gracias. Ahora mismo no quiero tener que ocuparme de nada de esto. Tú haz lo que tengas que hacer. No tomaré ninguna decisión precipitada —ni ninguna decisión en absoluto, pensó.

Steven la observaba detenidamente.

—Mamá, ya sabes que papá quería que te unieras a esa red de benefactores de la que nos hablaste. Podrías hacerlo.

Ella agarró su bolso y a Lulu y se levantó. O hacía eso o decía la verdad. Y la verdad era que no quería volver a hacer nada nunca. Que apenas podía aguantar. ¿Es que nadie lo veía? ¿No sabían que cada momento, cada aliento, le suponían un gran esfuerzo? ¿No sabían que solo vivir la dejaba sin fuerzas? Apenas tenía fuerzas para comer o para ducharse. ¿Cómo iba a tenerlas para salir de casa?

–Tengo que irme –dijo mientras los dos se levantaban.

–Mamá, tenemos que...

Lo interrumpió sacudiendo la cabeza y diciendo:

–No, no tenemos que hacer nada. Ya me has dicho lo que me tenías que decir. Me alegro de que todo el mundo haya quedado en una buena situación económica. Y ahora, si me perdonáis, me voy.

Salió al pasillo. Aunque había estado en la oficina un millón de veces, de pronto no podía recordar por dónde girar para encontrar la salida. Las paredes parecían estar moviéndose y el pasillo se estrechó demasiado. Estaba atrapada. Se le encogió el pecho hasta que le fue imposible respirar. Se le empezó a acumular el miedo dentro hasta que lo único que le quedó, el único modo posible de escapar, fue gritar y gritar hasta...

–¿Pam?

Se giró y vio a Hayley yendo hacia ella. Al instante, el pasillo volvió a la normalidad y pudo volver a respirar.

–¿Ya has terminado con la reunión?

–Sí –admitió–. Aunque puede que ellos no.

–Sobrevivirán. ¿Tienes tiempo para una taza de té?

La alternativa era irse a casa y estar en esa casa. Era una idea reconfortante, pero siempre había apreciado a Hayley.

–Claro.

Entraron en la sala de descanso. Era grande y con muchas ventanas que daban a un pequeño jardín tapiado. Había mesas y sillas en ambas áreas y cuando hacía buen tiempo, los empleados comían fuera.

Hayley puso una tetera en la pequeña cocina. También

tenían microondas y nevera además de varios armarios. En el otro extremo había una hilera de taquillas. Pam recordó el momento en el que eligió los colores de las paredes y todos los electrodomésticos cuando reformaron las oficinas. Antes había trabajado allí de vez en cuando, cuando John y ella estaban recién casados.

¡Qué de recuerdos!, pensó con tristeza. No dejaba de pensar que en cualquier momento vería a John entrar por la puerta y sonreírle. No había escapatoria. Aunque tampoco la quería, se recordó. En los momentos en los que el dolor cesaba lo justo para dejarle pensar, sabía que aunque estaba hundida, estaba absolutamente conectada a él. La recuperación no era una opción. Recuperarse era prácticamente como olvidarse de él.

Hayley se sentó frente a ella. Pam se fijó en que tenía los ojos rojos, como si también hubiera estado llorando.

–No te voy a preguntar cómo estás –dijo Hayley–. La gente siempre me lo pregunta después de un aborto y solo tengo ganas de gritarles. No les puedo decir cómo me encuentro de verdad porque me encuentro asquerosamente mal. Como si me hubieran arrancado mis sueños y mis esperanzas –levantó un hombro–. No puedo ni llegar a imaginarme lo que estás pasando.

Pam agradecía su comprensión.

–Es duro –dijo pensando que esa palabra no describía en nada lo que estaba sintiendo–. Pensé que se iría volviendo más fácil, pero no. Eso no pasará nunca.

La tetera silbó. Lulu levantó las orejas como si no estuviera segura de qué extraña criatura estaba invadiendo su espacio. Hayley se acercó al fuego y la retiró.

–No pasa nada, pequeña –le dijo Pam a Lulu en voz baja–. No pasa nada.

Hayley sacó dos tazas de té y volvió a la mesa.

–Ahora trabajaré para Steven. Linda, su secretaria, ha

estado planteándose mudarse a un lugar exótico. Le han ofrecido un trabajo en Dubái y lo va a aceptar.

–¿Qué? ¿Dubái? ¿En serio?

–Ya –respondió Hayley esbozando una triste sonrisa–. Steven y yo nos llevamos bien, lo cual es genial. Me recuerda mucho a su padre, y eso es bueno aunque también malo. Pero creo que podremos hacerlo bien.

–Sé que podréis –le dijo Pam–. Va a necesitar mucha ayuda. Siempre supo que acabaría tomando el mando, pero no tan pronto.

Steven entró en la sala.

–Mamá, sé que puede ser mal momento, pero hay algunas personas que quieren venir a darte el pésame. ¿Podrás soportarlo?

Pam se estremeció. Oír a gente que conocía decirle lo maravilloso que había sido John con todos ellos era una maravilla y a la vez un infierno. Estaba tan cansada, tan sola, tan triste y tan destrozada que casi no quedaba nada de ella. ¿De dónde iba a sacar fuerzas?

Pero ahí no era ella la que importaba; el que importaba era John. Esas personas lo habían querido y aunque eso ya no podían decírselo a él, sí que podían decírselo a ella.

–Por supuesto –respondió al apartar el té y pasarle a Lulu a Hayley–. Lo haré con mucho gusto.

Se levantó y se preparó para el impacto emocional. Pronto estaría en casa, se dijo. Pronto podría sentarse en el silencio y acurrucada en el viejo sillón de John. Pronto podría llorar y gritar y esperar a que el agotamiento la dejara dormida… para después volver a empezar de nuevo por la mañana.

Shannon terminó de revisar el informe y tecleó sus iniciales en el margen. La buena noticia era que su hiperactividad le permitía hacer su trabajo a un ritmo más rápido de lo normal. La mala era que cada vez que salía de ese estado, por un segundo se preguntaba qué estaba pasando y la sacudía la nublada realidad.

Habían pasado dos días desde que había visto a Adam. Él le había enviado un par de mensajes, pero no habían hablado y tampoco sabía cuándo lo harían.

Giró la silla para ver las vistas desde su despacho. Desde ahí podía ver los negocios y las casas de Mischief Bay con el océano Pacífico detrás. Eran unas vistas de impresión de las que había estado orgullosísima cuando Nolan la había contratado. Había sacado fotos y se las había enviado a sus amigos. A sus padres no, por supuesto. A ellos no les harían ilusión y solo pensarían que estaba fanfarroneando. Porque, en la familia Rigg, eso no estaba permitido. En su familia nunca hablabas de lo bueno, nunca intentabas algo demasiado ni te esforzabas demasiado. Y si, por la razón que fuera, y a pesar de que tu objetivo era la mediocridad, al final triunfabas, nunca les mencionabas ese éxito a los demás.

Probablemente esa era la razón por la que no pasaba mucho tiempo visitando a sus padres a pesar de que estaban a unos cien kilómetros de distancia. Cada vez que iba a casa, contaba los segundos hasta que podía irse. Sus padres y ella no tenían nada en común y a eso había que sumar el hecho de que sabía que para ellos era una decepción. Nunca había seguido un camino tradicional. Había estudiado Finanzas en lugar de estudiar algo más aceptable, como Magisterio o Enfermería. Siempre había querido más y en su familia eso era un pecado capital.

Cerró los ojos y dejó de ver la belleza que se extendía al otro lado de la ventana. Sabía que aún estaba sintiendo los efectos de su última conversación con Adam. El impacto de lo que le había contado aún tenía el poder de hacerla dudar sobre el camino que había elegido. Le parecía extremadamente injusto que por fin hubiera encontrado a un hombre increíble, un hombre que amaba y en quien confiaba, y que él hubiera decidido no tener más hijos.

Sabía que para el hombre casado medio y con un par de hijos hacerse una vasectomía era una medida obvia. Solucionaba el problema de los anticonceptivos de un modo rápido y permanente. ¿Por qué no iba a haberlo hecho? Sin embargo, desde su punto de vista, eso tenía un significado que iba mucho más allá. Para ella eso significaba que no quería tener más hijos.

La parte lógica de su cerebro le recordó que Adam había actuado con responsabilidad y que había dado por hecho que no se divorciaría, así que, ¿por qué no? Pero su corazón se preguntaba por qué no había previsto que algún día podía enamorarse de ella. La lógica volvió a atacar al recordarle que había usado preservativo cada vez que habían tenido relaciones. Aunque, obviamente, eso había sido para protegerse de otras cosas que no eran un embarazo.

Estaba siendo una idiota, se dijo. Pero en ausencia de más información, le resultaba muy difícil no sentirse fatal por todo el asunto. ¿Y ahora qué pasaba? ¿Tenía que renunciar a su sueño de tener una familia? ¿Iba a aceptar sin más la posibilidad de ser madrastra y no ir más allá?

Eran unas preguntas complicadas y sin respuestas sencillas. Se giró hacia el ordenador e hizo lo que pudo por no pensar en el hecho de que Adam no parecía demasiado ansioso por volver a hablar con ella. No habían vuelto a quedar y un par de mensajes no aportaban nada a la relación.

Le sonó el teléfono del despacho.

—¿Sí?

—Aquí hay un caballero que quiere verte —dijo su secretaria—. No tiene cita, pero parece muy seguro de que lo vas a recibir.

El corazón se le derritió a la vez que sus dudas se disipaban. Porque Adam estaba allí. Y era muy propio de él. No era un hombre que fuera a ignorar el problema o a dejarla flotando en el limbo. Era un hombre que se ocuparía del asunto.

—Tiene razón. Dame un segundo y ahora mismo salgo.

Colgó el teléfono, se levantó y se estiró el vestido. Abrió el pequeño vestuario y se miró el maquillaje en el espejo antes de salir hacia la oficina de su secretaria y pararse en seco.

El hombre que había allí le era muy familiar, pero no era Adam.

Quinn sonrió al verla.

—Preciosa.

Un saludo y un cumplido a la vez, pensó Shannon impactada de verlo. Quinn y ella apenas se veían fuera de la casa de él. En ocasiones él iba a la suya, pero rara vez. Y en cuanto a estar juntos en un lugar donde no hubiera una cama de por medio... no podía recordar cuándo había sido la última vez.

—¿Qué estás haciendo aquí?

—Tenía un par de reuniones y me he acordado de que tu oficina estaba cerca, así que se me ha ocurrido llevarte a almorzar —le guiñó el ojo a la secretaria—. Si podéis prescindir de ella.

Molly, una mujer felizmente casada de cincuenta y muchos años, estaba a punto de desmayarse.

—Claro. No tienes ninguna cita hasta la tarde.

—Pues qué bien nos viene —murmuró Quinn acercándose a ella y dándole un beso en la mejilla—. Entonces ¿almorzamos?

Ella lo llevó a su despacho. Cuando ya nadie podía oírlos, agarró el bolso y enarcó las cejas.

–¿En serio vamos a almorzar?

–Claro. Podemos hablar –Quinn levantó una mano–. Somos capaces de mantener una conversación normal y corriente.

–Sin sexo.

–Sí.

–En ese caso, me apunto. ¿Sabes adónde quieres ir?

–Al Café de Gary. Tienen las mejores hamburguesas de la playa.

–Conozco a varios vecinos de la zona que no estarían de acuerdo contigo.

–Pues entonces están completamente equivocados.

Decidieron que irían en el coche de él, la dejaría en el trabajo después del almuerzo y desde ahí él iría a su siguiente reunión. Ese día Quinn conducía un Maserati GranTurismo azul oscuro, un coche ridículo que le sentaba a la perfección. Tenía que admitir que era agradable sentarse en él, aunque con lo que costaba, ella preferiría terminar de pagar su hipoteca. Pero eso daba igual porque, de todos modos, nadie le había ofrecido ninguna de las dos opciones.

Condujeron hasta El Café de Gary y Quinn encontró aparcamiento fácilmente. Cuando entraron, varias cabezas se giraron hacia ellos. A Shannon le habría gustado pensar que fue porque ese día estaba especialmente guapa, pero sabía cuál era la verdad. Quinn no era una estrella del rock, pero tenía esa cualidad indescriptible que le hacía parecer un famoso. La gente solía dar por hecho que era «alguien» y no se equivocaban.

Estaban sentados en un banco junto al ventanal frontal. Aún era pronto, todavía no era mediodía, y había muchos sitios vacíos. En la barra había unos cuantos hombres mayores sentados y en el fondo del restaurante había un par de madres con niños pequeños. En la pizarra de la pared estaba detallado el especial del día.

Quinn no se molestó con la carta. Shannon miró la suya y decidió que ese día ella también viviría a lo grande. A lo mejor no estaba bien medicarse con comida, pero ¿qué más daba?

Su camarera, una joven de veintipocos años, se acercó. Solo tenía ojos para Quinn e intentó llamar su atención sacudiendo su cola de caballo un par de veces.

—Hola —dijo con la respiración entrecortada—. Soy April. Hoy os serviré yo.

Quinn le lanzó una agradable y sexy sonrisa.

—Genial —se dirigió a Shannon diciendo—: A ver, amor de mi vida, ¿qué vas a tomar?

April se desanimó visiblemente. Miró a Shannon, después volvió a mirar a Quinn y suspiró.

Shannon sonrió.

—Tomaré la hamburguesa especial sin queso. Y té helado.

—Lo mismo para mí —dijo Quinn antes de alargar el brazo y agarrarle la mano.

La camarera miró a Shannon y se marchó haciendo aspavientos.

—¿Amor de mi vida? —preguntó Shannon cuando se quedaron solos—. ¿En serio?

—Quería dejarle claro el mensaje sin herir sus sentimientos.

Y eso era algo que casi se podía creer. Quinn tenía muchos defectos, pero la crueldad no era uno de ellos.

—Hace mucho tiempo que no te veo. Me has estado ignorando.

Le había enviado un par de mensajes a los que ella no había contestado.

—Están pasando muchas cosas. Una amiga mía ha perdido a su marido.

—Pero esa no es la razón por la que me estás evitando.

Hablaba en voz baja, calmada, pero no sugerente. Ese era el Quinn al que rara vez veía, el tipo corriente que actuaba como su amigo.

Era curioso que no supiera cuál de esas facetas era la verdadera y cuál era la que él usaba simplemente porque le funcionaba. El que había conocido era el Quinn guapo y zalamero que encandilaba a todo el mundo con absoluta facilidad. El Quinn sexi e impulsivo que conocía treinta modos de complacer a una mujer era el hombre con el que se acostaba. Pero pocas veces habían sido simplemente dos personas que compartían una conversación normal.

Se preguntó qué parte de su verdad debía compartir con él, pero Quinn tomó la decisión por ella al sonreír y decir:

—Estás saliendo con alguien.

—Sí.

—¿Y?

—Estoy enamorada de él.

Él enarcó una ceja.

—¿Tan sencillo como eso?

—No es sencillo. Han surgido complicaciones inesperadas.

—¿Es gay?

Shannon se rio a carcajadas.

—Ya te gustaría.

—¡Ay! ¿Por qué has dicho eso?

—Porque así querría seguir acostándome contigo sin presionarte ni exigirte más.

—Tú no me presionas ni me exiges más.

Su camarera volvió con las bebidas y se marchó. Shannon se entretuvo quitándole el plástico a su pajita.

—Eso es verdad —murmuró ella—. ¿Y por qué?

—Porque no quieres más —respondió Quinn sencillamente.

—No es verdad. Quiero lo que tiene todo el mundo. Un marido y una familia.

—Yo no tengo un marido y una familia.

—Ya sabes lo que quiero decir. Quiero una relación feliz y tradicional. Quiero algo en lo que me pueda apoyar.

—Lo cual nunca podrías tener conmigo —señaló.

—¿Es que tú no quieres eso? ¿Nunca?

Quinn levantó un hombro. Su cabello demasiado largo le añadía atractivo, pensó Shannon mientras lo observaba. Sus ojos azules entrecerrados prometían y luego se retractaban. Una combinación irresistible.

Se habían conocido en una fiesta. Ella no asistía a muchos eventos de Hollywood, pero una amiga le había pedido que la acompañara y Shannon había tenido otro día espantoso en el banco después de que su jefe le hubiera dejado claro que, como no tenía pene, era imposible que tuviera cerebro suficiente para llegar adonde ella quería llegar en la empresa. Y eso además se lo había dicho a la vez que se atribuía el mérito de su trabajo.

Se había vestido de impresión con un vestido negro minúsculo y después se había dedicado a ignorar a todo hombre que se le había acercado. Mientras tanto, había estado pendiente de Quinn, que a su vez la había estado observando.

En aquel momento no había sabido quién era. Lo había vigilado y había observado a la gente que entraba y salía de su órbita. Se había fijado en con quienes había hablado y a quién había ignorado. Se había hecho muchas preguntas sobre él, pero se había dicho que no le importaba tanto como para hablarle.

Después de demasiados cócteles, había salido al patio

de aquella mansión de Bel Air exageradamente grande. El frío de la noche la había ayudado a recuperar el aliento. Y fue entonces cuando Quinn se la acercó.

—¿Por qué estás tan cabreada?

La inesperada pregunta había sido mucho más efectiva que cualquiera de los cumplidos que había recibido durante la noche.

—¿Por qué los hombres dan por hecho que ser mujer es lo mismo que ser estúpida?

—Porque se sienten amenazados. ¿Problemas en el trabajo?

—Mi jefe.

—Sabe que en menos de tres años acabarás siendo su jefa y eso lo tiene aterrado.

—Sí, es verdad. No puedo llegar a ningún sitio con él en medio.

—Entonces o lo apartas o te vas.

Hasta ese segundo nunca se había planteado dejar el banco. Estudiar en la universidad y conseguir un trabajo con movilidad ascendente había transgredido cada una de las normas con las que la habían criado. Se había sentido muy orgullosa de sí misma y había presumido de ello. Pero nunca, ni una sola vez, había pensado que debiera dejar el banco y buscar un empleo mejor. Era ridículo.

—Ya empiezas a verlo claro —murmuró Quinn.

Ella lo miró.

—¿Quién eres?

—Me deja hecho polvo que aún no lo sepas —le quitó la copa de la mano y la dejó sobre una mesa; después, le agarró la mano y le puso la otra en la espalda para llevarla adentro—. Venga, vamos a buscar a tu amiga para que le digas que te vienes a casa conmigo.

—¿Qué? De eso nada. Ni siquiera sé cómo te llamas.

—No te interesa mi nombre. Estás cabreada y un poco

borracha y no puedes joder a tu jefe como te gustaría, pero a mí me puedes joder como te apetezca.

Shannon se dejó llevar. No había decidido qué iba a hacer, pero la idea de irse con ese desconocido estaba resultando cada vez más intrigante. Había sido demasiado buena durante demasiado tiempo. ¿No se merecía vivir una única noche siendo irresponsable?

–Ahí está tu amiga –dijo él señalando–. Soy Quinn, por cierto.

–Shannon.

–Ya lo sabía.

Aquella noche se había ido a casa con él. Había sido la primera de las muchas veces que había visitado su casa de Malibú. No había intentado engañarse pensando que eran algo más que amantes a tiempo parcial. A veces se ponía en contacto con él, pero la mayoría de las veces era él el que la llamaba. Si estaba disponible y de humor, iba a verlo.

Hablaron de música. Él le dio algunos CD y archivos en MP3 de nuevos artistas que había descubierto y ella le había aconsejado un par de excelentes banqueros de inversiones que conocía, pero su relación nunca había ido más allá.

–¿Por qué nunca ha habido nada más entre nosotros? –preguntó Shannon al acercarse el vaso de té helado.

–Porque a ti solo te importan las relaciones.

Una respuesta dura, pero posiblemente cierta.

–Y ahora que has identificado mi defecto, ¿cuál es el tuyo?

–Me da miedo enamorarme.

–¿Tan sencillo como eso?

–No es sencillo. Es un infierno. El placer no compensa el daño potencial. ¿Cómo lo haces? ¿Cómo puedes entregar tu corazón sabiendo que existe una probabilidad bien alta de que te lo vayan a devolver destrozado, troceado como una ensalada de col?

—Algún día tendrás que dar ese salto de fe.

—¿Por qué? Soy perfectamente feliz.

Shannon se preguntó si sería cierto. O posible. Pam y John habían sido las personas más felices que había conocido, pero lo que les había pasado al final...

—¿Es un buen tipo? —preguntó Quinn—. ¿Ese del que estás enamorada?

—Sí.

—Entonces, ¿cuál es el problema?

—Que quiero tener hijos y él se hizo la vasectomía.

—Pues adoptad.

—La conversación no llegó hasta ese punto. Se marchó y no hemos hablado mucho desde entonces.

Quinn la observó.

—Vas a romper conmigo de todos modos.

¿Afirmación o pregunta? Pero entonces lo supo.

—Sí.

Porque tanto si las cosas funcionaban con Adam como si no, Quinn ya no era bueno para ella.

—¿Pero vamos a quedarnos a almorzar? Porque llevo semanas con antojo de esta hamburguesa.

Ella sonrió.

—Jamás te privaría de una hamburguesa, amigo mío.

—Me alegra saberlo.

Capítulo 18

Pam estaba sentada en el sillón reclinable. Aún era temprano. La luz apenas entraba en la casa. Lulu estaba acurrucada sobre su regazo, dormida. Su pequeña había sido muy leal, pensó con cuidado de no moverse para no perturbar el sueño de la perrita. Lulu había estado a su lado cada segundo de cada día. Noche tras noche, había sido su única fuente de calidez. Un delicado corazón latente que le daba fuerzas hasta el amanecer.

Miró la botella de vino que tenía en la mesa. Estaba casi vacía. Se había acostumbrado a tomarse una copa o tres por la noche. La ayudaba a adormilarse. Nada la ayudaba a dormir profundamente. Se despertaba cada un par de horas llorando. El abrasador dolor que le producía la ausencia de John nunca desaparecía, nunca se aplacaba. Era tan constante como la rotación de la tierra.

Esa última noche había sido mejor que la mayoría. No porque hubiera dormido, sino porque había estado sola y no había tenido que fingir.

Shannon y Nicole habían sido fieles a su promesa de hacerle compañía. Pasaban por casa después del trabajo, se quedaban a cenar y a veces pasaban allí la noche. Sabía que lo hacían con la mejor intención, pero la mayoría de las veces solo quería que se fueran y la dejaran sola.

Lulu se movió y abrió los ojos. Al ver a Pam mirándola, sacudió la cola y se puso patas arriba mostrándole la barriga.

—Buenos días, bombón —murmuró Pam. Le acarició la barriga y después le frotó el pecho—. ¿Cómo estás?

Lulu se puso de pie, le plantó las patas delanteras en el pecho y la colmó de besos.

—Sí, es un nuevo día —y eso era algo que a Lulu siempre la hacía feliz.

La dejó en el suelo y se levantó. Se sentía entumecida, como si le chirriara todo el cuerpo. Dormir en el sillón no era cómodo, pero no era capaz de dormir en la cama grande. Dio un paso y gruñó de dolor cuando su espalda y sus caderas protestaron. Tal vez podría probar a dormir en la habitación de invitados. Tal vez sería mejor.

Fue a la cocina y dejó salir a Lulu antes de empezar a hacer el café. Después de preparar los platos y los ingredientes para el desayuno de Lulu, la llamó para que volviera a entrar en casa y le preparó su comida. Para cuando el café estuvo listo, también lo estaba Lulu. Juntas, fueron al baño principal.

Pam se miró al espejo. Parecía vieja, pensó. Pálida y perdida. No había estado haciendo nada de su rutina de belleza y ahí estaba su piel escamosa y sin brillo para demostrarlo. Unos días antes se había puesto un poco de maquillaje, aunque después no se lo había quitado. Tenía restos de máscara de pestañas bajo los ojos, pero no le importaba. ¿A quién tenía allí para impresionar?

Se dio una ducha y se secó. Lulu le lamió los pies húmedos, ayudándola en todo lo que podía. Pam se puso la bata y juntas fueron al vestidor.

Se quedó allí de pie mirando las filas de ropa. El vestidor estaba dividido entre sus cosas y las de John. Él había ocupado un tercio del espacio y le había dejado el resto a ella. Miró las camisas, los pantalones y los vaqueros cuidadosamente colgados. Todos sus zapatos estaban en una balda, formando una hilera.

Agarró una camisa sin saber muy bien qué iba a hacer con ella. ¿Hacerla un ovillo? ¿Ponérsela? Se le cayó al suelo.

Inmediatamente, Lulu saltó encima al pensar que estaban jugando. Pam descolgó otra de una percha. Cayó sobre la perrita, que gimoteó de emoción.

Así fueron cayendo una camisa tras otra. Después siguieron los pantalones y los vaqueros, las corbatas y las chaquetas. Lulu se puso a un lado y ladró con alegría antes de saltar sobre la gigantesca pila de ropa. Empezó a escarbar y al momento quedó perdida entre el montón de ropa.

Pam se vistió corriendo. Le puso un suéter fino a Lulu, abrió el maletero de su pequeño todoterreno y empezó a guardar la ropa dentro. No la dobló ni la organizó de ningún modo. Simplemente la metió y, al terminar, se subió al coche y condujo hasta Goodwill.

Esperó una hora a que abriera el centro de donación. Después, un joven muy amable la ayudó a sacarlo todo y se ofreció a darle un recibo. Pam dijo que no era necesario.

Volvió a casa, al silencio de su casa, y se tumbó en el sillón. Lulu se acurrucó sobre su regazo. Pam la abrazó y esperó a que el tiempo pasara. Porque era todo lo que tenía. Saber que el tiempo pasaba, por muy despacio que lo hiciera.

A las tres estaba temblando y a las tres y media supo que no podía sobrellevarlo sola. Sacó el móvil del bolso y buscó por la agenda.

A sus hijos no. Estaban empezando a recuperar sus vidas y no tenían por qué saber que se estaba viniendo abajo. Iban pasando nombres ante sus ojos y ninguno parecía el adecuado.

Entonces apareció el nombre de Nicole, y Pam sintió cómo la tensión del pecho se calmó. Pulsó el número para hacer la llamada.

—Hola —dijo Nicole—. Justo estaba pensando en ti. Tyler y yo estábamos pensando en ir a verte luego. He hablado con Shannon y me ha dicho que también le gustaría venir. ¿Te parece bien?

Pam cerró los ojos y asintió con gesto de gratitud.

—Me gustaría.

—Voy a llevar la cena. ¿Qué te apetece?

—Lo que sea.

—Ahora voy de camino a casa. Tyler y yo llegaremos a las cinco.

—¿No tienes clase a las cinco?

—Ya no. He contratado a otra profesora. Te lo contaré todo luego cuando esté allí.

—Gracias —respondió Pam respirando hondo.

—No hay de qué. Te echamos de menos. Luego nos vemos.

Colgó y le dio una palmadita a Lulu.

—Tyler va a venir a jugar contigo.

Lulu sacudió la cola.

Pam se levantó y observó el salón. Había platos con comida y vasos y botellas de vino vacías por todas partes. La cocina estaba aún peor, pensó al acordarse de los guisos que tenía a medio terminar y que había dejado fuera de la nevera y del montón de platos sucios con comida de perro.

—Qué desastre —le dijo a la perrita—. Será mejor que limpie.

Al principio se movía despacio y llevaba a la cocina los platos de uno en uno. Pero cuantos más viajes hacía, más podía llevar a la vez. Cargó el lavavajillas e inició el programa. Sacó la basura y vio que el cubo estaba casi lleno porque Steven había dejado de pasar por casa para sacarlo.

Se quedó allí de pie, respirando con dificultad, porque sabía que surgirían un millón de momentos más como ese. Momentos en los que se vería obligada a recordar que estaba sola. John se había ido y no volvería nunca.

–Para –se dijo–. Para.

Tenía que aprender a vivir así. Tenía que empezar a hacerlo mejor o, al menos, a fingir que todo iba mejor. Porque sabía que nunca se repondría y la alternativa era fingir lo suficiente como para no asustar a nadie. Al menos, John querría que fuera así.

Ignoró el hecho de que también querría que siguiera adelante, que tuviera una vida, que fuera feliz, pero todos ellos resultaban conceptos imposibles cuando te veías frente a un cubo de basura lleno.

Intentó averiguar qué día era y recordar cuándo pasaba el camión de la basura, pero se sintió sobrepasada y se metió en casa, donde al menos sabía lo que hacía.

Con el salón y la cocina con un aspecto razonablemente presentable, entró en el baño principal para hacer lo mismo consigo misma. Se lavó la cara y se quedó impactada al ver que la piel se le pelaba como la de una serpiente. Rápidamente sacó una mascarilla exfoliante y se la aplicó. A continuación se aplicó una capa de hidratante y después un ligero maquillaje. Una vez hizo todo lo que pudo por estar presentable, dejó salir a Lulu para que hiciera sus cosas. Mientras, recogió el correo de los tres últimos días y volvió a la casa.

Apenas había clasificado las cartas en montones de

facturas, condolencias y propaganda cuando sonó el timbre. Lulu ladró de alegría y corrió hacia la parte delantera de la casa. Sorprendida de ansiar compañía, Pam la siguió.

Cuando abrió la puerta estuvo a punto de echarse a llorar. Nicole estaba allí con una bolsa de comida para llevar en una mano y una maleta de ruedas en la otra. Tyler llevaba una mochila de Brad el Dragón colgada de los hombros.

–Hola –dijo Nicole–. Hemos decidido que queríamos quedarnos a pasar la noche. Espero que no te importe.

Pam abrió los brazos y Nicole la abrazó como si no fuera a soltarla nunca. Tyler se agarró a la pierna de Pam y también la abrazó con fuerza. Pam respiró profundamente por primera vez en días y pensó que tal vez, tal vez, esa noche sería menos difícil.

Nicole dio un trago a la copa de vino.

–Te echo de menos en clase –admitió no muy segura de si debía haberlo dicho.

La decisión de haber ido a visitar a su amiga había sido repentina, motivada tanto por su necesidad de salir de casa como de ayudar a Pam. Pero ahora que estaba ahí, deseaba haber ido antes.

La muerte de un marido tenía que ser algo devastador, pero aun sabiendo eso, el aspecto de su amiga la había impactado. Su amiga elegante y normalmente bien arreglada estaba desaliñada, por no decir algo peor. Había perdido peso y estaba demacrada. En el último mes había envejecido por lo menos diez años.

Shannon se había quedado igual de impactada cuando había llegado a la casa una hora después. Había llevado *cupcakes* y vino además de su bolsa de viaje. De momento las dos no habían tenido oportunidad de quedar juntas y comparar impresiones, pero Nicole sabía que tenían mucho de qué hablar. Pam no estaba bien en absoluto.

Y más inquietante que su cambio físico era su falta de energía. No solo por lo despacio que se movía, sino por la falta de brillo de su mirada y por cómo parecía costarle seguir la conversación. No estaba centrada. Nicole esperaba que fuera por la tristeza y no por algo más preocupante como la ingesta de pastillas u otros fármacos.

–Steven me ha dicho que te invitaron a unirte a Moving Women Forward –dijo y esperó a que Pam se centrara en el cambio de tema–. ¿Te he dicho alguna vez que me ayudaron cuando compré el estudio?

–No lo sabía –dijo Shannon.

–No podría haber abierto el negocio yo sola sin ellas. Y tampoco podría haberlo mantenido sin tu ayuda y tus consejos, Pam. No sé qué habría hecho sin ti. Deberías plantearte seriamente aceptar su invitación.

–Tengo que volver a hacer ejercicio –admitió Pam cambiando de tema pero al menos participando en la conversación–. Estoy muy cansada y dolorida todo el tiempo. Seguro que me ayudaría.

–Cuando estés lista, te querremos de vuelta –dijo Shannon–. No es tan divertido sin ti. Tú eres el pegamento que nos mantiene unidas.

–No estoy segura de que ahora mismo fuera a resultar muy divertida –dijo Pam– o que fuera a servir como pegamento. No puedo recordar la última vez que me reí.

Nicole le tocó el brazo.

–No pretendemos que nos hagas un monólogo cómico. Con tenerte allí nos basta.

Estaban en el salón. Además del sillón reclinable de John, tenían un sofá modular enorme. En lugar de dormir en habitaciones separadas, habían decidido que todos dormirían allí. Tyler ya estaba dormido en el suelo; había estado emocionado con la oportunidad de poder usar su saco de dormir de Brad el Dragón. Nicole y Shannon dormirían en el sofá modular y Pam en el reclinable de John.

Nicole se preguntó si sería ahí donde dormía ahora y si lo haría para sentirse más cerca de él o para evitar meterse en su cama. Porque habían pasado los últimos treinta y un años compartiendo cama, pensó consciente de que su marido aún dormía en el despacho. Estaba empezando a pensar que jamás volvería al dormitorio.

Pam dio un trago de vino.

—Pero ya basta de hablar de mí y de mis problemas. ¿Cómo estáis vosotras?

—Yo estoy bien —respondió Shannon con tono animado—. Todo va genial. Nicole, ¿qué tal van las cosas con Eric y con el nuevo guion?

Nicole no iba a mencionar su separación romántica de su marido, pero sí que tenía muchas otras noticias.

—Todo está siendo como un torbellino. Se pasa los días o reescribiendo el guion o en reuniones?

—¿Sigue siendo el guionista estrella?

—Y tanto. ¿Sabéis que he estado entrevistando a niñeras? No me lo puedo creer. Pero con Eric tanto tiempo fuera de casa y con esos horarios tan raros, es imposible que pueda contar con él para que lleve a Tyler a la guardería o lo recoja. Y aunque me gusta mucho tener a otra profesora, solo trabaja a tiempo parcial y eso significa que sigo siendo la principal responsable de las clases. Me es imposible llevar y recoger a Tyler siempre.

No mencionó que también estaba hablando con las mujeres a las que había entrevistado sobre la posibilidad de que se encargaran de las tareas domésticas, de la colada y de cocinar porque Eric insistía en que tuvieran a una niñera con servicio completo.

—Hace dos meses teníamos dificultades para pagar las facturas —continuó— y ahora estoy entrevistando a niñeras. Es surrealista.

—¿Has encontrado a alguien? —preguntó Shannon.

Nicole arrugó la nariz.

—A una mujer que se llama Greta. Ha trabajado con dos personas que conoce Eric y hablan maravillas de ella. Tiene cincuenta y pocos años y nunca ha estado casada. Le encantan los niños y siempre que estoy con ella me siento una inepta.

Pam sonrió.

—Lo dudo.

—No, es verdad. Cree en una cocina totalmente orgánica. Es vegana, aunque opina que la carne es buena para los niños en edad de crecimiento. Hornea su propio pan, limpia las ventanas y me mira como si fuera idiota. ¿Debería contratar a alguien que me intimide?

—¿Qué le parece a Tyler? —preguntó Shannon—. Porque eso es lo más importante.

—La adora.

—Todos hacemos sacrificios por nuestros hijos —murmuró Pam.

—Os parece gracioso que me asuste.

—Un poco.

Nicole suspiró.

—Debería dar gracias de que esté tan bien recomendada —se movió para sentarse con las piernas cruzadas sobre el sofá—. Eric se está convirtiendo en el típico habitante de Hollywood. Lee el *Variety* y me cita artículos.

—¿Más momentos surrealistas? —preguntó Shannon.

—A diario. Estoy intentando apoyarlo y al mismo tiempo me encuentro absolutamente incómoda.

La expresión de Pam se volvió triste.

—Todo es distinto. No sabes dónde estás ni cómo encontrar el equilibrio. La vida nos hace empezar de nuevo una y otra vez. Claro que te sientes distinta. Cualquiera se sentiría así.

Nicole quiso abofetearse. Debería estar ayudando a su amiga, no empeorando las cosas.

–Lo siento –murmuró–. No estoy ayudándote.

–Te equivocas. Teneros aquí es una gran ayuda. Os lo agradezco de verdad –Pam se giró a Shannon–. Es muy agradable tener a mis amigas conmigo.

–¿Estás segura? –preguntó Shannon.

–Lo juro –esbozó una temblorosa sonrisa–. Y por la mañana vamos a desayunar tortitas que no sean de agricultura ecológica y salchichas cargadas de calorías.

Nicole sonrió.

–Tú sí que sabes cómo hacer que lo pasemos bien.

–Lo intento.

La tienda Goodwill era grande y luminosa, con techos altos y una multitud muy superior a la que Pam se habría esperado encontrar un jueves por la mañana. Empujó el carro por los pasillos de ropa. No tenía un plan concreto. Simplemente estaba allí para recoger sus cosas. O, mejor dicho, las de John.

Había intentado llenar el hueco que había quedado en el armario espaciando más su ropa y se había dicho que era para bien, que tenía que empezar a avanzar, pero esas palabras no parecían ayudarla. Aún sentía que había renunciado a algo preciado y ahora tenía que recuperarlo.

Lo que no se había esperado era que el departamento de hombres fuera tan absolutamente grande. Había decenas de percheros, tal vez cientos. ¿Cómo iba a encontrar lo de John? ¿Y si todas las camisas eran iguales y no podía distinguir las suyas?

Se acercó al primer perchero de camisas y empezó a ojear. Estaban colocadas por colores y después por tallas. Sabía las marcas preferidas de su marido, así que eso ayudaría. También sabía la talla de cuello y el largo de manga. Sin embargo, mientras observaba las camisas, una tras otra, empezó a preguntarse si podría saber con seguridad que había encontrado las de él.

Se giró y vio que la sección de vaqueros era aún mayor. Parecía haber kilómetros de camisas blancas. La tienda era enorme y había mucha gente hurgando entre cosas que podrían ser las suyas.

La presión en el pecho comenzó casi antes de darse cuenta de lo que estaba sucediendo. Primero le costó respirar y después las frías garras del pánico le engancharon el vientre y se lo abrieron. Soltó un grito ahogado y se agarró el abdomen mientras las lágrimas empezaban a brotar.

Se agarró al carro para mantenerse en pie, pero era demasiado. Todo era demasiado. Las luces del techo, las conversaciones, el olor a jabón mezclado con el aroma a culpabilidad y miedo. Se rindió ante todas esas sensaciones y lentamente fue cayendo al suelo.

A su alrededor oyó murmullos mientras los clientes que estaban más cerca se dispersaban. Sin duda debían de haber pensado que era una loca que iba a sacar un cuchillo o algo.

—Solo quiero encontrar las cosas de John —susurró.

—¿Señora? ¿Está usted bien?

Levantó la cabeza y miró a la mujer alta, delgada y morena que había de pie junto a su carro.

—No —admitió Pam—. No estoy bien.

—¿Qué le pasa? ¿Está enferma? ¿Quiere que pida una ambulancia?

Pam se sorbió la nariz.

—Voy a darle mucho trabajo. Pero no estoy enferma —se sorbió la nariz de nuevo y, como pudo, se puso de pie—. Hace unos días traje la ropa de mi marido y ahora estoy intentando encontrarla para comprarla otra vez.

—¿Han tenido una discusión?

—No. Se ha ido. Ha muerto. Lo echo mucho de menos —las lágrimas volvieron—. No sé estar sin él —se fijó en que dos guardias de seguridad se dirigían hacia ella—. ¿Me va a pedir que salga de la tienda?

—No. Claro que no. Voy a ayudarla a encontrar la ropa de su marido. ¿Cuándo hizo las donaciones?

—Hace tres días.

—Entonces probablemente no se hayan puesto a la venta aún. Venga a la zona de clasificación y veremos qué podemos encontrar.

Pam empujó el carro y la siguió hasta la trastienda.

—Gracias por ser tan amable.

—A todos nos pasan cosas. Lo sé muy bien. Dicen que Dios nunca nos da más de lo que podemos soportar, pero yo digo que a veces da por hecho que somos más fuertes de lo que en realidad somos. La vida es un reto.

La mujer atravesó las puertas batientes. Pam dejó el carro en la zona de la tienda y entró con ella a una enorme sala trasera. Decenas de personas estaban clasificando miles de donaciones. Había televisiones y muebles, utensilios domésticos, ollas, sartenes, platos y ropa. Montañas de ropa.

Las pilas superaban en altura la cabeza de un jugador de baloncesto. Eran increíblemente grandes. Era como si cada persona del área metropolitana de Los Ángeles hubiera donado el mismo día que lo había hecho ella.

La mujer le iba hablando, explicándole dónde estaría la ropa teniendo en cuenta el día en que Pam la había entregado. Y entonces supo la verdad: que encontrar una camisa o una chaqueta de John no haría que volviera. Se había ido.

Por mucha negociación, duelo o súplica, nada se lo devolvería. Lo había perdido para siempre.

—Gracias por su ayuda —le dijo a la mujer y empezó a alejarse.

—¿No quiere mirar?

Pam la miró.

—Él no está ahí.

Volvió al coche y entró. Al apoyarse en el respaldo del asiento y cerrar los ojos recordó una película que había visto con John. Una que a él le había gustado mucho. *Cadena perpetua*. El personaje de Morgan Freeman había dicho algo, que había llegado el momento de empeñarse en vivir o empeñarse en morir.

Probablemente no eran las palabras exactas, pero la esencia era esa. Tal vez su problema era que aún no había tomado una decisión y, hasta que lo hiciera, estaba atrapada en un mundo de dolor y sufrimiento sin posibilidad de escape.

Capítulo 19

La clientela de Pescadores de la noche del viernes era ruidosa y alegre. La conversación fluía con facilidad y había muchas carcajadas. En la zona del bar se emitía un partido de béisbol en varias pantallas de televisión y sin volumen. Shannon lo veía por el rabillo del ojo. Nunca se había fijado en los televisores, pero, claro, tampoco había sentido nunca el peso del silencio estando con Adam.

Era su primera cita P-R-V. Estas iniciales equivalían a «post revelación de la vasectomía». Habían pasado de los mensajes de texto a un par de llamadas breves, en la última de las cuales él la había invitado a cenar en un lugar que, por lo general, les gustaba a los dos.

Había aceptado porque lo quería y lo echaba de menos, pero también con cierto temor porque una parte de ella pensaba que sería el momento en el que Adam le diría que habían terminado; que ella quería cosas imposibles, que el amor de él no era para siempre y que no le daría hijos. Que le había interesado más acostarse con ella que ser feliz a su lado para siempre.

Y al mismo tiempo, mientras había batallado con sus miedos, se había dicho que estaba siendo injusta, que Adam había sido dulce, amable, abierto y atento. Que no debía pensar lo peor ni de él ni de los dos. Pero tenía miedo. Tras años pensando que jamás podría «tenerlo todo», por fin había encontrado a alguien que veía quién era y que, aun así, la quería. Se había permitido tener esperanzas y ahora pasaba esto.

Había tenido una reunión a última hora de la tarde y por eso habían quedado en el restaurante directamente en lugar de que él fuera a recogerla. No era lo más idóneo, pensó, pero al menos así, si la cosa salía mal, se ahorraría una vuelta a casa espantosamente incómoda.

No se podía decir que la cena estuviera yendo muy bien. Desde que se habían sentado, habían hablado del tiempo y de que los Dodgers habían tenido un buen comienzo de temporada pero que probablemente decepcionarían en verano.

Habían pedido vino y un aperitivo y ahora estaban solos, lo cual no estaba resultando buena idea.

Lo miró. Le gustaban la forma de su cara y la amabilidad de su mirada. Era un tipo fantástico, pensó con melancolía. Había sabido que tendrían que enfrentarse a algunos problemas, pero había dado por hecho que tendrían que ver con la relación con sus hijos o con su exmujer. Por alguna razón, nunca había imaginado que fueran a estar en lados opuestos en lo que respectaba al debate «quiero hijos».

Él alargó el brazo sobre la mesa y le tocó la mano.

–Deberíamos hablar.

Shannon asintió.

–Deberíamos. Siento haber soltado el tema de los hijos sin previo aviso. Jamás pensé que tú no fueras a opinar lo mismo. Qué tonta.

–Mi vasectomía no quiere decir que no quiera hijos –comenzó a decir y se detuvo antes de añadir–: Al menos… –otra pausa.

Ella quería apartar la mano, pero le parecía un gesto muy hostil. En realidad, sentía la necesidad de protegerse más que de apartarse. Quería hacerse un ovillo o tener alguna capa de protección entre él y ella, aunque ni todo el acero del mundo bastaría para protegerla de lo que él estaba intentando no decir.

–Lo entiendo –dijo ella en voz baja–. Tenías tu familia y eras feliz con Oliver y con Char. No pensabas que fueras a divorciarte, así que, ¿por qué no? E incluso sabiendo que podrías volver a ser soltero, ya tenías tu familia completa. Yo aún no he llegado a esa fase. Puede que en el pasado no haya tomado las decisiones correctas, pero eso no significa que esté dispuesta a renunciar a ser madre.

–No deberías. Serías una mamá fantástica.

–Eso aún está por ver.

Él sonrió y apartó la mano.

–Tengo fe en ti.

Shannon se llevó el brazo al estómago.

–Ojalá pudiera decir lo mismo de mí misma. Supongo que eso tendré que verlo más adelante.

–No quiero perderte –le dijo Adam–. Lo de los niños ha surgido de repente.

–Lo sé. No pretendía asustarte. No llevamos tanto tiempo saliendo.

–Lo suficiente. Te quiero, Shannon. Quiero que esto funcione. ¿Podemos seguir adelante teniendo en mente que seguiremos hablando de nuestro futuro y de encontrar un plan que nos venga bien a los dos?

Ella asintió porque era la reacción más madura, pero por dentro no estaba tan de acuerdo. ¿Cómo iban a solucionar el problema? ¿Era posible que se revirtiera la vasectomía? Entendía que había otras opciones, pero no estaba segura de qué quería decir él con lo de encontrar un plan.

Abrió la boca para pedirle que fuera más específico, pero al instante apretó los labios. Su relación era demasiado reciente. Habían pasado demasiadas cosas demasiado pronto. No tenían historia suficiente para superarlo todo.

No lo lograrían, pensó de pronto. Al sacar el tema de los niños los había conducido hasta el final. No había forma de solucionar las cosas ya, pensó con tristeza.

—Necesitamos tiempo —dijo haciendo lo posible por evitar que le temblara la boca mientras luchaba contra el dolor de lo inevitable. Nunca había conocido a nadie como Adam. Había estado segura de que era el hombre de su vida. Y, sin embargo, ahí estaban.

—¿No me vas a dejar, verdad?

—No —prometió ella sabiendo que era verdad.

Ella no lo dejaría. Pero solo era cuestión de tiempo que Adam la dejara a ella.

—Ven de compras conmigo —dijo Eric con una sonrisa—. Vamos, tienes tiempo. Tyler está en la guardería y Greta lo recogerá cuando termine. No tienes clase hasta las cuatro. Te dejaré volver a tiempo.

Nicole no sabía qué la había sorprendido más, si la invitación o el hecho de que Eric se hubiera presentado en el estudio. Nunca iba por allí. A veces incluso se preguntaba si recordaría dónde estaba.

No lo había visto mucho en las últimas semanas. Él había estado ocupado empezando su nueva vida como guionista de éxito. Habían contratado a Greta, que daba un poco de miedo, y había comenzado el lunes. Hasta ahora las cosas parecían estar marchando bien. A Tyler le gustaba y Nicole estaba decidida a no dejarse intimidar por esa mujer.

Pensó en todo lo que tenía que hacer y después se dijo

que podía esperar. Eric y ella necesitaban pasar algo de tiempo juntos.

—Pues vamos de compras —dijo agarrando el bolso—. ¿Adónde vamos?

—¿Adónde crees?

—A Beverly Hills no —dijo—. Es ridículo. Es muy caro.

Eric abrió la puerta del copiloto de su nuevo BMW rojo descapotable.

—Para nosotros solo quiero lo mejor. Solo lo mejor.

Fueron hacia la carretera 405 y después se dirigieron al norte.

El tráfico era ligero a mitad del día. La temperatura era cálida y el cielo tenía un perfecto azul californiano. Eric encendió la radio y sintonizó una cadena de música pop y después la sorprendió alargando el brazo y agarrándole la mano.

—He terminado la primera ronda de revisiones de mi guion. Tenía muchas anotaciones. Supongo que habrá una revisión más, pero Jacob me ha dicho que con lo que he hecho ya está preparado para seguir adelante.

—Es genial.

Sabía que Jacob era el productor que había comprado el guion y quería empezar la producción lo antes posible. Nicole no estaba segura de cuáles eran todos los pasos implicados en el proceso, y tampoco entendía quiénes participaban. Por lo que había podido entender, la venta del guion de Eric había sido vista y no vista. En lugar de ir pasando por los canales habituales y prolongarse durante una eternidad, él había tenido suerte.

Un miembro de su grupo de crítica era vecino de Jacob. Y aunque a Jacob no le había interesado su comedia, sí le había llamado la atención el *tecno-thriller* de Eric. Habían tenido una reunión, Jacob había leído el guion y le había hecho la increíble oferta.

Ahora ya estaban moviéndose para hacer una película. Por lo que había oído, la mayoría de los guiones primero se sometían a una selección. La mayoría de los que se compraban al final caían en el olvido y nunca llegaban a hacerse. Menuda montaña rusa.

–Tienes que sentirte muy orgulloso. Lo que has hecho es impresionante.

Él le sonrió.

–No podría haberlo hecho sin tu apoyo.

–No creo que te haya apoyado tanto. He gritado mucho.

–Me lo merecía. Debería haber sido más claro a la hora de expresarte lo que quería. Debería haberte hecho partícipe. Lo siento. Pero ahora será distinto. Ya lo verás.

Era una promesa que quería creer. Y aunque parte de ella estaba dispuesta a aceptar que su marido tenía razón, no podía estar completamente segura. Alcanzar un sueño llevaba tiempo, lo entendía, pero todavía tenía la sensación de estar apartada, de ser una mera espectadora.

Salieron de la autopista y se digirieron al este hacia Beverly Hills. Eric hablaba sobre cuánto se tardaría en producir la película, sobre el rodaje en Vancouver y Londres y sobre quiénes serían los protagonistas.

–Jacob y yo hemos hablado sobre elegir a una desconocida para la protagonista. Como una joven Jennifer Lawrence.

Nicole se rio.

–¿Pero si solo tiene cuántos? ¿Veinticinco? ¿Cómo de joven va a ser?

–Vale, de acuerdo, no joven, sino que esté aún por descubrir. El papel de protagonista masculino irá para alguien que pueda atraer al público. Ahí hay sitio.

Entró en un aparcamiento y aparcó. Bajaron del coche y fueron hacia la acera.

Nicole no recordaba la última vez que había estado en Beverly Hills. Cuando era pequeña, su madre solía llevarla cada ciertas semanas. Veían los escaparates y observaban a las mujeres ricas que paseaban por allí tan despreocupadamente.

—Algún día serás famosa —le había prometido su madre—. Comprarás aquí. Comprarás las joyas y la ropa más caras. Todo el mundo sabrá quién eres.

Al principio ese sueño le había parecido divertido, pero cuando había aprendido lo que hacía falta para tener éxito como actriz o bailarina, había empezado a preguntarse si merecía la pena tanto esfuerzo. Por supuesto, aquello había sido antes de descubrir que no tenía talento.

Ahora vivía lo que la mayoría consideraría una vida corriente y no lamentaba cómo habían ido las cosas. ¿No sería gracioso que el sueño que su madre tenía para ella ahora lo fuera a cumplir Eric?

—Ya hemos llegado —dijo Eric señalando una tienda.

Ella se fijó en los ventanales y en los maniquíes con trajes y también ropa más informal. El estilo era moderno e intemporal pero en la medida justa, con una confección impecable y unos tejidos preciosos. Hacía falta mucho dinero para poder lucir ese aspecto, pensó algo sorprendida y completamente desconcertada.

«Cómo no», dijo para sí intentando controlar la risa cuando entraron en la tienda de ropa europea. ¿Por qué habría pensado lo contrario? Porque cuando Eric le había pedido que fuera con él de compras, había dado por hecho que era para ella, y se había equivocado por completo.

—Buenas tardes —dijo un dependiente bien vestido y de mediana edad—. ¿En qué puedo ayudarles?

—Estoy buscando ropa nueva —respondió Eric—. De estilo Hollywood informal. Ropa que pueda llevar a reuniones y a fiestas –se giró hacia Nicole–. Tal vez un traje y un esmoquin. ¿Qué opinas?

–Me parece bien, aunque no estoy segura de que necesites un esmoquin ahora mismo. Esperaría a la temporada de premios y compraría algo entonces.

–Bien pensado –dijo Eric y la besó en la mejilla. Se dirigió al dependiente–. Esmoquin no.

–Como desee. Soy Phillip. ¿Y usted es?

Se hicieron las presentaciones.

–Venga por aquí y empezaremos –dijo Phillip–. ¿Les apetece una copa de champán?

–Sí –respondió Eric con naturalidad, como si comprar con champán fuera algo que le sucediera a diario.

Nicole los siguió hasta la trastienda donde le indicaron que se sentara en un cómodo sillón. Un ayudante les llevó dos copas de champán en una bandeja de plata mientras Phillip le tomaba las medidas a Eric y le hacía algunas preguntas sobre para qué situaciones necesitaría la ropa.

–¿Está en el negocio?

No hacía falta especificar. En Los Ángeles solo había un negocio.

–Guionista.

La expresión de Phillip se mantuvo impasible.

–¿Lo ha vendido?

–Por un acuerdo de siete cifras.

En ese momento el dependiente se mostró mucho más simpático.

–Excelente. Enhorabuena. Tenemos todo lo que va a necesitar. Querrá ir a la moda, pero sin que resulte demasiado forzado. Informal pero no descuidado. La atención tiene que recaer en usted, no en lo que lleva puesto. De momento, un traje. Azul marino, creo. Lo importante es la sastrería. Prada, tal vez. Los italianos saben lo que se hacen con un traje. Deme unos minutos para reunir algunas muestras. Ahora mismo vuelvo.

Dos horas después salieron de la tienda cargados de bolsas. Eric se había comprado de todo, desde calcetines hasta una cazadora de cuero. La mayoría de los pantalones, junto con el traje, eran a medida, así que los recogería más adelante.

—Tengo que llevarte a casa —dijo mientras lo metía todo en el maletero— y luego voy a mi reunión —fue hacia la puerta del copiloto y le abrió la puerta—. Deberías ir de compras cuando tengas oportunidad. Cómprate cosas nuevas.

Ella asintió mientras subía al coche. El mensaje le había quedado claro: no iría con ella. Y era lógico, porque verla comprar no lo ayudaría con su carrera. Bueno, tal vez estaba juzgándolo duramente, se dijo. Aunque ¿acaso no era cierto?

Hacía tiempo que sabía que el Eric con el que se había casado ya no estaba. ¿Y qué pasaba con ese nuevo hombre? ¿Tenían algo en común? Porque si no, no sabía cómo iba a poder funcionar su matrimonio.

Riverside se encontraba a unos cien kilómetros de Mischief Bay, pero en cuestión de vida, propósito y estilo, estaba como a una galaxia de distancia. Tal vez era injusto, pensó Shannon mientras estaba sentada en el jardín trasero de la casa de sus padres una calurosa y soleada tarde de sábado. Tal vez la distancia real se encontraba simplemente entre su vida y la de sus padres.

Su padre se había ido a jugar al golf con unos amigos y antes de marcharse había tenido la precaución de recalcar que se trataba de un campo de golf público, porque él jamás pertenecería a un club de campo de ningún otro tipo. Estaba segura de que sus padres se lo podían permitir y que tenía sentido que lo hicieran, teniendo en cuenta lo mucho que su padre jugaba al golf últimamente. Pero hacerlo sería traspasar esa línea invisible de ser demasiado o tener demasiado. Ellos compraban cosas porque eran necesarias, y pertenecer a un club de golf jamás sería necesario.

—Este año el calor ha llegado antes —dijo su madre.

—Sí. Tienes las rosas preciosas.

—Las de Sally están mucho más bonitas, pero estoy contenta por cómo han salido estas. He estado trabajando mucho con ellas.

El jardín era testimonio del talento que tenía su madre para todo lo que estuviera plantado y del amor que sentía por ello. Había arbustos frondosos y flores en floración dispuestas con mucho arte y mucha elegancia. Shannon nunca había compartido el afecto de su madre por todo lo relacionado con el aire libre, pero sí que había pasado muchos ratos felices en ese pequeño jardín, leyendo mientras su madre trabajaba en él.

—Tu padre se está planteando jubilarse —le dijo su madre.

—Bien hecho.

—Tiene sesenta y seis. Ya ha pasado la edad de jubilación.

Shannon entendía que jubilarse podría confundirse con ser vago o con no querer trabajar lo suficiente.

—Se lo ha ganado. ¿Y tú qué, mamá? ¿Te estás planteando dejar que los niños aprendan solos?

Su madre, también pelirroja natural y cuyo único gesto vanidoso era teñirse una vez al mes, sacudió la cabeza.

—Shannon, no sé de dónde te sacas esas ideas tan raras. Los niños no pueden aprender solos. No sé durante cuánto tiempo estaré trabajando. Tu padre y yo hemos estado pensando en comprarnos una caravana. Una pequeña, claro. Estamos los dos solos. De segunda mano. Hemos estado mirando y hay algunas gangas.

–Qué divertido –dijo Shannon antes de levantar su vaso de limonada y dar un sorbo, aunque lo que de verdad quería decir era «Venga, a lo loco, comprad una grande. O una mediana. ¡Pero buscad una nueva!».

Sin embargo, no lo haría. No solo porque no podría hacerles cambiar de idea, sino porque también se sentirían incómodos porque lo verían como un derroche.

Shannon se dijo que debía respetar su naturaleza austera. Les habían criado unos padres que habían vivido en la época de la Depresión y que les habían enseñado a exprimir cada centavo al máximo. Ahorrar era bueno para las familias y para la economía. Pero, al igual que todo lo bueno, podía llevarse al extremo.

Y no era el tema de los ahorros en lo que ella discrepaba, sino la actitud que lo acompañaba. Esa forma de disculpar constantemente todo lo que fuera nuevo o bonito, que su madre no pudiera aceptar un cumplido sobre las rosas y tuviera que decir que las de otra persona eran más bonitas y que se había esforzado mucho para conseguir que estuvieran así.

–Espero que papá y tú os compréis una caravana –dijo–. Siempre has querido viajar.

–Sí. Aunque tampoco es que vayamos a ir Europa. Eso sería una extravagancia.

–No tiene por qué –dijo Shannon con prudencia–. Hay viajes con descuentos...

Su madre ya estaba negando con la cabeza.

–No somos como tú, Shannon. No creemos en esas cosas.

–¿En ver el mundo?

–En derrochar el dinero así. Tú siempre has querido más. Nunca estuviste satisfecha con lo que tenías.

Shannon recordó una ocasión cuando tenía ocho o nueve años; la Navidad estaba próxima y había visto unos zapatos de charol rojos en una tienda.

Eran los zapatos más bonitos que había visto en toda su vida y los quería con desesperación. Por supuesto, sus padres le habían dicho que no porque ya tenía los zapatos del colegio y los de jugar. Si necesitaba unos más elegantes, lo cual era improbable, podía pedírselos prestados a una de sus amigas. Llegado el verano, le comprarían unas sandalias y a lo mejor serían rojas.

El argumento no la había convencido porque sabía que cuando llegara el verano, le comprarían unas sandalias marrones. El marrón era un tono práctico. El marrón hacía juego con todo.

Había probado a suplicar y a negociar, e incluso había intentado vender a los niños del barrio algunos de sus juguetes. Pero nadie pagaría por sus modestos juguetes. La mañana de Navidad había llegado y había pasado sin más. Le habían dado tres regalos y ningún zapato de charol rojo.

Años más tarde había empezado a trabajar como canguro. Había ahorrado hasta que había tenido suficiente y se había comprado unos ridículos tacones de charol. Sus padres se habían quedado horrorizados porque consideraron que tendría que haber estado ahorrando para su futuro. Ella les había dicho que llevaba seis años soñando con los zapatos de charol rojos y que ya era hora de tenerlos.

Más tarde se había dado cuenta de que los tacones que había comprado eran más apropiados para alguien que quisiera dar el salto a la prostitución que para una chica de segundo curso de instituto. Solo se los había puesto un par de veces. Sin embargo, habían representado algo importante: los había querido y se los había comprado con su propio dinero. Comprar esos zapatos había sido un símbolo de posibilidades y de libertad.

Su madre diría que habían sido el primer paso hacia el camino oscuro y tal vez había sido así. Pero Shannon había decidido en aquel momento que ganaría suficiente dinero para comprarse lo que quisiera y cuando quisiera. Nadie volvería a decirle que no a nada nunca más.

—Sabes que tengo ahorros, ¿verdad? —le dijo a su madre—. Y un plan de pensiones.

—Espero que sea suficiente.

—Mamá, me dedico a las finanzas. Soy la directora financiera de una empresa multimillonaria. Sé manejar el dinero.

Su madre miró a su alrededor, como si le preocupara que alguien las oyera.

—Baja la voz. No hay por qué presumir delante de todo el vecindario. Eso son cosas privadas.

Cierto. Porque además de no gastarlo, sus padres nunca hablaban de dinero. No tenía ni idea de cuánto ganaba cada uno. Podía imaginarlo, pero no lo sabía. Por supuesto, ellos tampoco sabían lo que ganaba ella. Tenía la sensación de que se desmayarían del impacto si supieran el sueldo que tenía.

—Tal vez podríais planear un viaje a Europa para cuando cumplas los sesenta y cinco. Tendríais un par de años para ahorrar. Podría ser tu regalo.

Durante un segundo la expresión de su madre se volvió pensativa.

—Estaría bien —admitió antes de sacudir la cabeza—, pero a tu padre nunca le parecería una buena idea.

Shannon se limitó a asentir. De nada servía discutir el tema con su madre ahora, aunque más adelante le sugeriría algo a su padre. Tal vez si lo proponía y se ofrecía a pagar la mitad como su regalo para su madre, lo convencería. O tal vez su padre enfurecería y la acusaría de estar fanfarroneando. Con ellos era difícil acertar.

Por enésima vez, deseó que fueran distintos. Era algo imposible, por supuesto, pero no podía evitar entristecerse al pensar en ellos. Habían elegido vivir unas vidas muy limitadas y ordinarias. Podían permitirse hacer más, pero no lo harían. Si no querían viajar, podía entender que quisieran quedarse en casa. Pero la realidad era que sí querían. O, al menos, su madre quería viajar.

Sabía que su pasión por los lugares exóticos le venía de aquellas veces en las que su madre y ella habían consultado libros de viajes en la biblioteca. Escudriñaban las fotografías en color y hablaban sobre visitar esos sitios… algún día.

Shannon había aprendido que para sus padres «algún día» significaba «nunca». Cuando decidió liberarse y se compró sus zapatos rojos, también decidió que iba a ver el mundo. Y lo había hecho. Suponía que para su madre con la caravana era suficiente.

Se preguntó si ella también debía adoptar el concepto de «suficiente», pero quería más. Al menos, en lo que concernía a su vida personal. Y ese era un problema que Adam y ella aún tenían que resolver.

—Mamá, ¿por qué no tuvisteis más hijos?

Su madre levantó su vaso y dio un trago.

—¿Lamentas haber sido hija única?

—No conozco otra cosa. Puedo intentar imaginar cómo habría sido tener hermanos, pero en este momento no estoy segura de que fuera a servir de nada.

—Hablamos de tener más hijos —admitió su madre—, pero no llegó a suceder.

La pregunta obvia era «¿por qué?». ¿Habían tenido problemas para que se quedara embarazada? ¿Problemas en el matrimonio? ¿O sus padres simplemente habían tomado una decisión sensata? La decisión de tener solo un hijo para no tener que estirar su presupuesto.

—Quiero tener un hijo —confesó.

Su madre se giró hacia ella, enarcó las cejas y arrugó la boca como enjuiciándola.

—Shannon, no. No puedes. Eres demasiado mayor.

Fue una bofetada inesperada, pensó intentando no reaccionar, al menos por fuera.

—Voy a cumplir cuarenta.

—Sé los años que tienes. Y estarás cerca de los sesenta cuando tu hijo termine el instituto. ¿Estás segura de que podrías quedarte embarazada a esta edad? Además, ni siquiera estás casada —su madre abrió los ojos de par en par—. ¿No irás a adoptar a un niño de fuera tú sola, verdad?

—Tal vez —respondió, porque en ese momento le gustó que la niña testaruda que llevaba dentro desafiara a su madre.

—No sé qué va a pensar tu padre de esto.

Shannon deseó ir al campo de golf en ese mismo instante y decírselo. Allí mismo, delante de sus amigos. Después respiró hondo y dejó que ese impulso se disipara.

Solía ser siempre así cuando iba a casa. Su madre y ella hablaban mientras su padre desaparecía en alguna parte. La conversación daba un giro y de pronto se veía como una adolescente recibiendo desaprobación paternal.

Sabía que era una decepción para ellos. No había seguido las normas de la familia. No era lo suficientemente modesta ni lo suficientemente mediocre ni tradicional. Había sido demasiado ambiciosa, demasiado ostentosa. Aunque sus padres sabían lo de su apartamento frente al mar, nunca lo habían visto. Sin duda, sus corazones de jubilados no podrían soportar esa tensión.

Se dijo que el amor se presentaba de muchas formas, que debería dar gracias por tener aún a sus padres y que aunque no podían ser más distintos a ella, si algo malo pasaba, estarían a su lado. Solo se quedaría allí unas horas más. Podía permitirse ser un poco amable.

–Has dicho algunas cosas que tienen sentido –dijo con delicadeza–. Voy a tener que pensar en ellas. No le diré nada a papá.

Su madre se relajó.

–Te quiere mucho. Los dos te queremos. Es solo que a veces...

–Lo sé, mamá. No os lo pongo fácil.

Capítulo 20

Nicole miró el guiso cubierto con papel de aluminio. Las instrucciones eran muy claras. Treinta minutos en un horno a ciento setenta y cinco grados. La letra de Greta era como la mujer misma: precisa y deliberada. Sí, de acuerdo, y tal vez asustaba un poco.

Además del plato principal que les había preparado, también había una ensalada para Eric y para ella, junto con un extraño batido azul en una taza de tamaño infantil para Tyler; un batido que el niño decía haber tomado antes y que le gustaba mucho. Nicole estaba segura de que todos los ingredientes eran orgánicos y de producción local, a ser posible. Sabía que la comida no podía ser más saludable y que dormiría mejor gracias a ella.

Y estaría muy agradecida por todo eso de no ser por lo rara que se le hacía la situación.

Dos años atrás, tenía un marido y un hijo y un negocio nuevo. Ahora seguía teniendo lo mismo, pero, de algún modo, todo parecía distinto. Como si la estampa tradicional que había representado su vida la hubiera rehecho Picasso. Solo faltaban cabras voladoras.

Y no es que se estuviera quejando. Los cambios habían sido graduales. Sin embargo, cuando echaba la vista atrás y veía cuánto habían cambiado las cosas, se sentía un poco extraña con todo.

Encendió el horno y lo precalentó. No podía hacer mucho más. La colada estaba hecha y la cocina, limpia. Incluso las toallas del baño tenían el aroma y la suavidad de recién lavadas. Tyler le dijo que Greta ya le había bañado esa tarde y le había leído dos veces su libro favorito de BD.

Se dio cuenta de que no tenía nada que hacer. Ni limpiar, ni preparar la cena más allá de la agotadora tarea de encender el horno, ni nada. Estaba cansada después de un día largo en el trabajo y ahora podía relajarse con su hijo.

—Vamos a jugar mientras se calienta la cena.

Tyler gritó de alegría y fue directo a su habitación.

Ella lo siguió y al instante estaban entretenidos haciendo un puzle. Cuando sonó el horno indicando que ya estaba lo suficientemente caliente, metió el guiso y volvió a la diversión. A las seis, se estaban sentando para cenar.

Por una vez tuvo tiempo de sintonizar una buena cadena de música clásica e incluso de servirse una copa de vino. Tyler disfrutó de su extraña bebida azul y ni siquiera pareció percatarse de las verduras que Greta había escondido en el guiso.

Cuando terminaron, recogieron la cocina juntos y fueron al salón a ver una de las películas de Tyler, que por cierto estaban colocadas en su estante… por orden alfabético.

La noche transcurrió muy bien. No sabía cuándo llegaría Eric a casa, pero eso solía pasar lo mismo la mayoría de las noches. Estaba ocupado con su película y empezando un guion nuevo, aunque eso último solo lo sabía porque le había oído hablar de ello con Jacob. En cuanto al guion actual, aún no se lo había dado a leer por mucho que ella se lo había pedido.

A las ocho metió a Tyler en la cama y después recorrió su casa limpia y organizada. Sacó un libro que llevaba dos años queriendo leer y se acomodó para sumergirse en la historia. Era fin de semana y ahí estaba... leyendo.

Alrededor de las nueve, Eric entró en casa.

—Hola —dijo al verla—. ¿Qué tal el día?

Ella levantó la mirada del libro.

—Bien. ¿Qué tal...?

Miró al hombre con quien se había casado. Llevaba ropa nueva, ella misma había estado con él cuando la había comprado. Pero no fue la ropa lo que le sorprendió. Miró su pelo y se fijó en las puntas rubias de su nuevo corte peinado hacia arriba.

—¿Te has puesto mechas? —le preguntó sin poder creerlo.

—Sí. ¿Te gustan?

Sí, vale, estaban en Los Ángeles, pero ¿mechas? ¿Quién se creía que era? ¿Brad Pitt?

—Eh, sí. Están... muy bien —cerró el libro—. ¿Has cenado? Hay un guiso de pollo en la nevera. Greta ha vuelto a superarse a sí misma.

—Ya he cenado, pero gracias —se sentó en el otro extremo del sofá—. Ya vamos a empezar en serio con el *casting*. Ha sido interesante. Estoy aprendiendo mucho de Jacob.

—Seguro que sí. Es genial que te esté implicando en tantos aspectos de la película.

Eric se inclinó hacia delante; las manos le colgaban entre las rodillas.

—Lo sé. Nos estamos haciendo buenos amigos. La mayoría de los guionistas no llegan a ver cómo sucede toda la magia. Hemos estado buscando ideas para mi nuevo proyecto. Voy a tener que tomarme unos meses para escribirlo, pero quiero seguir con la película todo el tiempo que pueda. Después me encerraré a escribir. Es una actividad frenética, pero divertida.

Ella observó su cara. Parecía feliz. Relajado. Tardaría algo de tiempo en acostumbrarse a esas mechas, pero seguro que aprendería a vivir con ellas.

—Me alegro de que todo esté yendo tan bien —se detuvo, no muy segura de qué quería decirle—. Pasas mucho tiempo fuera de casa.

—Lo sé. Es duro, ¿verdad? Demasiado trabajo, pero son gajes del oficio. Seguro que sabes de lo que hablo. Jacob estará fuera de la ciudad unos días, así que los tres podemos hacer algo el domingo. A lo mejor podríamos ir al POP.

—A Tyler le gustaría mucho. Te echa de menos.

—Yo también le echo de menos —se levantó—. Voy a ponerme al día con los correos.

—Yo también te echo de menos —añadió ella.

Su marido asintió y la besó en la mejilla, pero en lugar de responderle, fue hacia su despacho.

Cuando volvió a quedarse sola, Nicole se recostó en el sofá. ¿Se habría dado cuenta Eric de que no le había dicho que también la echaba de menos? Se habían alejado mucho. Había pasado lentamente al principio, pero ahora el abismo que había entre los dos era más ancho y profundo cada semana.

No sabía si la estaba excluyendo deliberadamente o si simplemente era por las circunstancias. Aunque se alegraba de que fuera feliz con su trabajo, ¿en qué situación dejaba eso a su relación?

¿Qué quería de ella y qué quería ella de él? Y si rara

vez coincidían en la misma habitación, ¿cómo iban a mantener esa conversación?

Shannon vaciló un segundo antes de entrar en el Latte-Da. Eran las diez de la mañana de un martes y no había mucha gente. Vio a Adam al instante. Tenía delante dos vasos para llevar y, al verla, se levantó y se acercó con ellas.

–Gracias por venir –dijo.
–Has dicho que era importante –agarró uno de los vasos–. Gracias por mi café.
–De nada. Vamos fuera a dar un paseo por el paseo marítimo.

Shannon agarró el café con las dos manos. Adam la había llamado media hora antes y le había dicho que tenían que hablar. Sabía que tenía razón; había cosas que tenían que hablar. La solución de Shannon para abordar los asuntos delicados había sido evitar a Adam todo lo posible. No era la respuesta más madura ni una de la que estuviera orgullosa. Por eso cuando él le había pedido que se reunieran, había despejado su agenda para verlo.

Nunca un novio había roto con ella en el POP, pensó mientras cruzaban la calle y subían al camino de cemento que se extendía desde Pacific Palisades hasta Santa Mónica. Y, además, por alguna razón había dado por hecho que si su relación con Adam terminaba, sería ella la que dijera adiós.

Pero no había sido así. Habían llegado a un impase. Querían cosas distintas y no había una solución sencilla. Tal vez si hubieran estado juntos más tiempo, pensó con tristeza. Tal vez habrían tenido una oportunidad.

No sabía cómo iba a reaccionar al perderlo. Era un tipo genial y se había enamorado de él. Como una tonta se había permitido creer que por fin iba a tenerlo todo. Matrimonio, hijos y envejecer al lado de alguien.

Al darse cuenta de que eso no sucedería, había pospuesto lo inevitable todo lo posible, pero ahora que había llegado el momento, se prometió que sería razonable. E incluso amable. No lloraría. No delante de él. Y cuando terminaran, volvería a la oficina a concluir su jornada. Pero esa noche… no sabía qué podía pasar.

Se preguntó cuánto tiempo tardaría en dejar de echarlo de menos; cuánto hasta que pudiera pensar en salir con otro hombre; cuánto hasta que pensar en él no le produjera dolor físico.

—Has estado evitándome —dijo Adam mientras se dirigían al norte.

—Sí.

Se preguntó qué parecerían desde fuera. Una pareja de éxito, pensó. Aunque Adam llevara vaqueros, camisa de manga larga y botas de trabajo, desprendía un aire de seguridad y a nadie le sorprendería saber que dirigía una empresa de construcción multimillonaria.

Ella llevaba uno de sus trajes de trabajo de inspiración californiana: menos estructurado que un traje tradicional, pero con todas las piezas. Sus zapatos de tacón resonaban sobre el camino de cemento.

—Si no hablamos, no podemos resolver el problema —le dijo—. Algo así de importante podría interponerse en lo que queremos —la detuvo y la miró a los ojos—. Shannon, te quiero. Eso no ha cambiado. No quiero perderte, pero no sé qué estás pensando. ¿Sigues conmigo en esto o ya te has ido?

Ella lo miró a los ojos y vio verdad en ellos. No había terminado con ella. No estaba rompiendo con ella. Estaba intentando solucionar las cosas entre los dos. Estaba actuando como el maduro de los dos.

—No me he ido —susurró.

—¿Lo prometes?

Ella asintió.

Él exhaló.

—Gracias por decirlo. Estaba muy preocupado. Sobre todo cuando desapareciste. Sé que esto es duro y estoy intentando solucionarlo. ¿Me puedes dar algo de tiempo? No estoy hablando de años o meses, pero necesito unas semanas para aclararme con algunas cosas.

Porque la tomaba en serio, pensó Shannon asombrada y agradecida. Porque quería que fuera feliz.

—Tómate todo el tiempo que necesites.

Él sonrió y le acarició la mejilla.

—Agradezco la oferta. Quiero solucionar esto. No me puedo creer que te haya encontrado. No quiero echarlo a perder.

—Yo tampoco.

—Entonces prométeme que no volverás a alejarte de mí. Si estás enfadada, dilo. Podemos discutir. Podemos buscar soluciones. Se me da bien. Lo que no soporto es que se me dé de lado.

Era algo en lo que Nicole no había pensado, pero ahora que lo hacía, tenía sentido. Claro que no quería que lo dieran de lado. Sabía el precio que había que pagar por ello. Era una de las razones por las que había terminado divorciado.

—Lo prometo.

Un chico con monopatín en pantalón corto y camiseta pasó zumbado por delante de ellos. Adam lo ignoró y se inclinó hacia delante para besarla en la boca.

—Gracias —susurró—. Y que conste que no he sido el único que te ha echado de menos. Los niños han estado preguntando por ti. Char no deja de decir que quiere estar segura de que irás a su fiesta.

Ah, claro, la famosa fiesta en Epic, pensó Shannon.

—¿Por qué será que me parece que eso es más por su miedo a que tú te quedes en la fiesta que por sus ganas de que yo esté allí?

—Cualquiera de los dos motivos nos sirve —respondió él con una sonrisa.

Ella lo besó y sintió que la dureza de su corazón se resquebrajó.

—Tienes razón. Cualquiera nos sirve. Yo tampoco quiero perderte. Gracias por no dejarme.

—Eso nunca.

—No lo entiendo —dijo Jen sujetando un diminuto pijama de bebé—. ¿Cómo puede ser orgánica la ropa?

—A lo mejor por el algodón que usan. O por el proceso de teñido.

Tal como estaba el mundo, Pam no se sorprendería si viera el indicador de «No contiene gluten» en un paquete de calcetines.

—Supongo que cuando Kirk y yo hagamos la lista de regalos para el bebé, tendremos que tomar una decisión sobre los tejidos orgánicos.

Lo cual los haría muy populares entre sus amigos, pensó Pam. Pero no diría nada. Jen la había invitado a almorzar y a pasar la tarde paseando por el South Bay Galleria. Aunque por lo general Pam prefería los comercios pequeños de Mischief Bay, de vez en cuando le gustaba dar una vuelta por el centro comercial. Últimamente toda razón para salir de casa era buena. Sabía que estaba pasando demasiado tiempo sola y, aunque Lulu era una fiel compañera, no le daba mucha conversación.

Sabía que sería mejor si, además de sentir que necesitaba salir, le apeteciera salir. Pero eso no estaba sucediendo. Sus días seguían siendo fríos y vacíos a medida que iba siendo consciente de que nunca más volvería a ser feliz. Aún bebía demasiado, no comía lo suficiente y hacía mucho tiempo que había dejado de sentirse normal.

Sabía con absoluta precisión cuánto tiempo había pasado desde la muerte de John, hasta el último minuto. Estaba enfadada con él por haber muerto y sufriendo a partes iguales. Estaba perdida y sola, aunque, al parecer, había aprendido a fingir muy bien porque ya nadie le preguntaba cómo estaba con ese tono de preocupación al que había terminado acostumbrándose. Incluso Jen apenas había mencionado a John.

La gente seguía adelante, se dijo. La gente se recuperaba. Ella no. Pero claro, ella había sido su esposa. La relación era distinta. Nadie más que John le había marcado el paso del tiempo.

—No tienes que decidir nada ahora —señaló Pam—. Tienes mucho tiempo hasta que tengas que hacer la lista de regalos.

Jen asintió y la agarró del brazo.

—Tienes razón. Gracias. Ni siquiera se me nota. Aún llevo mis pantalones de siempre —arrugó la nariz—. No los que tengo para esos días en los que nos encontramos más delgadas, sino todos los demás.

Pam notó la impaciencia y la ilusión en la voz de su hija, porque como casi todas las futuras madres, estaba preparada para anunciar al mundo que tendría un bebé y creía que la ropa de embarazada sería chula y divertida.

Pam recordaba lo ilusionada que había estado ella con sus embarazos, la emoción de saber que iba a llegar un bebé. Y también recordaba el terror de no saber cómo ser madre con el primero y la preocupación por el cansancio con el segundo y el tercero.

—Pronto se te notará —le dijo a su hija—. Hazme caso,

cuando por fin llegue el momento de que nazca tu bebé, estarás deseando poder ponerte en marcha para recuperar tu cuerpo.

—Supongo.

—No pareces muy convencida. Ya volveremos a hablar de esto dentro de siete meses y te diré «Te lo dije».

Jen se rio.

—Tú nunca dirías eso.

Salieron de la tienda y fueron a almorzar al California Pizza Kitchen. Jen había sugerido ese sitio porque se moría de ganas de comer pizza y Pam había accedido porque le gustaba la comida que servían y porque, de todos modos, últimamente le daba igual. Comía porque tenía que hacerlo. Si no lo hacía, le daban retortijones de estómago y se sentía mareada. Pero no le resultaba placentero.

Estaban sentadas en un banco. Jen abrió la carta ansiosa y consultó las opciones. Pam miraba a su hija. La luz del techo se reflejaba en algunos mechones del pelo liso de Jen. Su piel se veía firme y sonrojada, resplandeciente de buena salud.

Por las noches, cuando no podía dormir, pensaba en sus hijos y les deseaba unas vidas largas y felices. Ojalá pudiera evitarles futuras infelicidades. Porque eso era todo lo que tenía para darles. Buenos deseos y esperanzas. No le quedaba mucho más. No dentro de ella.

Sabía que por fuera lo estaba haciendo bien. Sí, cierto, estaba más callada de lo habitual, pero iba superando el día a día. Ya sabía cuándo tenía que sacar la basura y estaba pagando las facturas. También respondía al teléfono porque, si no lo hacía, la gente se preocupaba. Shannon y Nicole pasaban a verla fielmente y ella fingía estar encantada de verlas. Pero aunque actuaba así por fuera, por dentro no estaba bien. Apenas lo estaba superando.

La mayoría de las noches no podía dormir. Bebía más

de lo que debía y se pasaba horas sentada y pensando en John. A veces alzaba la mirada de pronto y se sorprendía al descubrir que había anochecido.

Pero esos eran sus secretos. Protegía a su dolor del escrutinio exterior. Ya no creía que debiera seguir encerrada, pero en absoluto estaba preparada para renunciar al dolor diario que la conectaba por completo con John.

—Pizza barbacoa de pollo —dijo su hija con firmeza mientras cerraba la carta—. ¿Y tú, mamá?

—Yo voy a pedir esa sopa que me gusta.

—¿La sopa Dakota de cebada y guisantes machacados?

—La misma.

—¿Y con eso es suficiente? ¿Quieres un sándwich de acompañamiento?

—No, gracias —dejó la carta a un lado—. Kirk está trabajando hoy, ¿no?

—Sí. Siempre que puede hace horas extra para sumarlas a nuestros ahorros.

Pam pensó en la venta del negocio.

—Vas a recibir dinero de tu padre. ¿No bastará?

La sonrisa de Jen se desvaneció.

—Eso lo vamos a guardar, mamá. Para la universidad del niño. Para nuestra jubilación. No es dinero que queramos gastar.

Porque su hija era sensata, pensó Pam con orgullo.

—Eso es tener visión a largo plazo. Está muy bien.

—No lo puedo evitar. No sé por qué, pero me parecería mal gastarlo en unas vacaciones o en una moqueta. Lo quiero guardar. Ya habrá gastos más adelante —apoyó los codos en la mesa—. Ahora que vamos a tener un bebé, todo ha cambiado. No podemos ser frívolos. Hasta vamos a hacer testamento, ¿te lo puedes creer?

Jen se detuvo.

—¿Te parece bien que lo haya dicho?

—Por supuesto —Pam forzó una sonrisa—. Vais a tener un hijo. Las cosas cambian con eso. Cuando sucede, todos nos vemos obligados a actuar con madurez. A algunos les cuesta más que a otros, pero tú siempre has tomado decisiones inteligentes.

—Ojalá fuera cierto, pero gracias por el cumplido. Me preocupa Kirk. Tiene un trabajo peligroso. ¿Y si le pasara algo? No soy como tú, mamá. Yo no podría ser tan fuerte.

Pam pensó en las largas noches, en los llantos, en cómo cada respiro le dolía. No era tan fuerte como todos pensaban, pero decirlo no ayudaría a nadie.

—Todos hacemos lo que tenemos que hacer —dijo—. Saldrías adelante porque no hay alternativa. Pero sospecho que Kirk y tú vais a estar juntos mucho mucho tiempo.

A Jen se le llenaron los ojos de lágrimas.

—Gracias por decirme eso. Espero que tengas razón. Echo de menos a papá.

Pam asintió. Se le hizo un nudo en la garganta y de pronto deseó estar en casa. Lulu nunca sacaba el tema de John y Pam era la única que decidía qué podía y que no podía soportar.

—No va a conocer a su nieto —a Jen le caían las lágrimas por las mejillas—. Pienso en eso constantemente. Es muy injusto.

Pam quería gritarle y decirle que no podía ni llegar a imaginarse lo que era injusto. Que lo que había perdido ella era mucho mayor. Más duro. Más cruel.

Los padres de uno tenían que morir en algún momento porque eran mayores. Pero no un marido. No tan pronto. No había estado preparada.

Sin embargo, no dijo nada. Sacó el alijo de pañuelos de papel que llevaba siempre encima y le pasó un par. Jen se secó los ojos.

–Lo siento.

–No lo sientas. Yo lloro todo el tiempo. Intento no hacerlo fuera de casa, pero aun así me sigue pasando.

Jen asintió y se sorbió la nariz.

–Mamá, si quieres venir a casa y quedarte con nosotros, sabes que puedes, ¿verdad?

Por primera vez en días, Pam sonrió espontáneamente.

–Te quiero, pero mudarme con Kirk y contigo es mi idea del infierno.

Jen se rio.

–Me lo imaginaba, pero siempre eres bienvenida.

–No te lo tomes a mal.

–No. Aunque odiarías más todavía vivir con los chicos.

–En eso tienes razón.

Jen se puso recta.

–Ya basta de hablar de mis emociones. ¿Cómo estás? En serio. Dime la verdad. ¿Mejor que antes?

Pam pensó en las largas noches y en los días terriblemente solitarios. Pensó en cómo vagaba de habitación en habitación esperando a alguien que jamás volvería. Pensó en el dolor, en las lágrimas, en las botellas de vino que consumía. Pero entonces miró el precioso rostro de su hija y supo que mintiendo le haría el mayor de los favores.

–Mejor. No estoy genial, pero mejor.

Capítulo 21

–Deberíamos hacer algo hoy –dijo Eric.

Eran las nueve de un domingo por la mañana. Nicole aún tenía que ducharse y, por supuesto, vestirse. Había estado deseando pasarse todo el día sin hacer nada. Ahora que Greta se ocupaba de cosas como la compra y la limpieza, su tiempo libre había dado un giro a mejor y estaba encantada.

–¿Qué tienes en mente? –preguntó mientras pensaba en tomarse otro café, aunque eso supondría tener que levantarse e ir a la cocina–. Podría mirar algo en Internet. Seguro que hoy hay algo divertido en el Centro de Ciencias de California.

Era un lugar donde Tyler también se divertía mucho. Aún era pequeño para otros museos.

–Bueno, también está el Rancho La Brea. Le gustaría.

–No me refiero a ir a un museo –le dijo Eric–. Estaba pensando en celebrar una fiesta. Aquí.

–¿Una fiesta? ¿Hoy?

–Claro. Con unas pocas personas solo. Haremos barbacoa de hamburguesas. Será genial.

Nicole vio cómo su idea de pasar el día sin hacer nada se evaporaba como la bruma. Mirando el lado bueno,

Eric llevaba meses sin querer relacionarse con gente más allá de sus amigos escritores y eso significaba que había mucha gente a la que ella tampoco había visto últimamente. Sus amigos eran, en su mayoría, parejas, y ahora que Eric y ella no actuaban como una pareja, habían estado rechazando invitaciones.

–Tienes razón –dijo con firmeza. Se levantó y fue a preparar café–. Deberíamos invitar a todos nuestros amigos. Seguro que algunos están ocupados hoy, pero que vengan los que puedan. Nos vendrá bien pasar un rato con ellos.

Eric sacó una libreta y empezó a hacer una lista. Al momento había ascendido a veinte personas, aunque Nicole imaginaba que tendrían suerte si conseguían que asistiera la mitad. Una vez la lista estuvo hecha, la dividieron y empezaron a enviar mensajes.

Al cabo de una hora tenían siete síes y una lista de la compra. Dos de las parejas irían con sus hijos, por lo que serían catorce adultos, dos niños y ellos.

–Somos diecinueve –dijo Nicole comprobando las cuentas otra vez.

–Lo compraremos todo en Costco –señaló Eric–. Hamburguesas, panecillos, un par de ensaladas, cerveza y zumo para los niños.

–No será orgánico –señaló Nicole–. ¿No crees que Greta podrá olerlo cuando llegue mañana por la mañana?

Su marido se rio.

–Yo me ocupo de Greta. Agradezco que cuide tan bien de Tyler, pero a veces hay que dejarse llevar y divertirse un poco.

–Eso lo dices ahora, pero espera a tenerla delante.

–Puedo con ella.

Nicole saboreó el momento de felicidad. Ese era el Eric que recordaba, pensó con alegría. El hombre dulce y divertido que quería pasar tiempo con su familia y relacionarse con sus amigos. Tal vez había sido demasiado crítica con su nuevo trabajo y con cómo habían cambiado las cosas. Tal vez debía seguir su consejo y dejarse llevar.

–Mientras tú vas a Costco, yo iré con Tyler a Patty Cakes para comprar los *cupcakes*. Llegaremos a casa antes que tú, así que sacaré las mesas plegables y las limpiaré.

–Va a ser divertido –le dijo Eric mientras se levantaba y bordeaba la mesa. Le dio un beso en la cabeza.

–Sí –susurró ella cuando su marido ya había salido de la cocina.

–¡Ay, Dios mío! No me lo puedo creer –exclamó Julie dando una palmada–. Cuando nos enteramos de que Eric había vendido su guion, nos quedamos asombrados. Os conocemos desde hace una eternidad y miraos ahora, sois como una pareja famosa de Hollywood.

Nicole tuvo la precaución de seguir sonriendo mientras preparaba una bandeja con condimentos para sacar al jardín. Sonreír era importante, pensó. Porque la fiesta era diversión y esos eran sus amigos. Sin embargo, las cosas no estaban marchando como creía que irían. En lugar de charlar sobre cómo les iba a todos, la gente solo quería hablar de la venta del guion de Eric.

No le importaba que él fuera el centro de atención. Había trabajado mucho y se merecía reconocimiento por ello. Pero había querido pasar un rato con sus amigos, no hacer una fiesta de celebración en honor a Eric.

Julie suspiró.

–Ojalá Shane hiciera algo así. Sería genial.

–Quieres a Shane. Es un tipo fantástico.

Julie sonrió.

—Lo querría más si fuera famoso, eso seguro –se acercó a ella y bajó la voz–. No me puedo creer que luego nos vaya a leer unos fragmentos. Estoy emocionada.

—¿Qué?

Su amiga asintió.

—Me ha dicho que nos va a leer un par de escenas. Es información completamente privilegiada. Lo estoy deseando.

Nicole hizo lo que pudo por no mostrar su asombro. ¿Que les iba a leer parte del guion? ¿En voz alta? ¿No estaba llevando las cosas demasiado lejos?

—¿Cuál es tu parte favorita? –preguntó Julie–. Ya tienes que estar harta del guion, así que gracias por complacernos al resto.

Nicole logró seguir sonriendo a pesar de estar sintiendo algo de náuseas. No tenía una parte favorita del guion de Eric porque no había podido leer nada. Él nunca le había dejado. Ni una sola vez, por muchas veces que se lo había pedido. ¿Y ahora en cambio les iba a leer un par de escenas a sus amigos?

Le pasó los condimentos a Julie.

—¿Puedes sacar esto, por favor? Quiero ver cómo estamos de bebida. Hay que asegurarse de que tenemos suficiente para que luego podamos brindar por Eric.

—Sí, sí, claro.

Julie salió al jardín por la puerta trasera.

Nicole se apoyó en la encimera. Todo iría bien, se dijo. Además, al menos no tendría que preocuparse de aburrirse durante la lectura. Sin embargo, ahí de pie en la cocina, se preguntó qué estaba pasando. ¿Había olvidado Eric que ella no había leído el guion? ¿Se trataba de un desaire gigantesco?

Se dijo que ya lo hablaría con él más tarde, que ahora mismo había una fiesta y quería divertirse. Comprobó la bebida y sacó al patio una bandeja de ensalada de patata.

Los tres niños ya se habían agotado corriendo de un lado para otro y ahora estaban tirados en una manta bajo la sombra de un árbol jugando con camiones de basura de plástico. Eric y algunos de los hombres estaban junto a la barbacoa. Todos los demás estaban o sentados en sillas plegables o en mantas sobre el césped. La música salía de unos altavoces inalámbricos.

Le llegaban fragmentos de conversaciones distintas.

—No, en serio, ¿has conocido a algún famoso?

—He oído que era como un millón de dólares. Me preguntó si se mudarán.

—Ahora tienen niñera. Tiene que ser genial.

Nicole miró a sus invitados y pensó en todo el tiempo que había pasado desde la última vez que los había visto. Eric había elegido volcarse en su guion, pero ¿qué excusa había tenido ella? Había dejado que su amistad se marchitara. Sí, cierto, había estado ocupada, pero no era razón suficiente. Si quería tener a gente en su vida, tenía que sacar tiempo para ellos.

Echó más ensalada de patata en el cuenco y se llevó el recipiente vacío a la cocina.

Mark, un amigo de Eric de la empresa de informática, la siguió adentro.

—Todo el mundo está hablando del contrato de Eric.

—Ya lo he oído.

—Nos resulta muy divertido. A lo mejor podéis ir a alguna entrega de premios y os vemos por la tele.

—A lo mejor. Hace siglos que no os veo a Paige y a ti. ¿Cómo va todo? Cuéntame.

Mark desvió la mirada.

—Bien.

—¿Qué pasa? ¿Va todo bien?

Mark sonrió.

—Todo va genial, no te preocupes —se acercó a ella—. ¿Puedes guardar un secreto?

—Claro. Dime.

—Paige está embarazada. De tres meses. Lo cierto es que hoy íbamos a empezar a contarlo, pero hemos recibido vuestro mensaje. Hoy lo que importa es Eric y no queremos robarle protagonismo. Pero estamos muy felices.

—Enhorabuena —le dijo Nicole—. Es maravilloso. Ojalá se lo contarais ya a todos. Es una noticia alegre y maravillosa.

—La próxima vez —dijo Mark y miró afuera—. Anda, mira. Eric va a leer el guion. No me lo quiero perder.

Nicole lo vio alejarse y lo siguió lentamente. ¿No debería ser más importante la noticia de un bebé que la lectura de un guion? ¿Pero qué estaba pasando? A lo mejor era ella, pensó. Tal vez era extremadamente sensible. Tenía algo contra la fama y todo lo que tuviera que ver con el mundo del espectáculo por cómo su madre la había presionado, pero no podía evitar la sensación de estar siendo arrastrada por algo que no podía controlar y que no entendía del todo.

—Demasiado rosa —dijo Adam.

—La palabra que estás buscando es «abrumador» —Shannon estaba a su lado en la «sala de fiestas» del Salón de Belleza Epic y se dijo que en realidad la pintura no estaba vibrando en las paredes, que simplemente lo parecía.

Quien fuera que hubiera diseñado el espacio, se había lucido. Aunque la parte delantera del salón era sutil y elegante, en tonos gris y lavanda, ahí al fondo todo era rosa por todas partes. Las paredes, las mesas, las sillas, los manteles, incluso las persianas eran de distintos tonos de rosa. Globos que iban del rosa más pálido al rosa pintalabios flotaban cerca del techo. Una limonada rosa llenaba las jarras que había sobre la mesa. Los *cupcakes* tenían cobertura rosa.

—Ahora me asusta pensar cómo será la pizza —admitió él—. Y me encuentro algo mareado. ¿Te puede marear la abundancia de un mismo color?

—Creo que a tu testosterona le preocupa verse comprometida.

—Y con razón —miró a su alrededor—. Esto no es normal, ¿no? ¿Tengo motivos para tener miedo?

—Sí, pero vas a tener que soportarlo. Accediste a esto para el cumpleaños de tu hija —le dio una palmadita en el brazo—. No te preocupes. No te vas a quedar y dudo que unos minutos en este ambiente hostil basten para convertirte en una mujer.

—Te estás burlando de mí.

—Ahora mismo es muy fácil burlarse de ti.

Adam la acercó y la besó.

—No sé cómo expresarte lo feliz que estoy de que estés aquí salvándome el culo.

—Tienes un culo bonito y merece la pena salvarlo.

Él sonrió.

—Eres irresistible y, en cuanto deje a mis hijos con su madre, te lo voy a demostrar cinco veces seguidas.

—Con que cinco veces, ¿eh? Menuda oferta.

—¿Y qué te parece si además añado una cena?

—Vendida.

Él la soltó y recorrió la habitación.

—No tengo mucho que hacer.

Shannon asintió, porque tenía razón. Epic ofrecía fiestas de cumpleaños infantiles con servicio completo. Primero a las niñas les harían la mani-pedi y después irían a la sala del fondo para la celebración en sí. El local proporcionaba la pizza, la bebida y los *cupcakes* junto con la decoración. Y para un tipo como Adam, eso era como un regalo caído del cielo. Lo único que había tenido que hacer era la reserva y preparar la tarjeta de crédito. Qué campaña de marketing tan brillante.

—¿Seguro que vas a estar bien?

—Estaré bien —le aseguró pensando que un grupo de niñas de nueve años no podían dar tanto miedo. Y si se equivocaba, tenía una botella de vino esperándola en casa.

—Porque me puedo quedar.

—Eres un encanto al ofrecerte, pero veo el miedo en tus ojos. Todo irá bien —lo empujó hacia la puerta—. Ve a pagarle la fiesta a esa amable señora. Las niñas llegarán pronto.

Adam asintió y fue hacia la zona delantera del establecimiento. Shannon recorrió la habitación una vez más, asegurándose de que todo estaba en orden. Había una mesa para los regalos y otra con las bolsitas de obsequios para las invitadas que había preparado el salón y que contenían un bote de pintauñas, varios tatuajes temporales y joyas de plástico.

En la fiesta no estaría el regalo de Adam. Él se lo quería dar por la noche durante la cena, a la que Shannon se había negado a asistir. Tenía la sensación de que con una fiesta de tres horas tendría suficiente como para luego pasar más tiempo con la familia.

Salió a la parte delantera para confirmar que todo estaba correcto y se encontró a Char llorando y a Adam algo desesperado.

—No me dice qué le pasa. Char, si no me lo dices, no te puedo ayudar.

—No importa —dijo su hija—. Vete. Estoy bien.

—No te puedo dejar así. Tu fiesta empieza en unos minutos. Dime.

Char se sorbió la nariz.

–Papá, estoy bien. Voy a divertirme en la fiesta. Te lo prometo. Vete.

Adam vaciló y miró a Shannon.

–¿Me llamarás si necesitas ayuda?

–Al instante –le prometió.

Char se acercó a ella.

–Shannon está aquí, papá. Estoy bien. Deberías ir a recoger a Oliver.

Porque su hermano pequeño estaba en casa de un amigo.

Adam miró la puerta y volvió la mirada hacia ellas.

–De acuerdo, pero ya sabéis dónde encontrarme –las besó a las dos en la mejilla y se marchó.

Cuando se fue, Shannon señaló las sillas que había en la sala de espera.

–Tenemos unos minutos antes de que lleguen tus invitadas. ¿Por qué no me cuentas qué pasa?

Char se sentó y los ojos se le volvieron a llenar de lágrimas.

–Es por la fiesta. Quería el tratamiento facial y papá ha dicho que no. Que no lo iba a pagar. Pero cuando Bree celebró aquí su fiesta, tuvimos el tratamiento facial y a todo el mundo le encantó. Dice que la fiesta ya es demasiado cara, pero todas mis amigas se van a burlar de mí.

Shannon sintió un golpe en el estómago. Sabía que Adam había estado en contra de la idea del tratamiento facial desde el principio y lo entendía. Char solo tenía nueve años y lo del tratamiento facial sonaba muy de adultos. Por otro lado, odiaba ver a la niña tan disgustada justo antes de su fiesta.

–Lo siento, Char, pero no te puedo ayudar con algo a lo que tu padre se ha negado concretamente.

—Ya lo sé —la niña agachó la cabeza—. No puedes actuar a sus espaldas aunque sea mi cumpleaños.

Shannon reconoció el intento de la niña de culpabilizarla, pero no caería. Aun así, se sentía fatal.

—¿Hay algo que podamos añadir a la mani-pedi que no se haya hecho en las otras fiestas? —preguntó, segura de que estaba siendo débil y de que la niña estaba jugando con ella pero incapaz de contenerse.

A Char se le iluminó la cara al instante.

—Decoración de uñas. Nadie lo ha hecho —señaló los anuncios en las paredes—. La oferta de purpurina.

Shannon vio que efectivamente existía esa oferta para las fiestas. El precio la hizo estremecerse, pero ya era demasiado tarde para echarse atrás.

Se levantó y fue hacia la recepcionista.

—Bueno, pues que empiece la fiesta.

Noventa minutos más tarde, tenía un dolor de cabeza terrible. No sabía que diez niñas de nueve años pudieran hacer tanto ruido y con un tono de voz tan chillón.

La fiesta en sí fue brillante. El salón estaba asociado con una escuela de belleza de la zona y eran alumnas las que se ocupaban del evento. De ese modo, Epic no entretenía a sus empleadas con clientas que tardarían al menos otra década en volverse clientela habitual y las alumnas tenían la oportunidad de practicar.

La oferta de decoración de uñas con purpurina había sido un éxito. Ahora, mientras esperaban a que llegara la pizza, las niñas correteaban por la sala presumiendo de manicura y pedicura.

Shannon estaba ocupada recorriendo la habitación y asegurándose de que todo el mundo tenía bebida. Había creído que al menos se quedarían un par de madres, pero todas se habían ido corriendo y era la única adulta allí a excepción del personal del salón, lo cual hacía imposible que se pudiera relajar por completo.

En la mesa había una pila de regalos. Se abrirían después del almuerzo pero antes de los *cupcakes*, tal como le había dicho Char. Y después de los *cupcakes*, todo el mundo se iría a casa. ¡Aleluya!

—No tenemos refrescos —dijo Char—. ¿Podrías ocuparte?

Shannon vaciló. Aunque las jarras estaban vacías, hubo algo en el tono de la niña que la hizo detenerse. Fue un tono de prepotencia que le resultó increíblemente irritante.

—Claro —respondió pensando que Char estaba demasiado nerviosa. Al fin y al cabo, era su fiesta.

Fue a hablar con la coordinadora de la fiesta para decirle que necesitaban más refrescos y volvió a la sala a tiempo de oír a la hija de Adam decir:

—Ah, no es mi madrastra. Solo es alguien con quien está saliendo mi padre. Ni siquiera creo que sean novios.

—Pero te cae bien —dijo una de las niñas—. Es muy simpática.

Char se encogió de hombros.

—No está mal. No somos amigas ni nada. Yo jamás saldría con ella.

—Al menos tu padre solo sale con una mujer. Mi padre no. Es asqueroso.

Shannon salió de la habitación. La coordinadora de la fiesta corría hacia ella con una jarra en cada mano.

—Espera, ya te ayudo —dijo Shannon y agarró una jarra sin pensarlo. Porque lo único que podía hacer era moverse. Si paraba, tendría que pensar en lo que había dicho Char. Tendría que admitir la verdad; que mientras ella había estado intentando conocer mejor a la hija de Adam, a Char solo le había interesado utilizarla para que su fiesta fuera mejor.

Ya de vuelta en la sala, sirvió el refresco en los vasos asegurándose de sonreír. Elogió la decoración de uñas de las niñas y se dijo que ya se arrepentiría luego de haber sido una tonta y que solo faltaba una hora aproximadamente para poder escapar.

Unos minutos más tarde la coordinadora entró con varias cajas de pizza de The Slice Is Right. Shannon la ayudó a servir la comida y las niñas se sentaron.

Char ocupó la cabecera de la mesa.

—¡Yo primero! —anunció en alto y observó las cajas de pizza abiertas. Señaló la de *pepperoni*—. Quiero una porción de esa. Shannon, ¿me la puedes traer?

Todas las niñas se giraron para mirarla. Algunas parecían sorprendidas y otras tenían miradas maliciosas, como si todo estuviera planeado. Aunque tal vez simplemente estaban disfrutando ante la oportunidad de ver a un adulto sufrir.

Shannon se rio, como si Char estuviera gastándole una broma.

—Tienes nueve años, no noventa. Puedes servirte tu propia pizza.

—Pero es mi cumpleaños.

—Felicidades —Shannon miró la mesa—. Necesitamos más servilletas. Voy a por ellas.

Prácticamente, salió corriendo de la habitación y una vez fuera, se apoyó contra la pared.

¿Había manejado bien la situación? ¿Tendría que haberle servido la pizza? Ojalá supiera qué era lo correcto. Tal vez estaba reaccionando de forma exagerada por lo que había oído; tal vez estaba dejando que sus propias inseguridades alteraran su visión de las cosas.

—Aquí hay más servilletas.

Dijo la coordinadora poniéndoselas en la mano.
—Gracias.

Shannon respiró hondo y volvió a la fiesta. Las niñas estaban charlando y no parecieron darse cuenta.

Después de la comida, Char insistió en que todo el mundo se sentara formando un círculo y le fueran pasando los regalos, uno a uno. Los abrió y les dio las gracias a todas, aunque también lanzó algunas indirectas sobre las elecciones. Era una faceta de la niña que Shannon no había visto nunca.

Se dijo que debía callarse y aguantar hasta que terminara la fiesta.

Cuando las invitadas se marcharon, recogió el recibo de Adam y el suyo y llevó los regalos al coche.

Una vez los regalos estuvieron apilados en el asiento trasero, Char se abrochó el cinturón de seguridad y suspiró.

—¡Ha sido la mejor fiesta del mundo!
—Me alegro de que la hayas disfrutado.
Char la miró.
—¿Qué? ¿Por qué lo has dicho así? ¿Es que tú no te has divertido?

—Yo no era una invitada —respondió Shannon. Al parecer, había ido en condición de chica con la que salía su padre, aunque no quería sacar el tema. Llevaría a la niña a casa y nada más, se dijo. Sin discutir. Y después se iría.

Todos le habrían parecido buenos consejos de no ser por un problema: no era solo una chica con la que Adam estaba saliendo. Estaba enamorada de él y los dos ya estaban hablando de formar un futuro juntos. Si dejaba que Char mantuviera esa actitud, ¿no estaba siendo cómplice? ¿O, como poco, alguien que se lo toleraba?

No sabía cuál era su lugar en esa situación. ¿Qué debía hacer? ¿Qué le estaba permitido hacer? Nadie le había dado un manual, ni siquiera unas instrucciones básicas.

—Sabía que harías esto —dijo la niña con un suspiro exagerado—. Sabía que no te alegrarías por mí.

—¿De qué estás hablando?

Char la miró.

—No te caigo bien. Solo estás haciendo estas cosas para que mi padre se piense que te caigo bien.

Shannon no sabía de dónde venía esa acusación.

—Char, si no me cayeras bien, ¿por qué habría intentado que tu fiesta fuera mejor? Tu padre no estaba allí. No sabe lo que he hecho. Lo he hecho por ti —se giro hacia ella—. Tengo que decirte que estoy muy decepcionada. Creía que éramos amigas. Siento haberme equivocado.

Char desvió la mirada.

—¿Por qué estás haciendo esto? ¿Por qué me estás estropeando el cumpleaños? Querías que lo pasara mal. Lo sé.

—Lo que dices no tiene sentido. Has tenido todo lo que querías. Querías que pagara la oferta de decoración de uñas y lo he hecho.

Char se giró de nuevo para mirarla.

—Tú te has ofrecido a hacerlo. No es culpa mía. Además, es mi cumpleaños. Tengo derecho a pedir. Y ni siquiera me has dado la porción de pizza. Has sido muy cruel.

—No. Lo que ha sido cruel ha sido que le dijeras a Madison que su regalo no era lo suficientemente caro y que no sabías si podrías seguir siendo su amiga.

Char se sonrojó.

—Me ha comprado calcetines. Eso es un regalo de abuela.

—Eran bonitos y de tus colores favoritos. No puedes criticar un regalo, Char. Esa es la cuestión. La gente te quiere demostrar que le importas y, si te quejas, lo que demuestras es que no te importa nadie. Has avergonzado a tu amiga delante de todo el mundo. Independientemente del recuerdo que te quede a ti de este día, lo que va a recordar ella es que le ha dolido el estómago y que ha deseado poder estar en cualquier sitio menos en tu fiesta. Una cosa es ser el centro de atención en tu cumpleaños y otra muy distinta es hacer daño a la gente en el proceso.

Char palideció y volvió a sonrojarse. Arrugó la boca y los ojos se le llenaron de lágrimas.

–Te odio –dijo con la respiración entrecortada–. Lo has estropeado todo. Le voy a contar a mi padre lo que has hecho y no va a volver a verte nunca.

–Es muy probable –murmuró Shannon–. Muy probable.

Volvieron a casa de Adam sin hablar. Lo único que se oía eran el motor del coche y los sollozos de Char. Cuando pararon en la entrada de la casa, Char salió corriendo y se metió en casa. Shannon apagó el motor y apoyó la cabeza en el volante. Sinceramente, veía que eso no tendría consecuencias muy buenas para su futuro.

Acababa de cargar con todos los regalos cuando Adam salió corriendo de casa.

–¿Qué ha pasado? Char está gritando que su fiesta ha sido una ruina y que es culpa tuya.

–No ha sido exactamente así. Ha pasado alguna que otra cosa.

La expresión de Adam se endureció.

–Necesito que me digas exactamente qué ha pasado. ¿Qué le has dicho para disgustarla? Por Dios, Shannon, es el cumpleaños de mi hija. ¿Por qué está llorando ahí dentro como si le hubieran partido el corazón?

Ella le tiró los regalos.

–Para empezar, está enfadada porque no se ha salido

con la suya. Aunque tampoco es eso, porque ha jugado conmigo y se ha aprovechado de mí como una profesional. He pagado la oferta de decoración de uñas, pero no le bastaba. Quería ser el centro de atención y me parece muy bien. Es su cumpleaños. Pero me he negado a servirle la pizza y han pasado otras cosas.

Él la miró.

—¿De qué estás hablando? ¿Todo esto es porque no has querido pasarle a una niña de nueve años una porción de pizza?

—No. No exactamente. Es más que eso. Ha sido cruel con algunas de sus amigas y...

—¿Ha sido cruel contigo? Shannon, es una niña. Tú eres la adulta. La comunicación es tu responsabilidad. He de admitir que estoy muy decepcionado con todo esto. Creía que iría mejor. Creía que podía confiar en ti.

Shannon sintió como si le atravesaran el corazón. Eso sí que había sido un golpe certero, porque no pudo responderle nada. Adam tenía en casa a una cumpleañera llorando y a su novia ahí fuera. En caso de presión, ya sabía perfectamente hacia qué lado tiraría su lealtad.

—Estás obviando lo importante —le dijo.

—¿Sí? Por eso normalmente tengo tanto cuidado a la hora de presentarles a mis hijos a alguien con quien estoy saliendo. Tú no tienes familia, así que no puedes entenderlo, pero esto es un asco. Está disgustada, sigo sin saber lo que ha pasado y tendré que aguantar esta situación todo el fin de semana. Después tendré que explicarle a su madre cómo es posible que mi novia haya dejado que pase todo esto. Lo único que quería era asegurarme de que mi hija tuviera un buen cumpleaños.

Ella lo miró.

—¿Y qué te hace pensar que yo no quisiera eso? No estabas ahí, Adam. Ten cuidado con tus acusaciones y tus suposiciones porque hay cosas que, una vez dichas, no se pueden retirar.

Él levantó las manos.

—Si me disculpas, tengo que ir a arreglar las cosas con Char.

Se dio la vuelta y volvió a la casa. Shannon se quedó allí y lo vio marcharse. Se dijo que se centrara en el momento, que sintiera lo que tenía que sentir, que asumiera que así serían las cosas si Adam y ella seguían juntos. Que sus hijos siempre serían lo primero. Que fueran cuales fueran las circunstancias, ellos serían en quien creería mientras que ella sería la sospechosa.

Se subió al coche diciéndose que no debía sacar conclusiones. Que al final Adam acabaría dándose cuenta de que no era la mala de la película. Que lo lamentaría y que lo superarían.

Mientras conducía se preguntó cuánto tiempo tardaría Adam en darse cuenta de que Char no era la única persona con la que tenía que arreglar las cosas… o si se daría cuenta en algún momento.

Capítulo 22

Pam estaba sentada en el pequeño escritorio del estudio esperando a que se inicializara el portátil. Había pasado buena noche, había dormido varias horas seguidas. Hacía semanas que no se sentía tan descansada, y eso significaba que había llegado el momento de abordar una de las tareas difíciles que había estado posponiendo: el correo de John.

Él, que siempre pensaba en todo, tenía una lista con los nombres de usuario y las contraseñas en el cajón. Habían estado allí por si ella necesitaba tener acceso a algo mientras él estaba en el trabajo, pero al final había resultado ser útil tras su muerte.

El papeleo y la logística que acompañaban a la muerte de un cónyuge eran continuos y onerosos. Steven y Jen la habían ayudado con algunas cosas, pero después de las primeras semanas, habían vuelto a sus vidas. Poco a poco, ella había ido encargándose de lo demás.

Había cuentas de banco y cuentas de inversión que cambiar, conocidos a los que dar la noticia, suscripciones y membresías que cancelar. Cada vez que se giraba, había algo nuevo de lo que ocuparse, algún otro elemento olvidado de la vida de John que tenía que ordenar.

Tomó aire lentamente para calmarse antes de acceder a su cuenta de correo electrónico y sacudió la cabeza al ver unos cien mensajes esperando.

Ocuparse del correo basura fue sencillo porque los mensajes que requerían respuesta los remitía a su cuenta. Encontró propaganda electoral, algo de publicidad del concesionario de coches y algo sobre una compañía de cruceros.

Se fijó en la línea del asunto y se quedó paralizada en la silla. Un intenso dolor la golpeó por delante y por detrás, le robó el aliento e hizo imposible que pudiera contener las lágrimas.

«Nueva información para la reserva...».

El número lo vio borroso, al igual que el texto del correo cuando lo abrió. Se quedó allí sentada y dejó que las lágrimas le cayeran por las mejillas.

El crucero. El crucero que John y ella habían tenido tantas ganas de hacer. Él había hecho la reserva justo después de su fin de semana de retiro sexual, cuando lo hacían como conejos tres veces al día.

Se cubrió la cara con las manos. Habían hablado sobre todos los lugares donde practicarían sexo, sobre ir a visitar las tortugas en Gran Caimán y recorrer un río en Jamaica. Habían hecho planes y ahora él ya no estaba.

Unas pequeñas uñas le rozaron el muslo. Bajó la mirada y vio a Lulu sentada sobre las patas traseras mirándola con inquietud.

–Lo siento, pequeña –dijo al levantarla y abrazarla. Lulu le lamió la mejilla.

–Sé que es duro cuando me pongo así –murmuró Pam–. Odias verme tan triste. Es que no lo puedo evitar. Echo mucho de menos a tu papá.

Lulu levantó las orejas e intentó bajar. Cuando Pam

la dejó en la moqueta, la perrita corrió hacia la puerta del garaje ladrando sin parar.

A Pam la invadió el llanto. Había dicho «papá» y Lulu había creído que por fin John volvía a casa.

—No está aquí —susurró aunque sabía que Lulu no podía oírla—. No va a volver a casa nunca. No vamos a volver a verlo nunca.

Apoyó los codos en la mesa y volvió a cubrirse la cara con las manos. Esa situación tenía que acabar, se dijo. No podía seguir haciéndose eso, sufriendo día tras día. Todo el mundo decía que las cosas serían más sencillas con el tiempo, pero no era así. Todo el mundo prometía que empezaría a recuperarse, pero hasta ahora lo único que había sentido era el infierno de saber que John jamás volvería a casa.

Puso las manos sobre su regazo y miró la pantalla del ordenador, aunque en realidad no veía nada. Desde lo más profundo de su pecho soltó un grito de protesta mientras de fondo oía el constante latido de su corazón.

Porque aunque emocionalmente se estaba derrumbando, físicamente estaba bien. Provenía de un largo linaje de mujeres que habían vivido hasta bien entrados los ochenta años. Tenía que enfrentarse a los próximos treinta años sin John y no entendía de qué servía vivir así.

Lulu volvió al estudio con su cabecita mullida agachada, como si estuviera derrotada. Tenía el rabo entre las patas. Pam la levantó y la abrazó.

—Lo sé —susurró—. Duele mucho.

Se secó la cara y volvió a mirar la pantalla del ordenador. Tendría que llamar a la compañía de cruceros para cancelarlo o preguntar si Jen y Kirk podían ir en su lugar, pero los dos estaban trabajando y reservándose todos los días libres para después de que el bebé naciera. No, lo cancelaría. Porque no iría de crucero sola. Eso sería tremendamente deprimente.

Durante un segundo intentó imaginarse en el barco: una figura patética vagando sin rumbo fijo de un lado a otro. No podía hacerlo. Y por supuesto ni siquiera quería intentarlo. Tal como se sentía, terminaría tirándose del barco en algún momento.

Volvió a centrar la atención en la pantalla. Tenía que haber un número de contacto en alguna parte. Empezó a revisar el correo y entonces se dio cuenta de lo que había pensado unos segundos antes.

Podía tirarse del barco.

Dejó a Lulu en el suelo y puso las manos sobre el teclado. No, era ridículo. No iba a suicidarse. Estaba mal y era egoísta.

Por otro lado, la gente se caía de los barcos constantemente. Lo oía mucho en las noticias. La gente se perdía en el mar.

No, no podía hacerles eso a sus hijos. Perder a un padre de forma inesperada era una cosa, pero saber que su madre se había suicidado sería otra muy distinta. Se quedarían destrozados. Pensarían que no los quería. Y sí los quería. Desesperadamente. Pero no entendían lo duro que era estar sin John. No sabían lo vacías que eran las noches y la vida que tenía por delante.

Aun así, eran sus hijos y la querían. Jamás les haría daño.

¿Y si creyeran que había sido un accidente?

Pam le dio vueltas a la idea. Si era un accidente, la echarían de menos, pero no se sentirían abandonados. ¿Podría hacerlo? ¿Podría hacerles pensar que estaba bien y después saltar del barco?

Volvió a mirar el correo. Además de los billetes, había información sobre el itinerario y varias excursiones en tierra. Consultó los puertos y vio que el viernes pasaban el día en el mar.

El crucero empezaba un sábado. Si participaba en las distintas actividades, hablaba con la gente y fingía estar pasándolo bien, nadie sospecharía. Podía hacerse notar lo suficiente como para que la gente la recordara y dijera que la habían visto triste por su marido pero que claramente se estaba recuperando. Después, el jueves por la noche se resbalaría y caería por la borda y jamás tendría que volver a sentir la pérdida de su marido.

Era la solución perfecta, pensó algo más que sorprendida. Y era exactamente lo que tenía que hacer.

Dejó la idea reposar en su cabeza unos segundos. No le produjo ni horror ni repulsión, solo la sensación de que era lo correcto. No podía vivir sin él y no lo haría.

Imprimió los billetes. Mientras la impresora zumbaba, consultó las excursiones y solo tardó unos minutos en encontrar las que quería.

Su objetivo era ser visible y hacer amigos. Para el día en Jamaica reservó la excursión al jardín botánico Shaw Park Gardens, a las cascadas del río Dunn y a la playa. Se le encogió un poco el pecho al buscar las excursiones en la Gran Caimán. Había querido ver la granja de tortugas desde que recordaba y John siempre le había gastado bromas con eso.

Se puso recta y reservó las visitas a la Granja de Tortugas, a Hell, al Tortuga Rum Cake y la ruta escénica. Para la isla de Cozumel, eligió las ruinas mayas de Tulum y el viaje a Playa del Carmen.

Una vez hecho, imprimió las confirmaciones, apagó el ordenador y se levantó. Miles de pensamientos le revoloteaban por la cabeza. Había mucho que hacer, hacía semanas que no tenía ningún objetivo. Había miles de cosas por organizar. Quería dejarlo todo en orden, hasta el más mínimo detalle. Tenía un plan y estaba decidida a llevarlo a cabo.

—Lo siento —dijo Nicole al entrar en el salón—. Solo quería asegurarme de que Tyler estaba dormido. Una vez cae, aguanta hasta la mañana, pero de vez en cuando le puede costar un poco llegar a ese punto.

Shannon asintió.

—Seguro que no he ayudado nada al presentarme aquí así.

—Te adora —se sentó frente a su amiga—. ¿Quieres hablar? —preguntó con delicadeza. No le importaba tener compañía; es más, tener allí a Shannon era genial. Pero le preocupaba esa tristeza que veía en sus ojos, por no hablar de la bolsa que había llevado con unos cinco sabores distintos de Ben & Jerry's. Existía un número limitado de razones por las que necesitaban esa clase de ayuda emocional.

Shannon se llevó las rodillas al pecho y se rodeó las pantorrillas con los brazos.

—Es Adam —admitió—. Hemos tenido una pelea enorme. Estoy enfadada y él está enfadado. Ha sido horrible.

Se colocó su melena larga y pelirroja detrás de la oreja y apretó los labios.

—Es por los niños. O mejor dicho, por la falta de ellos. Yo no tengo hijos. Lo entiendo. Pero ¿por qué ha pensado tan mal de mí? No soy una mala persona. Quería que Char se divirtiera. ¿Pero me ha escuchado él? Claro que no. Ha jugado la carta de padre.

Levantó una mano.

—Es él el que es padre, lo sé. Y entiendo que ser padre significa tener responsabilidades. Pero yo jamás les haría daño a Char ni a Oliver. Ella ha sido horrible y él no ha querido escucharme. Directamente ha dado por hecho que yo había hecho algo terrible y que era una mala persona –sacudió la cabeza–. No soy una mala persona.

Nicole hizo todo lo que pudo por asimilar tanta información.

–Vale, me ayudaría mucho saber qué ha pasado contigo y con los niños. ¿Era hoy el cumpleaños de Char?

–Sí. Y no ha sido para nada tan chulo como el de Tyler. Prefiero a Brad el Dragón mil veces más que a un grupo de niñas en un *spa*.

Shannon le explicó lo del complemento de la decoración de uñas con purpurina y lo maleducada y prepotente que había sido Char.

–Yo quería que su cumpleaños fuera especial. Quería que estuviera feliz y emocionada. Pero ha pasado algo más, era como si tuviera algo que demostrar.

–¿Y se había comportado así antes? Hay niños que son simplemente odiosos.

–Sé a lo que te refieres y la verdad es que no. Ha sido más complicada que Oliver, pero no en el mal sentido. Creo que es muy protectora con su madre y eso es admirable. Por lo general, es agradable y normal, pero en la fiesta ha estado como si la hubiera poseído un demonio narcisista.

Shannon apoyó la cabeza en el respaldo del sofá.

–No logro asimilar lo que me ha dicho Adam. Me ha dicho que estaba decepcionado. Ha sido como si me estuviera regañando. No me ha gustado nada eso. ¿Y por qué no ha querido hablar conmigo sobre lo que ha pasado?

Nicole enarcó las cejas.

–¿Aún no has hablado con él?

–No. Yo no voy a llamar y, al parecer, él tampoco. ¿Qué opinas?

—Que eres una persona dulce y amable y que él debería conocer los datos antes de asignar culpas.

Nicole pensó en las personas que conocía que estaban divorciadas; nadie de su círculo más íntimo, aunque sí algunas clientas que habían pasado por ello.

—Ser padre soltero tiene que ser duro –admitió–. Se debe de sentir culpabilidad y estrés. Pero debería conocerte lo suficiente como para confirmar lo que ha pasado. Podría perdonar que en ese momento no lo haya hecho porque estuviera disgustado, pero no perdonaría que lo deje pasar durante varios días.

Shannon parpadeó varias veces y después miró al techo, como si estuviera conteniendo las lágrimas.

—Sí –dijo después de aclararse la voz–. Eso es lo que he pensado yo también. Cuanto más tarde en llamarme, peor creo que irán las cosas entre nosotros. Estaba muy enfadado y no ha querido escuchar mi versión. Lo quiero, pero también sé que aquí se ha equivocado. Debería haber hablado conmigo.

Nicole pensó que tal vez tenía razón. No le gustaría que alguien le dijera qué hacer con Tyler. Era suyo. Suyo y de Eric. Pero Eric era distinto. Por mucho tiempo que pasara fuera de casa, estaba segura de que quería a su hijo. Sin embargo, si hubiera alguien más en medio, sería un desastre.

—La relación con los hijastros no debe de ser sencilla –admitió Nicole–. Adquieres mucha responsabilidad y, por otro lado, o tienes poca opinión o ninguna en todo lo que sucede. Eso sí que es como un campo de minas.

—Ni siquiera son mis hijastros y ya estoy teniendo que enfrentarme a esto –dijo Shannon taciturna–. Creía que era el hombre de mi vida. Creía que íbamos a hacer que funcionara. Pero ahora no sé en qué punto estamos. ¿Acaso le importa que no nos hablemos? ¿Ha acabado todo?

—Podrías llamarlo —dijo Nicole con delicadeza.

—¿Y qué le digo? ¿Le pregunto si está listo para disculparse?

Nicole no tenía respuesta. Por dentro pensaba que tal vez intentar acercarse a él era un buen primer paso. Sobre todo si Shannon quería que la relación funcionase. Pero entendía que su amiga pensara que era Adam quien debía dar ese paso. Aunque si ninguno de los hacía nada, se quedarían estancados.

Más o menos como les pasaba a Eric y a ella. Estaban estancados. Estaban casados, pero no eran una pareja de verdad. No desde hacía un tiempo. Los problemas económicos estaban solucionados, pero nada más había mejorado. Él seguía estando muy ausente y moviéndose en una dirección que no parecía incluirlos a ellos.

—Ojalá tuviera un mejor consejo que darte —dijo Nicole.

—No creo que ahora mismo haya una respuesta. Creo que Adam y yo necesitamos tiempo.

Nicole asintió.

—¿Quieres helado?

—Sí.

—¿Y tequila?

Shannon sonrió.

—Tú sí que sabes cómo hacer que una chica lo pase bien.

Pam firmó una y otra vez. Había montones de pequeñas pegatinas con una flecha indicándole dónde debía firmar. Fue pasando las páginas y sintió cómo su satisfacción aumentaba con cada firma.

—Excelente —le dijo Dan, su asesor financiero—. Estoy impresionado, Pam. En las primeras reuniones que tuvimos después de que perdieras a John, estaba preocupado por ti. Pero ahora te veo muy bien.

–Gracias –murmuró con cuidado de mirar a los documentos mientras hablaba. Dan era amigo de la familia y temía que si lo miraba a los ojos él captara que estaba tramando algo.

No estaba bien en absoluto. Le era imposible respirar sin querer gritar por lo mucho que echaba de menos a John. Pero su decisión le había dado energía. Y lo más importante, le había dado un propósito. Tenía cosas que hacer para preparar el viaje… y su consecuente ausencia. Aunque no estuviera dispuesta a vivir con tanto dolor, se negaba a ser una carga para sus hijos en el proceso.

Él agarró los papeles y los revisó para asegurarse de que todas las firmas estuvieran donde debían. Ella esperó pacientemente.

Varios años atrás, John y ella lo habían puesto todo en un fideicomiso. Era el modo más sencillo de transferir bienes dentro de la familia sin tener que preocuparse por desacuerdos entre hermanos e impuestos enormes. Desde que se había enterado del seguro del hombre clave y la compra de su parte del negocio, había sabido que tenía que hacer algo. Una vez había decidido suicidarse, se había sentido motivada para dar el siguiente paso financiero.

Había dividido la cantidad que quedaba tras el pago de impuestos de la venta del negocio en dos mitades iguales. Una había ido a su fideicomiso y la otra mitad había quedado apartada para sus hijos.

Cuando fuera declarada perdida en el mar, es decir muerta, Dan se ocuparía de su patrimonio y sus hijos recibirían su dinero con los mínimos problemas y las mínimas esperas.

La casa también formaba parte del fideicomiso. Pensó

que tal vez Jen y Kirk la querrían. Tendrían suficiente para comprarles su parte a Steven y Brandon. Si no la quería nadie, se vendería y el dinero se repartiría entre los tres hermanos.

Terminó con Dan y después salió del lujoso despacho. Su siguiente parada era ir a ver a Hayley. Había quedado para comer con la secretaria de John.

Llegó al Café de Gary con cinco minutos de margen. Cuando llegara a casa tendría que llevar a Lulu a dar un largo paseo por la playa para compensarla por haberla dejado sola toda la mañana. Al entrar en el restaurante pensó en lo duro que sería abandonar a su pequeña... no solo durante el crucero. Lulu la echaría mucho de menos.

Admitió que pensar en la perrita era mucho más sencillo que pensar en sus hijos y que no había pensado verdaderamente en ellos, en cómo les impactaría todo. Perder a sus dos padres con tan poco tiempo de diferencia sería devastador para ellos. Lo entendía. Pero también sabía que estaba tomando la decisión correcta. No podía seguir viviendo sin John. La gente lo tenía que entender.

Estaba sentada en un banco mientras miraba los especiales anotados con tiza. El Café de Gary se había abierto en los años cincuenta y no había cambiado mucho desde entonces. Lo habían reformado varias veces, pero cada nueva versión era exactamente igual a la anterior. Había bancos rojos, mesas de formica y una máquina de discos en una esquina. La comida no era lujosa, sino deliciosa y sencilla. A diferencia de los establecimientos que se anunciaban diciendo que no empleaban microondas para demostrar que su comida era saludable, el Café de Gary no usaba microondas directamente porque nunca había tenido.

Hayley entró y la vio. Pam se levantó, la abrazó y se volvió a sentar. Hayley se sentó frente a ella.

−¿Cómo estás? −preguntó Pam mirando a su amiga.

Hayley ya no tenía ojeras y, cuando sonreía, la sonrisa se le reflejaba en los ojos. Ese aire de tristeza se había esfumado. Todo ello eran señales de que se estaba recuperando de su último aborto.

−Estoy bien −dijo la preciosa rubia−, pero eso debería estar preguntándotelo a ti. ¿Cómo estás?

Pam ignoró la pregunta respondiendo:

−Estoy bien. Es duro, pero lo voy superando.

Hayley se inclinó hacia ella y sonrió.

−Cuánto me alegro de que vayas al viaje. Te ayudará a alejarte de aquí.

−Lo sé. Eso creo yo. Adoro mi casa, pero ahí me es imposible escapar. Veo a John por todas partes. Lo siento con cada aliento que tomo. En el barco me sentiré asustada y sola, pero creo que será mejor, aunque no tenga mucho sentido.

−Sí que lo tiene. Harás amigos. ¿No hacen reuniones para solteros? −al instante, Hayley se estremeció−. Lo siento. No pretendía que sonara como si fueras a salir con alguien, pero ya sabes a qué me refiero. Puedes conocer a otras mujeres que estén viajando juntas y hacer amigas.

Todo lo que estaba oyendo le parecía una pesadilla, pero no iba a ir al crucero para seguir adelante con su vida. Iba para ponerle fin. Y parte de su plan era hacer amigos suficientes como para que la gente se acordara de ella.

−Eso mismo pienso yo −mintió−. Un cambio de aires me irá bien.

Su camarera se detuvo junto a la mesa y les tomó nota de la bebida. Las dos miraron la carta.

−Aún me faltan unos kilos por recuperar −dijo Hayley con tono alegre−, así que voy a tomar hamburguesa con patatas.

—Yo también —dijo Pam. ¿Por qué no? Ya no tenía que preocuparse de su colesterol. La gente siempre decía que había que vivir como si te fueras a morir ya, que eso lo cambiaba todo. Y tenía que admitir que tenían razón.

—Tengo las instrucciones de la última vez que cuidé de Lulu —dijo Hayley—. ¿La comida sigue siendo la misma?

—Sí, aunque estamos usando un nuevo protector solar.

Hayley se rio.

—Sé que soy rara, pero me encanta tener que echarle crema solar —se puso seria—. Mierda, eso es porque la veo como a un bebé. Pero tampoco pasa nada por eso. Es muy dulce y tenerla acurrucada a mí es lo mejor del mundo.

—¿Qué piensa Rob de ella?

Hayley puso los ojos en blanco.

—No te lo vas a creer, pero la quiere más que yo. Y ya sabes que Lulu lo adora —sonrió ampliamente—. Ya le he avisado de que yo soy la tutora de tu perrita. Si te pasa algo, nosotros nos quedamos a Lulu.

Era una información que Pam había querido preguntar pero no había sabido cómo. Hayley y ella habían hablado del tema cada vez que le había dejado a Lulu. Jen había sido su apoyo siempre, pero con un bebé en camino, ahora sería demasiado para ella.

Por otro lado, Hayley también podría quedarse embarazada. Pensó en los abortos de su amiga y supo que ahora mismo no podía mencionar nada sobre el tema. Simplemente tendría que confiar en que Hayley podría ocuparse de Lulu y de un bebé.

—Hay dinero para el veterinario —dijo intentando que su tono sonara a broma—. Debería durarle para toda la vida.

La cláusula sobre el cuidado de Lulu estaba en su testamento desde que John y ella habían llevado a la perrita a casa. También había algunos legados individuales y una gran cantidad para donar a sus obras benéficas favoritas.

Hayley sacudió la cabeza.

–Pero no estoy preocupada, sinceramente. A ti no te va a pasar nada. Y, si te pasa, yo estaré ahí para tu angelito. Lo prometo.

Pam parpadeó para contener las lágrimas.

–Eres una buena persona. Te agradezco todo lo que has hecho por nosotros todos estos años.

–No he hecho nada.

–Has cuidado de John. Siempre confié en que lo harías.

Hayley arrugó la boca.

–Me vas a hacer llorar. Quería a John. Era como un pilar para todos y el hombre más bueno del mundo. Steven es genial. Me gusta trabajar con él, pero echo de menos a John a diario.

Pam asintió.

–Yo también.

Su camarera volvió con las bebidas y las miró.

–¿Están bien?

–Lo estaremos –respondió Pam–. Después de tomarnos nuestras hamburguesas.

–Tienen poderes mágicos –dijo la camarera–. ¿Quieren patatas fritas?

–Por supuesto –contestó Pam–. Estamos viviendo a lo grande.

Shannon se dijo que ser mayor tenía valor. Que podía saborear el momento de madurez, de actuar de forma gentil. Que, desde el punto de vista kármico, estaba ocupándose de su futuro. Pero todo era mentira. Lo cierto era que estaba dolida y frustrada y pensando que haberse enamorado de Adam había sido un gran error porque él era un superidiota.

Se dirigió a la puerta de la casa de Adam y llamó. Él respondió unos segundos más tarde.

—Hola. Gracias por venir.

Qué guapo estaba. ¿No era tremendamente injusto? Por otro lado, lo veía un poco despeinado, muy cansado y greñudo, como si necesitara un corte de pelo. Sus dedos quisieron apartarle el pelo de la frente y después acariciarlo. Porque acariciar a Adam siempre era divertido.

Su mirada oscura la recorrió de arriba abajo y en ese momento ella podría haber jurado que lo había oído exclamar su «¡guau!», como la primera vez que se habían visto. Porque independientemente de lo que pudiera ir mal entre ellos, a Adam siempre le había parecido la mujer más atractiva del mundo.

—¿Estás bien? —preguntó él.

—No lo sé.

—Sigues enfadada.

—¿Lo preguntas o lo afirmas?

—Las dos cosas.

—Bastante.

Él se apartó.

—Por favor, pasa.

Cuando la había llamado y le había dicho que quería verla, ella no había sabido si le apetecía. Había pasado una semana. Una semana intercambiándose mensajes breves. Los de él habían sido del tipo «Necesito tiempo». Los de ella en un principio habían sido un «Que te jodan», pero finalmente habían quedado editados con un más generoso «De acuerdo».

Sin embargo, al entrar en su casa, algo dentro de ella cambió. Recordó lo mucho que lo había echado de menos a pesar de sus intentos por no hacerlo. Pensó en cómo la hacía reír y que era uno de los hombres más emocionalmente generosos que conocía. Hasta el incidente con Char, habría dicho que estar con Adam siempre la hacía sentirse mejor consigo misma. Y eso era algo muy difícil de encontrar.

–Tenemos que hablar, pero a Char también le gustaría hablar contigo.

¿Char? Shannon se detuvo y después se obligó a seguir avanzando. Decirle que no quería saber nada de su hija no era una solución al problema. Si quería que las cosas funcionaran entre los dos, tenía que pensar en cómo manejar las dificultades que implicaba la relación con sus hijos.

Adam tendría que hacer lo mismo, aunque ahora Shannon estaba más preocupada por cómo había reaccionado al oír el nombre de la niña.

Siguieron hasta el salón. Char estaba sentada en el extremo del enorme sillón modular. Tenía los hombros agachados y parecía más pequeña de lo que recordaba. Cuando la niña levantó la cabeza, Shannon vio que había estado llorando.

Se detuvo y tiró de Adam.

–¿Vas a obligarla a hablar conmigo?

–Esto ha sido idea suya –respondió Adam torciendo la boca–. O mejor dicho, es idea suya y de su madre, aunque no te lo creas. Anoche fue a su casa y hoy me ha llamado Tabitha para decirme que Char quería hablar contigo.

Shannon miró a la niña de nueve años, que se levantó lentamente. Le temblaba el labio inferior y una lágrima le caía por la mejilla.

Si estaba actuando, lo estaba haciendo muy bien, pensó un poco conmovida.

–Gracias por hablar conmigo –susurró Char.

–De nada.

Shannon se acercó a la zona alargada del sofá y se sentó. La pequeña se sentó en el centro del sofá y la miró. Adam se quedó donde estaba, esperanzado y preocupado a partes iguales.

Char entrelazó los dedos. Seguía con la cabeza agachada y cuando empezó a hablar, Shannon apenas pudo oírla.

—Lo siento —susurró—. Por lo de la fiesta. Quería que fuera la mejor y mis amigas también. Ninguno de nuestros padres querían pagar la oferta de decoración de uñas de purpurina, así que pensamos cómo podríamos hacerlo para que fuera en mi fiesta.

Shannon se dijo que debía controlarse; que aunque no debía enorgullecerse de que varias niñas de nueve años la hubieran utilizado, la realidad era que había estado fuera de su elemento y que no tenía experiencia. Todo ello hacía que los comentarios de Adam sobre que no era la madre de sus hijos no solo fueran ciertos sino además algo que tendría que reconsiderar más adelante.

—¿Pensaste que sería fácil de manipular? —preguntó intentando mantener un tono neutro.

Char asintió.

—Sabía que te gustaba mucho mi padre y que, si me hacías feliz, a él le gustarías más. Además, algunas de mis amigas tienen padres divorciados y me dijeron que tenía que tener cuidado contigo. Que tenía que actuar de cierto modo para que hicieras lo que yo dijera.

Shannon estaba a punto de preguntarle que le explicara mejor esa respuesta tan confusa cuando Adam habló.

—¿De qué estás hablando? —preguntó con dureza—. ¿Cómo actuaste?

Char miró a su padre. Le caían las lágrimas por la cara.

—Como una malcriada. Como si fuera su jefa y ella

tuviera que hacer lo que yo dijera. Hice que me trajera cosas y no fui amable. Lo siento, papá.

Adam se pasó la mano por el pelo.

—¿En serio? —miró a Shannon y sacudió la cabeza—. No tenía ni idea.

Ella quiso señalar que eso se debía a que no había querido escucharla, pero pensó que tal vez era un buen momento para estar callada.

Char pareció encogerse.

—No quería ser mala. No me gustó hacerlo, pero cuando empecé, ya no pude parar. Y todas se estaban divirtiendo en la fiesta y quería que siguieran haciéndolo.

Miró a Shannon.

—Me sentí muy mal cuando hablé con papá, pero no podía decirle la verdad. Así que esperé a ver a mi madre anoche y se lo conté todo. Se quedó muy decepcionada conmigo por haberme portado así y por haber mentido a mi papá —se giró hacia él—. Lo siento, papi. Pensé que si sabías lo mala que fui, me castigarías, y tus castigos siempre son peores que los de mamá.

Adam murmuró algo para sí.

Char se mordió el labio inferior.

—Tenía miedo. Por Shannon. Sé que te gusta, y si la creías, te enfadarías mucho. Pero ahora me da miedo que yo ya no te vaya a caer bien a ti y entonces te marcharás y mi padre se pondrá triste y yo también te echaré de menos.

Shannon intentó verle la lógica a esas palabras. Al principio se preguntó por qué le preocupaba que su padre se fuera a marchar y después entendió que la niña se estaba refiriendo a ella.

El alivio que sintió fue instantáneo. Con esa explicación entendía por qué las cosas se habían descontrolado. Los niños cometían errores, ¿verdad?

Adam fue hacia el sofá y se sentó. Alargó los brazos. Char corrió y lo abrazó. Le temblaba todo el cuerpo con los sollozos.

–Ahora entiendo los comentarios de Tabitha –dijo por encima de la cabeza de su hija–. Quiere que la llame luego. Me ha dicho que teníamos que hablar sobre apuntar a Char a actividades distintas para que haga nuevas amigas –acarició la espalda de su hija–. También me ha dicho que teníamos que pensar juntos en un castigo para que las consecuencias por lo que ha hecho fueran las mismas en las dos casas. Ahora entiendo por qué.

Char se puso derecha y la miró.

–No quiero que te vayas –admitió–. No quiero que te enfades conmigo. Lo siento, Shannon. Me gusta cuando estás aquí. A veces me asusto porque me gustas y no eres mi madre.

A Shannon se le encogió un poco el pecho. Había estado aguantando bien hasta ese último momento.

–A mí también me gustas –le dijo a la niña.

Adam abrazó a su hija.

–Bueno, ya has dicho lo que querías. Ahora voy a llevarte a casa de mamá.

Porque ese fin de semana no le tocaba quedarse con los niños.

–¿Tabitha ha querido que hiciera esto hoy?

–Sí –respondió Adam–. Le parecía que el tema se había enconado demasiado. Voy a llevarla a casa y vuelvo ahora mismo. ¿Puedes esperar?

Ella asintió. Cuando él se fue, se quedó en el sofá. Habían pasado demasiadas cosas, pensó. Su relación tenía muchos filos y si no tenía cuidado acabaría cortándose y malherida.

Los hijastros eran una complicación. Una que no sabía manejar. Quería a Adam, eso no había cambiado, pero no sabía cómo afrontar esa parte de su vida. Tener hijos con él o con alguien iba a ser más distinto de lo que imaginaba. Iba a ser duro. Valdría la pena, sin duda, pero no sería fácil.

Adam volvió tan rápido como había prometido. Se acercó a ella, la puso de pie y la besó en la boca.

—Lo siento —dijo acercándola a sí—. Me he equivocado por completo. ¿Podemos hablar?

—Claro.

Se sentaron. Él le agarraba la mano.

—Después de la fiesta estaba enfadado. Char estaba llorando y diciendo que le habías arruinado su cumpleaños. Yo no había estado allí y me sentía culpable y furioso.

—No confiaste en mí —dijo Shannon recordando lo traicionada que se había sentido—. No te molestaste en escuchar lo que había pasado.

—Estaba llorando. Tenía que ocuparme de eso.

—¿Por qué? No estaba sangrando. Podrías haberte tomado dos minutos para dejar que te explicara lo que había pasado, pero ni siquiera te lo planteaste. Escuchaste la mitad de lo que tenía que decir, diste por hecho que le había hecho daño y fuiste a consolarla.

Él le soltó la mano.

—Nunca pensé que le hubieras hecho daño.

—Sí, claro que sí. Te agradezco la disculpa, Adam. No me malinterpretes. Pero no es solo por lo que me hizo a mí. Fue horrible con Madison. No le gustó el regalo de la niña y la avergonzó por ello. No estoy diciendo que haya que castigarla por eso, pero es algo que tiene que saber. Si actúa así con todas sus amigas, dentro de unos meses no le quedará ninguna.

A él se le tensó la mandíbula.

—Shannon, estoy intentando hacer esto bien. Necesito que te olvides de Char y que hablemos de nosotros. Ya me ocuparé de Char luego. Tabitha y yo vamos a hablar de ella y de lo que ha pasado. Le preguntaré por Madison. Pero ahora, ¿podemos por favor hablar de ti y de mí?

Una pregunta razonable, se dijo. Porque ella no podía hacer nada con respecto a Char. La niña no era asunto suyo. Para eso Adam tenía a Tabitha, y esa circunstancia nunca cambiaría.

Ella no podía entrometerse y actuar como si fuera parte de la familia. Adam, Oliver, Char y Tabitha ya eran una familia. Por mucho que vivieran en sitios distintos, formaban una unidad. Tenían una historia. Pasara lo que pasara, durante el resto de su vida, ella jamás formaría parte de eso. Si Adam y ella seguían juntos, en ciertos aspectos siempre se sentiría como si estuviera al margen.

Podía generar sus propios recuerdos con los niños. Podía amar a Adam e incluso casarse con él. Pero siempre serían dos círculos separados con solo una pequeña zona de intersección. Una gran parte de lo que era Adam no le pertenecería a ella.

—¡No! —respondió Adam con firmeza agarrándole las dos manos a la vez—. No lo hagas, Shannon. No me dejes.

—Estoy aquí.

—Te vas a ir. Lo puedo sentir. Lo he estropeado todo, sí. Y voy a cometer errores. Pero te quiero.

—Yo también te quiero —admitió—. Pero que nos queramos no ha evitado el problema. No ha hecho que las cosas fueran más sencillas con Char.

—He hecho algunas cosas mal. Todos lo hacemos. Pero tenemos que ser capaces de superarlo. Quiero hablar de ello. Quiero fijar algunas estrategias para que esto no vuelva a pasar.

La miraba fijamente. Shannon podía sentir que quería que lo entendiera. Y lo cierto era que sí que lo entendía. Incluso más que él. Porque ella veía todos los puntos donde podían fracasar.

—No me voy a ir —le dijo—. Pero tengo que pensar en esto. Tus hijos cambian las cosas entre los dos.

—¿Para mejor? —preguntó esperanzado.

Ella se soltó una mano y le acarició la cara.

—Quiero que esto funcione.

—Y yo quiero creerte.

Lo besó. La presión de su boca contra la de ella le resultó agradable. Sí, cierto. Lo amaba. Pero el tema de los niños la confundía.

—Somos nuevos en esto —dijo ella—. Danos un poco de tiempo para mejorar.

—No me preocupa que yo me aleje. Me preocupa que lo hagas tú.

—No me iré.

—¿Lo prometes?

—Sí.

No se iría, pero ella, al igual que él, se tomaría algo de tiempo para pensar qué quería exactamente. Adam venía en un *pack* y ella no podía elegir las partes que prefería de la oferta. Era o todo o nada.

Había creído que la única duda sería si él querría tener otro hijo y qué haría ella si decía que no. Pero había más. Y aunque en el pasado había sido la clase de mujer que siempre había ido a por todas, ahora sabía que tenía que pensar en más cosas. Tenía que tener cautela. No solo para proteger a Adam y a sus hijos, sino para protegerse a ella también.

Capítulo 23

Nicole se sorprendió al ver a su marido levantado y tomando café. Normalmente, Eric seguía en la cama hasta mucho después de que ella se hubiera marchado para sus clases de la mañana, pero, por alguna razón, ese día estaba despierto y sentado en la mesa de la cocina.

–Buenos días –le dijo–. No te he oído llegar.

–Era tarde. Estuve revisando el guion con Jacob. Dice que tenemos luz verde.

–Es genial. Tienes que estar muy emocionado. Enhorabuena.

–Gracias.

Puso su taza portátil en la encimera. La llenaría justo antes de marcharse y se la bebería de camino al estudio. Era pronto, apenas las cinco y media. Tenía diez minutos para desayunar y prepararse el café. Después, un trayecto de diez minutos hasta el estudio y diez minutos más para prepararse para la clase. Algún día, se prometió, tendría una vida en la que pudiera vivir en intervalos de quince minutos. O incluso de veinte.

«Sueños, sueños», pensó con una risita.

–¿Qué te hace tanta gracia? –preguntó él.

Ella sacó un yogur griego de la nevera y le añadió un poco de cereales orgánicos.

—Solo estaba pensando en cómo vivo mi día a día. Por cierto, ¿qué tienes planeado ahora que has terminado el guion?

—Ponerme con el siguiente.

—Impresionante dedicación.

Se dijo que era suficiente con que estuvieran conversando y que no importaba que estuvieran actuando como dos desconocidos que viajaban juntos de camino al trabajo e intercambiaban comentarios de rigor sobre el tiempo.

—El fin de semana que viene hay una fiesta y me gustaría que vinieras conmigo.

Ella se sentó frente a él.

—¿En serio? —nunca le había pedido que lo acompañara a ningún sitio. Era todo un progreso, pensó feliz—. Me gustaría.

—Me alegro. Es el sábado. ¿Puedes hablar con Greta para que trabaje esa noche o buscar una niñera?

—Claro.

Él sonrió.

—Me alegra que te haga tanta ilusión. La fiesta va a ser genial. Irá toda la industria, así que reconocerás algunas caras. Tendrás que actuar con naturalidad. No te quedes mirando a la gente.

La ilusión que la había invadido en un principio había sido como burbujas rellenando espacios huecos en su corazón. Ahora algunas de esas burbujas se habían reventado.

—Naturalidad, de acuerdo —dijo decidida a sacar lo positivo del momento—. ¿Y qué clase de fiesta? ¿Un cóctel? ¿Un evento para socializar?

Él esbozó una sonrisa más amplia.

—Las dos cosas. Habrá una barra de aguas. ¿Te lo puedes creer?

–¿Una qué?

–Una barra de aguas –se la quedó mirando como si fuera idiota–. Con agua.

–Ah, vale –respondió Nicole–. Qué interesante.

–Habrá distintos tipos de agua de todo el mundo. Puedes hacer una cata.

¿De agua? Precisamente por eso probablemente había sido mejor que nunca se hubiera hecho famosa. Ella jamás sabría valorar todas esas cosas tan maravillosas que acompañaban a la fama.

–Suena divertido.

Él desvió la mirada.

–No lo entiendes.

–Vamos, Eric, es solo agua. Pero si te hace feliz, entonces lo del agua me hace ilusión.

–Tú limítate a no avergonzarme.

–Yo jamás haría eso.

–Tienes que ponerte algo bonito. No vayas como sueles vestir. Espero que puedas solucionarlo –se levantó y salió de la cocina.

Ella se levantó también y tiró el yogur. Después llenó la taza portátil y salió de casa.

Pam estaba delante de la terminal de cruceros esperando a que le dieran el turno de embarque, o como se llamara, antes de poder subir al barco. Había llegado a Fort Lauderdale la noche antes y, después de recoger el equipaje, la había ido a recibir una mujer mayor con una carpeta de Cruceros Princesa.

Más gente se había unido a ellas y después los habían llevado a todos a un bonito hotel. Esa mañana habían hecho un recorrido por la ciudad y después los habían trasladado a la terminal.

Aunque John y ella habían salido de vacaciones, nunca habían hecho un crucero. Había subestimado lo increíblemente grandes que eran esos barcos. La Princesa del Caribe se alzaba como un superedificio flotante y precioso. Había hileras e hileras de balcones y ventanas y lo que parecía todo un pueblo de gente intentando subir a bordo con diferencia de horas entre sí.

La fila avanzaba. Tenía el pasaporte en la mano. Ya se habían ocupado de su equipaje, así que solo llevaba encima las bolsas de mano. A su alrededor había parejas y familias felices riendo y hablando. No veía a nadie más que estuviera solo. Era la única.

Por un segundo pensó en darse la vuelta. Aún podía hacerlo. Podía tomar un taxi hasta el aeropuerto y comprarse un billete para casa. Ya se encargaría del problema del equipaje después. Podía volver a su vida y seguir adelante con la esperanza de recuperarse algún día. O de, al menos, poder respirar sin sentir que la pena la partía en dos.

Tras ella un hombre se rio. El sonido le resultó tan familiar, tan maravilloso, que se giró. ¡John! Había sido un milagro. Un indulto. Un…

Fijó la mirada en una pareja más mayor. El hombre era bajo y grueso, con el pelo oscuro y gafas. Volvió a reírse. El dolor le estrujó el corazón como una despiadada garra que jamás la soltaría. Miró al frente y avanzó unos pasos más.

Esa era la respuesta, se recordó. Solo unos días más y no volvería a sufrir.

Las filas avanzaban rápidamente y el embarque resultó ser un modelo de eficiencia. Entregó su tarjeta de crédito para cualquier cargo adicional, le dieron la llave de su camarote y un mapa y después se detuvo para que le sacaran una foto junto a otras personas felices.

Era una prueba, se dijo mientras sonreía ampliamente. Una prueba de que había estado ahí, una prueba de que estaba ilusionada. Más adelante sus hijos verían la foto y se dirían que se había estado divirtiendo. Los engañaría y ese sería el mayor favor que les podía hacer.

Sin embargo, mientras ese pensamiento se formaba en su cabeza, una voz le susurraba que el mayor favor que les podía hacer era volver a casa; aguantar y, como pudiera, avanzar a través de la ciénaga que era su vida sin John. Ser madre y abuela. Marcharse cuando le llegara su hora.

Sacudió la cabeza y avanzó más rápidamente hacia el barco. Había tomado una decisión. No iba a cambiarla ahora.

John les había reservado una *minisuite*. Pam exploró el espacio, tan bien aprovechado y cómodo. Tenía un baño y un armario de buen tamaño, una cama extragrande, un pequeño escritorio y un sofá. Abrió la puerta que conducía al balcón y salió a la calidez del aire tropical.

Vivía en el Sur de California, solo a unas manzanas de la playa, pero por alguna razón estar en el mar en Florida era completamente distinto. Pensó que tendría algo que ver con que el agua fuera menos profunda, o tal vez solo era una de esas cosas que alguien que no fuera científico no podía explicar.

Volvió a entrar y deshizo las maletas rápidamente. Vio un calendario de eventos para la noche e información sobre su primera parada en Cayos Princesa en las Bahamas al día siguiente.

Vio lo que había que hacer esa noche y decidió que iría a la recepción de bienvenida y a la actuación en vivo. Mientras tanto, había un barco por explorar.

Agarró el bolso y se guardó el mapa del barco en el bolsillo trasero de sus pantalones blancos tobilleros. Recorrió el estrecho pasillo hasta dar con los ascensores.

Bajó a la sexta planta, a la Cubierta Plaza. La gente llenaba el espacio abierto. Rodeó los ascensores y se vio en un enorme vestíbulo que se alzaba varios pisos. Había una mujer tocando el piano, una cafetería pequeña, un bar, una barra de vinos y una galería con pinturas y esculturas.

Vagó por allí, sonriendo y asintiendo mientras lo exploraba todo. Una vitrina de pasteles captó su atención.

–Los *éclairs* están deliciosos –dijo una mujer mayor antes de limpiarse la boca con una pequeña servilleta–. Ya me he tomado dos.

–Muy bien, pues entonces tomaré uno –Pam se dirigió a la joven que había tras el mostrador–. Un *éclair*.

La chica se lo puso en un plato pequeño y se lo dio.

–¿Algo más?

–Creo que con esto ya se me van a quitar las ganas de cenar.

Pam se detuvo un segundo, esperando a que la camarera le pidiera dinero, y entonces recordó que estaba de crucero. Casi todo estaba incluido. Dio un mordisco al *éclair* y lo saboreó. La crujiente ligereza de la pasta junto con el relleno cremoso y dulce, y todo ello rodeado de un toque de chocolate.

Definitivamente tendría que repetir, pensó.

Subió un par de cubiertas y miró algunos escaparates. Un cartel anunciaba que las tiendas abrirían una vez el barco zarpara. Vio varias marcas de cosméticos conocidas y algo de joyería que parecía interesante. Se aseguraría de comprar un recuerdo para cada uno. Le harían llegar sus cosas a su familia, lo cual le recordaba que tenía que asegurarse de enviar correos contándoles detalles de todo durante los próximos días. Debía enviar mensajes alegres para que sus hijos pensaran que lo estaba pasando genial.

Volvió al ascensor, subió a la cubierta 16, la Cubierta Sol, y se unió a una fiesta que había comenzado. Mientras el barco zarpaba, sonaba música en directo y la gente vitoreaba. Pam se tomó un Mai Tai tropical y sonrió hasta que le dolió la cara.

El sol era cálido, la brisa agradable y a su alrededor la gente reía y saludaba con la mano y hablaba sobre el comienzo de las vacaciones de su vida. Pam intentó sumarse a ellos. Habló unos minutos con una pareja joven de Gran Bretaña y llevó con su madre a un niño pequeño que estaba extremadamente nervioso. Sin embargo, todo pareció suceder desde una gran distancia. Estaba allí, pero no estaba allí. A medida que pasaba el tiempo, notaba cómo su fuerza se iba disipando.

Tanta multitud era demasiado para ella. El ruido. Todo.

Dejó su bebida en una mesa vacía y avanzó deprisa hasta encontrar los ascensores. Bajó a su planta, corrió a su camarote y se escondió dentro.

La densa cubierta de plástico que había protegido la colcha del roce de la maleta ya no estaba ahí. Le habían ordenado la habitación y en la mesa frente al sofá había un precioso centro de rosas rosas.

Le empezaron a fallar las piernas y tuvo que agarrarse a la pared para no caerse. Se tambaleó hacia el sofá y se dejó caer. Después agarró la tarjeta que había entre las flores. Le temblaban los dedos mientras abría el pequeño sobre.

Flores preciosas para mi mujercita preciosa. Te quiero cada día más. J.

No era un mensaje del más allá, pensó con tristeza.

John debía de haber solicitado ese servicio cuando reservó el crucero. Porque él era así.

Tocó uno de los pétalos, agachó la cabeza y se dejó llevar por la emoción. ¡Cuánto le dolía echarlo de menos!, pensó mientras lloraba. Estar sin él era una tortura.

Se tumbó de lado y lloró de dolor. «Pronto», se prometió mientras intentaba recobrar el aliento. Pronto.

Nicole no sabía qué le había impactado más, si lo que le había costado el vestido o lo poco que era en sí. El estilo era precioso, eso podía admitirlo sin problema. La pieza de crepé plisado era lo más bonito que se había puesto en su vida, incluyendo su vestido de novia. El escote cuadrado acabado en corazón era lo suficientemente bajo como para resultar supersexi sin enseñar demasiado. El vestido se ajustaba a las caderas y después se acampanaba hasta quedar por encima de la rodilla. ¡Pero había costado dos mil trescientos dólares! Con ese dinero se podría comprar un coche de segunda mano.

Se observó en el espejo un segundo más antes de encogerse de hombros. Eric había rechazado los dos primeros vestidos que había llevado a casa porque no le parecían lo suficientemente especiales. Al final había insistido en acompañarla a la tienda donde se había probado una docena de vestidos de cóctel hasta que se habían decidido por ese. Cuando había ido a pagar, ella se había esperado que la tarjeta de crédito gritara a modo de protesta, aunque comparado con lo que él se había estado gastando en ropa, el vestido era absolutamente razonable. Y eso no podía más que demostrar cuánto había cambiado su mundo en las últimas semanas.

Agarró la diminuta cartera de fiesta y se reunió con Eric en el salón.

Tyler le sonrió.

—¡Mami, estás preciosa!

—Gracias, cariño.

—Lo meteré en la cama a las ocho —prometió Greta—. Sí que estás encantadora.

—Gracias —Nicole se giró hacia Eric—. ¿Listo?

—Ajá. Vamos.

Abrazó a Tyler y salió de casa con su marido. Por un segundo se pensó alegar dolor de cabeza porque no le apetecía nada la fiesta, pero había prometido ir. Además, Eric y ella necesitaban pasar algo de tiempo juntos. No solo en la fiesta, pensó, sino después.

Ya que no sabían cuánto iban a tardar, Greta se quedaría a dormir. Nicole había pasado parte de la tarde ordenando la habitación de invitados y lavando las sábanas. Eric y ella habían reservado una habitación en el Hotel Beverly Hills e irían allí después de la fiesta. Sus bolsas de viaje ya estaban en el maletero.

Se preguntó cómo dormirían esa noche. Hacía meses que no compartían cama, pero estaba claro que eso iba a cambiar. ¿Harían también el amor? Echaba de menos sus momentos de intimidad, su conexión. Tal vez esa noche todo volvería a ser como antes.

Fueron directos al hotel a registrarse. Ella quería ver la habitación, pero Eric estaba ansioso por llegar a la fiesta.

Atravesaron Beverly Hills. No sabía adónde iba, pero Eric había estado antes en la casa. Era de un amigo de Jacob.

Entraron por un largo y ancho camino flanqueado por unos portones abiertos. Un aparcacoches se ocupó de su coche y le entregó un tique a Eric. Otro aparcacoches le abrió la puerta a Nicole.

Bajó y miró la casa de tres plantas. Era de estilo español californiano, con techo de tejas y mucho hierro forjado. Varios focos iluminaban el exuberante jardín y el aroma a jazmín nocturno llenaba el aire.

—¿Preparada? —preguntó Eric poniéndole la mano sobre la parte baja de la espalda.

Ella asintió.

Subieron los escalones para acceder al gran vestíbulo abierto de dos plantas. La música salía de altavoces ocultos. Los invitados socializaban y los camareros caminaban por allí con bandejas de aperitivos y copas de champán.

Todo el mundo estaba por encima de la media en lo que a físico se refería, pensó con inquietud. Eso sí que era una reunión de gente guapa. Vio a varias estrellas de la televisión y a un par de los integrantes de One Direction. A la izquierda, en el salón, juraría haber visto a Sandra Bullock hablando con Jacob, el amigo productor de Eric.

Eric agarró dos copas y le dio una. Ella pensó en mencionarle lo de la «barra de aguas», pero dudaba que pudiera pronunciar esas palabras sin sonar sarcástica. Quería que la noche fuera bien. Sería la perfecta acompañante a una fiesta.

Después de dar un sorbo de champán, agarró a su marido del brazo.

—Vamos a dar una vuelta por la sala para ver quién hay. Así te podrás hacer una idea mejor de con quién quieres asegurarte de hablar y quién puede esperar.

Él enarcó las cejas.

—Es un plan excelente.

—Gracias. Tengo habilidades.

Eric le lanzó una sonrisa.

—Habilidades extraordinarias.

Ella se rio.

Eric se la quedó mirando fijamente.

—Estás preciosa esta noche.

—Me alegra que te lo parezca —se puso recta—. Si alguien me pregunta, estoy aquí con el guionista más sexi desde que Matt Damon y Ben Affleck escribieron *El indomable Will Hunting*.

—Eso es.

Se sumaron a la multitud. Nicole no había sabido muy bien qué esperar de la fiesta. Había supuesto que estaría abarrotada, que habría mucho ruido y que estaría llena de gente intentando demostrar que ese era su lugar mientras que los que de verdad pertenecían a él querían demostrar que estaban demasiado arriba como para tener que esforzarse en aparentar. En eso no se equivocó. Pero lo que no se había esperado era la facilidad con la que Eric se integraba y encajaba allí.

Tal como ella propuso, hicieron un circuito por la fiesta. Lo ayudó a llevar la cuenta de quién estaba dónde. Después reorganizaron la lista en orden de importancia y comenzaron a relacionarse con la gente en serio.

Jacob fue el primero. Nicole lo había visto antes, aunque el encuentro había sido breve. Era alto, esbelto y bien vestido. Ahora la estaba saludando como si se conocieran de toda la vida y la besó en las mejillas.

—Tienes que estar muy orgullosa de tu marido —dijo.

—Lo estoy. Mucho.

—Yo también. Hay mucha gente que quiere estar en esta ciudad, pero son bastantes menos los que están dispuestos a trabajar de verdad. Eric creó una historia genial y la convirtió en un guion aún mejor. Va a ser un éxito.

—Enhorabuena.

Jacob rodeó a Eric con el brazo.

—Hay un par de personas que quiero que conozcas —sonrió a Nicole—. Cinco minutos, te lo juro.

—No hay problema.

Instintivamente, Nicole dio un paso atrás para darles

privacidad o espacio para alejarse. Se quedaron cerca, hablando atentamente. Jacob señaló a un grupo de mujeres jóvenes y dos de las chicas fueron hacia ellos.

«Las aspirantes», pensó Nicole, viendo cómo le estrechaban la mano a Eric y se quedaban demasiado cerca. Hubo mucho pavoneo y mucho pecho fuera mientras hablaron. Eric parecía halagado pero no interesado. Ella se fijó en Jacob.

Era un embaucador, pensó al ver cómo se deshacía de las chicas cuando ya había terminado con ellas. Vestía bien y tenía una seguridad en sí mismo que resultaba atrayente. Entendía que Eric se alegrara de tenerlo como mentor.

Se terminó el champán y cambió la copa por una llena. Después miró a su alrededor. A su madre le habría encantado esa fiesta. Entre los pesos pesados de la industria y las estrellas, habría ido por ahí corriendo y pidiendo autógrafos, lo cual habría humillado a Eric.

Eso era lo que su madre había querido para ella. Qué ironía que ahora lo estuviera viviendo su yerno.

Habló con una pareja muy agradable de diseñadores de vestuario y después comenzó a charlar con otras esposas a las que también se les había pedido que esperaran solo unos minutos.

Pero mientras les hablaba del guion de Eric y las escuchaba fanfarronear sobre sus maridos, una parte de ella deseaba estar en casa leyéndole a Tyler su cuento favorito antes de dormir. Ese mundo no era el suyo. Se había dejado influenciar por los sueños de su madre, pero en el fondo ella no había querido fama. Fortuna, sí, eso seguro. ¿Quién la podía rechazar? ¿Pero la idea de ser conocida, de que se le acercaran extraños o le pidieran autógrafos? No, gracias. Eric, al menos, tenía lo mejor de ambas partes: formaba parte del mundillo, pero podía ir al supermercado en paz.

Los «cinco minutos» con Jacob se convirtieron en una hora. Y cuando por fin Eric volvió a su lado, dieron una vuelta por la fiesta y hablaron con gente que él conocía. Jacob se acercó y les presentó a Steven Spielberg y a su mujer. Nicole escuchó la conversación sin participar. Dudaba que el señor Spielberg quisiera oír que le encantaba *E.T.* desde que era muy pequeña.

En cierto momento, después de la medianoche, dos chicos de One Direction se unieron a otro par de cantantes en una improvisada *jam session* y Nicole acabó en la barra de aguas participando en una cata. La estupidez de la idea la hizo reír. Aunque tal vez se reía por haber tomado champán con el estómago vacío.

A las dos de la mañana ya no podía más. Llevaba en pie desde las cinco y media y había impartido cuatro clases. Le dolían los pies, tenía hambre y lo único que quería era irse a casa.

Buscó a su marido y lo encontró hablando con Jacob. Al no estar segura de si debía acercarse o no, se quedó atrás y se sentó en un sillón muy mullido junto a las puertas dobles de cristal que conducían al lujoso patio trasero. En cuanto se sentó, se dio cuenta de lo mucho que le dolían los pies por los tacones y la espalda por haber estado tanto tiempo de pie. Le estaba suponiendo un gran esfuerzo no bostezar.

—Tu preciosa mujer está exhausta —dijo Jacob sonriéndole—. Deberías llevarla a casa —le guiñó un ojo a Nicole—. Si cualquiera de mis mujeres hubiera sido la mitad de encantadora...

Nicole se levantó como pudo.

—Qué amable eres —se acercó a Eric y se apoyó en él—. Lo siento —dijo bostezando finalmente—. Madrugo mucho.

Jacob asintió.

—¿Tenéis un hijo, verdad?

—Tyler. Tiene cinco años. Está lleno de energía.

Jacob le dio una palmadita en el hombro a Eric.

—Eres un hombre con suerte. Hablaremos el lunes. Esta noche hemos hecho progresos. Todo va bien —se despidió y se marchó.

Eric se lo quedó mirando un segundo y se giró hacia ella.

—¿Lista para irnos?

Notó algo en su tono.

—No, si no lo estás tú.

—Ya no tiene sentido que nos quedemos —contestó Eric yendo hacia la puerta.

Nicole lo siguió. Estaba segura de que estaba disgustado, pero no tenía ni idea de por qué. Por lo que había visto, la fiesta había sido un éxito.

—¿Has probado la barra de aguas? —le preguntó mientras esperaban a que les entregaran el coche—. Ha sido interesante. Es verdad que cada una sabía diferente. Mi favorita ha sido la de Finlandia. ¿Quién me lo iba a decir?

Eric no respondió. Cuando el aparcacoches apareció con su coche, se subió sin decir nada.

El breve trayecto hasta el hotel lo hicieron en silencio. Nicole decidió esperar hasta que estuvieran en la habitación del hotel para enterarse de lo que le pasaba.

Cuando él abrió la puerta de la habitación, entró sin esperarla y prácticamente le dio con ella en las narices. Nicole soltó su bolso, se quitó los tacones y se puso las manos en las caderas.

—¿Qué narices te pasa?

Eric se giró con la cara tensa de ira.

—Me has humillado delante de Jacob.

—¿Qué? ¿Estás drogado? Yo no he hecho eso.

—Prácticamente te estabas durmiendo en el sillón. Te has

ido de su lado en más de una ocasión, como si quisieras demostrar lo poco interesante que lo encuentras. ¿Sabes la suerte que tengo de que me haya contratado? ¿Sabes lo insólito que es que me haya comprado el guion? Lo menos que podrías haber hecho era fingir interés, pero no. Eso era demasiado para ti.

Ella se quedó boquiabierta.

–Te equivocas por completo. Yo no me he ido de su lado. Os estaba dando espacio. Privacidad. No sabía de qué ibais a hablar. Creía que si me quedaba pegada a ti, sería como si me estuviera entrometiendo. Estaba siendo educada.

–¿Así que ahora se llama así?

–Sí, y si pudieras tomarte un segundo y respirar, verías que lo que he dicho lo he dicho en serio. Eric, estaba orgullosa de ti. Estaba feliz de estar a tu lado. Quería que fuera una noche especial. He hecho lo que creía que querías.

–¿Roncando en un sillón?

–He bostezado. Me he levantado muy temprano y he trabajado toda la mañana. Estaba cansada. ¿Tan imperdonable es? –fue hacia la ventana y se giró de nuevo hacia él–. Estoy confundida. De verdad que he intentado hacerte feliz. Me he relacionado con la gente, he sido simpática, he probado la cata de aguas. No os estaba ignorando ni a ti ni a Jacob. Tienes que saberlo. ¿Qué está pasando?

Hablaba con tono delicado porque no quería discutir con él. Era un malentendido. Tenía que conocerla lo suficientemente bien como para creer que jamás intentaría humillarlo.

–Tuviste tu oportunidad hace muchos años. Tuviste tu oportunidad y no lo lograste. Y te conformaste. Ahora me ves consiguiendo mi sueño y no lo puedes soportar. Me tienes envidia por tener éxito.

Se le quedó mirando con la boca abierta. Se le habían agotado las formas de expresarle su asombro.

–Eso no es verdad. Adoro mi vida. Tengo mi negocio y os tengo a Tyler y a ti. No quiero pertenecer a la industria. No quiero lo que tienes y por supuesto no te envidio por lo que has logrado.

–Está claro que no me lo has puesto fácil. Me agobiaste para que consiguiera un trabajo. Querías que dejara de escribir.

–Dejaste tu trabajo sin hablarlo conmigo y después básicamente desapareciste. No ayudabas en nada y yo tenía que responsabilizarme de todo, incluso de pagar las facturas.

–Es el precio del arte. Ahora soy así.

El agotamiento la invadió hasta tal punto que solo quería desplomarse en la cama y dormir. No quería tener esa discusión en lo que se suponía que iba a ser una noche especial. Había creído que esa noche podría ser una oportunidad para hacer un cambio positivo, pero había resultado un desastre.

–No sé qué quieres –admitió Nicole–. Sé que estás enfadado, pero no entiendo por qué. No soy la mala, Eric. En la fiesta he creído que estaba haciendo lo correcto. Siento que no pienses lo mismo.

Se sentó en el borde de la cama y sacudió la cabeza.

–Has cambiado mucho últimamente. Todo es muy confuso.

–Y tú sigues siendo exactamente igual.

Ella levantó la cabeza.

–¿Qué significa eso?

–Que yo he cambiado y tú no. No quieres. Te gustaba como eran las cosas. Si por ti fuera, querrías que todo volviera a ser igual.

–Sí –admitió–. Pero ya no. Está claro que tú ahora

eres más feliz. Has encontrado tu pasión. Deberías ir tras ella. Deberías...

Las palabras de Eric le daban vueltas por la cabeza. Él había cambiado y ella no. La veía estancada en el pasado y ella veía que él solo se preocupaba por sí mismo. Habían llegado a un punto en el que ni podían retroceder ni podrían avanzar. No juntos.

Durante semanas se había preguntado cómo sería todo si se separaran. Había jugado con la palabra que empieza por «D», pero no lo había hecho en serio. No de un modo que significara nada.

Por primera vez contempló el abismo que suponía el divorcio y se preguntó qué sucedería si se viera obligada a ir al otro lado.

—Ya no quieres seguir casado —le susurró.

Él la miró con frialdad. Nicole vio emociones cruzando sus ojos pero ninguna de ellas era amable o tierna.

—No.

Así, sin más. Se obligó a seguir respirando, a centrarse en el momento. La realidad la abofetearía pronto, no había razón para precipitar el momento.

—¿Hay alguien más?

—No. Simplemente no quiero estar contigo —vaciló—. No estoy seguro de que te haya querido alguna vez.

Se quedó allí de pie un segundo y después fue hacia la puerta.

—Iré a reservar otra habitación. Por la mañana puedes ir a casa en taxi. Pasaré en algún momento a recoger mis cosas.

Y con eso se marchó.

Nicole se quedó sentada en la cama y respiró lentamente intentando permanecer en ese instante. Porque salir de él era como aceptar que su mundo acababa de derrumbarse a su alrededor.

Capítulo 24

Asistir a la reunión de solteros era lo último que Pam quería hacer. A pesar del atractivo del sol y la playa, no había pisado tierra ese día. Su balcón tenía vistas a la isla y había visto a los barcos pequeños, «gabarras» creía que se llamaban, llevando a gente feliz al otro lado del agua.

Se prometió que desembarcaría en Jamaica. Tenía el viaje organizado y su plan de mostrarse feliz y sociable. Le pediría a algunas personas que se sacasen una foto con ella porque sabía que ellos a su vez le pedirían lo mismo. Así, habría un registro fotográfico para más adelante.

Planear un suicidio que pareciera una muerte accidental era mucho más complejo de lo que había imaginado. Había muchas complicaciones y detalles a tener en cuenta. Pero le había venido bien. Así tenía algo en qué pensar que no fuera lo mucho que echaba de menos a John, lo cual era probablemente lo más raro y retorcido del mundo.

Miró el reloj y vio que era la hora. Agarró su bolso bandolera y su mapa y se marchó dispuesta a mostrarse simpática y sociable en el evento.

Llegó al club nocturno Skywalkers unos minutos después. Era uno de los lugares más altos del barco y las vistas eran espectaculares. Tenían una vista de pájaro de trescientos sesenta grados de la isla que habían dejado atrás y el mar Caribe ante ellos. Tanto el cielo como el agua eran de un azul precioso.

La sala era grande, con muchos asientos y, por supuesto, ventanales que iban de suelo a techo. La moqueta tenía un diseño en espiral con tonos alegres. Había sofás y mesas y muchas sillas. La música sonaba a un volumen agradable, pero tenía la sensación de que más entrada la noche habría mucho más ruido.

Se detuvo dentro del club y miró a su alrededor. Al principio no sabía qué pasaba, pero después la verdad cayó sobre ella. La reunión estaba más enfocada a solteros buscando pareja que a gente que simplemente quisiera hacer amigos en general. Había esperado conocer a algunas mujeres de su edad, tal vez alguien con quien pudiera entablar amistad.

Pero allí había mucha gente de veinte y treinta años. Mujeres con vestidos cortos y sexis y hombres merodeando por allí ojeando las ofertas.

Un hombre mayor la miró y le guiñó un ojo. Ella inmediatamente se dio la vuelta. No podía hacerlo, pensó. Tenía que salir de allí.

Corrió a los ascensores y pulsó el botón con desesperación. Ninguna de las puertas se abría. Volvió a pulsarlo una y otra vez, desesperada por salir. Por huir. Por volver a su habitación. ¿En qué había estado pensando? No estaba bien. Nada de lo que estaba haciendo estaba bien.

Las puertas del ascensor se abrieron. Antes de poder entrar, tuvo que esperar a que la gente que iba dentro saliera primero. Había una pareja de hombres jóvenes que pasaron por delante de ella, sin ni siquiera mirarla, seguidos de tres mujeres mayores.

Pam prácticamente se tropezó al entrar corriendo. Golpeó el botón de su piso una y otra vez. Le pareció que las puertas tardaron una eternidad en cerrarse. En el último segundo una de las mujeres mayores entró en el ascensor con ella.

—¿Estás bien? —le preguntó con preocupación.

—Estoy bien, aunque no me encuentro bien —solo tenía que volver a su camarote, donde podría llorar en paz.

—Esas dos oraciones no encajan bien. Creo que pasa algo más.

El ascensor comenzó a moverse.

La extraña se acercó.

—Soy Olimpia. ¿Y tú eres?

—Pam. Pam Eiland —se giró hacia la mujer y vio que la estaba mirando con una mezcla de compasión y comprensión.

—¿Estás sola? —preguntó Olimpia.

Pam asintió.

—¿Te has quedado viuda recientemente?

—¿Cómo lo sabes?

—Reconozco la mirada. Has ido a la reunión pensando que podrías hacer amigos y te has encontrado con supermodelos y salidos.

Pam sonrió a pesar de cómo se sentía.

—¿Salidos?

—Esos hombres horribles que solo quieren llevarte a la cama —Olimpia se estremeció—. ¿Por qué tienen que ser así? ¿Por qué tienen que dar por hecho que queremos acostarnos con ellos antes de siquiera conocerlos? Sé que entre los jóvenes es una actitud muy popular, pero no lo entiendo. ¿Por qué ibas a querer tocar un pene sin saber dónde ha estado?

—Nunca lo había visto de ese modo —admitió Pam mirando a Olimpia en realidad por primera vez.

Era menuda, mediría un metro cincuenta, y delgada.

Llevaba unos pantalones blancos tobilleros y una camiseta amarilla con un flamenco rosa de brillantes. Tenía el pelo corto y oscuro con algunas mechas rojas. Pam calculó que tendría cincuenta y muchos.

Llegaron a su piso. Varias personas subieron. Pam empezó a decirle que había sido un placer conocerla cuando Olimpia le agarró la muñeca y la detuvo.

–Dieciséis, por favor –dijo al hombre que había junto al ascensor. Se giró hacia Pam–. Vuelve arriba conmigo para conocer a mis amigas. Nos tomaremos una copa y nos presentaremos. Son chicas simpáticas. Les gustarás.

Pam dudó, y entonces las puertas se cerraron y se vio subiendo otra vez.

«Las viudas», como Pam pensaba en sus nuevas amigas, resultaron ser mujeres interesantes. Olimpia vivía en Florida, en Vero Beach. Estaba muy orgullosa de que uno de sus vecinos fuera una famosa novelista: Debbie Macomber. «Es la mujer más agradable que podrías conocer», decía. Olimpia no tenía hijos, pero era una ferviente voluntaria y colaboraba en todo, desde programas de alfabetización de adultos a bienestar animal.

Laura, una pelirroja alta y rellenita, vivía en Roanoke, Virginia. Odiaba los inviernos de allí, pero estaba cerca de sus cuatro hijos y nueve nietos, así que no contemplaba la opción de mudarse. Vivía en un piso con tres gatos y una colección de figuritas de Swarovski que, al parecer, superaba a cualquier otra del país.

Eugenia era de Dallas, Texas. Tenía un pelazo, un acento muy marcado y capacidad para darles cien vueltas a todas bebiendo. Ella también quería mudarse, aunque seguía donde estaba por sus hijos y sus nietos.

Las tres eran mayores que Pam, pero todas habían enviudado. Se habían conocido en cruceros y ahora hacían dos o tres viajes al año juntas.

–El Caribe, Alaska o México y después algún lugar exótico –dijo Eugenia–. El año pasado hicimos un crucero fluvial en Alemania. Mucho vino del bueno y, además, en el río el viaje es muy sosegado.

Después de que Olimpia hubiera llevado a Pam arriba y le hubiera presentado a sus amigas, Pam se había tomado una copa con ellas en el Salón Exploradores. El hecho de que fuera media tarde no había incomodado a nadie. Esa misma noche se había reunido con ellas para cenar.

Ya les habían retirado los platos principales y ahora estaban compartiendo un suflé de chocolate y tomando café descafeinado.

Laura asintió.

–Ese estuvo muy bien. Aún estamos planeando el último de este año. Yo propongo Italia.

Olimpia negó con la cabeza.

–De eso nada. Aún estoy molesta por lo que le hicieron a Amanda Knox.

Pam frunció el ceño.

–¿Quién?

Eugenia puso los ojos en blanco.

–Esa chica norteamericana acusada de asesinar a su compañera de piso. El juicio salió en todas las noticias. La dejaron en libertad y después volvieron a condenarla.

Pam miró a Olimpia.

–¿La conoces?

–No la ha visto en su vida ni conoce a nadie de su familia –dijo Laura–. Olimpia, cielo, eres muy rara. Lo sabes, ¿verdad? No es que no te quiera como a una hermana, pero eres muy extraña.

–Soy vieja. Puedo ser extraña si quiero. No voy a ir a Italia.

—Es un país precioso —dijo Eugenia suspirando—. Mi Roger y yo lo pasamos de maravilla allí. Vino magnífico y sexo magnífico —sonrió—. La combinación perfecta. La gente era muy afectuosa y simpática.

—Pues id sin mí —dijo Olimpia levantando su taza de café—. Yo estaré bien sola.

Pam no sabía qué opinar del trío. Estaba claro que llevaban mucho tiempo siendo amigas. Ahí había afecto y una historia. Y eso le gustaba.

—¿Roger es...? —preguntó con cautela.

—Mi difunto marido. Han pasado cinco años —Eugenia sonrió con tristeza—. Era un hombre maravilloso. Aún lo echo de menos —asintió hacia sus dos amigas—. Todas somos viudas. ¿Cuánto tiempo hace que murió tu marido?

Pam parpadeó para contener las lágrimas.

—Casi dos meses.

—Seguro que reservó el crucero antes de morir —murmuró Laura—. Y tú has venido de todos modos —ladeó la cabeza—. A mí me pasó lo mismo. Así conocí a Olimpia.

La mujer menuda asintió.

—Yo fui la primera. Mi marido murió hace casi veinte años. Iba a ir de crucero con una amiga, pero se echó atrás en el último minuto. Dije «¡A hacer puñetas!» y me fui sola. Estaba sola y aun así lo pasé bien. Volvía cada año hasta que conocí a estas dos y ahora viajamos juntas. Los cruceros son cómodos para mujeres de nuestra edad. No hay que cargar con el equipaje ni preocuparse porque el hotel sea seguro.

Pam no se lo podía imaginar y, aun así, tenía todo el sentido del mundo. Podían salir y divertirse. Ser ellas mismas. Ni la madre ni la abuela de nadie. Y no es que le importara serlo, pero lo que más quería era volver a ser la mujer de John y eso era imposible.

—Tenemos muchas cosas divertidas planeadas para esta

semana –dijo Laura con tono alegre–. Vendrás con nosotras.

–¿Lo estás preguntando o afirmando? –Eugenia enarcó las cejas–. A mí me ha sonado como una orden.

–Creo que lo ha sido –dijo Laura riéndose–. ¿Qué dices tú, Pam? ¿Quieres unirte al club de las viudas?

Pam pensó en el plan. Haberlas conocido lo hacía todo más fácil porque así tendría una presencia visible en el barco. La gente la conocería y la recordaría. Era perfecto.

–Sí –les dijo levantando su taza de descafeinado–. Por el club de las viudas.

Nicole se llevó la mano al pecho. Se dijo que sentir que no podía respirar no era lo mismo que no poder respirar. Que el problema era la ansiedad y no le pasaba nada físico. Simplemente su cuerpo no parecía estar escuchando a su cerebro y a medida que la sensación de pánico aumentaba, la sensación de muerte inminente también lo hacía.

Soltó un grito ahogado intentando que le entrara aire en los pulmones y justo en ese momento Shannon volvía de la cocina con una botella de vino en la mano.

–¿Qué? –preguntó en cuanto vio a Nicole.

–Estoy teniendo un ataque de pánico –dijo ella con la voz jadeante–. No puedo respirar.

Shannon dejó la botella abierta sobre la mesita de café.

–Levántate y empieza a andar. Tienes que quemar adrenalina. Háblame.

Nicole sacudió la cabeza. No iba a hablar. Apenas podía respirar. Aunque inspiraba, se sentía como si el aire no le estuviera llegando a los pulmones.

–¡Habla! –dijo Shannon con firmeza–. Si puedes hablar, puedes respirar.

—No puedo —soltó con la voz un poco estrangulada—. No puedo.

Pero las palabras iban saliendo con algo más de facilidad.

Tomó más aire.

—Estoy hablando. Soy yo hablando —mientras hablaba, daba vueltas al salón—. Soy un desastre.

—No lo eres. Estás bajo mucho estrés, lo cual es perfectamente comprensible. ¿Quién no lo estaría? Primero tuviste que soportar ver a Eric escribiendo el guion y sin hacer nada más. Después lo vendió y ahora esto.

Nicole asintió. El peso que le oprimía el pecho se desvaneció y pensó que tal vez no había estado respirando tan hondo. Rodeó el sofá y se sentó.

—Todo es un desastre —admitió al tomar la copa de vino que Shannon le ofreció—. Mi vida, mi matrimonio.

—No todo —le dijo Shannon con firmeza—. Tienes un negocio que te gusta mucho y tienes a Tyler.

Nicole dio un trago de vino.

—Tienes razón. El trabajo me mantiene cuerda. Es donde tengo que estar cada mañana. Es un ancla. Y Tyler es genial —la sonrisa de felicidad del niño y su ilusión a lo largo de todo el día hacían que le fuera posible poner un pie delante del otro. Ahora sentía que Tyler era todo lo que tenía, pero eso era demasiada presión para un niño de cinco años.

Miró a Shannon.

—Eric se ha ido. Se ha ido de verdad. Hace dos días que no sé nada de él. Ni ha pasado por aquí ni hemos hablado. Me envió un mensaje diciéndome que se buscaría una casa y que estaríamos en contacto.

—¿Y qué pasa con el dinero?

La pregunta de Shannon la sorprendió.

—¿Qué quieres decir?

—La cuenta de banco conjunta. ¿La ha dejado vacía?

La pregunta fue completamente inesperada, pero las implicaciones eran aterradoras.

—No lo sé.

Shannon señaló hacia el estudio.

—Vamos a averiguarlo.

—Él no haría eso –dijo Nicole mientras se levantaba y cruzaba el salón en dirección al pasillo.

—Hace tres días habrías dicho que él nunca se marcharía y lo ha hecho. Siento ser tan dura, pero tengo amigas que han pasado por un divorcio. Nunca es fácil y las cosas se ponen feas muy rápido. Ha ganado mucho dinero vendiendo su guion y la mitad es tuya.

—No lo quiero –dijo Nicole automáticamente.

—Claro que sí. Vas a tener gastos. Esta casa, por ejemplo.

La casa solo estaba a su nombre, pensó. Pero Shannon tenía razón. Había gastos. Greta. E incluso aunque no mantuviera a la niñera a tiempo completo, tendría que pagar la guardería. Trabajaba. Ahora que Eric se había ido, era la única responsable de Tyler.

Abrió el navegador e introdujo la dirección del banco. Después de acceder a la cuenta, comprobó el saldo y el historial de operaciones.

—Ha sacado cincuenta mil dólares, pero el resto está ahí.

—¿Cuándo sacó el dinero?

—Esta mañana.

—Mañana ve a abrir una cuenta personal y haz lo mismo. Saca exactamente lo que ha sacado él –dijo Shannon sentándose en la otra silla–. Vas a tener que hablar con un abogado. Yo puedo orientarte con las cosas básicas, pero necesitas a alguien que sepa de leyes. Alguien que esté de tu lado. California es un estado de bienes gananciales.

Eso significa que todo va a un cubo y el cubo se divide en dos. Si tenías bienes antes del matrimonio o los tenía él, entonces esos son separados. Pero todo lo demás está a disposición de cualquiera. Su dinero del guion y tu negocio.

Shannon se detuvo y suavizó el tono.

—Lo siento —susurró—. Sé que esto es duro.

Fue solo entonces cuando Nicole se dio cuenta de que estaba llorando. Se secó las lágrimas.

—Jamás pensé que esto pasaría. Jamás pensé que nos divorciaríamos. Pero me dijo que no me quiere —apretó los labios—. No. No es verdad. Me dijo que nunca me ha querido. Las cosas han sido terribles entre los dos últimamente. Pensé que no lograríamos salir adelante, pero todo eso estaba en mi cabeza, ¿sabes? No era real. Pero ahora se ha ido. No se lo he dicho a Tyler. Eric pasa tanto tiempo en el trabajo que ni se ha dado cuenta. Greta ayuda mucho. Lo sabe. No ha dicho nada, pero estoy segura de que lo sabe.

La niñera, que daba un poco de miedo, había sido más amable en los últimos días.

—No dejaba de pensar que estaría bien sola, que tal vez divorciarme no sería tan malo, pero ahora quiero volver atrás y arreglar las cosas. Y ya no puedo.

¿Cómo podía arreglar una relación cuando su marido nunca había querido tenerla en realidad?

—Aquí me tienes —dijo Shannon—. ¿Quieres que me quede contigo un par de días?

Nicole se sorbió la nariz.

—No. No me da miedo estar sola —pensó en lo que había dicho Shannon sobre los bienes gananciales—. ¿Crees que debería hablar con un abogado?

—Sí. Mañana por la mañana te puedo conseguir algunos nombres. Tienes que saber cuáles son tus derechos. Tienes que saber qué podéis hacer legalmente cada uno.

No estoy diciendo que Eric sea un mal tipo, pero no quiero que se quede con más de lo que le está permitido. No quiero que te fastidie.

Nicole agradeció tanto apoyo y deseó que no hubiera sido necesario. Llevaba tres días con náuseas, incapaz de asimilar lo que había pasado. Eric se había ido. Su matrimonio había terminado. Incluso cuando había creído que las cosas iban bien, él no había sido feliz, lo cual le hacía preguntarse si toda su relación había sido una mentira. Estaba claro que Eric había vivido su relación por inercia y que la había engañado por completo.

Shannon entró en el aparcamiento de la iglesia deseando que Pam hubiera vuelto de su viaje. Aunque se alegraba de que su amiga hubiera salido y esperaba que se estuviera divirtiendo, ahora mismo le habría venido bien un poco de asesoramiento sensato.

Antes de que John muriera, todo les había ido bien a todos, pensó mientras miraba el edificio que tenía delante. Eric acababa de vender su guion, las cosas iban bien con Adam y Pam era ella misma, feliz y estable. Después, todo se había ido al infierno.

Nicole estaba conmocionada por la marcha de Eric. A Shannon le sorprendía que las cosas hubieran ido así de mal tan rápido, pero tampoco le sorprendía del todo el desenlace. A eso había que sumarle la realidad de que cuando un integrante de la pareja triunfaba en el campo que fuera, había tensiones añadidas en la relación. En ese caso el contrato de un millón de dólares había sido una bendición y una maldición. Al menos ahora Eric se podía permitir marcharse y no necesitaba que lo mantuvieran.

Shannon se dijo que tenía que haber otros motivos para la ruptura. Estaba claro que había habido otros problemas.

Todas las parejas los tenían. No había más que mirarlos a Adam y a ella... o tal vez era mejor no mirarlos.

Lo estaba evitando. Él había intentado quedar para cenar o ir a pasear por la playa, pero ella seguía diciendo que necesitaba tiempo. Y era cierto. No estaba segura de adónde iba su relación. A pesar de las disculpas de Adam y sus explicaciones sobre lo sucedido con Char, no estaba segura de poder hacerlo, de poder ser parte de su familia.

Una parte del problema era el hecho de entrar en una familia que ya existía de antemano. No estaba segura de que pudiera encajar y le aterraba tener que aprender sus normas y ser «la otra».

Y además había otras cosas a tener en cuenta. En realidad había pasado los últimos veinte años teniendo que ser responsable solo de sí misma. Había hecho lo que había querido y cuando había querido. Había marcado sus propias normas. Se había equivocado al tomar algunas decisiones, pero las consecuencias habían recaído únicamente sobre ella misma.

Si seguía con Adam, si seguían saliendo, entonces no sería la única persona en la que pensar. Tendría que tener otras cosas en consideración. Habría otras personas a las que consultar, y no solo los niños. Tabitha sería parte de su vida. Esa mujer a la que aún tenía que conocer también tendría opinión.

Si se quedaba con Adam, sería la segunda mujer. Hicieran lo que hicieran, él ya lo habría hecho antes con otra mujer. Una boda, una luna de miel e incluso tener un hijo. Sabía que él jamás lo diría, pero se preguntaba si Adam lo estaría pensando. «Yo ya he pasado por eso».

Bajó del coche y entró en la iglesia. Un cartel apoyado en un caballete le indicó que recorriera el pasillo. Entró en lo que parecía una sala multifuncional. Había ventanales altos y una docena de sillas dispuestas en círculo.

Ya había unas diez mujeres. Estaban hablando entre sí. Algunas estaban juntas y otras acababan de sentarse. Shannon se acercó a la mujer que estaba detrás de la mesa junto a la puerta.

–Hola. Soy Shannon Rigg. He llamado.

–Por supuesto. Bienvenida –la etiqueta de identificación de la mujer decía que se llamaba *Alice*–. Puedes venir como invitada a dos reuniones. Lo que te pedimos es que observes sin hablar –Alice se encogió de hombros–. Ya hemos tenido problemas con gente que se presenta aquí, monopoliza el tiempo para conseguir que se responda a sus preguntas y luego desaparece.

–Claro, lo entiendo –Shannon entendía que tuviera que ganarse la entrada al grupo. Eso, contando con que quisiera pertenecer a él.

–Una vez te unas al grupo, tendrás acceso a nuestra red de recursos. Hay una cuota anual que cubre el mantenimiento de la página web y el servicio de remisión.

Todo lo cual Shannon ya sabía. Agarró la etiqueta identificativa que le ofreció Alice, se sirvió una taza de café de la bandeja que había al fondo de la sala, se acercó al círculo y se sentó en una silla.

Las mujeres de la sala estaban entre los treinta y tantos y los cuarenta y tantos. Una de ellas tenía un bebé durmiendo en los brazos y las otras lo miraban con distintas expresiones de anhelo. Madge, la líder del grupo con la que había hablado por teléfono, había explicado que algunas mujeres seguían allí incluso después de haber tenido un hijo porque habían hecho amistades que les importaban.

Shannon dio un trago de café y esperó a que comenzara la reunión. No creía que fuera a unirse. Estaba allí para observar y aprender. Mientras intentaba solucionar algunas cosas concernientes a su relación con Adam, había pensado que tal vez había llegado el momento de tratar algunos asuntos que tenía consigo misma. Como, por ejemplo, ¿por qué no había tenido un hijo?

Había estado decidida o a tenerlo todo o a no tener nada. ¿Qué problema había? Parte de su intento de responder a esa pregunta había sido ir allí, a un grupo de apoyo para mujeres de más de treinta y cinco años que intentaban tener un hijo.

Algunas eran mujeres casadas con problemas de fertilidad y otras eran solteras. Los temas de conversación incluían el embarazo tradicional, la maternidad subrogada y la adopción.

Una mujer alta con traje de negocios se acercó y se sentó a su lado.

—Soy Madge —dijo con una sonrisa agradable—. Encantada de conocerte en persona. Me alegro de que hayas podido venir a nuestra reunión.

—Yo también.

Madge asintió hacia la mujer que tenía el bebé.

—Ha sido un embarazo subrogado. Nos alegramos todas mucho cuando por fin tuvo a su hija.

—Me lo imagino.

Shannon se preparó para las inevitables preguntas incómodas. ¿Por qué no había tenido un bebé antes? ¿Se había planteado la adopción o solo quedarse embarazada por un hombre al azar? Pero Madge no fue por ahí. Se dirigió al resto de mujeres y les pidió que tomaran asiento.

—Esta noche tenemos una invitada. Os presento a Shannon.

Varias la saludaron en voz alta.

Madge se echó atrás en su silla.

—¿Quién tiene algo que contarnos?

Una mujer morena de unos cuarenta años sonrió.

—Nos han dicho que nos han aprobado nuestra adopción en Etiopía. Nos vamos la semana que viene.

Todo el mundo aplaudió.

Siguió hablando del proceso, de cuánto duraría y de lo que implicaba. Varias de las otras mujeres mencionaron que estaban pasando por lo mismo. Otra mujer las puso al corriente de cómo iba su proceso de fecundación in vitro.

Cuando finalizó la hora, el sol se había puesto y Shannon tenía mucha más información sobre lo que supondría tener un hijo sola.

Le dio las gracias a Madge por permitirle la visita y le prometió que se pensaría lo de unirse al grupo. Primero tenía que saber qué quería y si su interés en tener un bebé tenía o no algo que ver con su relación con Adam.

Si tenía un bebé sola, tendría que enfrentarse a muchos problemas logísticos y buscar a alguien como Greta, por ejemplo. Y si estaba sola y normalmente trabajaba cincuenta horas a la semana, ¿debería tener un bebé? ¿Cuándo lo vería?

Su estilo de vida sufriría unos cambios impresionantes. ¿Estaba dispuesta a asumirlos? ¿A reducir su jornada? ¿A hablar con Nolan y proponerle trabajar desde casa un par de días a la semana?

Si seguía con Adam, entonces él tendría que tomar parte de la decisión, pero de todos modos tenían que tener en cuenta el problema de su vasectomía; eso, contando con que quisiera tener un hijo con ella. Además, se acercaba a los cuarenta. ¿Podría quedarse embarazada del modo tradicional?

Fue al coche y entró. Muchas preguntas se le arremolinaban en la cabeza y amenazaban con abrumarla. Tenía que hablar con alguien y en ese momento no se le ocurría nadie a quien pudiera llamar. Pam no estaba. Nicole estaba viviendo el abandono de Eric. Y Adam... bueno, no sabía qué pensar de Adam.

Como si su teléfono quisiera ayudarla, de pronto sonó. Miró la pantalla y vio la familiar imagen de la calavera y las tibias cruzadas.

Quinn, pensó. Un hombre sin respuestas, pero un modo increíble de distraerla de todo lo que fuera mal en su vida.

–¿Sí?

–Preciosa.

–Hola. ¿Qué tal?

–Pues aquí estoy, preguntándome si podría hacerte cambiar de opinión aunque sé que dijimos que no íbamos a hacer esto más.

Había algo en su voz, pensó sorprendida. Una especie de vulnerabilidad. O tal vez solo estaba oyendo lo que quería oír.

Ir a casa de Quinn no resolvería nada, pero sí que la haría sentirse mejor. Podía dejarse llevar por el momento, tal vez poner un poco de distancia entre Adam y ella, ya fuera física o emocional.

Pero estaría mal, pensó sorprendida. Adam y ella tenían una relación. Aunque ahora las cosas no estuvieran bien entre los dos, seguían juntos. No había roto con él. Si se acostaba con Quinn, estaría engañándolo.

–¿Tan difícil es la pregunta? –preguntó él.

–La verdad es que sí.

Pensó que aunque al principio se sentiría bien luego volvería a casa avergonzada. Pensó en cómo sus noches con Quinn podían ser perfectamente una metáfora de su vida: divertida, pero sin rumbo ni propósito, y siempre con una importante sensación de arrepentimiento al final.

No quería tener nada de lo que arrepentirse. No sabía qué hacer con respecto a tener un hijo, pero pasar la noche con Quinn no sería la respuesta a ninguna de sus preguntas. Y lo más importante de todo, no le gustaba lo que diría de ella pasar una noche con él.

—No. Lo siento, pero no puedo verte.
—De acuerdo. Cuídate.
—Tú también.

Él colgó. Shannon guardó el teléfono en el bolso y arrancó el motor. No sabía dónde estaría dentro de cinco años, pero sabía que, de momento, esa noche estaría en casa.

Capítulo 25

Pam se sorprendió al descubrir que un suicidio no encajaba bien en una agenda social apretada.

La semana de crucero había pasado. Tras hacer amistad con Olimpia, Laura y Eugenia, había estado ocupada prácticamente cada segundo de cada día. Juntas las cuatro habían explorado Jamaica, incluyendo un crucero fluvial muy divertido en un barco de fondo plano. Laura había llevado vodka con sabor a limón para todas y habían acabado cantando *Born to Be Wild* y asustando al guía turístico.

Cuando habían hecho parada en Gran Caimán, habían visitado la granja de tortugas y Pam había descubierto que la tarta de ron no solo te emborrachaba, sino que si comías demasiado, también te dejaba con resaca. Ahora era el último día, el día en el mar, cuando ella debía llevar a cabo su plan. El problema era que, hasta el momento, no había encontrado ni un solo instante para prepararse, y mucho menos para arrojarse por la borda del barco.

Había visto ruinas en México y había comprado recuerdos absurdos para sus hijos. Había asistido a una subasta de arte y había comprado un par de piezas. Había visto películas y espectáculos en vivo y se había reído a carcajadas. Casi había olvidado lo que era reírse.

La semana había sido mucho mejor de lo que había esperado, pero estaba a punto de terminar y tenía que recordar por qué había ido hasta allí.

Iba a terminar con su vida.

No podía hacerlo sin organizar sus pensamientos y sin asegurarse de que la habitación estaba ordenada. Solo necesitaba una hora, se dijo. Se escabulliría y lo haría.

Pero la mañana había dado paso a la tarde y ahora solo faltaba una hora para la cena. Tal vez era mejor así, pensó. En la oscuridad nadie la vería caer y tardarían más en echarla en falta. Después de la cena. Tomaría una última cena con sus amigas.

Eugenia agitó una hoja de papel.

—¿Sabéis lo complicado que es planificar un viaje por Europa sin ir a Italia? ¿Sobre todo cuando todas las demás quieren ir a Italia?

Estaban sentadas, como siempre, en el Salón Exploradores. Incluso tenían «su» mesa. Habían quedado para tomar unos cócteles antes de cenar.

—Voy a ignorar lo de Italia —dijo Olimpia—. ¿Qué has encontrado?

—Un crucero maravilloso. Zarpa el seis de septiembre. Empezamos en Ámsterdam y terminamos en Estambul —Eugenia miró a Laura—. Está en Turquía.

—Sé dónde está Estambul —le dijo Laura—. ¿No había una canción?

Olimpia se acercó a Pam.

—Laura saca toda su información de la música.

—Como ya sabréis, tuve mucho talento en una época.

—Aún tienes talento —señaló Pam. Porque se había enterado de que Laura había estudiado piano clásico. Y que Eugenia había publicado cinco novelas. Y que Olimpia había mantenido en funcionamiento el negocio de su marido durante casi una década tras su muerte.

Esas mujeres no solo eran viudas. Eran brillantes, divertidas y leales y disfrutaba con su compañía. La habían ayudado durante la que podría haber sido una semana terrible y siempre les estaría agradecida por ello. En cierto modo, deseaba poder dejarles una nota y decirles lo que significaban para ella, pero no podía. Su muerte tenía que parecer un accidente.

—Volvamos al tema del crucero —dijo Eugenia—. ¿Nos interesa?

—Sí —respondió Olimpia guiñándole un ojo a Pam—. Siempre se pone así cuando le toca organizar las cosas. Se pone totalmente apremiante.

Pam sonrió. Sabía que cada año una de ellas era la responsable de organizar los tres cruceros.

—Os estoy ignorando —dijo Eugenia.

—Entonces no sirve de nada que dé mi opinión —murmuró Olimpia con una pícara sonrisa—. Tendréis que votar sin mí.

—No hay problema —contestó Laura con tono alegre—. Tres votos es mayoría. ¿Tú qué opinas, Pam?

Eugenia le pasó el itinerario.

—Lo he comprobado. Aún quedan cuatro camarotes disponibles.

Pam agarró el papel y lo miró obnubilada. ¿Que fuera con ellas? Eso nunca se había hablado. Bueno, sí, habían hecho comentarios: «Alaska te va a encantar». «¿Te apetecería ir a Italia?». «Podemos dejar a Olimpia en el aeropuerto». Pero había pensado que lo decían solo por ser amables.

Intentó enfocar la diminuta letra. Laura le pasó unas gafas de lectura.

Pam se las puso.

—Nunca he estado en Malta —susurró viendo lo exóticos que parecían los puertos—. Sería genial.

—Pues entonces decidido —dijo Eugenia—. Os enviaré a todas la información por correo electrónico en cuanto llegue a casa —avisó a uno de los camareros y le indicó que querían otra ronda—. ¿Cenamos en Sabatini's esta noche?

—Sí —respondió Olimpia—. He hecho la reserva. Seis y media.

Sabatini's era uno de los mejores restaurantes del barco, aunque Pam había olvidado que irían allí. La noche sería deliciosa: buena comida y bondadosa compañía. Y después… Bueno, ya pensaría en ello más tarde.

Cuando las cuatro habían terminado de cenar, de reírse con la última noche de karaoke y de tomarse una copa antes de ir a dormir, ya era cerca de medianoche. A cada segundo que pasaba, Pam era más consciente de que el barco se aproximaba cada vez más a Florida.

La noche había pasado muy deprisa. Se había reído y había charlado y, aunque había echado de menos a John a cada momento, el dolor era menos intenso que al principio. Parecía casi… manejable.

¿Cómo era posible? Había perdido a su marido y debería estar sufriendo. No solo para sentirse más cerca de él, sino también para demostrar su amor. Sin embargo, a la vez que la invadían esos pensamientos comprendía que no eran los adecuados, pero no por eso tenían menos poder.

Había ido a ese crucero solo por una razón y estaba perdiendo la oportunidad.

—Debería irme a la cama —dijo al levantarse.

Las tres mujeres se miraron y Olimpia se levantó.

—Te acompaño —recogió su bolso—. ¿Ya tenemos todas claro dónde nos reunimos mañana?

Laura agitó los dedos.

—Nos lo has dicho quince veces. Estaremos allí para despedirnos. Hasta septiembre, ¿verdad, Pam?

Pam se mordió el labio y asintió. Quería abrazarlas y decirles cuánto agradecía que la hubieran tomado bajo su ala colectiva. La habían hecho sentirse como una más y le habían recordado que la vida, efectivamente, seguía. Aunque ella no estuviera dispuesta a recorrer el doloroso camino de la recuperación, le habían permitido ver las posibilidades que existían.

Pero decirles todo eso sería decirles demasiado. Así que no habría despedidas, no habría últimos abrazos ni agradecimientos. Por el contrario, simplemente dijo «buenas noches» y fue con Olimpia hasta los ascensores.

—Nunca he estado en Mischief Bay —dijo Olimpia mientras esperaban al ascensor—. ¿Cómo es?

—Una ciudad pequeña en mitad de Los Ángeles. El clima es fantástico.

—¿Estás cerca de la playa?

—A unas manzanas solo.

Entraron en el ascensor. Pam pulsó su piso.

—Puede que vaya a visitarte en agosto. En esa época la humedad hace que piense en mudarme —sonrió—. No es que vaya a hacerlo, pero siempre me quejo y amenazo con hacerlo.

Bajaron en el piso de Pam. Pensó en decirle a su amiga que ella estaba en otra planta, pero por otro lado tampoco le iría mal un poco de compañía. Y no porque estuviera teniendo dudas, exactamente. Simplemente la idea de tirarse del barco era un poco más dura de lo que había esperado.

Fueron al camarote y entraron. Olimpia fue hacia el sofá y se sentó.

—Tienes que estar deseando ver a tus hijos —dijo cuando Pam soltó el bolso y se sentó en un sillón frente a ella.

—Sí. Claro.

—¿De cuántos meses está Jen? ¿De cuatro?

—Sí.

Olimpia sonrió.

—Pronto sabréis el sexo del bebé. Qué divertido. En tu familia no hay gemelos, ¿no?

—No, y que no te oiga Jen decir eso. Le daría un ataque.

—Tener gemelos sería difícil. Pero te tendría a ti. Y pronto Steven encontrará a alguien y sentará cabeza. Además, Brandon va a licenciarse. Va a ser médico. Tienes que estar muy orgullosa.

Pam asintió porque era lo que se esperaba de ella, aunque lo que de verdad estaba pensando era que quería que Olimpia dejara de hablar. Toda esa conversación sobre sus hijos la estaba poniendo triste. No quería pensar en lo que conseguirían o experimentarían sin que ella estuviera ahí para verlo. No quería imaginarse sin tener en brazos a su primer nieto, o al segundo o al décimo.

Pero tenía que hacerlo, se recordó. Era lo único que tenía sentido. Tenía que...

—No me voy a marchar —dijo Olimpia en voz baja y mirándola fijamente—. Y si creo que no voy a aguantar despierta, llamaré a Laura o a Eugenia y vendrán a estar contigo.

Pam abrió los ojos de par en par. Se sonrojó y se levantó.

—No sé de qué estás hablando.

—Sí lo sabes, y no pasa nada. Todas hemos sentido lo que sientes tú, Pam. Hemos pasado noches muy largas, días vacíos, el horror de sentir que ese sentimiento de ausencia no se va y el terror de que se vaya. Todas hemos luchado con el día a día, con seguir adelante, y con el hecho de saber que a veces parecía mucho más fácil no hacerlo.

Sonrió con tristeza.

—Si quieres hacerlo, no te puedo detener. Pero no será esta noche. No bajo nuestra vigilancia. Nos importas y queremos que viajes con nosotras.

Pam se volvió a sentar en el sillón.

—Lo siento.

—No lo sientas. Te entendemos mejor que la mayoría. Te aseguro que todo mejora. Nunca es fácil, nunca te sientes completamente bien, pero sí que te recuperas. Y sigues adelante.

Pam no sabía qué sentir. Vergüenza, tal vez. O terquedad. Las emociones pasaban por su interior como un torbellino y ninguna permanecía lo suficiente como para poder definirla.

—No sabía cómo sobrevivir sin él —admitió.

—Aprenderás a hacerlo. Y cuando se te haga duro, recuerda que John no habría querido eso. Habría querido que fueras feliz.

Olimpia tenía razón, pensó algo aturdida por la revelación. John habría querido que siguiera adelante, que encontrara su lugar en la vida.

En la vida, se repitió. Porque esa era la finalidad del viaje de toda persona. Estar vivo. Vivir y seguir avanzando.

—No estoy seguro de estar listo para esto —dijo Adam—, así que agradezco tu compañía.

—Eso sin mencionar la mano de obra gratis —respondió Shannon.

Él sonrió.

–Eso también.

Adam había llamado el día antes y le había dicho que iba a pintar la habitación de Oliver. Su hijo había decidido que ya era mayor para la decoración de Brad el Dragón y que tenía que pasar a una decoración de «chico grande». Según Adam, eso suponía paredes en azul claro y ropa de cama nueva.

Cuando Shannon había llegado a su casa esa mañana, Adam ya había sacado la cama de dragón y la había metido en una furgoneta alquilada. Luego la llevaría a casa de Nicole, donde la estaría esperando un Tyler emocionado.

Había movido la cómoda y el escritorio al centro de la habitación y los había cubierto con plástico. Las ventanas y las puertas tenían cinta alrededor al igual que los rodapiés.

–Puedo pintar el borde del techo –dijo él–. A menos que lo quieras hacer tú.

–Exactamente he pintado una sola vez en mi vida –admitió Shannon–, así que deberías darme trabajos que no pueda destrozar.

–Eres una novata –dijo él acercándosele–. Voy a tener que enseñarte los entresijos de todo esto.

–¿Entresijos? Creía que íbamos a usar brochas.

–Muy graciosa.

Adam le puso las manos en las caderas y la llevó hacia sí. Llevaba unos vaqueros y una camiseta salpicada de pintura. Le favorecían, al igual que no haberse afeitado esa mañana.

Ella posó los dedos sobre su amplio torso. Sintió su calidez y estar cerca de él hizo que se le entrecortara la respiración. Lo había echado de menos, pensó. Se había mantenido todo lo ocupada posible para no notar su ausencia, pero no había servido de nada. Por eso cuando él la había llamado, había dicho que sí.

Aún no sabía adónde iría su relación, pero por alguna razón estar sin Adam se había vuelto más difícil.

—Me alegra tenerte aquí —dijo él justo antes de besarla.

Al sentir su boca sobre la de ella, el deseo se asentó en su vientre. Shannon levantó los brazos y lo rodeó por el cuello. Sus pechos se acomodaron en su torso.

Encajaban bien. En muchos aspectos. Pero ¿y todo lo demás?

Se retiró lo suficiente para mirarlo a los ojos. Tenía que exponerse, tenía que arriesgarse en el amor, tenía que hacerlo.

—No sé si puedo ser una buena madrastra.

Ignoró el hecho de que él no le había preguntado. Lo dijo porque entendía que eran una pareja y que sería el siguiente paso lógico.

—¿Es algo de lo que quieras hablar? —preguntó Adam.

—Creo que sí. Quiero que las cosas funcionen, pero no estoy segura. Tabitha y tú erais una familia. Nunca estaré en igualdad de condiciones. Siempre seré la otra. Querrás que me ocupe de los niños tanto como tú, pero no podré tener opinión con respecto a sus vidas.

La mirada oscura de Adam no vaciló ni un momento.

—Eso no suena muy justo.

—No lo es, pero ¿crees que no sería así?

—No —le acarició la mejilla—. No puedo cambiar lo que tengo.

—Y no quiero que lo hagas. Pero no estoy segura de cómo hacer que funcione. ¿Y si quiero un bebé de Etiopía?

—¿Lo quieres?

—A lo mejor. No estoy segura. ¿Trabajaba Tabitha cuando tuvisteis a los niños?

—No. Se quedó en casa hasta que Oliver tuvo tres años.

Shannon intentó imaginarse renunciando a su carrera.

Adoraba su trabajo, adoraba su estilo de vida. ¿Pero era suficiente? Tenía la sensación de que ya conocía la respuesta.

—Podría intentar tomarme una baja de seis semanas. O incluso de un par de meses —dijo lentamente. Pero nada más. No quería renunciar más a sí misma.

¿Había sido ese siempre el problema? ¿En realidad no había querido hijos pero le había dado miedo admitirlo? ¿Le había dado miedo que eso la convirtiera en una mala persona? ¿Por eso había fingido que no los había tenido porque no había podido encontrar al hombre de su vida?

—Te quiero —le dijo Adam y la besó—. Decidas lo que decidas, quiero estar contigo. Perderte no es una opción —sonrió—. Pero no te asustes, no es una amenaza, ¿eh?

Apoyó la frente en la de Shannon.

—Sé que lo que pasó con Char fue frustrante y gran parte de la culpa es mía. Eres la primera mujer que han conocido.

Shannon se puso recta.

—Seguro que han conocido a más mujeres, Adam. En el supermercado, en el parque...

Él gruñó.

—Sí, vale. Quiero decir que eres la primera mujer con la que he salido que han conocido. A todos nos va a costar un poco de tiempo asumirlo —le agarró la mano—. Quiero que funcione. He estado hablando de esto con mi hermana Gabby y me ha dicho que tal vez nos iría bien terapia familiar. Primero tú y yo y después con los niños, para establecer unas reglas básicas que sean justas para todo el mundo. Y en cuanto a lo que has dicho antes sobre ser la intrusa... Sé que hay cosas que no puedo cambiar, pero quiero hacer que te sientas bien. Lo haré como pueda.

Lo creyó. Porque la estaba escuchando y aceptando y porque era un buen tipo. ¿Habría errores? Por supuesto, por parte de ambos. Eso iba implícito en el hecho de ser humano. Pero con algo de esfuerzo y tal vez un poco de ayuda profesional, podrían hacer que funcionara.

Shannon se abalanzó sobre él.

–Te quiero.

–Yo también te quiero.

Adam la besó. Ella presionó su cuerpo contra el de él y se entregó a la pasión que habían generado. Y cuando Adam empezó a llevarla hacia su dormitorio, ella fue encantada. Porque aunque no tuvieran todas las respuestas, con tal de que estuvieran dispuestos a buscarlas, estarían bien.

El clic clic clic de las uñas de Lulu sobre el suelo de la cocina era un sonido familiar. Pam se agachó y levantó en brazos a la perrita.

–Te he echado de menos –le dijo a Lulu–. Qué tonta he sido pensando que te podía dejar, ¿verdad?

Lulu le besó la barbilla y se le acurrucó. La perrita no se había apartado de su lado en los tres días que llevaba en casa. Siempre había sido así cuando viajaban, pensó Pam. Aunque en esta ocasión ella había sido la única que había vuelto a casa.

La última noche del crucero había transcurrido tal como Olimpia había prometido: no la había dejado sola. Habían hablado y se habían quedado dormidas en algún momento después de las dos. Por la mañana temprano se habían despedido apresuradamente con muchos abrazos y promesas de mantenerse en contacto.

Desde que estaba en casa, ya había hablado con las tres. Y, lo más importante, había hecho la reserva para el crucero europeo que harían en septiembre. No era igual que tener a John, ni mucho menos, pero al menos su vida ya no era un infierno como antes. Tal vez no podía ver la luz al final del túnel todavía, pero sabía que estaba ahí. Y su trabajo era seguir avanzando.

Ahora, con Lulu en brazos, recorrió la gran casa en la que llevaba viviendo tanto tiempo. Fue de habitación en habitación, observando los muebles, los recuerdos.

En el salón había una foto familiar que se habían sacado hacía unos diez años. Brandon estaba jovencísimo y John estaba muy guapo. En su estudio estaba la pelota de béisbol que había atrapado en un partido de los Dodgers. Había fotos de todos sus hijos y varias de ella. La taza que John había usado y que había dejado en la librería el fin de semana antes de morir seguía exactamente donde la había dejado.

El comedor guardaba otros recuerdos. Cenas familiares. Jen y ella habían tenido la peor discusión de toda su vida en esa mesa. Por entonces su hija tenía diecisiete años y quería que la respetaran como a una adulta mientras cuidaban de ella como si fuera una niña. Pam se había preguntado si algún día superarían esa época en la que cada palabra se malinterpretaba y cada encuentro parecía conducir a palabras cargadas de rabia y a portazos. John había sido su pilar en todo momento. Le había asegurado que Jen volvería a ser la hija que recordaban y, con el tiempo, así había sido.

En el pasillo se detuvo junto a la que había sido la puerta de Brandon. Cuántas noches habían pasado John y ella allí, sin saber qué hacer ni qué decir mientras su hijo pequeño experimentaba con drogas y alcohol. Habían pasado cientos de horas preocupados y temiendo al futuro. Pero él lo había superado.

En el cuarto de baño, detrás de la puerta, estaban las marcas de las distintas estaturas de Steven. Con nueve años estaba desesperado porque creía que no crecería lo suficiente para ser jugador profesional de béisbol, pero acabó descubriendo que aunque le encantaba jugar, no le interesaba convertir ese deporte en toda su vida.

Cuántos recuerdos. Cuántos buenos momentos. Había tenido mucha suerte. Y aunque perder a John sería una herida que llevaría consigo para siempre, estaba empezando a ver que tal vez, solo tal vez, tenía fuerza para seguir.

–Hola, mamá. ¡Soy yo!

Lulu intentó bajar de sus brazos. Pam la dejó en el suelo y la perrita corrió a saludar a Jen. Sus tres hijos iban a casa esa noche para una cena a mitad de semana, lo cual no era habitual. Tenía chile en la Crock-Pot y sus famosas galletitas de *cheddar* listas para entrar al horno.

Fue a la cocina y se encontró a su hija con Lulu en brazos.

–¡Mamá! –Jen bajó a Lulu y corrió a saludar a su madre–. Cuánto me alegro de que lo hayas pasado bien en el crucero, pero te he echado de menos. Ha sido duro no tenerte aquí.

Se abrazaron y Jen lo hizo con más fuerza de lo habitual. Pam dio las gracias al ángel que hubiera hecho posible que conociera a sus tres amigas. Sin ellas, no habría vuelto. Lo sabía. ¡Y cuánto habría desaprovechado una vida llena de tantas bendiciones!

Rodeó la cara de su hija con sus manos.

–Estás resplandeciente. Siempre has sido preciosa, pero ahora resulta injusto para el resto de nosotros.

–Anda, mamá –respondió Jen con los ojos llenos de lágrimas–. He tenido una ecografía mientras estabas fuera. Me acompañó Kirk. El bebé está sano y yo estoy bien. Eres la primera en saberlo, además de Kirk, claro. Vamos a tener un niño.

La invadió una cálida felicidad. Se aferró a esa sensación a pesar de que el dolor de la pérdida pendía alrededor de esa alegría. Siempre sería así, pensó. Pero no pasaba nada. Tendría días buenos y días malos. Y John siempre estaría en su corazón.

—¡Enhorabuena! Un niño. Kirk debe de estar encantado. Siempre ha tenido esa vena de machote muy marcada.

Jen se rio.

—Lo sé. Está muy ilusionado —su hija se sorbió la nariz—. Queremos llamarlo «John», si te parece bien.

Pam tuvo que respirar hondo antes de poder hablar.

—Sería maravilloso, pero ya sabes que no tenéis por qué hacerlo.

—Lo sé, pero queremos hacerlo. Echo mucho de menos a papá. Aunque no como tú, seguro.

Entraron en el salón y se sentaron en el sofá. Lulu saltó y se acomodó entre las dos. Se acurrucó contra Pam sin dejar de mirar a Jen, como si quisiera asegurarse de que nadie iría a ninguna parte.

—Me alegro de que hicieras amigas en el crucero. Esas tres mujeres tienen que ser geniales.

—Sí que lo son. Me voy con ellas en septiembre. Vamos a Europa juntas. Las cuatro.

—¡Guau! Impresionante. ¡Vas a viajar por el mundo!

Pam sonrió.

—Estaré nerviosa, pero no estaré sola. Después no me moveré de aquí hasta que nazca el bebé.

—Bien, porque el primer año te quiero conmigo a cada segundo.

—Eso lo dices ahora, pero lo harás genial. Está claro que te ayudaré cuando lo necesites, pero no estoy preocupada por ti —miró a su alrededor y vio la televisión enorme que tanto le había gustado a John—. Quiero hablar contigo de una cosa.

Jen abrió los ojos de par en par.

–¿Qué? ¿Estás bien?

–Estoy bien. Solo he estado pensando. Esta casa es grande y...

A Jen se le volvieron a llenar los ojos de lágrimas.

–No, mamá. No puedes venderla. Necesitamos esta casa en nuestra familia. Los recuerdos. ¿No dicen todos los libros que tienes que esperar un año antes de hacer algo importante? Espera. Te ayudaremos. ¿No ha hecho Steven una planilla para repartirnos las tareas de mantenimiento y cosas así? Todos podemos colaborar.

Pam sacudió la cabeza.

–Escúchame. No pasa nada. Sí, tu hermano ha hecho una lista de cuándo hay que hacer cada cosa y yo tengo una lista de proveedores de servicios a los que puedo llamar y puedo ocuparme de la casa, pero la realidad es que ya no quiero. He hablado con tus hermanos de esto y están de acuerdo conmigo. La casa tiene que permanecer en la familia.

Jen se puso de pie.

–¿Se la va a quedar Steven? Porque no la trataría bien. Es soltero. Y Brandon no la querría.

Pam dio una palmadita sobre el sofá.

–Siéntate. Escucha.

Jen arrugó la boca.

–Ahora me estás hablando como si fuera Lulu.

–Se comporta mejor que tú.

Jen se rio y se sentó.

–De acuerdo. Te escucho.

–Los chicos están de acuerdo en que la casa debería permanecer en la familia. Aquí tenemos muchos recuerdos, como la barbacoa del Día de los Caídos que celebraremos en un par de semanas –una tradición anual en la que amigos y familia se reunían para celebrar a lo grande el inicio del verano. En el vuelo de vuelta a casa se había dado cuenta de que debía continuar la tradición. Al menos, esa última vez–. Tienes razón al decir que Brandon y Steven no la querrían, pero tú sí. Kirk y tú.

Jen abrió los ojos de par en par.

–Mamá, sería increíble, pero no nos lo podemos permitir. Soy profesora de un colegio público y Kirk es policía. Incluso en nuestros mejores momentos apenas nos podemos permitir el alquiler de nuestro apartamento.

–Lo sé. Si queréis la casa, podéis quedárosla. Míralo como una herencia por adelantado. Pondré las escrituras a tu nombre y al de Kirk y en los fideicomisos de los chicos añadiré una cantidad igual al valor de la casa.

–¿Y qué harás tú?

–Comprarme un piso. Mi amiga Shannon tiene uno precioso justo al lado de la playa. Voy a mirar en su edificio. Estaría a cinco minutos de aquí –sonrió a su hija–. Piénsalo y háblalo con Kirk. Me encantaría veros a los dos y a vuestros hijos aquí. Pero eso implica que tendréis que celebrar aquí los eventos familiares y seguir con las tradiciones. Yo os ayudaría con la cocina, pero el resto recaería sobre vosotros.

Jen la abrazó. Lulu se movía nerviosa entre las dos y les daba besos.

–Mamá, no sé qué decir. Me encantaría. Hablaré con Kirk, pero estoy segurísima de que estará de acuerdo. Esta casa es increíble –se apartó–. Pero no lo haremos ahora. Tú también tienes que pensar en ello. Papá y tú habéis vivido aquí durante mucho tiempo. Tienes que estar segura de querer renunciar a eso.

–No pasa nada –le dijo a Pam–. Allá donde vaya, John vendrá conmigo. Aquí tuvimos una vida maravillosa. Hay mucha energía positiva en estas paredes. Mucha felicidad. Sé que querría que lo hiciéramos.

Capítulo 26

Pam esperó a que Shannon y Nicole tuvieran sus Cosmopolitans antes de levantar su copa.

—Por las amigas. Gracias por estar a mi lado después de la muerte de John. Creo que no os he dado las gracias nunca.

—Sí lo has hecho —le dijo Shannon.

—Solo estás siendo amable.

Shannon arrugó la nariz.

—Imposible. Soy una harpía a la que solo le importa su trabajo. ¿No lo has oído?

A pesar de sus palabras, Shannon estaba flotando prácticamente. Le brillaban los ojos y le resplandecía la piel. Tenía un halo de misterio y una ternura especial. Estaba guardando algún secreto, pensó Pam. Un secreto de los buenos.

—¿Otro artículo sobre mujeres con éxito que rompen barreras? —preguntó Nicole.

—Ya sabes —dijo Shannon y dio un trago—. Hay todo un párrafo sobre mi estado de soltería y sin hijos.

—Que les jodan si no saben aguantar bien una broma —dijo Pam.

Las otras dos mujeres se miraron.

–Nunca te había oído decir esa palabra que empieza por «J» –admitió Nicole–. Hace que me gustes aún más.

Pam le sonrió a pesar de estar preocupada por su amiga. Shannon ya la había llamado para contarle lo de Eric y, aunque sonreía como si estuviera feliz, por alguna razón Nicole parecía más pequeña y la veía conmocionada. Como si aún no hubiera digerido la realidad de lo sucedido.

Pam conocía esa sensación. Se había sentido como una muerta viviente durante un par de meses tras la muerte de John. Prácticamente hasta el crucero. La mayor parte de su corazón seguía en estado de hibernación, pero como esperando la llegada de la primavera. Con algún brote que otro. Y, de momento, con eso le bastaba.

–Háblanos del crucero –dijo Shannon–. Parece que lo has pasado bien.

–Sí. Mejor de lo que me esperaba.

Estaban en la zona de bar de Pescadores. Su reserva para cenar era en una hora y eso les daba tiempo de sobra para charlar en una mesa tranquila. Era una noche de miércoles y relativamente temprano. No había muchos clientes más y Pam incluso bajó la voz al hablar.

–No le voy a contar esto a nadie más, pero quiero que vosotras dos sepáis la verdad –dio un trago–. Fui al crucero para suicidarme. Creía que no podría sobrevivir sin John.

Nicole y Shannon la miraron.

–¡Ay, Dios mío! –murmuró Shannon–. Pam, no tenía ni idea. Siento que te hayas sentido tan sola.

–No. No os culpéis. Lo que he dicho antes lo he dicho en serio. Las dos habéis estado a mi lado. Todo el mundo estuvo muy dispuesto a ayudarme las primeras semanas, pero vosotras dos fuisteis más allá. No lo habría superado sin vosotras.

Apoyó los codos en la mesa y les contó cómo había elegido el día y el modo de hacerlo.

—Es difícil de explicar. Me refiero a la pérdida. Durante treinta años no he sido otra cosa que la esposa de John y no quería descubrir cómo sería estar sola. Fui débil y egoísta. John se habría avergonzado de mí.

Pensó en el hombre que había sido lo mejor de su vida. No lo habría entendido.

—Puede que os suene extraño, pero agradezco mucho todo por lo que he pasado. Me alegra que se me ocurriera aquel ridículo plan y que intentara llevarlo a cabo. Para ser sincera, no sé si lo habría podido hacer o no. Lo que sí sé es que fui extraordinariamente afortunada al conocer a esas mujeres en el barco. Aquella última noche, cuando Olimpia se negaba a apartarse de mi lado, sentí como si Dios me hubiera tocado.

Arrugó la nariz.

—No lo digo en un sentido raro, sino que sentía que me habían dado otra oportunidad. No me resulta más fácil estar sin John, pero de algún modo puedo sobrellevarlo mejor. Puedo respirar. Antes no podía respirar. Jen va a tener un bebé. Algún día Steven se enamorará. Brandon va a ser un médico maravilloso. Y quiero verlo todo.

Se giró hacia Shannon.

—Quiero ver qué pasa con Adam y quiero ver cómo sigues triunfando en el trabajo —tocó el brazo de Nicole—. Y quiero estar cerca mientras Tyler crece y tú decides qué vas a hacer ahora. Pero sobre todo quiero daros las gracias por ser mis amigas.

—No pienso llorar —dijo Shannon con firmeza—. No me vas a hacer llorar.

Nicole se secó las lágrimas.

—Yo ni siquiera estoy intentando contenerme. Pam, ya

te lo he dicho antes y espero que lo tomases como un cumplido, pero quiero ser tú cuando sea mayor.

—Apunta más alto —le dijo Pam.

Nicole sacudió la cabeza.

—Imposible.

—Necesito que prepares una lista de todos tus bienes y todas tus deudas, tanto personales como del negocio.

—¿Debería tomar nota? —preguntó Nicole.

Nancy, su abogada, una mujer con aspecto formal y ataviada con traje, negó con la cabeza.

—No. Te enviaré a casa muchos documentos para que les eches un vistazo. Hay algunas páginas de información y una lista de lo que tienes que traer a la próxima reunión.

Nicole no entendía cómo había llegado ahí. No a la reunión en sí, porque eso era sencillo. Pam la había llevado. No entendía cómo había llegado a esa circunstancia en su vida, cómo había llegado a divorciarse de Eric.

Aún no habían hablado ni se habían visto. Él había pasado por casa un par de veces para recoger ropa y su ordenador, pero eso solo lo sabía porque Greta lo había mencionado. Tres días atrás, Eric le había enviado un mensaje diciéndole que iba a contratar a un abogado y que le sugería que ella hiciera lo mismo.

¿No deberían tener una conversación, hablar sobre lo que había ido mal e intentar solucionarlo? Sin embargo, la respuesta de Eric era fácil de imaginar, pensó aún demasiado sorprendida por todo lo sucedido como para poder sentir nada. Vivía el día a día como si su vida la estuviera viviendo otra persona y ella fuera solo la observadora.

—Nicole tiene su propio negocio —dijo Pam—. Y Eric acaba de vender un guion por una suma considerable.

—Todo se tiene en cuenta –dijo la abogada–. California es un estado de bienes gananciales y eso significa que todos los bienes comunes se comparten. ¿Tenías algo de tu propiedad antes de casarte?

—Mi casa –murmuró Nicole–. La compré yo y Eric no está en las escrituras.

—¿Él ha aportado algo de dinero o ha pagado alguna mejora?

Nicole negó con la cabeza.

—Eric lleva casi un año sin trabajar –le dijo Pam a la abogada–. Dejó su trabajo para escribir el guion. Nicole ha estado pagando las facturas.

—Eso ayuda –dijo Nancy mientras tomaba nota–. Tendrás que preparar una CGP de tu negocio.

Nicole miró a Pam.

—¿Una qué?

—Una cuenta de ganancias y pérdidas –le dijo su amiga–. Está en el programa de contabilidad. Te lo enseñaré. No es difícil. Básicamente se incluye todo. El valor de tu negocio, quitando cualquier deuda, lo que debes en tarjetas de crédito y el dinero que tienes. Seguro de vida y cosas así. Después se divide por la mitad.

—Exacto –dijo la abogada con una sonrisa–. Ya has pasado por esto antes.

—Personalmente no –le dijo Pam–. Pero tengo algunas amigas que tuvieron divorcios complicados.

Nancy asintió y miró a Nicole.

—¿Y tu hijo? –consultó las notas–. Tyler.

Nicole se encogió de hombros.

—Eric y yo no hemos hablado. No ha visto a Tyler desde que se fue de casa. Quiero tener la custodia. Tenemos una niñera, Greta. No creo que pueda permitirme mantenerla yo sola, pero sin ella tendría que pagar los gastos de la guardería. ¿Podría ayudar Eric con eso?

Lo último que quería era que la vida de su hijo se alterara más.

–Por supuesto. Cuando me reúna con su abogado, sabré qué espera él en cuanto a la custodia. Su abandono de familia juega a tu favor.

Nicole se preguntó si había que expresarlo de ese modo. Eric se había ido. ¿No era distinto? Aunque tal vez cuando se trataba de un divorcio, no importaba.

–Si tienes la custodia, él te tiene que pagar una pensión de manutención. Con tu parte del dinero del guion y la pensión, deberías poder permitirte tener a Greta o algún otro tipo de solución –le dirigió una sonrisa compasiva–. Sé que esto es abrumador y tienes que entender que antes que mejorar va a empeorar. El divorcio no es algo fácil, pero se puede sobrevivir a él. Tienes una red de apoyo importante y te sugiero que te aproveches de ello. Es el momento de apoyarte en tus amigas.

Pam le apretó la mano.

–Todas estamos contigo.

–Gracias.

Nancy volvió a consultar las notas.

–No hagas compras importantes. Está bien comprar comida y cambiar de ropa, pero no te compres un coche nuevo. Además, necesitaré copias de todos los extractos bancarios recientes. A ninguno se os está permitido sacar dinero de la cuenta conjunta más allá de para cubrir los gastos básicos. No sigues acostándote con Eric, ¿verdad?

Nicole se quedó atónita.

–Eh, no.

–Bien. Que siga así. Es posible que intente volver al lecho conyugal como forma de manipularte para que accedas a un acuerdo que le exija menos.

La idea era prácticamente cómica. Eric llevaba meses

sin acostarse con ella. Era imposible que intentara hacerlo ahora.

—Creo que estoy a salvo en ese sentido, pero recordaré tu consejo.

Discutieron unos temas más y después dieron por terminada la reunión. Nancy le entregó unos papeles y Nicole le dio un cheque para contratar sus servicios.

Cuando estaban en el aparcamiento del edificio de oficinas, Pam le dio un abrazo.

—No te voy a preguntar cómo estás.

—Bien, porque no tengo respuesta –admitió Nicole–. Nada de esto me parece real. Todo ha pasado muy deprisa. Íbamos tirando, pero entonces Eric vendió el guion y ahora nos vamos a divorciar. ¿Cómo es posible?

—Lo único que puedo ofrecerte son clichés. La gente cambia y se aleja. No es culpa tuya.

Aunque Nicole agradecía el voto de confianza, no estaba tan segura de eso. Para que las cosas se hubieran derrumbado tan rápidamente, tenía que haber problemas subyacentes. Cosas en las que no se había fijado o que tal vez no había querido ver. Al igual que hacían falta dos personas para que una relación triunfara, tenía la sensación de que hacían falta también dos para que fracasara. Así que, ¿en qué se había equivocado ella?

—Eres un hombre rarísimo –dijo Shannon.

—Te encanta que sea raro –le respondió Adam con tono alegre.

Tenía razón, pensó ella mirando sus ojos oscuros y sabiendo que fuera cual fuera el camino que eligieran, quería que lo recorrieran juntos.

Aún no tenía respuestas para la pregunta clave y tampoco estaba al cien por cien segura de que fuera a ser una buena madrastra, pero estaba dispuesta a intentarlo. Con paciencia y tal vez algo de ayuda externa, podrían hacerlo.

Era domingo por la mañana. Hacía una temperatura agradable y por eso estaban desayunando en su terraza con vistas al POP y al océano. Ya había corredores y ciclistas por las calles haciendo ejercicio con empeño. En la distancia vio a un par de perros en el parque.

Adam había pasado la noche allí. Tenían planeado pasar una tarde relajada en casa y luego cenar con unos amigos. Los niños estaban con su madre ese fin de semana. Si Adam y ella seguían juntos, así sería su vida. Cada dos fines de semana estarían los dos solos. A menos que tuvieran un bebé. O que adoptaran.

–¿Por qué estás tan seria? –preguntó él–. He recorrido cinco kilómetros bajo la nieve para comprarte unos *croissants*.

Ella se rio.

–No hay nieve y el Latte-Da está a dos manzanas.

–Aun así. He salido de caza y te ha traído las piezas.

Ella levantó su café y brindó con él.

–Te lo agradezco.

–Bueno, ¿a qué viene esa cara tan seria?

–No sé que pensar sobre lo de tener un bebé –admitió–. Soy una persona muy competente. Si hubiera querido tener hijos, ¿no me habría ocupado ya de solucionarlo? Por otro lado, si no hago algo ya, no tendré oportunidad más adelante. Es complicado. Quiero tomar la decisión correcta y no sé cuál es.

Él la sorprendió poniéndose de pie.

–Espera, mantén ese pensamiento en la cabeza.

Desapareció dentro del piso y volvió unos segundos después con un maletín. Se sentó frente a ella y empezó a sacar folletos.

Le dio uno.

–Información de mi urólogo.

Ella lo miró.

–¿Tienes urólogo?

–Ahora sí. He ido a verlo para invertir la vasectomía. Ya que me la hice hace menos de diez años, la tasa de éxito esperado es del noventa por ciento. Es un procedimiento ambulatorio con un postoperatorio sencillo –se encogió de hombros–. Nada de sexo durante tres semanas, pero creo que podemos soportarlo.

–¿Lo harías por mí?

–Por supuesto. Te quiero, Shannon –señaló el folleto–. Toda la información está ahí dentro.

Sacó un segundo folleto.

–Adopción internacional. He hablado con mi hermana Gabby.

–Es abogada de inmigración.

–Eso es, pero tiene amigos que trabajan en adopciones. Hay muchas oportunidades y no solo en Etiopía. Aunque si es tu país favorito, deberíamos hacerlo allí.

Ella abrió la boca y la cerró. Le era imposible hablar. Ese hombre, ese hombre increíble, solo quería hacerla feliz. Apretó los labios.

–No tiene por qué ser Etiopía.

–De acuerdo.

Puso un tercer folleto sobre el montón.

–Esto es algo distinto, pero escúchame. Te encanta tu trabajo. Quieres tener hijos, pero no te veo dejando el trabajo durante seis meses para quedarte en casa –levantó las manos–. Es solo una observación, no te estoy juzgando.

–Sigue hablando.

Dio unos golpecitos con el dedo sobre el folleto.

–Hijos de acogida. Hay cientos que necesitan un hogar y podríamos ofrecérselo. Un lugar donde se sientan a salvo. E incluso podríamos adoptar a dos. Tendríamos nuestra propia familia, tú podrías ser madre y también beneficiaría a Char y a Oliver. Además, si tuviéramos hijos ya mayores, no tendrías que renunciar a nada de tu carrera. Todo el mundo sale ganando.

¿Hijos de acogida? Nunca lo había pensado.

–Tendríamos que recibir algún tipo de aprobación o certificación.

–Claro, pero creo que superaríamos el proceso –volvió a agarrar el maletín y sacó una cajita azul turquesa.

Ella se quedó mirándola y Adam se levantó despacio y le sonrió.

–Te quiero, Shannon. Te juro que la primera vez que te vi no me pude creer lo afortunado que era. Y cuando te conocí más, me di cuenta de que el precioso envoltorio no era nada comparado con cómo eres por dentro. Eres inteligente, divertida, cariñosa y, por razones que no dejan de deleitarme, me quieres. Y cada vez que estoy contigo, estoy más seguro de mi amor por ti. Quiero pasar el resto de mi vida contigo. Quiero que formemos una familia que te haga feliz y no me importa la forma que tenga con tal de que estés conmigo.

Respiró hondo.

–Vengo con equipaje y no estoy diciendo que vaya a ser fácil. Pero te prometo que estaré a tu lado pase lo que pase. ¿Quieres casarte conmigo?

Shannon no recordaba haberse levantado, pero de pronto estaba de pie y rodeando la mesa. Él la abrazó.

–Sí –susurró–. Te quiero y quiero casarme contigo, Adam. Me apunto.

Capítulo 27

—Es todo muy justo –dijo Nancy–. Lo admito. Eric me ha sorprendido.

—A mí también –murmuró Nicole.

Su abogada la miró.

—No te voy a preguntar si estás bien, pero ¿necesitas un minuto?

Nicole negó con la cabeza. No tenía nada más que pensar. Estaba hecho.

Pensó en leer los documentos una vez más, pero no se veía capaz. Confiaba en su abogada y aunque no lo hubiera hecho, estaba demasiado agotada y paralizada como para luchar.

Eric había accedido a dividirlo todo por la mitad. La casa era de ella, porque siempre lo había sido. El modesto valor de su negocio se había sumado al dinero que había ganado él con el guion, exceptuando impuestos y los honorarios del notario. Las deudas de ambos se habían restado de esa cantidad y la cantidad final se había dividido en dos.

Con su mitad, Nicole había comprado su parte del negocio. La suma global definitiva quedaría depositada en su nueva cuenta en solitario. Ahora era dueña única de su negocio y pronto tendría unos ahorros en el mercado monetario.

De esos doscientos mil dólares, guardaría la mitad para la universidad de Tyler y se quedaría para ella la otra mitad. No era suficiente para vivir eternamente, ni por asomo, pero ahí estaba. Era una buena red de seguridad.

Además, habían acordado la pensión de manutención y la cantidad le permitía seguir teniendo a Greta en casa. Eric vería a Tyler cada dos fines de semana y ella se quedaba con la custodia completa.

Nancy le había propuesto pedir también una pensión para ella, pero Nicole se había negado. Era joven y estaba sana. Podía mantenerse sola. Pedir más le parecía avaricioso.

Firmó los documentos donde Nancy le indicó y todo estuvo hecho en cuestión de minutos. El divorcio sería definitivo en seis meses, según el estado de California. Pero sabía que su matrimonio había terminado hacía años.

Le dio las gracias a su abogada y se marchó a casa. Eric le había dicho que iría a las dos a recoger sus cosas y quería estar allí.

Cuando dobló la esquina, el coche ya estaba en la entrada. Aparcó al otro lado de la calle y fue hacia la casa.

—¡Soy yo! —gritó al entrar por la puerta.

—Estoy aquí.

Por el sonido de su voz, supuso que estaba en su despacho.

Estaban los dos solos en la casa. Le había pedido a Greta que pasara la tarde fuera con Tyler para que no estuvieran allí. Y no porque creyera que fuera a pasar algo, sino porque no había necesidad de que su hijo presenciara los últimos coletazos de su matrimonio fallido.

Recorrió el pasillo. La puerta del despacho de Eric

estaba abierta. Estaba guardando libros en cajas. Levantó la mirada y sonrió.

—Hola. No creo que vaya a tardar mucho.

—¿Cuándo viene el camión?

—¿Qué camión?

—El de mudanza. Para tus cosas. ¿No te vas a llevar muebles?

Él miró a su alrededor.

—No. No lo necesito. Lo único que compré yo fue eso —dijo señalando el futón—. Aunque tiene valor sentimental, no tengo interés en buscarle sitio. Avísame si necesitas ayuda para deshacerte de él.

Nicole había supuesto que querría al menos parte de los muebles. Ahora que lo pensaba, no habían hablado de qué necesitaría o no para su nueva casa.

—¿Tienes menaje para la cocina y un sofá y cosas así?

—Estoy viviendo en un piso amueblado. No sé dónde quiero instalarme definitivamente. Estoy cerca del estudio, así que de momento me viene bien, pero cuando venda el siguiente guion, puede que me mueva a las colinas.

Las Colinas de Hollywood, pensó ella. Donde las casas posadas en las colinas como nidos de águilas tenían vistas desde el centro de la ciudad al océano.

—Querrás tener mucho espacio para recibir a gente —dijo en voz baja—. Para tus fiestas con estrellas del cine.

Él sonrió.

—Y tanto.

Nada de eso podía estar pasando, pensó mientras él levantaba la caja y la llevaba a su coche. Le parecía imposible que se estuviera marchando y le parecía imposible el vacío que los separaba ahora. Sinceramente, no sabía qué decirle. ¿Cómo podían haber estado casados casi seis años y que no tuvieran nada que decirse?

Como no sabía qué más hacer, llenó una segunda caja con el resto de sus libros.

—Gracias —dijo él al volver—. Aún tengo algunas cosas en el dormitorio.

Ella agarró una de las cajas, salió del despacho y entró en el salón. Ya había seleccionado los DVD y los Blu-ray. Los metió en la caja junto con unas revistas y un plato que Tyler le había decorado para el Día del Padre.

En la cocina, añadió un par de bolígrafos de un cajón y unas fotos de él con el niño.

Había algunas camisetas y pantalones cortos apilados sobre la lavadora. Los metió también en la caja junto con un iPod y unos auriculares.

Él entró en la cocina.

—Creo que lo tengo todo.

Ella señaló la caja.

—Imagino que querrás esto.

Eric miró dentro.

—Gracias.

Se quedaron mirándose. Aunque estaba igual que la última vez que lo había visto y que tiempo atrás, en muchos aspectos era un extraño. Ya no lo conocía y se preguntaba si alguna vez lo había hecho. Su relación no había sido más que una ilusión. Los dos habían jugado a estar enamorados y ninguno lo había hecho muy bien.

—Si quieres ver más a Tyler, llámame y lo organizamos.

—Voy a estar ocupado —respondió levantando la última caja—. Lo de verlo cada dos fines de semana es lo máximo que puedo hacer y puede que a veces tenga que anularlo, así que espero que lo entiendas.

Ella quiso protestar y decirle que un niño necesitaba a su padre. Que Tyler lo echaba de menos. Pero Eric había empezado a marcharse mucho antes de haberse mudado.

Tanto que su hijo apenas lo mencionaba. Tyler tenía amigos y la guardería. En septiembre iría al jardín de infancia y su padre le importaría cada vez menos.

Algún día Eric lo lamentaría. Algún día tal vez intentaría reconciliarse con su hijo. Hasta entonces, el trabajo de ella era darle a Tyler el hogar más estable posible y quererlo tanto que no acusara la ausencia de su padre.

–Tengo una reunión –dijo Eric–. Me tengo que ir. Cuando mi abogado tenga los papeles firmados, hará que se envíe el dinero a tu cuenta.

Ella asintió.

Eric le lanzó una sonrisa breve e impersonal.

–Bueno, pues ya nos veremos.

Salió de la cocina. Unos segundos más tarde, la puerta delantera se cerró.

Ella se quedó allí de pie, en el silencio de la casa, e intentó respirar con calma. Ya estaba hecho. Los papeles estaban firmados. Dentro de seis meses los abogados irían al juzgado y un juez firmaría unos documentos y ellos estarían divorciados.

Miró a su alrededor y se fijó en los armarios pintados y el suelo de baldosas que había elegido poco después de haber comprado la casa. Por la ventana veía el jardín trasero. Todas las plantas a las que había devuelto la salud y las otras que había comprado. Siempre había adorado esa casa. Los colores luminosos, la luz, cómo había decorado...

Dio una vuelta lentamente, fijándose en cada rincón de la cocina. Ahí estaban los fuegos que había cambiado y los tiradores que había comprado. En el cuarto de la colada estaban la lavadora y la secadora que había cambiado justo antes de que Eric se hubiera marchado. Una lavadora y una secadora que había comprado por su cuenta porque a él no le importaban esas cosas.

Entró corriendo en el salón y miró el sofá, las sillas, e incluso la televisión. Ella los había elegido todos. En el dormitorio estaban los muebles que había comprado en una subasta el mismo mes que había cerrado la compra de la casa. Había tardado dos meses en restaurar la madera y pintarla. Había estado muy orgullosa del resultado y cuando Eric los había visto por primera vez, se había quedado impresionado con el gran trabajo que había hecho.

Lentamente, entró en el despacho de Eric. Incluso había sido ella la que había encontrado el viejo escritorio en la tienda de Hábitat para la Humanidad. A Eric le había gustado, pero no lo había elegido él. No le extrañaba que solo hubiera necesitado unas cajas para la mudanza. En esa casa no había nada de él.

Se apoyó en la pared del pasillo y fue dejándose caer hasta el suelo. Se llevó las rodillas al pecho, apoyó la cabeza sobre ellas y se dijo que debía seguir respirando.

Pero la verdad era insistente. Como un perro solitario decidido a que lo acariciaran, se le acercó hasta colarse dentro cuando bajó la guardia.

Eric y ella nunca se habían conocido. No de verdad. Y ya que no lo había conocido, no podía amarlo. No de verdad. No de un modo que para él fuera significativo.

Había sido él el que se había ido. Había sido él el que se había alejado de su matrimonio, pero ella tampoco le había dado ninguna razón para quedarse. Los últimos seis años de la vida de Eric cabían en unas cuantas cajas. Él no había aportado nada a su vida en común.

Y ella era la culpable, pensó. El estómago se le revolvió tanto que pensó que iba a vomitar. Tal vez no toda la culpa era suya, pero sí que estaban en igualdad de condiciones.

Nunca había sido consciente de eso. Hacer que todo

fuera culpa de Eric había resultado muy fácil. Nunca se había percatado de que ella también era responsable. No estaba segura de querer seguir casada con Eric, pero con sus actos no les había dado elección a ninguno.

Pero ahora ya estaba todo hecho. No había vuelta atrás y solo se podía seguir adelante. Ahora mismo ese camino desconocido era más que aterrador. Y lo peor era que ese camino lo había trazado ella misma.

El sol inundaba el jardín trasero con calidez y luz. Pam se había asegurado de que hubiera suficientes sillas a la sombra, aunque no había nadie usándolas, pensó con alegría. Sus invitados estaban demasiado ocupados riendo y charlando como para hacer algo tan mundano como estar sentados.

Ya les había dado a todos la lata con la protección solar, sobre todo a los niños. Era el primer día no oficial del verano y no quería que nadie se quemara. Brandon la había llevado a un lado y le había dicho que se calmara. Después le había dado un beso en la mejilla y le había dado un margarita. Ella había decidido seguir su consejo.

La barbacoa de El Día de los Caídos de la familia Eiland era una tradición que había comenzado dos semanas después de que John y ella se hubieran mudado a esa casa. Por entonces estaba embarazada de Brandon, agotada por la mudanza, demasiado gorda como para dormir treinta minutos seguidos y cansada de no poder verse los pies. Estaba hinchada, dolorida y lo último que había querido era celebrar una fiesta.

Pero John le había prometido que él se ocuparía de todo y, para su sorpresa, lo había hecho. Cuando los invitados habían llegado, habían invadido la casa y se habían ocupado de las últimas cajas que faltaban por desembalar. En menos de una hora los libros estaban en la librería, la futura habitación del bebé estaba en orden y todas las cajas estaban desmontadas y apiladas en el garaje. Y menos mal, porque justo después de servir las hamburguesas, había roto aguas y seis horas después Brandon había llegado al mundo.

Al año siguiente habían vuelto a celebrar la fiesta, básicamente para darles las gracias a sus invitados por haber recogido todo después de la fiesta y por haber guardado las sobras en el congelador.

Y así había dado comienzo la tradición.

La fiesta había ido en aumento a medida que John y ella habían ido haciendo nuevos amigos y después se habían sumado los amigos de sus hijos. Algunas personas se habían mudado o habían establecido sus propias tradiciones, pero la esencia de la fiesta, la celebración de la amistad y del verano y todo lo que conllevaba, había continuado.

Ahora estaba frente a la ventana de la cocina tomándose su margarita y observando a los invitados. Eugenia había llamado esa misma mañana para confirmarle el viaje a Londres. Las cuatro iban a reunirse allí durante tres días antes de partir hacia Ámsterdam, donde empezarían el crucero.

Pam ya estaba consultando la página web de Chico's para la ropa de viaje. Hayley se quedaría con Lulu durante las tres semanas que estaría fuera.

Jen entró en la cocina. Su hija estaba resplandeciente con una sencilla camiseta roja y unos pantalones cortos. Ya se le notaba la barriguita y estaba deseando que llegaran las vacaciones de verano.

—Kirk dice que se muere de hambre —dijo riéndose—. ¡Cómo come ese hombre! Voy a sacar las hamburguesas para que los chicos puedan empezar a cocinar.

«Los chicos» eran sus hermanos, pensó Pam. Soltó el margarita.

—Deja que te ayude.

—Mamá, puedo llevar una bandeja de carne.

—Sí, y yo me ocuparé del pollo y de las costillas. Asegúrate de lavarte las manos después.

—Ay, mamá.

Las palabras iban cargadas de una mezcla de afecto y frustración porque Pam siempre se preocuparía por todo y su familia tendría que vivir con ello.

A mediados de julio, Jen y Kirk se mudarían. Ya habían iniciado los trámites para cambiar las escrituras. Pam aún tenía que decidir cuántos muebles se iba a llevar y cuántos compraría. Pensó que estaría bien combinar algo nuevo con cosas que le resultaran familiares.

Las dos salieron al jardín. Shannon y Adam estaban hablando con Gabby, la hermana de Adam. Char, la hija de Adam, estaba apoyada en Shannon, que le acariciaba el pelo a la niña distraídamente.

Ahora eran una familia, pensó mirando el brillante anillo de compromiso de diamantes que llevaba su amiga. Shannon había hecho uso de su eficiencia forjada en el trabajo para planificar una boda para la última semana de junio. Tres días antes, el fideicomiso habría pagado su piso frente al mar. Mientras Adam y ella estaban de luna de miel, Pam llevaría las cosas de Shannon a la casa de Adam y ella llevaría sus propias cosas al antiguo piso de Shannon, que ahora sería suyo. Tras el compromiso, Shannon había querido venderlo y Pam había querido comprarlo. Ocuparse de la mudanza era su regalo de boda para su amiga.

Jen le dio la bandeja de hamburguesas a su marido.

—¿Mejor?

Kirk la besó.

—Sí, ahora que estás aquí.

Pam dejó el pollo y las costillas junto a la barbacoa. Sus hijos eran felices, pensó complacida. Brandon se estaba preparando para los exámenes finales pero disfrutando cada segundo de la facultad de Medicina. Steven había seguido adelante con el negocio solo. Había días en los que la responsabilidad le pesaba demasiado, pero lo iba superando.

Lo vio hablando con Hayley. Rob, el marido de Hayley, estaba de viaje de negocios.

Steven le colocó a Hayley un mechón de pelo detrás de la oreja y se rio por algo que dijo ella. Pam los observó preguntándose si estaría pasando algo entre los dos, pero olvidó la idea. Hayley estaba casada. Steven jamás se interpondría.

Dirigió la atención al resto de invitados. Fraser Ingersoll y su pareja hablaban con un par de tipos del negocio de John. Lulu estaba acurrucada feliz en los brazos de su veterinario. Los niños correteaban entre los árboles riéndose y chillando. Tyler estaba con ellos.

Pam miró a Nicole. Estaba con otro grupo de mujeres. Aunque asentía y sonreía, aún había tristeza en sus ojos. Había adelgazado desde que Eric se había ido de casa. Se había vuelto más callada. Pam no sabía cómo era vivir un divorcio, pero sabía mucho lo que era sufrir. Estaría junto a su amiga. La ayudaría lo mejor que pudiera.

Violet y Bea, de la red de benefactoras, eran dos de ese grupo de mujeres. Pam se había comprometido a unirse a ellas. Aún no se podía creer de cuánto dinero se iba a desprender, pero en el fondo sabía que había tomado la decisión correcta. Quería formar parte de algo importante.

Cuántas cosas habían cambiado, pensó. Se iba a mudar, iba a viajar y trabajaría varios días a la semana.

En un mundo perfecto, John seguiría con ella. Estaría junto a la barbacoa, preparando las hamburguesas y contando chistes. La miraría y le guiñaría un ojo y ella le sonreiría.

Pensó en todo lo que había pasado desde su muerte. En todo lo que su marido se había perdido. Pensó en las noches sin él y en cómo aún tenía el impulso de llamarlo para contarle algo y entonces recordaba que no podía. Ya no.

Daría lo que fuera por recuperarlo, aunque solo fuera por un minuto. Por un abrazo más. Un susurro más de su voz. Daría lo que fuera, pero no era una opción. Y por eso había tenido que empezar a superarlo. A seguir adelante. Porque era lo que él habría querido.

A veces la vida era dura, pensó mientras cruzaba el jardín para estar con sus amigos. Y cuando menos te lo esperabas, tenías que volver a empezar. En el proceso había dolor, pero también satisfacción. Quisiera o no, la vida seguía adelante. Y ella también lo haría.

ÚLTIMOS TÍTULOS PUBLICADOS EN HQN

Demasiado bueno para ser verdad de Susan Mallery

Contigo lo quiero todo de Olga Salar

Atardecer en central Park de Sarah Morgan

Lo mejor de mi amor de Susan Mallery

Nada más verte de Isabel Keats

La máscara del traidor de Amber Lake

Mapa del corazón de Susan Wiggs

Nada más que tú de Brenda Novak

Corazones de plata de Josephine Lys

Acércate más de Megan Hart

El camino del amor de Sherryl Woods

Antes beso a un hobbit de Carla Crespo

El ático de la Quinta Avenida de Sarah Morgan

La príncesa del millón de dólares de Claudia Velasco

Hora de soñar de Kristan Higgins

www.ingramcontent.com/pod-product-compliance
Lightning Source LLC
LaVergne TN
LVHW091614070526
838199LV00044B/803